FANTASY

Buch

Elbryan und Pony haben den Zentauren aus den Kerkern des wahnsinnigen Abtes befreit. Doch mehr und mehr reißt dieser nun die Herrschaft im Bärenreich an sich, denn die Einflüsterungen des Dämons haben ihn vollständig verblendet …

Autor

R. A. Salvatore wurde 1959 in Massachusetts geboren, wo er mit seiner Frau und seinen drei Kindern lebt. Bereits sein erster Roman »Der gesprungene Kristall« machte ihn bekannt und legte den Grundstein zu seiner weltweit beliebten Reihe von Romanen um den Dunkelelf »Drizzt Do'Urden«.

Von R. A. Salvatore bereits erschienen:

Von der Dämonendämmerung

DÄMONENDÄMMERUNG: 1. **Nachtvogel** (24892), 2. **Juwelen des Himmels** (24893), 3. **Das verwunschene Tal** (24905), 4. **Straße der Schatten** (24906), 5. **Der steinerne Arm** (24936), 6. **Abtei im Zwielicht** (24937)

Aus den Vergessenen Welten

DIE VERGESSENEN WELTEN 1–6: 1. **Der gesprungene Kristall** (24549), 2. **Die verschlungenen Pfade** (24550), 3. **Die silbernen Ströme** (24551), 4. **Das Tal der Dunkelheit** (24552), 5. **Der magische Stein** (24553), 6. **Der ewige Traum** (24554)

DIE SAGA VOM DUNKELELF: 1. **Der dritte Sohn** (24562), 2. **Im Reich der Spinne** (24564), 3. **Der Wächter im Dunkel** (24565), 4. **Im Zeichen des Panthers** (24566), 5. **In Acht und Bann** (24567), 6. **Der Hüter des Waldes** (24568)

DAS LIED VON DENEIR: 1. **Das Elixier der Wünsche** (24703), 2. **Die Schatten von Shilmista** (24704), 3. **Die Masken der Nacht** (24705), 4. **Die Festung des Zwielichts** (24735), 5. **Der Fluch des Alchimisten** (24736)

DIE VERGESSENEN WELTEN, WEITERE BÄNDE: 1. **Das Vermächtnis** (24663) [= 7. Band], 2. **Nacht ohne Sterne** (24664) [= 8. Band], 3. **Brüder des Dunkels** (24706) [= 9. Band], 4. **Die Küste der Schwerter** (24741) [= 10. Band], 5. **Kristall der Finsternis** (24931) [= 11. Band], 6. **Schattenzeit** (24973) [= 12. Band]

Aus der Drachenwelt

DRACHENWELT: 1. **Der Speer des Kriegers** (24652), 2. **Der Dolch des Drachen** (24653), 3. **Die Rückkehr des Drachenjägers** (24654)

Weitere Bände sind in Vorbereitung

R. A. Salvatore

Der steinerne Arm

Dämonendämmerung 5

Aus dem Amerikanischen von
Christiane Schott-Hagedorn

BLANVALET

Die amerikanische Originalausgabe erschien 1999
unter dem Titel »The Demon Apostle« (Parts 1–3)
bei Del Rey/Ballantine Books, New York

Umwelthinweis:
Alle bedruckten Materialien dieses Taschenbuches
sind chlorfrei und umweltschonend.
Das Papier enthält Recycling-Anteile.

Blanvalet Taschenbücher erscheinen im Goldmann Verlag,
einem Unternehmen der Verlagsgruppe Bertelsmann GmbH.

Deutsche Erstveröffentlichung 5/2000

Umschlaggestaltung: Design Team München
Umschlagillustration: Agt. Schlück/Beekman
Satz: deutsch-türkischer fotosatz, Berlin
Druck: Elsnerdruck, Berlin
Verlagsnummer: 24936
Redaktion: Alexander Groß
V. B. · Herstellung: Peter Papenbrok
Printed in Germany
ISBN 3-442-24936-8
www.blanvalet-verlag.de

3 5 7 9 10 8 6 4 2

Für Gary,
den geborenen Kämpfer

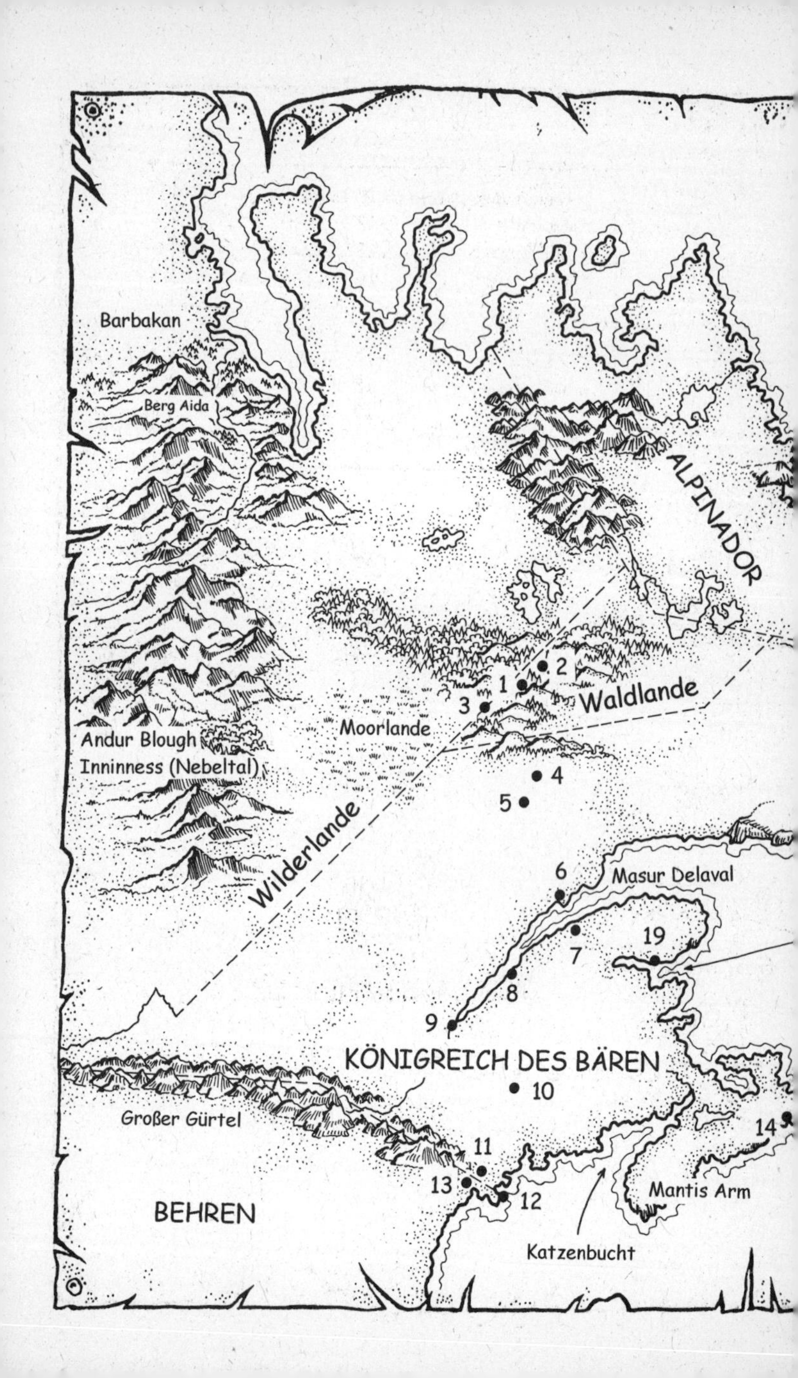

Barbakan
Berg Aida
ALPINADOR
Waldlande
Moorlande
Andur Blough
Inninness (Nebeltal)
Wilderlande
Masur Delaval
KÖNIGREICH DES BÄREN
Großer Gürtel
BEHREN
Mantis Arm
Katzenbucht
1
2
3
4
5
6
7
8
9
10
11
12
13
14
19

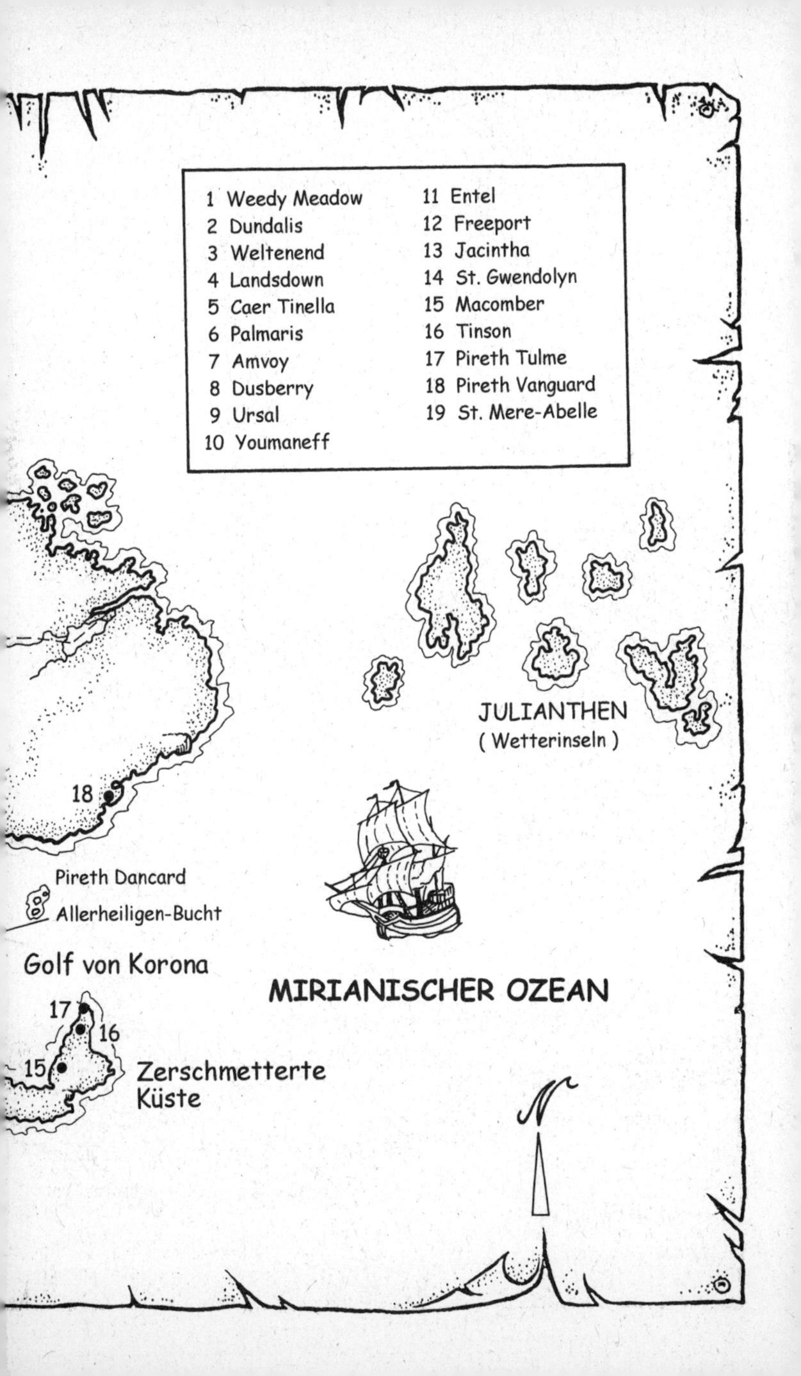
1 Weedy Meadow
2 Dundalis
3 Weltenend
4 Landsdown
5 Caer Tinella
6 Palmaris
7 Amvoy
8 Dusberry
9 Ursal
10 Youmaneff
11 Entel
12 Freeport
13 Jacintha
14 St. Gwendolyn
15 Macomber
16 Tinson
17 Pireth Tulme
18 Pireth Vanguard
19 St. Mere-Abelle
JULIANTHEN
(Wetterinseln)
18
Pireth Dancard
Allerheiligen-Bucht
Golf von Korona
MIRIANISCHER OZEAN
17
16
15
Zerschmetterte
Küste

Teil eins

Heimwärts

Der Winter senkt sich über das Land, Onkel Mather, aber irgendwie scheint er in diesem Jahr besonders mild auszufallen, denn es wirkt alles so ruhig und friedlich, als hätte selbst die Natur in diesem Lande jetzt eine Verschnaufpause nötig. Das sagt mir mein Gespür, auch wenn ich nicht genau weiß, woher ich die Gewissheit nehme. Vielleicht liegt es daran, dass ich selber eine Ruhepause brauchen kann, und ich weiß, Pony geht es ebenso. Aber vielleicht wünsche ich mir auch einfach nur einen milden Winter.

Während unserer Heimreise aus St. Mere-Abelle haben Pony, Juraviel und ich kaum etwas von Kämpfen gehört, nicht einmal vom Auftauchen irgendwelcher Goblins, Pauris oder Riesen. Unsere Reise von Palmaris zu den Nachbarstädten Caer Tinella und Landsdown verlief ohne Zwischenfälle, da die einzige größere Garnison in dieser Gegend mit einer Abteilung Kingsmen besetzt ist, die man aus Ursal zur Verstärkung nach Palmaris geschickt hatte und die daraufhin sofort nach Norden marschiert ist, um die Wiederbesiedlung einiger Dörfer im Gebiet nördlich der Gehöfte von Palmaris zu überwachen.

In den Wochen seit unserer Ankunft hat man uns nur von wenigen Gefechten berichtet; die meiste Zeit über war es glücklicherweise ruhig. Tomas Gingerwart, der die dreihundert wagemutigen Siedler anführt, und Shamus Kilronney, der Hauptmann der Kingsmen-Brigade, reden davon, dass bis zum Ende des Winters das normale Leben wieder Einzug gehalten haben wird.

Normal? Sie haben ja keine Ahnung. Viele sind umgekommen, aber es werden andere zur Welt kommen und ihren Platz einnehmen. Viele Häuser sind niedergebrannt, doch man wird sie wieder aufbauen. Und so wird diese Gegend in ein paar Monaten möglicherweise wieder so aussehen wie das, was einmal unser »normales Leben« war.

Doch ich bin diesen Weg schon einmal gegangen, Onkel Mather. Nachdem Dundalis das erste Mal in Schutt und Asche gesunken war – bevor ich die Touel'alfar kennengelernt und bevor ich dich gefunden habe. Und ich weiß, dass die Narben dieses Krieges nicht verheilen werden. Das Stigma des Geflügelten wird sich in die Herzen der Überlebenden eingraben, im Kummer derer, die ihre Familie und ihre Freunde verloren haben, im Leid der Vertriebenen, im Schmerz derer, die in ihre Dörfer zurückkehren und nur noch verkohlte Erde vorfinden. Auch wenn es ihnen jetzt noch nicht klar ist, so hat sich doch der Begriff der Normalität geändert, und die Nachwehen des Krieges könnten schlimmer sein als die Kämpfe selbst.

Würde ich die Welt mit anderen Augen sehen, wenn die Goblins damals nicht nach Dundalis gekommen wären? Meine Rettung durch die Touel'alfar und die Erziehung, die sie mir zuteil werden ließen, haben nicht nur meinen Lebensweg geändert, sondern auch meinen Blickwinkel – meine Ansichten über Pflichten, über Gemeinschaft, ja sogar über die Sterblichkeit, dieses größte aller menschlichen Geheimnisse.

Und so haben sich auch diese Leute verändert, auch wenn sie es noch nicht wissen.

Meine größte Sorge gilt Pony. Die erste Zerstörung von Dundalis – die sie und ich als einzige überlebt haben und bei der ihre gesamte Familie umgekommen ist – hat sie fast zerbrochen. Die Straße, die sie entlangtaumelte, führte sie nach Palmaris, zu einem neuen Leben, bis sie sich kaum noch an die Schrecken erinnerte, die hinter ihr lagen. Nur die Liebe ihrer Pflegeeltern hat ihr über diese finsteren Zeiten hinweggeholfen. Doch nun sind auch sie dem Bösen zum Opfer gefallen, und eine neue Tragödie ist über Pony hereingebrochen.

Als wir unsere Mission beendet und unseren Freund Bradwarden befreit hatten, wäre sie beinahe umgekehrt und wieder nach St. Mere-Abelle gelaufen. Wenn sie aber mit den Steinen in der Hand dort hineingestürmt wäre, so wäre das ihr sicheres Ende gewesen.

Aber das war ihr völlig gleichgültig, Onkel Mather. Es hat sie nicht gekümmert, dass sie sich selbst oder andere dabei in Gefahr gebracht hätte. So blind war ihr Zorn beim Anblick der verstümmelten Leichen ihrer Adoptiveltern, dass sie St. Mere-Abelle, ja, ich fürchte, die ganze Welt mit einem einzigen gewaltigen Wutausbruch hätte zerstören können.

Sie war sehr schweigsam, seit wir die Abtei hinter uns gelassen haben und über den Masurischen Fluss in vertrautere Gefilde gelangt sind. Ich glaube, es hat sie ein wenig getröstet, dass wir Belster O'Comely das Gasthaus »Zur Geselligen Runde« übergeben haben, und sie hat ein wenig zu ihrem »normalen Leben« zurückgefunden.

Und doch habe ich Angst um sie und muss auf sie aufpassen.

Was mich selbst angeht, so weiß ich noch nicht, welche nachhaltigen emotionalen Auswirkungen dieses Erlebnis hinterlassen wird. Wie immer werde ich an den Verlusten wachsen und zu neuen Einsichten gelangen, wenn ich über die ständige Nähe des Todes nachdenke. Ich fürchte mich nicht mehr vor ihm. Irgendwie habe ich inmitten dieses ganzen Gemetzels eine Art inneren Frieden gefunden. Ich weiß nicht, was mich nach dem Tod erwartet, Onkel Mather, und ich weiß, dass ich es auch gar nicht wissen kann.

Das hört sich banal an, und doch trifft mich diese Erkenntnis tief. Ich verstehe jetzt die Unausweichlichkeit des Todes, ob in der Schlacht, durch Krankheit oder einfach durch das Alter. Und weil ich das verstehe und akzeptiere, habe ich keine Angst mehr vor dem Leben. Wie seltsam! Jetzt scheint mir kein Problem zu groß und kein Hindernis zu hoch, denn ich brauche ja immer nur daran zu denken, dass ich eines Tages doch nicht mehr da bin und mein Körper am Ende nur noch Futter für die Würmer ist, und schon nehme ich es mit jeder Gefahr auf. In letzter Zeit hat man mich oft gebeten, mich vor ein paar hundert Männer und Frauen hinzustellen und ihnen zu erklären, welchen Weg wir gehen sollen. Und während das für viele Leute – vielleicht auch für den jüngeren Elbryan – beängstigend gewesen wäre – aus Unsicherheit, wie man meine Worte aufnehmen würde, oder aus Angst, einen Schnitzer zu begehen und beispielsweise vor aller Augen auf die Nase zu fallen -, kommt mir diese Ängstlichkeit jetzt ganz dumm und albern vor.

Und wenn sie mich wieder einmal bitten, brauche ich nur daran zu denken, dass es eines Tages doch keine Rolle mehr spielt, weil ich dann nicht mehr hier sein werde, und dass vielleicht eines Tages, in ein paar hundert Jahren, irgendjemand meine Knochen finden wird – und dann scheint mir so ein kleines Malheur wirklich nicht weiter beängstigend.

So herrscht also wieder Frieden im Lande und in Elbryans Herzen, und dieser Friede wird noch größer sein, wenn es mir endlich gelingt, den Aufruhr in Ponys Seele zu schlichten.

ELBRYAN WYNDON

1. Geduldsproben

Es war stockfinster, doch an den mit Borten besetzten Kanten der zugezogenen Vorhänge konnte man bereits die fahlen Vorboten der Morgendämmerung heraufziehen sehen. Instinktiv tastete der Hüter neben sich nach dem warmen, tröstlichen Körper seiner Liebsten, aber sie war nicht da.

Elbryan rollte sich überrascht auf die andere Seite. Als sich seine Augen an die Dunkelheit gewöhnt hatten, stellte er fest, dass Pony gar nicht im Zimmer war. Ächzend stand er auf und streckte sich – er war es nicht gewöhnt, in einem Bett zu schlafen, und dieses hier war überaus gut gepolstert, denn die Leute hatten dem Hüter das bequemste Bett von ganz Caer Tinella gegeben. Als er zum Fenster hinüberging, fiel ihm auf, dass Ponys Schwert nicht neben dem seinen stand. Das beunruhigte ihn jedoch nicht besonders, und als er langsam wach wurde, konnte er leicht erraten, wo sie war.

Er zog die Vorhänge zurück und merkte, dass es bereits später war, als er angenommen hatte. Der Himmel war dick mit grauen Wolken verhangen, aber die obere Hälfte der Sonne musste bereits über den Horizont ragen. Um diese Jahreszeit waren die Tage am kürzesten, denn es war bereits Decambria, der zwölfte und letzte Monat des Jahres, und bis zur Wintersonnenwende waren es nur noch knapp drei Wochen.

Ein prüfender Blick über den Wald nördlich der Stadt zeigte dem Hüter bald den erwarteten Feuerschein. Mit ein paar langsamen, ausgeprägten Bewegungen brachte er jetzt seinen sechs Fuß großen und zweihundert Pfund schweren muskulösen Körper in Form, indem er sich tief hinunterbeugte und sich dann mit weit ausgestreckten Armen wieder aufrichtete. Dann kleidete er sich schnell an, denn er wollte seiner Liebsten Gesellschaft leisten, und griff nach »Sturmwind«, seinem herrlichen Elfenschwert, das einst seinem Onkel Mather gehört hatte und nun das Symbol seines Amtes als Hüter war.

Sein Quartier befand sich wunschgemäß am Nordrand der Stadt, und so begegnete er kaum jemandem, als er nun rasch auf den Wald zulief, vorbei an einem Pferch und dem ausgebrannten Gerippe der Scheune, die Juraviel einmal bei ihrer Flucht vor den Ungeheuern, die damals Caer Tinella besetzt hielten, in Brand gesteckt hatte.

Erst eine Woche zuvor hatte sich eine dicke Schneedecke über das Land gebreitet, doch in der Zwischenzeit war es wärmer geworden. Jetzt lag ein Nebelschleier dicht über dem Erdboden und verbarg alle Spuren und kahlen Äste. Doch der Hüter kannte die kleine geschützte Lichtung, die er und Pony sich für ihr allmorgendliches Ritual, den Elfen-Schwerttanz, ausgesucht hatten.

Leise kam er näher, denn er wollte sie nicht stören und sie in aller Ruhe betrachten, während sie diesen Tanz in seiner ursprünglichsten Form ausführte.

Und dann sah er sie, und sein Herz schlug höher.

Sie war nackt, und nur der Morgennebel verhüllte ihren wohlgeformten Körper. Die Haut spannte sich glänzend über ihren kräftigen Muskeln, während sie sich in vollkommener Harmonie bewegte. Elbryan war völlig in ihren Anblick versunken. Ihre blonde Haarmähne fiel jetzt weit über die Schultern hinab und folgte jeder ihrer Bewegungen, die vom Glitzern ihrer blauen Augen gekrönt wurden. In der Hand hielt sie »Beschützer«, ihr erlesenes schlankes Schwert, und die Silberil-Klinge schimmerte im trüben Morgenlicht und blitzte plötzlich orangefarben auf, wenn sie den Schein des Lagerfeuers einfing.

Der Hüter kauerte sich nieder und sah weiter hingerissen zu. Er fand es seltsam, denn sonst war es Pony gewesen, die ihn beobachtet hatte, damals, als sie so gern den Schwerttanz hatte lernen wollen. Wie gut sie aufgepasst hatte! Seine Bewunderung war geteilt – der eine Teil war fasziniert von der Schönheit ihrer Bewegungen und dem Grad der Vollkommenheit, den sie in so kurzer Zeit erreicht hatte, der andere war schlichtes Begehren. Er war seit vielen Wochen nicht mehr mit Pony intim gewesen, seit sie ihn im Sommer auf dem Weg nach St. Mere-Abelle, wo sie Bradwarden retten wollten, unerwartet verführt und damit ihren Enthaltsamkeitsschwur gebrochen hatte. Seither hatte Elbryan ein paarmal versucht, diesen leidenschaftlichen Auftritt zu wiederholen, doch Pony hatte sich jedesmal standhaft geweigert. Jetzt konnte er kaum noch an sich halten. Ihr Anblick war einfach unwiderstehlich, ihre glatte Haut, die sanften Rundungen ihres herrlichen Körpers, die anmutigen Bewegungen ihrer Hüften, ihre kräftigen, wohlgeformten Beine. Elbryan konnte sich niemanden vorstellen, der schöner und verführerischer gewesen wäre. Er merkte, wie er schwer atmete und wie ihm plötzlich warm wurde – und wenn der Tag auch für die Jahreszeit nicht sehr kalt war, so war die Luft doch ganz bestimmt nicht warm!

Auf einmal hatte er das Gefühl, unberechtigt in Ponys Privatsphäre eingedrungen zu sein, und beschämt verscheuchte er die wollüstigen Gedanken und ließ sich in die tiefe Ruhe fallen, die er in all den Jahren bei den Touel'alfar immer wieder geübt hatte. Alsbald hatte er Elbryan Wyndon mit dem unerschütterlichen Krieger Nachtvogel vertauscht, der seinen Namen von den Elfen erhalten hatte.

Er löste seinen Umhang und ließ ihn zu Boden gleiten; dann zog er auch seine übrigen Kleider aus. Sturmwind in der Hand, trat er schließlich aus dem Gebüsch hervor. Doch Pony war so von ihrer Beschäftigung gefangengenommen, dass sie ihn erst bemerkte, als er schon fast hinter ihr stand. Verblüfft drehte sie sich zu ihm um, ohne sein Lächeln zu erwidern.

Ihre Miene mit zusammengebissenen Zähnen und funkelnden blauen Augen brachte den Nachtvogel fast aus dem Konzept. Und seine Überraschung war umso größer, als sie ihm mit einer plötzlichen Bewegung ihr Schwert so kraftvoll vor die Füße schleuderte, dass die Spitze mehrere Fingerbreit in der gefrorenen Erde steckenblieb.

»Ich – ich wollte dich nicht stören«, stotterte der Hüter verdattert, denn er und Pony hatten den Schwerttanz schon wochenlang gemeinsam geübt, seit er ihn ihr beigebracht hatte, und sich dabei bemüht, ihre Bewegungen in größtmöglichen Einklang zu bringen. Außerdem hatten sie beide darin eine andere Form des intimen Beisammenseins gefunden anstelle derjenigen, die sie sich in gegenseitigem Einverständnis vorläufig versagt hatten.

Pony schwieg. Wortlos kam sie näher, schwer atmend, und ihre Haut glänzte vor Schweiß.

»Wenn es dir lieber ist, gehe ich wieder«, sagte der Hüter, doch da streckte Pony unvermittelt die Hand nach ihm aus, schmiegte sich an ihn, zog sein Gesicht zu sich herab und verschlang ihn mit einem gierigen Kuss.

Das Schwert noch immer in der Hand, legte der Hüter zögernd die Arme um sie, unschlüssig, worauf das Ganze hinauslaufen würde.

Pony aber machte keinerlei Anstalten, von ihm abzulassen, und ihr Kuss wurde von Sekunde zu Sekunde leidenschaftlicher. Elbryan war schon lange nicht mehr der beherrschte Elfenkrieger, und doch hatte er seine sieben Sinne noch so weit beieinander, dass er Pony schließlich ein wenig von sich wegschob und fragend anschaute. Denn wenn sie auch vor Gott und der Welt ein Paar waren und ihre Liebe über jeden Zweifel erhaben war, so hatten sie sich doch bis auf weiteres Enthaltsamkeit auferlegt, da sie fürchteten, Pony, deren Pflichten ebenso anspruchsvoll und gefährlich waren wie die seinen, könnte schwanger werden.

Er wollte sie eben nach dieser Vereinbarung fragen, aber sie unterbrach ihn unwirsch. Dann nahm sie ihm sein Schwert aus der Hand, warf es zu Boden und küsste ihn erneut hingebungsvoll, während ihre Hände an seinem Rücken hinunterwanderten.

Nun konnte Elbryan seine Abwehr nicht länger aufrechterhalten. Er liebte und begehrte sie so sehr. Während sie ihn noch immer im leidenschaftlichen Kuss gefangenhielt, ließ sie sich zu Boden gleiten und zog ihren Liebsten über sich. Der Hüter wollte diesen Augenblick der Liebe mit Pony solange wie möglich auskosten, und so versuchte er, sich Zeit zu lassen.

Da schubste sie ihn unsanft auf den Rücken und trieb ihn wild und ungeduldig an, jede ihrer gezielten Bewegungen begleitet von einem wütenden Stöhnen. Und schon fanden sie sich vereint in einem unendlichen Wirbel der Leidenschaft. Verblüfft versuchte Elbryan, sich auf das Ganze einen Reim zu machen. Sonst war ihr Zusammensein stets sanft und spielerisch gewesen, voller zärtlicher Worte und neckischer Liebkosungen. Diesmal war es ganz und gar körperlich, fast aggressiv, und die grunzenden Urlaute, die sich Ponys Lippen entrangen, enthielten eine Mischung aus Zorn und Sehnsucht. Elbryan verstand sehr wohl, dass dieser Zorn nicht ihm galt, sondern sie hier lediglich einmal ihrem ganzen Schmerz und ihrer aufgestauten Wut Luft machte. Und so überließ er ihr die Führung bei diesem intimsten aller Tänze und versuchte, ihr körperlich wie seelisch zu geben, was sie am nötigsten brauchte.

Selbst hinterher, als sie in Ponys Umhang gehüllt eng umschlungen an dem kleinen Lagerfeuer kauerten, sprachen sie kein Wort, und er stellte ihr keine Fragen. Zu erschöpft und überwältigt, um das Thema noch anzuschneiden, nickte Elbryan ein und merkte kaum noch, wie Pony sich seinem Griff entzog.

Als er gleich darauf wieder erwachte, saß sie inmitten eines kleinen Feldes neben ihren Waffen. Seinen Umhang hatte sie fest um sich gezogen. Von weitem sah er den entrückten Blick ihrer Augen, und eine Träne glitzerte auf ihrer zarten Wange.

Elbryan schaute hinauf in das leere Grau des Himmels, so verwirrt wie vordem, als sie ihn mit ihrem Kuss überrumpelt hatte. Doch als ihm klar wurde, dass ihre Verwirrung noch viel größer war als die seine, beschloss er, geduldig zu warten, bis sie von allein zu ihm käme, um es ihm zu erklären.

Wenn die Zeit reif war.

Als Elbryan eine Stunde später wieder nach Caer Tinella kam, herrschte bereits reges Treiben in der Stadt. Der Hüter kehrte allein zurück, denn Pony war ohne ein Wort zu sagen auf dem Feld geblieben. Allerdings hatte sie ihn zum Abschied noch zärtlich geküsst, vielleicht als Entschuldigung, vielleicht auch nur, um ihm zu zeigen, dass er sich um sie keine Sorgen zu machen brauchte. Und Elbryan hatte sich fürs erste mit diesem Kuss als Erklärung begnügt, denn in seinen Augen brauchte es keine Entschuldigung. Doch was auch immer Pony tun oder sagen würde, es konnte nichts daran ändern, dass er sich Sorgen machte. Das Beisammensein an diesem Morgen hatte sie dringend gebraucht, es hatte sie getröstet und befreit, doch der Hüter wusste genau, dass die Dämonen, die in ihr tobten, noch lange nicht vertrieben waren.

Und während er sich zu seiner Verabredung mit Tomas Gingerwart aufmachte, fragte er sich, was er noch tun konnte, um ihr zu helfen.

Obwohl Elbryan früh dort war, wartete Tomas schon auf ihn in der mitten in der Stadt gelegenen Scheune, die den Bewohnern jetzt als Versammlungsort diente. Er war ein stämmiger Kerl, nicht sehr groß, aber zäh und abgehärtet von vielen Jahren schwerer Feldarbeit. Als Elbryan eintrat, stand er auf und streckte ihm die Hand entgegen, und dieser schlug ein, und ihm fiel auf, wie rau diese Hand war und wie kräftig ihr Griff. Dabei wurde ihm bewusst, dass sie sich nach all den Wochen, die sie sich inzwischen kannten, jetzt zum ersten Mal die Hand gaben. Und – was auch eine Seltenheit war – über Tomas' braungebranntes Gesicht zog sich ein breites Lachen.

Dem Hüter wurde klar, dass sein Gegenüber voller Tatendrang war.

»Wie geht es dem Nachtvogel an diesem vortrefflichen Tag?«, fragte Tomas.

Elbryan zuckte nur die Achseln.

»Nun ja«, meinte der andere leichthin, »gerade eben ist Eure hübsche Gefährtin vorbeigekommen, und zwar aus derselben Richtung wie Ihr – aus dem Wald im Norden«, fügte er mit einem gutmütigen Augenzwinkern hinzu, doch Elbryan machte nur ein mürrisches Gesicht.

Tomas räusperte sich und wechselte schnell das Thema: »Die Karawane ist komplett«, verkündete er. »Wenn es nicht schon so spät im Jahr wäre, könnten wir in ein paar Wochen aufbrechen.«

»Erst müssen wir sicher sein, dass der Winter vorbei ist«, erwiderte Elbryan.

»Wir?«, fragte Tomas grinsend. Seit Elbryan und Pony zu ihm nach Caer Tinella gekommen waren, hatte er versucht, den Nachtvogel zu überreden, die Karawane in die Waldlande zu begleiten, doch Elbryan hatte sich stets aus der Affäre gezogen. Tomas hatte ihm schwer zugesetzt, denn einige der Kaufleute wollten nur dann ihre Unterstützung gewähren, wenn der Hüter sie bewachte.

Als Elbryan das hoffnungsvolle schiefe Lächeln in dem wettergegerbten Gesicht sah, wusste er, dass Tomas Gingerwart sein Freund war. »Ich begleite euch«, beruhigte er ihn. »Dundalis war mein Zuhause, und Ponys ebenfalls, und ich glaube, es wieder aufzubauen ist genauso unsere Sache wie die der anderen.«

»Aber was ist mit den Kingsmen?«, fragte Tomas. Es war kein Geheimnis, dass der Nachtvogel mit Shamus Kilronney, dem Hauptmann der Königlichen Brigade, zusammen daran gearbeitet hatte, die Sicherheit des Landes wiederherzustellen. Man erzählte sich, dass Shamus und der Hüter Freunde geworden waren, und Pony sollte den Mann sogar von früher kennen.

»Hauptmann Kilronney ist überzeugt, dass die Gegend sicher ist«, erklärte Elbryan. »Pony hat gestern mit ihm gesprochen – und wird heute vormittag vielleicht noch einmal bei ihm sein, um mit ihm über seine Absicht zu reden, die Brigade wieder in den Süden zu bringen.«

Tomas nickte, war aber offensichtlich nicht begeistert vom drohenden Abzug der Soldaten.

»Sie will versuchen, den Hauptmann zu überreden, noch ein bisschen zu bleiben«, fuhr Elbryan fort. »Vielleicht den Winter über. Und vielleicht begleitet er uns dann im Frühjahr sogar noch weiter nach Norden. Zweifellos wünscht der König die Waldlande so bald wie möglich wieder zugänglich zu machen.«

»Ganz recht«, erwiderte Tomas. »Kaufmann Comli, mein Hauptgönner, ist ein persönlicher Freund von König Danube Brock Ursal. Und Comli wäre nicht so scharf darauf, nach Norden zu ziehen, wenn er nicht sicher wäre, dass der König den Handel mit den Waldlanden wieder aufzunehmen wünscht.«

Das erschien den beiden ausgesprochen logisch. Im Krieg waren viele Segelschiffe von Pauri-Tonnenbooten zerstört worden, und die einzigen Baumstämme, die lang genug waren, um einen Mast zu ersetzen, gab es in den so passend benannten Waldlanden, dem Land um Dundalis, Weedy Meadow und Weltenend.

»Vielleicht sollte Comlis Sendbote auch einmal mit Hauptmann Kilronney reden«, schlug der Hüter vor. Tomas nickte. »Ich werde dafür sorgen«, versprach er.

»Jedenfalls bin ich froh, Nachtvogel und Pony auf dieser gefährlichen Reise bei uns zu haben, und jedes weitere Schwert soll uns recht sein. Ich brauche Euch meine Befürchtungen nicht zu erklären, denn wir wissen beide, dass noch niemand festgestellt hat, wie weit sich die Horden des Geflügelten zurückgezogen haben. Vielleicht stoßen wir ja im Norden auf zehntausend grölende Goblins, Riesen und Pauris, die am Straßenrand hocken und auf Rache sinnen.«

Elbryan musste lächeln, denn er glaubte kein Wort davon. Es mochte da oben ja wirklich noch Ungeheuer geben, aber nicht in dem Maße, wie Tomas es sich ausmalte – nicht, nachdem sie ihren Zusammenhalt in Gestalt des geflügelten Dämons verloren hatten.

»Ich wünschte nur, Roger Flinkfinger wäre hier und könnte mit uns auf die Reise gehen«, fügte Tomas hinzu.

»Belster wird ihn schon finden, wenn er nach Palmaris zurückgekehrt ist«, versicherte ihm Elbryan. Als er mit Pony auf ihrem Rückweg von St. Mere-Abelle durch Palmaris gekommen war, hatten sie Belster nicht nur zum neuen Besitzer des Gasthauses erklärt, sondern ihm außerdem aufgetragen, Roger zu suchen und den jungen Mann von ihren Absichten zu unterrichten, wenn er von seiner Reise mit Baron Rochefort Bildeborough zum König zurückkehrte. Der Hüter zweifelte nicht daran, dass Roger nach Caer Tinella zu ihm und Pony eilen würde, sobald er sich seiner Pflichten bei dem Baron entledigt hätte.

»Hoffentlich ist er vor Frühlingsanfang wieder da«, sagte Tomas. »Denn mit dem Anbruch des dritten Monats brechen wir auf, wenn das Wetter uns nicht einen Strich durch die Rechnung macht. Wenn es sich hält, ist die Straße vielleicht noch frei, so dass er uns einholen kann.«

Elbryan nickte. Er sah den Tatendrang im Gesicht des anderen. Wie so viele konnte Tomas es kaum abwarten, nach Norden zu ziehen, aber sie ließen sich alle zu sehr von dem ungewöhnlichen Wetter beeindrucken. Der Calember hatte zum Schluss einige Schneefälle gebracht, doch die darauffolgenden wärmeren Tage hatten den Schnee gleich wieder schmelzen lassen. Für den König des Bärenreichs, für den Baron von Palmaris, für die Kaufleute und für Männer wie

Tomas war es wichtig, dass, wenn die Waldlande erst einmal von den Ungeheuern befreit waren, sich die Menschen aus dem Bärenreich dort niederlassen und den Holzhandel wieder aufnehmen würden. Die Waldlande waren das einzige Gebiet, das die Baumstämme für die Schiffsmasten liefern konnte. Sie wurden von keinem der drei Königreiche – dem Bärenreich, Behren oder dem rauen Alpinador – regiert, doch hatten sie dem König und den Kaufleuten des Bärenreichs immer so gute Dienste geleistet, dass diese das Land gern vorwiegend mit ihrer eigenen Bevölkerung besiedeln wollten. In letzter Zeit waren Gerüchte bis nach Caer Tinella gedrungen, denen zufolge die Alpinadoraner die Absicht hegten, sich in den verlassenen Waldlanden niederzulassen, und wenn auch niemand befürchtete, dass dadurch der Handel mit den großen Bäumen zum Erliegen käme, war doch allen klar, dass die Kaufleute des Bärenreichs dann dafür tiefer in die Tasche greifen mussten.

Elbryan hatte diese Gerüchte nicht bestätigen können, und eigentlich nahm er an, dass sie von Comli oder irgendeinem anderen ängstlichen Kaufmann ausgestreut worden waren, um den Aufbruch der Karawane zu beschleunigen. Allerdings hatte er nichts dagegen, wieder nach Norden zu gehen. Und neben den praktischen Erwägungen gab es auch noch ganz persönliche. Sein Vater, Olwan Wyndon, war nach Dundalis gegangen, um an der Grenze zu leben, und hatte dort Dinge erlebt, die zuvor kein Mensch gesehen hatte. Olwan Wyndon war sehr stolz auf seinen Entschluss gewesen, in den Norden zu gehen, und zum heimlichen Oberhaupt von Dundalis geworden.

Das war, bevor sich die Finsternis ausbreitete.

In der Nähe von Dundalis war es auch gewesen, wo Elbryan in einem geschützten Wäldchen das Grab seines lange vermissten Onkels Mather – seines Vorgängers als Hüter – entdeckt und sich dessen Schwert erkämpft hatte. Und in den Wäldern um Dundalis war er seinem lieben Freund

Bradwarden, dem Zentauren, begegnet, der ihm jetzt, wie es schien, geradewegs aus dem Grabe zurückgegeben worden war. Und in demselben Wald hatte Bradwarden ihm den prächtigen schwarzen Hengst Symphony zugeführt, des Hüters Pferd und bester Freund.

Er war tief in dieser Gegend verwurzelt, und nun fühlte er sich seinem toten Vater und seiner Familie gegenüber verpflichtet, dorthin zurückzukehren und beim Wiederaufbau von Dundalis und den anderen beiden Städten mitzuhelfen. Dann wollte er ihr Beschützer sein und leise und wachsam durch die Wälder streifen.

»Es heißt, dass die neuen Siedler der Nordlande anständig belohnt werden sollen«, meinte Tomas.

Elbryan betrachtete ihn eingehend und sah, wie der andere sich die Hände rieb. Wenn Tomas in die Waldlande gehen wollte, um sein Glück zu machen, so würde er bitter enttäuscht werden, soviel war ihm klar. Das Leben dort war hart. Ebenso notwendig wie der Holzhandel war es, zu jagen, zu fischen und das Feld zu bestellen. Nein, man ging nicht in die Waldlande, um ein reicher Mann zu werden. Man ging dorthin, weil es dort eine Freiheit gab, die man nirgendwo sonst finden konnte. Die Belohnung, von der Tomas gesprochen hatte, das würde er noch lernen, wenn er es nicht bereits wusste, bestand aus anderen Dingen als dem Gold des Königs.

»Das nenn ich praktische Überlegungen«, meinte Elbryan. »Die Wiederbesiedlung von Dundalis und den anderen beiden Städten hängt davon ab, ob die Ungeheuer die Gegend verlassen haben oder nicht. Wenn sie noch da sind, dann brauchen wir mehr als die achtzig Mann, die du mitnehmen willst, um sie zu verscheuchen.«

»Darum haben wir den Nachtvogel gebeten, uns zu begleiten«, sagte Tomas augenzwinkernd. »Und Pony.«

»Und darum versucht Pony, Hauptmann Kilronney zu überreden, dass er noch den Winter über in Caer Tinella bleibt und dann mitkommt«, erwiderte Elbryan. »Hoffen wir, dass er einverstanden ist.«

»Und dass wir ihn und seine Soldaten nicht brauchen«, fügte Tomas inbrünstig hinzu.

»Ach, Jilseponie, es macht mich traurig, zu sehen, dass der Glanz in deinen Augen erloschen ist.«

Die melodiöse Stimme von oben überraschte Pony nicht, denn sie hatte bereits vermutet, dass Belli'mar Juraviel in der Nähe war. Sie hatte diese Waldgegend südlich von Caer Tinella aufgesucht, weil sie von hier aus die beste Aussicht auf das Lager der Kingsmen in der Ferne hatte, und auch in der Hoffnung, den Elfen zu finden, denn Juraviel war etliche Tage verschwunden gewesen, um die Straßen im Süden zu erkunden. Nachdem Pony an diesem Morgen Caer Tinella hinter sich gelassen hatte, war ein Trupp Soldaten aus der Garnison an ihr vorbeigekommen, während sie lautlos im Schatten der Bäume entlanggepirscht war. Ihr war aufgefallen, dass die Reiter bereits aus der Stadt kamen und schnurstracks auf das Lager der Kingsmen zusteuerten.

»Wie lange wird dein Blick noch verdüstert sein?«, fragte Juraviel und flatterte mit seinen nahezu durchsichtigen Flügeln auf einen niedrigen Ast. »Wann werden deine Augen endlich wieder leuchten, damit sich die andern um dich herum in ihrem Glanz sonnen können?«

»Ich habe an meine Familie gedacht«, erwiderte Pony. »Als ich damals in Dundalis meine Mutter und meinen Vater verloren habe, konnte ich mich jahrelang an nichts mehr erinnern. Ich möchte nicht, dass mir das jetzt mit Graevis und Pettibwa wieder passiert.«

»Aber damals warst du noch sehr jung«, sagte Juraviel, um sie ein wenig zu trösten. »Zu jung, um eine solche Tragödie zu begreifen, und da hast du eben das Ganze aus deinem Bewusstsein verdrängt. Du warst noch zu jung.«

»Vielleicht bin ich das noch immer.«

»Aber …«, wollte der Elf protestieren, doch dann sah er, dass Pony keine Miene verzog, sondern geistesabwesend zu dem Soldatenlager hinüberschaute. Wie dauerte ihn diese junge Frau, die gerade mal ein Vierteljahrhundert alt war und schon zweimal ihre Familie verloren hatte. Wie er sie jetzt so betrachtete, fürchtete Juraviel, ihr hübsches Gesicht würde sich nie wieder aufhellen.

»Erzähl mir etwas über die Soldaten, die heute morgen hinübergeritten sind«, bat Pony ihn plötzlich.

»Aus Palmaris«, erwiderte Juraviel. »Hatten ein ganz schönes Tempo am Leibe. Ich bin ihnen in der Hoffnung gefolgt, etwas von ihren Gesprächen aufzuschnappen, aber sie haben nirgends haltgemacht, und ich habe sie kein Wort reden hören.«

Pony kaute auf ihren Lippen herum und starrte auf das Lager in der Ferne, und Juraviel konnte sich vorstellen, was in ihr vorging. Waren diese Soldaten gekommen, um den Kingsmen zu sagen, dass sie und Elbryan von der Kirche gesucht wurden?

»Baron Bildeborough ist ein guter Freund«, erinnerte Juraviel sie. »Dein Pferd und dein Schwert sind Beweis genug dafür, selbst wenn du an Rogers Urteil zweifelst.«

»Das tue ich ja gar nicht«, erwiderte Pony schnell. Juraviel hatte recht. Baron Bildeborough war ganz sicher kein Freund der Abellikaner, und er hatte Roger großes Vertrauen entgegengebracht, indem er ihm das Pferd und das Schwert anvertraut hatte, um es Pony zu übergeben.

»Diese Soldaten stehen hinter dem Baron, nicht hinter der Kirche«, fuhr Juraviel fort. »Und nachdem Baron Bildeborough jetzt weiß, dass es ein Kirchenmann war, der seinen geliebten Neffen umgebracht hat – und das offensichtlich mit dem Segen, ja sogar auf Befehl der Ordensleitung –, wird er sich nicht gegen dich und Elbryan auf ihre Seite schlagen, ganz gleich, was ihm die Abellikaner versprechen, oder ob ihn der König unter Druck setzt.«

»Du hast recht«, sagte Pony und drehte sich zu dem Elfen um. »Aber hast du dir die Reiter genau angesehen? Kann es sein, dass Roger unter ihnen war?«

»Es waren nur Soldaten«, versicherte er, und ihm entging nicht, dass sich ihr hübsches Gesicht wieder verfinsterte. »Möglicherweise ist er noch nicht aus Ursal zurück.«

»Ich hatte es nur gehofft«, erwiderte Pony.

»Hast du etwa Angst um ihn? Er ist mit einem einflussreichen Mann zusammen«, erklärte Juraviel, denn sie hatten erfahren, dass Roger mit Baron Bildeborough nach Ursal aufgebrochen war, um mit dem König selbst zu reden.

»Es gibt nur wenige auf der Westseite des Masurischen Flusses, die über so viel Macht und Einfluss verfügen wie Baron Rochefort Bildeborough.«

»Vielleicht mit Ausnahme des neuen Abtes von St. Precious.«

»Aber dessen Macht ist eben auch neu«, erwiderte Juraviel. »Baron Bildeborough hat das Sagen, denn er ist schon seit vielen Jahren in Palmaris ansässig, als Nachfolger einer langen Reihe von Stadtverwaltern. Roger dürfte also ziemlich sicher sein.«

Dieser Einwand erschien Pony einleuchtend, und sie sah ein wenig erleichtert aus.

»Aber du möchtest trotzdem, dass Roger wieder bei uns ist«, sprach der Elf weiter.

Pony nickte.

»Du möchtest, dass er die Karawane nach Dundalis begleitet«, sagte Juraviel, denn er konnte sich vorstellen, was in Ponys Kopf vor sich ging. Wie alle Touel'alfar verfügte er über ein ausgeprägtes Einfühlungsvermögen.

»Roger ist ein wertvoller Mitstreiter. Ich mache mir Sorgen um seine Sicherheit und finde es besser, wenn er bei Elbryan bleibt, bis er mehr über die Gefahren in der großen weiten Welt gelernt hat«, sagte Pony bestimmt.

Ihre Stimme war dabei ganz ruhig, doch es entging Juraviels Aufmerksamkeit nicht, dass sich ihre tiefsitzende Abneigung gegen die Kirche in nackten Hass verwandelt hatte. »Bei Elbryan?«, hakte er nach. »Bei euch beiden, meinst du?«

Pony zuckte nur die Achseln, und diese ausweichende Antwort bestätigte den Elf in seiner Vermutung, dass sie nicht vorhatte, mit nach Norden zu gehen. Und so überließ er Pony eine ganze Weile ihren Gedanken, während sie schweigend in die Ferne starrte.

»Ich muss zu Hauptmann Kilronney gehen«, sagte sie schließlich.

»Vielleicht hat man ihn nach Palmaris zurückbeordert«, meinte Juraviel. »Hier treiben sich nur noch wenige Ungeheuer herum«, fügte er hinzu, als sie ihn verdutzt ansah. »Eine so starke Streitmacht kann anderswo vielleicht nützlicher sein.«

»Im Westen gibt es noch eine lästige Horde Pauris, die er aufreiben will, bevor er nach Süden geht«, sagte Pony. »Und Elbryan zuliebe werde ich Hauptmann Kilronney bitten, noch den Winter über in Caer Tinella zu bleiben und die Karawane dann nach Dundalis zu begleiten.«

»Ganz recht«, sagte der Elf. »Und wird Jilseponie die Karawane auch begleiten?«

Seine unverblümte Frage überraschte sie so sehr, dass es ihr ein paar Sekunden die Sprache verschlug.

»Elbryan denkt natürlich, dass du mitgehst«, erklärte Juraviel. »Und Tomas Gingerwart auch, das hab ich ihn sagen hören.«

»Was fragst du dann erst?«

»Weil ich nicht glaube, dass du es vorhast«, meinte Juraviel. »Deine Augen blicken nach Süden. Willst du nicht zurück nach Hause?«

Jetzt saß Pony in der Falle, das wusste sie – unwillkürlich schaute sie noch einmal nach Süden. »Natürlich will ich wieder nach Dundalis«, sagte sie. »Wenn Elbryan dorthin geht, tue ich es auch.«

»Und du hast gar kein Wörtchen dabei mitzureden, wo ihr zusammen leben wollt?«

»Dreh mir nicht die Worte im Munde um!«, drohte sie. »Wenn ich woanders leben möchte, dann wird Elbryan mitkommen, da kannst du sicher sein.«

»Und wo möchtest du leben?«

Wieder zuckte sie die Achseln. »Ich gehe nach Dundalis, aber nicht mit der Karawane«, räumte sie ein.

Obwohl er so etwas die ganze Zeit vermutet hatte, verblüffte Juraviel diese Erklärung doch.

»Zuerst gehe ich eine Weile nach Palmaris«, fuhr Pony fort. »Ich will mal nachsehen, wie sich Belster O'Comely in der Geselligen Runde macht.«

»Aber du hast doch genug Zeit, um Belster zu besuchen und rechtzeitig zurück zu sein, bevor die Karawane aufbricht«, wandte Juraviel ein.

»Ich hab vorläufig genug vom Norden und vom Kämpfen«, sagte Pony abwehrend.

»Das mag ja sein«, erwiderte der Elf. Pony fiel sein pfiffiges Lächeln auf. »Du denkst, dass für dich der Kampf gerade erst losgeht. Der ehrwürdige Vater des Abellikaner-Ordens hat Jilseponies Familie den Krieg erklärt, und jetzt gedenkt sie es mit ihm aufzunehmen.«

»Ich kann doch nicht einfach …«, hob sie an.

»Nein, du kannst nicht einfach«, fiel ihr der Elf ins Wort. »Willst du etwa nach St. Mere-Abelle marschieren und knapp tausend schlachterprobten und zauberkundigen Mönchen den Kampf ansagen? Oder willst du auf St. Precious und seinen neuen Abt losgehen, der nach Meister Jojonahs Worten der beste Kämpfer ist, den St. Mere-Abelle jemals hervorgebracht hat? Und was ist mit Elbryan?«, wollte der Elf wissen, während er hinter Pony hereilte, die sich anschickte, davonzulaufen. »Was wird er sagen, wenn er erfährt, dass du ihn im Stich gelassen hast und einfach deiner eigenen Wege gehst?«

»Genug jetzt!« Pony fuhr herum und sah ihn an. »Ich lasse Elbryan nicht im Stich.«

»Wenn du deinen eigenen Krieg anzettelst, schon.«
»Was weißt denn du!«
»Dann erklär's mir!« Juraviels schlichte Aufforderung brachte Pony wieder zur Besinnung und erinnerte sie daran, dass der Elf ihr Freund war, ein wahrer Freund, dem sie vertrauen konnte.
»Ich gehe nicht nach Süden, um Krieg zu führen«, erklärte sie. »Auch wenn du dich darauf verlassen kannst, dass ich vorhabe, es den Abellikanern heimzuzahlen.«
Juraviel lief es kalt den Rücken herunter. Nie zuvor hatte Ponys Stimme so eiskalt geklungen – und das gefiel ihm ganz und gar nicht.
»Aber das hat noch Zeit«, fuhr sie fort. »Dundalis ist jetzt für Elbryan und Roger die vorrangige Aufgabe, falls er jemals zu uns zurückkehrt. Und ich weiß, dass wir alle erst einmal abwarten müssen, was bei dem Treffen zwischen Baron Bildeborough und dem König herausgekommen ist. Vielleicht werde ich doch nicht ganz allein gegen die Kirche Krieg führen.«
»Warum schaust du dann nach Süden?«, fragte Juraviel ruhig.
»Auf dem Weg nach St. Mere-Abelle, als ich dachte, wir würden jetzt entweder beide ein schlimmes Ende nehmen oder die ganze Sache endgültig bereinigen, da habe ich Elbryan verführt.«
»Schließlich seid ihr ja Mann und Frau«, meinte der Elf und grinste verschmitzt.
»Wir hatten uns eigentlich Enthaltsamkeit geschworen«, erklärte Pony, »weil wir Angst hatten –«
»Und jetzt bekommst du ein Kind«, begriff Juraviel und riss seine honigfarbenen Augen auf.
Pony widersprach ihm nicht.
»Aber vielleicht irrst du dich ja«, meinte Juraviel. »Das ist doch erst ein paar Wochen her.«
»Ich wusste es bereits am nächsten Morgen«, versicherte

ihm Pony. »Ich weiß nicht, ob es an meiner Beschäftigung mit den Steinen liegt, insbesondere mit dem Seelenstein, oder ob es einfach nur das Wunder des Lebens an sich ist, aber ich wusste es genau. Und alles, was in den darauffolgenden Wochen passiert oder vielmehr nicht passiert ist, bestätigt dieses Gefühl. Ich bekomme ein Kind, Belli'mar Juraviel.«

Juraviels Lächeln wurde noch breiter, als er sich vorstellte, welch ein Kind solche Eltern hervorbringen würden. Doch sein Lächeln verschwand wieder, als er sah, wie Pony die Stirn runzelte.

»Du solltest dich freuen!«, meinte er. »So etwas ist ein Anlass zum Feiern, nicht zum Seufzen.«

»Der Krieg ist noch lange nicht zu Ende«, sagte Pony. »Erst muss Dundalis noch zurückerobert werden.«

»Eine Kleinigkeit«, erwiderte der Elf. »Und vergiss deine Kriege, Jilseponie Wyndon. Denk daran, das, was da in dir wächst, ist jetzt das Allerwichtigste für dich und Elbryan.«

Bei der Erwähnung dieses Namens musste Pony lächeln. Es war das erste Mal, dass Juraviel sie so genannt hatte. »Du wirst Elbryan nichts davon erzählen«, sagte sie. »Nicht von meiner Absicht, nach Süden zu gehen, und nicht von meinem – *unserem* Kind.«

»Er hat ein Recht darauf, es zu erfahren«, protestierte Juraviel.

»Das wird er auch – aber von mir selbst und nicht von dir.«

Juraviel machte eine artige Verbeugung.

»Ich gehe jetzt zu Hauptmann Kilronney«, erklärte sie. »Wollen mal sehen, was diese neuen Soldaten hier wollen.« Sie ging an ihm vorbei, und der Elf folgte ihr wie ein Schatten aus dem Wald hinaus. Wenn sie sich geirrt hatten und diese Soldaten in den Norden gekommen waren, um nach zwei Geächteten zu suchen, dann würde Juraviel zu seinen Freunden halten.

Der Elf dachte lange über diesen Begriff nach: seine *Freunde*. Was würden Lady Dasslerond und all die anderen in

Caer'alfar davon halten, wenn sie in Belli'mar Juraviels Herz schauen könnten? Es hatten sich auch andere Elfen mit Nachtvogel angefreundet, als er bei ihnen im Nebeltal gelebt hatte, und Tuntun hatte Elbryan und Jilseponie damals sogar besonders nahegestanden. Doch was sie auch taten – als Juraviel mit seinen Gefährten zum Berg Aida zog, um gegen den Dämon zu kämpfen, und hinterher die Menschenflüchtlinge ins Elfental brachte, als Lady Dasslerond ihre Aufnahme an dem geheimen Ort gestattete, selbst als Tuntun sich dem Marsch zum Berg Aida anschloss und schließlich ihr Leben opferte –, immer war die Handlungsweise der Elfen von praktischen Erwägungen bestimmt und mit ihren eigenen Interessen verbunden gewesen. Das hier hingegen wäre ein Krieg der Menschen untereinander, und Juraviels Teilnahme hätte nichts mit dem Leben der Elfen zu tun.

Und doch würde er an der Seite seiner Freunde kämpfen – und notfalls mit ihnen zugrunde gehen. Schon als er mit ihnen nach St. Mere-Abelle gegangen war, um Bradwarden und Ponys Pflegeeltern zu retten, war das ein reiner Freundschaftsdienst gewesen.

Lady Dasslerond würde das nicht billigen, soviel war Juraviel klar, denn die Auseinandersetzung zwischen seinen Freunden und der Kirche war eine Angelegenheit, die die Menschen unter sich austragen mussten. Juraviels Vorgehen entsprach demnach nicht den sozialen Grundsätzen des Elfenvolkes, das sein eigenes Wohl über alles stellte und glaubte, das Leben eines einzigen Elfen sei weitaus mehr wert als das von tausend Menschen oder anderen Wesen – und das, obwohl sie ersteren durchaus wohlgesonnen waren.

Und doch würde Juraviel Pony jetzt nicht im Stich lassen und schlimmstenfalls an ihrer Seite sterben.

Sobald Elbryan sich von Tomas getrennt hatte – ihr Gespräch war von dem Aufruhr beendet worden, den die Soldaten aus Palmaris verursacht hatten, als sie durch Caer Tinella gepoltert waren –, machte er sich schnurstracks auf die Suche nach Symphony, um ins Lager zu reiten. Wie Pony befürchtete auch er, die Ankunft der Soldaten könnte etwas mit den Edelsteinen und der Befreiung des Zentauren aus St. Mere-Abelle zu tun haben. Außerdem nahm er an, dass Pony bereits bei Hauptmann Kilronney war. Der Hüter atmete erleichtert auf, als er näher kam und keinerlei Anzeichen einer magischen Entladung sah. Wenn Pony dort war und man versucht hätte, sie gefangenzunehmen, würde ihre Reaktion wahrscheinlich das halbe Lager in die Luft gesprengt haben.

»Sei gegrüßt, Nachtvogel!«, rief ein Wachtposten. Ein anderer ging auf ihn zu und wollte nach Symphonys Zügel greifen, doch der Hüter wehrte ab.

»Neuankömmlinge?«, fragte er.

»Garnison aus Palmaris«, erklärte der Soldat. »Wollten mit Hauptmann Kilronney reden.«

»Und mit Jilseponie?«

»Bin sicher, sie ist noch nicht hier«, erwiderte der Soldat.

Elbryan lenkte sein Pferd ins Lager hinein, wo er von allen aufs Herzlichste begrüßt wurde, Männern und Frauen, deren Hochachtung er in den letzten zwei Wochen bei einigen Gefechten gegen marodierende Horden von Ungeheuern errungen hatte. Hauptmann Kilronneys Soldaten waren froh gewesen, den Nachtvogel – und Jilseponie! – an ihrer Seite zu haben, als die Kämpfe losgingen. Falls die Neuen hinter ihm und Pony her waren, hatte sich das jedenfalls noch nicht herumgesprochen.

Doch als er abstieg und Hauptmann Kilronneys Zelt betrat, verging dem Hüter die Zuversicht. Kilronney und die anderen blickten so finster drein, dass Elbryans Hand unwillkürlich nach dem Schwert griff.

»Schlechte Neuigkeiten?«, fragte der Hüter nach einem Augenblick gespannten Schweigens.

Kilronney sah ihn unverhohlen an. Der Hauptmann war

etwas größer als Elbryan und stämmig, wenn auch nicht annähernd so kräftig gebaut wie dieser. Ihn zierte ein säuberlich gestutzter Kinn- und Schnurrbart, der ebenso knallrot war wie sein Haarschopf, und beides stand in schönem Kontrast zu seinen leuchtend blauen Augen, deren tieftrauriger und zorniger Ausdruck Elbryans Aufmerksamkeit nicht entging.

Shamus Kilronney warf dem Truppenführer der Abteilung aus Palmaris einen Blick zu, und der Hüter straffte die Schultern, fast als erwarte er einen Angriff. »Schlechte Neuigkeiten?«, fragte er noch einmal.

»Wer ist dieser Mann?«, wollte sein Gegenüber wissen, eine robuste, fast sechs Fuß große Frau mit gleichfalls flammend roten, dicken Zöpfen. Ihre Augen waren leuchtend blau wie die des Hauptmanns, und für Elbryan hätten die beiden Zwillinge sein können – mit der Ausnahme, dass sie eher mit einem ländlichen Dialekt sprach, während die Ausdrucksweise Kilronneys ziemlich gepflegt war.

»Er ist unser Verbündeter«, erklärte der Hauptmann, »und dient meiner Garnison als Späher.«

»Ein einfacher Späher?«, meinte die Frau und zog die Augenbrauen hoch, während sie den kräftigen Hüter argwöhnisch musterte. Elbryan bemerkte, dass ihr Misstrauen mit einem Quentchen Neugier vermischt war.

»Seine Verdienste sind zu umfangreich, um sie jetzt alle aufzuzählen«, sagte Kilronney ungehalten.

Die Frau nickte.

»Baron Rochefort Bildeborough ist tot«, erklärte der Hauptmann ohne Umstände.

Elbryan riss erschrocken seine grünen Augen auf. Er dachte sofort an Roger, der, wie er wusste, mit dem Baron unterwegs gewesen war.

»Er wurde südlich von Palmaris ermordet«, erklärte die Frau mit beherrschter Stimme, und Elbryan entging nicht, dass sie dabei ihren Schmerz unterdrücken musste. »Irgendein wildes Tier soll über seine Kutsche hergefallen sein, eine Raubkatze wahrscheinlich.«

»Auf dem Rückweg von Ursal?«, fragte der Hüter.

»Auf dem Weg *nach* Ursal«, korrigierte ihn die Frau.

»Aber das ist ja schon Monate her«, protestierte der Hüter und dachte, dass er und Pony dann *nach* dem Mord in Palmaris gewesen sein mussten, ohne dass sie etwas davon gehört hatten.

»Wir hatten Wichtigeres zu tun, als schnurstracks nach Norden zu marschieren«, sagte die Frau trocken. »Es gibt schließlich bedeutendere Leute, denen wir Bescheid sagen mussten, als Hauptmann Kilronney und sein blöder Freund.«

»Was ist mit seinen Begleitern?«, fragte der Hüter und überhörte die Beleidigung.

»Alle tot«, erwiderte die Frau.

Elbryan schwirrte der Kopf.

»Sie hatten gerade das Lager aufgeschlagen«, gab ein anderer Soldat Auskunft. »Sieht so aus, als wären sie überrascht worden. Der Baron wollte noch in seine Kutsche, aber das Biest ist hinter ihm her und hat ihn zerfetzt.«

Dieser knappe Bericht des Soldaten ließ bei Elbryan erhebliche Zweifel daran aufkommen, dass es sich wirklich um ein wildes Tier gehandelt hatte. Bei den Touel'alfar hatte er viel über das Verhalten der Tiere gelernt. Es gab zwar Raubkatzen in der Gegend, allerdings hielten sich nur wenige in den besiedelten Gebieten zwischen Palmaris und Ursal auf. Aber diese Tiere griffen für gewöhnlich keine größeren Gruppen von Menschen an. Eine hungrige Raubkatze konnte wohl einen einzelnen jagen und ihr Opfer gegen andere verteidigen, die ihr die Beute abjagen wollten, doch hätte sie den Baron wohl kaum bis in seine Kutsche verfolgt.

»Hab's mit eigenen Augen gesehn«, meinte jetzt ein anderer. »Lagen alle zerfetzt in 'ner riesigen Blutlache.«

»Und wer wurde als erster getötet?«, fragte der Hüter.

»Muss wohl eine der Wachen am Feuer gewesen sein«,

erwiderte der Mann. »Hat's nicht mal mehr geschafft, seine Waffe zu ziehen, bevor das Vieh auf ihn los ist, und die andern hatten keine Chance, ihm zu helfen.«

»Dann war also der Baron der letzte – in der Kutsche?«

Der Mann nickte, presste die Lippen aufeinander und schluckte.

Für Elbryan ergab das alles nicht viel Sinn, es sei denn, es hatte sich hier um ein krankes Tier oder um ein ganzes Rudel gehandelt – was äußerst selten vorkam.

»Wie viele wurden gefressen?«, fragte er die Augenzeugen.

»Sie waren alle aufgeschlitzt«, sagte der Mann, »und die Eingeweide hingen raus. Dem einen lag sein Herz quer über dem Brustkorb. Wie oft die Katze von jedem abgebissen hat, weiß ich auch nicht.«

»Hältst du das wirklich für nötig?«, sagte die Frau an Hauptmann Kilronney gewandt.

Dieser warf Elbryan einen vorwurfsvollen Blick zu, doch der Hüter hob bereits die Hand zum Zeichen dafür, dass er genug gehört hatte. Kein hungriges Raubtier würde einen solchen Leckerbissen wie ein Herz einfach liegenlassen und seine Energie damit verschwenden, einen flüchtenden Menschen umzubringen, während die erlegte Beute schon vor seiner Nase lag. Wenn die Schilderung des Mannes zutraf, dann war der Baron nicht von einem normalen Raubtier ermordet worden.

Und das brachte Elbryan natürlich auf eine noch verwirrendere Idee. Hatte er doch immer wieder die Wirkung der Edelsteine beobachtet und sich mit Avelyn ausführlich darüber unterhalten, der ihm von einem erzählt hatte, der seinen Arm in eine Tigerpranke verwandeln konnte.

»Die Männer, die den Baron begleiteten«, hob der Hüter noch einmal ruhig an. »Kanntest du sie alle?«

»Einer war ein Freund von mir«, erwiderte der Zeuge. »Und die andern hatte ich auch schon mal gesehen. Waren die Leibgarde des Barons.«

Der Hüter nickte. »Ich habe gehört, dass noch einer mit dem Baron unterwegs war – kein Soldat.«

»Dieser kleine Kerl«, meinte die Frau. »Ja, hab davon gehört.«

»War sein Leichnam auch dabei?«

»Hab ihn nicht gesehen«, erwiderte der Augenzeuge.

Elbryan atmete ein wenig auf; doch es musste nicht viel zu bedeuten haben. Die Raubkatze – wenn es eine war – konnte Roger auch fortgeschleppt haben, um ihn in Ruhe zu verspeisen. Und wenn es ein Mönch war, dann hatte er Roger wahrscheinlich gefangengenommen, um ihn über Elbryan und Pony auszuhorchen.

»Warum seid ihr hier?«, fragte er die Truppenführerin.

»Wir sollten Hauptmann Kilronney Bescheid sagen; sie haben Boten in alle Richtungen ausgesandt«, erwiderte sie.

»Der Tod des Barons hat ungeheure Folgen für Palmaris«, meinte Shamus Kilronney. »Zumal so kurz nach dem Mord an Abt Dobrinion.«

»In der Stadt braut sich schon die ganze Zeit über was zusammen«, meinte die Frau. »Der neue Abt ist gerade von einer Reise nach St. Mere-Abelle zurückgekommen – irgend so ein Äbtekollegium, was auch immer das heißen soll –, und jetzt macht er sich reichlich breit, aber er hat auch Feinde.«

Der Hüter nickte. Das bestätigte seine ärgsten Befürchtungen. Er war dem neuen Abt von St. Precious erst einmal kurz begegnet, doch das hatte genügt, um ihm zu zeigen, dass De'Unnero ein ausgesprochen unangenehmer Patron und eitler Hitzkopf war. Der Tod des Barons hinterließ eine klaffende Lücke im Machtgefüge der Stadt, nachdem sein einziger Erbe, Connor, ebenso wie Abt Dobrinion tot war, und diese Lücke gedachte Abt De'Unnero nun zu füllen. Und die Tatsache, dass er zu diesem Kollegium nach St. Mere-Abelle gefahren war, ließ den Hüter befürchten, dass De'Unnero einen Gefangenen im Schlepptau gehabt hatte, nämlich Roger Flinkfinger.

Die Abellikaner kamen Elbryan inzwischen vor wie ein riesiges schwarzes Ungeheuer, das sich erhob, um die Sonne zu verfinstern. Er dachte an seine Reise zum Berg Aida, wo er den Dämon geschlagen hatte, und an seine Fahrt nach St. Mere-Abelle, um seine Freunde den Klauen des ehrwürdigen Vaters zu entreißen, und ihm wurde klar, dass sich diese beiden Missionen kein bisschen voneinander unterschieden.

»Was werdet Ihr jetzt tun?«, fragte Elbryan Kilronney.

Der andere stieß einen hilflosen Seufzer aus. »Ich sollte wohl wieder nach Palmaris gehen und zusehen, wie man die Stadt sichern kann.«

»Ihr werdet hier gebraucht«, erinnerte ihn der Hüter. »Der Winter könnte hart werden für die Leute und ihnen Ungeheuer bescheren, mit denen sie ohne Eure Hilfe nicht fertig werden. Und dann ist da noch die Sache mit der Karawane nach Norden, bevor der Frühling anbricht.«

»Ihr wollt doch wohl die Wiedererschließung der Waldlande nicht mit der Sicherheit von Palmaris vergleichen?«, protestierte die Frau ungläubig, rückte näher an den Hauptmann heran und durchbohrte ihn mit ihrem Blick – einem Blick, in dem eine gewisse Vertraulichkeit lag, so dass sich Elbryan erneut fragte, ob es da nicht verwandtschaftliche Beziehungen gab.

Der Hüter sah Kilronney an, doch der zuckte nur die Achseln; die simple Logik dieser Bemerkung hatte ihn außer Gefecht gesetzt.

»Was ist mit der Pauri-Horde im Westen?«, fragte der Hüter, denn vor kurzem hatte er sich mit Kilronney darüber unterhalten, wie sie gegen eine unliebsame Bande von Blutkappen vorgehen wollten, die immer noch in der Gegend herumlungerten und jeden in Angst und Schrecken versetzten, der sich aus den sicheren Mauern von Caer Tinella und Landsdown hinauswagte.

»Die knöpfen wir uns als erstes vor«, schlug Shamus Kilronney vor.

Die Soldatin wollte protestieren.

»Und dann, wenn sich das Wetter hält und die Straßen noch frei sind, gehe ich mit meinen Leuten nach Süden«, sagte der Hauptmann in einem Ton, der keinen Widerspruch duldete.

Die Frau murrte und wandte sich zu dem Hüter um, den sie durchdringend ansah.

»Ich gebe euch Nachtvogel mit«, sagte Kilronney und stellte ihn damit endlich vor.

Der Hüter hob das Kinn leicht an, machte jedoch keine Verbeugung.

»Nachtvogel?«, fragte die Frau mit säuerlicher Miene. »Ein seltsamer Name.«

»Und das hier ist Feldwebel Colleen Kilronney von der Garde in Palmaris«, erklärte Shamus.

»Eure Schwester?«, fragte der Hüter.

»Cousine«, erwiderte der andere leicht verlegen.

»Vom besseren Zweig der Familie«, warf Colleen schnell ein, und Elbryan wusste nicht recht, ob sie es ernst meinte oder nicht. »Ach, mein Vetter hat so vornehm reden gelernt mit den Ladies in Ursal. Der war sogar schon beim König zum Essen eingeladen.«

Shamus sah sie finster an, doch sie lachte nur spöttisch und wandte sich an den Hüter.

»Also, Master Nachtvogel –«, hob sie an.

»Einfach nur Nachtvogel«, meinte der Hüter.

»Also, Master Nachtvogel«, fuhr Colleen unbeirrt fort, »scheint ja schon mit den Blutkappen Bekanntschaft gemacht zu haben. Ich und meine Leute kommen mal aus Spass mit. Sind alle ein bisschen durcheinander von den neuesten Ereignissen in Palmaris. Kann uns nichts schaden, uns mal ordentlich auszutoben.«

Die anderen beiden Soldaten aus Palmaris nickten grimmig.

Dann sagte Shamus Kilronney: »Wir müssen uns beeilen und das Schlachtfeld vorbereiten.«

»Das Schlachtfeld ist da, wo man sein Schwert zieht«, meinte Colleen eigensinnig.

Elbryan musterte erst den Hauptmann und dann seine Cousine. Zwischen den beiden herrschte offensichtlich Rivalität, und dem Hüter war klar, dass so etwas in der Schlacht leicht zum Desaster führen konnte. »Ich werde feststellen, wo die Pauris abgeblieben sind und den richtigen Boden für unseren Angriff aussuchen«, sagte er und verließ das Zelt.

»Du bist reichlich vertrauensselig«, hörte er Colleen noch vorwurfsvoll sagen.

»Keiner kann ein Schlachtfeld besser vorbereiten als Nachtvogel«, meinte Shamus gerade, als Elbryan kopfschüttelnd und lächelnd aufs Pferd stieg und davonritt. Er amüsierte sich allerdings nur so lange über Colleen Kilronney, bis ihm die schlimmen Neuigkeiten wieder einfielen, die er eben erfahren hatte.

Pony kam ihm entgegen, als er gerade das Lager verließ, und er trabte mit Symphony zu ihr hinüber.

Misstrauisch sah sie ihn an und wusste sofort, dass etwas nicht stimmte, noch ehe er ein Wort gesagt hatte.

»Baron Bildeborough ist unterwegs ermordet worden, noch ehe er in die Nähe von Ursal gelangt war«, sagte Elbryan und ließ sich neben ihr vom Pferd gleiten. »Zusammen mit seinen Leibwächtern – von Roger gab es allerdings keine Spur.«

»Wieder mal Pauris, was?«, kam es sarkastisch von oben aus den Bäumen. »Zweifellos dieselbe Sorte, die Abt Dobrinion umgebracht hat.«

»Da ist möglicherweise mehr dran, als du denkst«, erwiderte der Hüter. »Die Männer, die den Baron gefunden haben, sagen, er wurde von einer großen Raubkatze getötet, aber auch wenn die Verletzungen diesem Eindruck entsprechen, bezweifle ich, dass es so war.«

»Die Tigertatze«, fauchte Pony und meinte den Stein, den

die Mönche benutzten, um ihre Gliedmaßen in die eines Raubtiers zu verwandeln. Sie schloss die Augen, ließ den Kopf hängen und stieß einen tiefen Seufzer aus. Elbryan legte tröstend den Arm um sie. Jede Erwähnung der Abellikaner fügte Pony neuen Schmerz zu, jede weitere gottlose Tat dieser Mönche, die so weit von allem entfernt waren, was den lieben Avelyn bewegt hatte, vertiefte den Kummer über den Verlust ihrer Eltern.

»Palmaris ist in Aufruhr«, sagte Elbryan, mehr an Juraviel gerichtet. »Unsere Zeit mit Hauptmann Kilronney und seinen Soldaten wird knapp. Wir sollten diese Pauri-Horde in die Flucht schlagen, bevor wir abreisen.«

»Und was ist mit Roger?«, fragte Pony schnell. »Wir können doch hier nicht einfach so weitermachen oder gar fortgehen, während er vielleicht in großer Gefahr ist!«

Elbryan breitete hilflos die Hände aus. »Es war nichts von ihm zu sehen da draußen unter den Toten oder sonstwo auf der Straße«, erklärte er.

»Vielleicht haben sie ihn gefangengenommen«, meinte Juraviel.

»Wenn sie ihn nach St. Mere-Abelle gebracht haben, werde ich hingehen«, verkündete Pony in so eisigem Tonfall, dass es Elbryan kalt den Rücken hinunterlief. Er hatte den leisen Verdacht, dass sie diesmal durch das große Tor hineinmarschieren wollte und dabei wenig an seinem Platz lassen würde.

»Wenn sie ihn mitgenommen haben, gehen wir natürlich hin«, versicherte ihr Elbryan. »Aber vorläufig wissen wir es nicht, und solange wir keinen Beweis dafür haben, müssen wir auf Roger vertrauen und unseren beabsichtigten Kurs einhalten.«

»Aber wenn wir in den Norden gehen oder zu den Pauris, wie wollen wir dann etwas über Rogers Schicksal erfahren?«, protestierte Pony.

Sie befanden sich wirklich in einer Zwickmühle, aber der

Hüter war nicht davon zu überzeugen, dass sie alles abblasen und sich auf die Suche nach Roger Flinkfinger machen sollten. Der Mann war ein Tausendsassa. Als Elbryan und Juraviel in das von Pauris besetzte Caer Tinella gegangen waren, um ihn zu retten, hatte er sich bereits selbst befreit. »Ich habe keine Ahnung«, gestand der Hüter. »Ich weiß nur, dass ich Roger vertrauen muss. Wenn man ihn da draußen umgebracht hat, kann ich doch nichts mehr für ihn tun.«

»Du würdest einen Freund nicht rächen?« Ponys Worte trafen ihn ins Mark.

Elbryan starrte sie an wie eine Fremde. War das die Frau, die er so liebte?

Diesem Blick konnte Pony nicht standhalten, und so ließ sie den Kopf hängen und seufzte.

»Natürlich würdest du das«, räumte sie ein. »Ich habe Angst um Roger, das ist alles.«

»Wir können Belster O'Comely in Palmaris Bescheid sagen«, schlug Juraviel vor. »Die Stadt ist zu groß für uns, um darin herumzulaufen und nach Roger zu suchen. Aber Belster sitzt mitten drin und kann vielleicht etwas in Erfahrung bringen.«

»Alle Gerüchte landen in der Geselligen Runde«, fügte Pony hoffnungsvoll hinzu.

»Ich gehe zu Tomas Gingerwart und kümmere mich um einen vertrauenswürdigen Boten«, schlug Elbryan vor.

»Niemand könnte vertrauenswürdiger sein als ich«, sagte Pony, als der Hüter einen Schritt vorwärts machte.

Elbryan blieb wie angewurzelt stehen und schloss die Augen. Er brauchte eine ganze Weile, um seinen Zorn herunterzuschlucken. Dann drehte er sich langsam zu ihr um, erstaunt, dass sie einen solchen Schritt unternehmen wollte.

»Ich muss zu Bradwarden«, meinte Juraviel schnell. »Wir spüren die Pauris auf und erstatten noch heute abend Bericht.« Und schon war der Elf verschwunden und ließ die beiden, die kaum hingehört hatten, allein.

2. Jojonahs Vermächtnis

»Es gibt etliche vielversprechende Brüder, die demnächst in den Rang eines Immakulaten aufsteigen werden«, sagte Vater Markwart zu Bruder Braumin Herde und trat zu dem jungen Mönch an die Mauer des mächtigen Klosters hoch über den kalten Fluten der Allerheiligenbucht.

Als Braumin sich zu dem alten Mann umwandte, fuhr er entsetzt zurück. Markwarts Haar hatte sich bereits stark gelichtet, doch nun war sein Schädel kahlrasiert, und das veränderte seinen Anblick auf erschreckende Weise. Die Ohren wirkten länger und schmaler, beinahe spitz, und seine Gesichtshaut spannte sich wie über einen Totenschädel. In den leblosen Augen des Mannes schien sich ein boshaftes Funkeln zu verbergen. Er sah auf einmal uralt aus!

Und gleichzeitig umgab den Abt eine spürbare Aura der Stärke. Er erschien Braumin Herde jetzt größer und hielt sich aufrechter, als der junge Mönch ihn in Erinnerung hatte. Und die Bewegungen des Mannes waren so kraftvoll, dass Bruder Braumin all seine Hoffnung, das alte Ekel könnte bald das Zeitliche segnen, schwinden sah. Nachdem sich sein Schrecken über die Erscheinung des ehrwürdigen Vaters etwas gelegt hatte, wunderte es ihn, dass Markwart sich extra in die Kälte hinausgewagt hatte, denn Bruder Braumin Herde, der bekanntlich mit dem hingerichteten Meister Jojonah befreundet gewesen war, gehörte ganz sicher nicht zu den Lieblingen des ehrwürdigen Vaters.

»Vielversprechend«, wiederholte Markwart, als der Jüngere ihm keine Antwort gab. »Und vielleicht gibt es ja Immakulatenbrüder in St. Mere-Abelle, die sich in Acht nehmen sollten, dass diese neuen Anwärter nicht vor ihnen in die Meisterpositionen gelangen, die durch den Weggang von Marcalo De'Unnero und den Tod des Ketzers Jojonah freigeworden sind.«

Den Mord, meinst du wohl! dachte Bruder Braumin. Das war drei Wochen zuvor geschehen, in der Mitte des Monats Calember, des elften Monats, als der Winter mit Frost und Kälte über das Land hereingebrochen war. Zu dieser Zeit war ein Äbtekollegium in St. Mere-Abelle zusammengetreten, und Vater Markwart hatte wie erwartet die Gelegenheit beim Schopf ergriffen und beantragt, dass Avelyn Desbris offiziell zum Ketzer und Gesetzlosen erklärt wurde. Meister Jojonah, Braumins väterlicher Freund und Lehrer, hatte Avelyn trotz seiner Flucht mit den heiligen Steinen Markwart gegenüber in Schutz genommen. Er hatte öffentlich erklärt, Avelyn sei ein Heiliger und Vater Markwart der wahre Ketzer, der die Ordenslehrsätze für seine eigenen finsteren Machenschaften auf den Kopf gestellt habe.

Noch am selben Vormittag hatte man Jojonah auf dem Scheiterhaufen verbrannt.

Und Bruder Braumin hatte, getreu seinem Schwur, hilflos zusehen müssen, wie sein geliebter Meister gefoltert und ermordet wurde.

»Hast du dich um die Vorbereitungen der Begrüßungszeremonie für die Neuen gekümmert?«, fragte Markwart. »Es mag noch lange Zeit sein bis dahin, aber wenn der Winter erst richtig über uns hereinbricht, kannst du nicht mehr in den Hof gehen und die notwendigen Vorkehrungen treffen.«

»Ja, ehrwürdiger Vater«, erwiderte Bruder Braumin mechanisch.

»Gut, mein Sohn, gut«, sagte Markwart herablassend. Dabei klopfte er Braumin gönnerhaft auf die Schulter, und dieser musste alle verfügbare Selbstbeherrschung aufbieten, um nicht unter der eiskalten, herzlosen Berührung zusammenzuzucken. »Es steckt allerlei in dir, mein Sohn«, fuhr der Abt fort. »Unter der richtigen Anleitung könntest du sogar Meister De'Unnero ersetzen, so wie Bruder Francis wahrscheinlich an die Stelle des verdammten Jojonah treten wird.«

Braumin Herde biss die Zähne zusammen und verkniff sich

eine Entgegnung. Die bloße Vorstellung von Bruder Francis Dellacourt, dem rückgratlosen, intriganten Speichellecker, als Nachfolger seines geliebten Meisters Jojonah wollte ihm schier den Magen umdrehen.

Markwart versuchte vergeblich, sein hämisches Grinsen zu verbergen, dann stolzierte er davon und ließ Braumin stehen, der schwer an seinen gallebitteren Gedanken zu schlucken hatte und lautlose Schreie zum Himmel schickte. Der Mönch zweifelte nicht daran, dass der Abt tatsächlich mit dem Gedanken spielte, ihn zum Meister zu machen. Dieser begehrte Titel würde jedoch unter Markwarts Fuchtel wenig praktischen Nutzen haben, und Braumin würde lediglich mit der Ehre vorlieb nehmen müssen, falls es jemals dazu käme, Markwart hingegen hatte ihn auf diese Weise völlig unter seiner Kontrolle. Meister Jojonah hatte bei vielen Äbten und Meistern hohes Ansehen genossen, und die überraschende Verurteilung und brutale Hinrichtung durch Markwart und Abt Je'howith hatte alle verwundert und etliche verärgert. Natürlich hatte niemand lauthals protestiert, denn Markwart und Je'howith hatten die Soldaten der Allheart-Brigade hinter sich gehabt, der Eliteeinheit des Königs, und so hätte kaum jemand es gewagt, sich dem ehrwürdigen Vater in seiner eigenen Abtei entgegenzustellen, die vielleicht die mächtigste Festung der ganzen Welt war.

Nun sorgte Markwart dafür, jede im Nachhinein aufkeimende Diskussion zu verhindern. Den Bannspruch gegen Avelyn hatte er durchgesetzt, soviel schien sicher, doch die Erklärung, die Jojonah auf den Scheiterhaufen gebracht hatte, ließ noch viele Fragen offen. Indem er Bruder Braumin Herde, den Schützling Jojonahs, in den Rang eines Meisters erhob, würde Markwart die kritischen Stimmen zum Schweigen bringen.

Doch wenn er auch wusste, dass seine Ernennung lediglich Markwarts Interessen zugute käme, sein Schwur würde ihm auch diesmal keine andere Wahl lassen.

Der Mönch blickte starr über die Mauer in das aufgewühlte Wasser gut dreihundert Fuß unter ihm. Er fühlte sich sehr klein angesichts dieser Naturgewalten zu seinen Füßen – und auch gegenüber der Macht, die von den Intrigen eines Dalebert Markwart ausging.

Der Abt rieb sich fröstelnd die Arme, als er wieder hineinging. Die Wände des Ganges auf der Meerseite boten kaum Schutz vor dem kalten Wind, denn sie hatten viele offene Fenster, doch das störte den alten Mann wenig, denn heute war er allerbester Stimmung. Sein Gespräch mit Bruder Braumin Herde hatte seinen Zweck nicht verfehlt. Das Leben erschien ihm schon bedeutend leichter, seit das Äbtekollegium ihn von dem lästigen Jojonah befreit und Avelyn zum Ketzer erklärt hatte. Der offizielle Wortlaut dieser Erklärung mit der Behauptung, Avelyn hätte bereits mit Jojonah konspiriert, bevor er nach Pimaninicuit gefahren war, um die Steine einzusammeln, hatte Markwart schon fast rehabilitiert, was den Diebstahl der Himmelsjuwelen betraf. Wenn Markwart die Steine zurückbekäme, wäre ihm ein Ehrenplatz in den Annalen des Abellikaner-Ordens sicher, und selbst wenn nicht, dann hätte er immerhin den Großteil der Verantwortung auf andere abgewälzt.

Nein, sein guter Ruf war gerettet, und zukünftige Generationen von Abellikaner-Mönchen würden den Namen des ehrwürdigen Vaters Abt Dalebert Markwart voller Ehrfurcht nennen, wann immer von der Vernichtung des Dämons und von der Aufdeckung der Verschwörung in den Reihen der Kirche die Rede wäre.

Beschwingten Schrittes stürmte der alte Mann vorwärts und auf eine Tür zu – dabei hätte er beinahe Bruder Francis Dellacourt umgerannt, der ihm völlig außer Atem entgegenkam und sichtlich erleichtert war, dass er den ehrwürdigen Vater gefunden hatte.

»Neuigkeiten?«, fragte Markwart mit einem Blick auf das

zusammengerollte Pergament, das der andere in der Hand hielt.

Francis musste erst einmal Luft holen. Auch er war ziemlich verblüfft über Markwarts äußere Veränderung. Nun versuchte er krampfhaft sein Unbehagen zu verbergen, stand jedoch mit halboffenem Mund da und blinzelte nervös.

»Ich finde, es steht mir gut«, sagte Markwart ruhig und fuhr mit der Hand über seinen kahlen Schädel.

Francis stotterte irgendetwas Unverständliches, dann nickte er und nestelte an den Bändern der Pergamentrolle herum.

»Ist das die Liste, um die ich dich gebeten habe?«, fragte Markwart ungeduldig.

»Nein, ehrwürdiger Vater. Es ist von De'Unnero«, erwiderte Francis und versuchte, seine Fassung wiederzufinden, während er dem Abt das Schriftstück aushändigte. »Der Bote hat gesagt, es sei von allergrößter Wichtigkeit. Ich nehme an, es hat etwas mit den gestohlenen Edelsteinen zu tun.«

Markwart riss ihm die Pergamentrolle aus der Hand, streifte hastig die Schnur ab und verschlang förmlich die Worte auf dem ausgebreiteten Papier. Anfangs schaute er noch etwas irritiert drein, doch dann hellte sich seine Miene schnell auf, und seine Mundwinkel verzogen sich zu einem boshaften Grinsen.

»Die Steine?«, fragte Bruder Francis.

»Nein, mein Sohn«, gurrte Markwart. »Davon ist nicht die Rede. Aber es sieht ganz so aus, als wäre das großartige Palmaris in heilloses Durcheinander geraten, weil Baron Rochefort Bildeborough einen denkbar ungünstigen Zeitpunkt für sein Ableben gewählt hat.«

»Wie bitte?«, fragte Bruder Francis, denn Markwarts Worte wollten so gar nicht zu seinem selbstzufriedenen Gesichtsausdruck passen. Natürlich wussten sie alle beide schon von Bildeboroughs Tod, denn die Nachricht hatte St. Mere-Abelle bereits lange vor dem Äbtekollegium erreicht.

»Es scheint, als wäre der Baron zu einem sehr unpassenden

Zeitpunkt gestorben«, meinte der Abt ungerührt. »Ein Blick in die Stadtchronik hat De'Unneros Verdacht bestätigt: Der Baron hinterlässt keine Erben. Ein Jammer, denn trotz seiner häufig unangebrachten Aufmüpfigkeit soll Rochefort Bildeborough doch ein feiner Kerl und guter Stadtverwalter gewesen sein, so wie es bei den Bildeboroughs seit Generationen Tradition war.«

Francis suchte nach einer Antwort, fand jedoch keine. Sie hatten erst wenige Tage vor der Nachricht vom Ableben des Barons erfahren, dass sein Neffe und, wie es schien, einziger Erbe Connor nördlich der Stadt ermordet worden war.

»Schick den Boten zu Abt De'Unnero zurück und lass ihn ausrichten, seine Nachricht sei angekommen und verstanden worden«, befahl Markwart, während er an Francis vorbeiging und ihn mit einer Handbewegung aufforderte, ihm zu folgen. »Und was ist mit der Liste?«

»Die ist fast fertig, ehrwürdiger Vater«, sagte Francis verlegen. »Die Arbeiter im Kloster wechseln nahezu ununterbrochen, jede Woche gehen einige, und ein paar neue werden angeheuert.«

»Willst du dich etwa herausreden?«

»N-nein, ehrwürdiger Vater«, stotterte Francis. »Aber es ist eine schwierige –«

»Nimm jeden unter die Lupe, der nach meiner Rückkehr aus Palmaris dazugekommen ist«, wies ihn Markwart an. »Einschließlich derer, die während dieser Zeit eingestellt wurden und die den Dienst inzwischen wieder quittiert haben.«

Dann machte sich der ehrwürdige Vater auf den Weg. Als er merkte, dass Francis ihm auf dem Fuße folgte, wandte er sich um und sagte streng: »Wir haben beide zu tun!«

»Ich dachte nur, dass Ihr mit mir reden wolltet«, meinte Francis entschuldigend.

»Das habe ich ja auch getan«, erwiderte Markwart und ließ ihn stehen.

Bruder Francis stand noch eine ganze Weile in dem leeren Korridor und dachte über die jähe Abfuhr und die Veränderung des ehrwürdigen Vaters nach. In letzter Zeit war der Abt ziemlich guter Laune gewesen, doch das hielt ihn offensichtlich nicht davon ab, Tiefschläge auszuteilen. Der Mönch überlegte, ob er sich etwas hatte zuschulden kommen lassen, ob Markwarts Zorn etwas damit zu tun haben könnte, dass er seine Aufgabe noch nicht zu Ende geführt hatte, doch bis jetzt hatte er ja ununterbrochen an der Liste gearbeitet.

Die harten Worte konnte er ja noch wegstecken. Was ihn viel mehr beunruhigte, war die Nachricht aus Palmaris und Markwarts Reaktion darauf. Nun war also auch Baron Bildeborough, der nächste in der wachsenden Reihe der Gegner des ehrwürdigen Vaters, wie all seine Vorgänger tot. Und was für ein glücklicher Zufall es doch war, dass er keinen Erben hinterließ!

Bruder Francis schob die Bedenken beiseite und wandte sich den vordringlichen Aufgaben zu. Er musste in die Speisekammern gehen und mit Bruder Machuso reden, der die Küchen- und Reinigungskräfte einteilte. Es würde ein langer Tag werden.

Die Brüder Braumin Herde, Marlboro Viscenti, Holan Dellman, Anders Castinagis und Romeo Mullahy machten sich jeder einzeln auf den Weg zu dem geheimen Treffen in einem kleinen Gelass tief unter den Gemeinschaftsräumen von St. Mere-Abelle, gleich neben der alten Bibliothek, in der Meister Jojonah seine Erklärung für die Differenzen zwischen Vater Markwart und Bruder Avelyn Desbris gefunden hatte. Seit Jojonahs Hinrichtung trafen sich die fünf Mönche hier jeden Tag nach der Abendandacht.

Sie setzten sich im Kreis um eine einzelne große Kerze nieder und hielten sich bei den Händen. Wie gewöhnlich begann Bruder Braumin als Rangältester damit, Jojonah und Avelyn anzurufen und ihre verblichenen geistigen Führer um

Beistand und Kraft zu bitten. Dabei fiel ihm auf, wie Castinagis und Mullahy nervös wurden, als er Avelyns Namen aussprach. Seit man diesen Mann offiziell zum Ketzer erklärt hatte, galt schon die wohlwollende Erwähnung seines Namens als Hochverrat. Jojonah betraf dies gleichermaßen, nur hatten sie ihn alle fünf lange genug gekannt, und keiner von ihnen konnte den vernichtenden Urteilsspruch verstehen.

Nachdem er sein Gebet beendet hatte, erhob sich Braumin und schaute auf seine Gefährten hinab, um schließlich den Blick auf den beiden jüngsten ruhen zu lassen. Anfangs waren sie nur zu dritt gewesen, Herde, Viscenti und Dellman, aber bei ihrer vierten Zusammenkunft hatten zwei neugierige Jahrgangsgenossen Dellmans sie aufgespürt, und es hatte keiner großen Überredungskünste bedurft, die beiden zum Stillschweigen zu bewegen. Vielmehr hatten sie seither bereitwillig an den Treffen teilgenommen, hatten sie doch beide die grausame Hinrichtung Jojonahs selbst miterlebt. Doch während die jungen Mönche einen durchaus vertrauenswürdigen Eindruck machten, hielt sich ihre Begeisterung dennoch in Grenzen.

»Wisst ihr denn auch, warum wir hier zusammenkommen?«, fragte Braumin Bruder Mullahy.

»Um zu beten«, erwiderte der Angesprochene.

»Das tun wir jeden Tag stundenlang bei unseren Exerzitien«, wandte Braumin ein.

»Man kann gar nicht oft genug beten«, mischte sich Bruder Castinagis, ein unerschrockener Draufgänger, ein.

»Du hast den Unterschied noch nicht begriffen«, stellte Bruder Braumin fest und erntete die verwunderten Blicke der anderen. Marlboro Viscenti, einem hageren Mann mit nervösen Zuckungen, wurde es sichtlich unbehaglich. »Der eigentliche Grund unserer Zusammenkünfte liegt in der Erkenntnis, dass nur unsere Gebete zu Meister Jojonah und Avelyn dem wahren Geist des Abellikaner-Ordens dienen«, fuhr Braumin fort.

»Zeigt das nicht schon unsere Teilnahme an dieser Gemeinschaft?«, fragte Castinagis.

»Nach außen hin vielleicht«, erwiderte Braumin. »Aber dieser Schritt sagt noch nichts darüber, wie es in euren Herzen aussieht.«

Erneut trafen Bruder Braumin die irritierten Blicke der Angesprochenen. In Viscentis Gesicht zuckte es wiederholt, doch nun glitt ein verständnisinniges Lächeln über Bruder Dellmans Züge.

»Und darauf kommt es einzig und allein an«, endete Braumin.

»Warum sollten wir wohl hier sein, wenn wir die Beweggründe dieser Treffen nicht verinnerlicht hätten?«, fragte Castinagis entrüstet. »Hältst du uns etwa für Spione des ehrwürdigen Vaters? Wenn du uns so etwas zutraust –«

»Nein, Bruder Castinagis«, erwiderte Braumin ruhig. »Ich kenne doch eure Ergebenheit gegenüber Meister Jojonah, Friede seiner Seele!«

»Einen besseren Menschen hat es nie gegeben«, erklärte Bruder Mullahy. Er und Castinagis waren schon vor ihrem Eintritt ins Kloster eng befreundet gewesen, und doch waren die beiden äußerst verschieden, wie Mullahys zaghafte Äußerung jetzt zeigte, bei der er die Augen niederschlug und so leise vor sich hin murmelte, dass die anderen ihn kaum verstehen konnten.

»Du kanntest Bruder Avelyn nicht«, meinte Braumin.

Die beiden jungen Mönche sahen ihn entrüstet an, als fürchteten sie einen Angriff auf das Andenken ihres geliebten Meistes Jojonah.

»Sie haben das Grab nicht gesehen«, sagte Bruder Dellman, um die Spannung abzubauen. »Sie waren nicht dabei, als wir am Berg Aida den ausgestreckten Arm von Bruder Avelyn aus den Trümmern ragen sahen und uns seine kraftvolle Aura umfing.«

»Und keiner von ihnen – von euch – hatte je Gelegenheit,

mit Meister Jojonah über Bruder Avelyn zu reden«, fügte Braumin hinzu. »Sonst wüsstet ihr, dass ich mit meinen Worten nicht das Andenken Jojonahs entehren wollte, sondern lediglich seine Grundsätze verdeutlicht habe, die uns leiten müssen, die Grundsätze, die Avelyn Desbris Meister Jojonah und damit uns allen nahegebracht hat.«

Diese Worte beruhigten die Gemüter, und selbst Castinagis neigte ergeben den Kopf.

Jetzt ging Braumin Herde zu einer Truhe in der Ecke des kleinen Raumes hinüber, in der die Verschwörer ihre Sitzkissen und die Kerze aufbewahrten, und förderte ein altes, zerfleddertes Buch zutage. »Das Verbrechen, das Bruder Avelyn aus dem Abellikaner-Orden vertrieb, richtete sich gegen die ursprünglichen Prinzipien unserer Kirche.«

»Der Mord an Meister Siherton?«, fragte Bruder Castinagis ungläubig, denn bei ihrer ersten Zusammenkunft hatte Bruder Braumin sich alle Mühe gegeben, Avelyn dieser falschen Beschuldigung zu entheben.

»Nein«, erwiderte er scharf. »Diesen Mord hat es nie gegeben. Meister Siherton ist ums Leben gekommen, als er versuchte, Bruder Avelyn an seiner gerechten Flucht zu hindern.«

»Bruder Avelyn hat lediglich in Notwehr gehandelt«, warf Bruder Dellman ein.

»Nein, ich rede vom Vergehen der Kirche«, erklärte Bruder Braumin. »Insbesondere von dem Sihertons gegen die *Windläufer,* das Schiff, mit dem Vater Markwart die vier auserwählten Brüder im Jahre des Herrn 821 zur Insel Pimaninicuit geschickt hat.«

Jetzt horchten die drei jüngeren Brüder neugierig auf, denn über die Geschichte der Edelsteine wurde in St. Mere-Abelle nicht offen gesprochen. Niemand in den niedrigeren Rängen erfuhr etwas von der Äquatorinsel, auf der ausgewählte Mönche die heiligen Steine einsammelten. Und selbst viele der Immakulaten wussten kaum etwas darüber. Alle

Abellikaner-Mönche wussten, dass die Steine als Gottesgabe vom Himmel fielen, doch über die näheren Einzelheiten hüllte man sich in Schweigen. Meister Jojonah hatte Braumin Herde davon erzählt, und dieser hatte die Geschichte wiederum an Bruder Viscenti weitergegeben. Nun schien ihm die Zeit gekommen, auch den anderen dieses vielleicht größte aller Geheimnisse anzuvertrauen.

»Pimaninicuit ist eine Insel weit draußen im Mirianik, die der Himmel mit den heiligen Steinen gesegnet hat«, hob Bruder Braumin feierlich an. »Das kommt nur einmal in jeder siebenten Generation vor, alle einhundertsiebzig Jahre. Wir können uns glücklich schätzen, dass der letzte Steinregen während unserer Lebenszeit stattgefunden hat, aber noch glücklicher war Bruder Avelyn, denn er war einer der vier Auserwählten, die zu der Insel reisen durften. Als einer der beiden Präparatoren konnte er den Niedergang der Steine beobachten. Sein Begleiter war Bruder Thagraine, den auf der Insel sein Glaube verließ, so dass er seine sichere Deckung aufgab, als die Herrlichkeit Gottes vom Himmel regnete. Und so wurde er von demselben Stein erschlagen, mit dem Bruder Avelyn später unseren ärgsten Feind, den geflügelten Dämon, vernichtet hat.«

Bruder Braumin hielt inne und musterte seine Gefährten. Er konnte sehen, dass diese Offenbarung fast zu viel für sie war, aber er musste es ihnen erzählen, um ihnen die Gefahren bewusst zu machen. Schon mit der Erwähnung des Namens Pimaninicuit verstieß ein jüngerer Mönch gegen die Ordensregeln und musste mit einer harten Strafe rechnen, möglicherweise sogar mit der Exkommunikation oder der Hinrichtung.

»Ihr müsst unbedingt die Wahrheit über die Rückreise nach St. Mere-Abelle erfahren«, fuhr Braumin fort. »Es war eine ruhmreiche Rückkehr, trotz des Todes von Bruder Thagraine. Denn Bruder Avelyn, der Gott so nah gewesen war, brachte die größte Ausbeute an Edelsteinen von der Insel heim, die der Herrgott den Menschen je geschenkt hatte.

Aber dann«, fuhr er fort, und seine Stimme wurde gefährlich leise, »verkehrte sich die Herrlichkeit in Schrecken, und das Gottesgeschenk wurde zum Teufelspfand. Die Mannschaft der *Windläufer* machte sich nach getaner Arbeit wieder auf den Weg, doch ihr vermeintlich gerechter Lohn war falsch, ein Trick, hervorgebracht mit Hilfe der heiligen Steine.«

»Betrüger!«, rief Bruder Dellman aus. »Und das mitten unter uns!«

»Mörder«, verbesserte ihn Bruder Braumin. »Denn die *Windläufer* ist nie aus der Allerheiligenbucht hinausgelangt. Das Schiff wurde von den Mauern dieser Abtei herab mit Steinschleudern und Zauberkraft beschossen und in Stücke gerissen und ist mit Mann und Maus untergegangen.«

Drei kreidebleiche Gesichter starrten Bruder Braumin entgeistert mit weit aufgerissenen Augen an, während Bruder Viscenti, der das alles schon einmal gehört hatte, eifrig nickte. Bruder Castinagis aber schüttelte den Kopf, als könne er das alles nicht recht glauben, und Bruder Mullahy schnappte nur nach Luft.

»Das war nicht immer so«, betonte Bruder Braumin und hielt das alte Buch hoch. Sein Blick fiel auf die inzwischen weit heruntergebrannte Kerze. »Aber es ist spät geworden. Und so lasst uns zum Schluss noch beten für die Seelen derer, die auf der *Windläufer* umgekommen sind.«

»Aber, Bruder Braumin –«, protestierte Bruder Castinagis.

»Genug für heute«, erwiderte Braumin. »Und denkt immer daran, dass jeder von uns, der über diese Dinge redet, mit Folter und Tod rechnen kann. Wenn ihr es nicht glaubt, dann haltet euch den verkohlten Leichnam von Meister Jojonah vor Augen, dessen Vergehen in Vater Markwarts Augen weit weniger schwer wogen als diese Worte hier.« Damit kniete Braumin nieder und begann sein Gebet. Er wusste, das Bild Jojonahs, das sich in die Seelen aller in diesem Raum eingebrannt hatte, würde sie stillschweigen lassen, und ihm war klar, dass keiner von ihnen zu ihrem nächsten Treffen am übernächsten Abend auch nur eine Minute zu spät kommen würde.

An diesem Abend fand in St. Mere-Abelle – zum Teil jedenfalls – noch eine andere Unterredung statt. *Geh und sieh nach, was er vorhat!* drängte die Stimme in Markwarts Kopf immer hartnäckiger. *Ich zeige dir, wie.*

Und Markwart folgte der Stimme. Er saß in einer verborgenen Kammer seiner Gemächer inmitten eines Pentagramms, das er auf den Boden gemalt hatte und an dessen fünf Spitzen je eine Kerze brannte, schloss die Finger fest um einen Hämatit, den Seelenstein, und verfolgte begeistert, wie seine eigene magische Energie mit der des Steines verschmolz und ihn in neue Sphären der Kraft aufsteigen ließ.

Alsbald verließ sein Geist den Körper und schwebte durch den Raum. Das Pentagramm hatte er in einer alten Schrift, dem *Compendium der Geisterbeschwörung,* gefunden, einem Buch, das seit Jahrhunderten von der Kirche aus dem Verkehr gezogen war und von dem nur noch ein einziges Exemplar in den Tiefen der alten Bibliothek von St. Mere-Abelle existierte. Markwart konnte sich die Beweggründe gut vorstellen: Dieses Buch enthielt den Schlüssel zu größerer Macht, und das machte den Kirchenoberen mehr Angst als alle Dämonen der Hölle. Mit Hilfe des Pentagramms und einer Beschwörungsformel aus dem Buch in Verbindung mit dem Hämatit war es Markwart sogar gelungen, sich zwei niedere Dämonen dienstbar zu machen.

Mit diesem Buch werden die bösen Mächte der Unterwelt zu Sklaven des Guten, dachte er, während sein Geist auf seine mit überkreuzten Beinen dasitzende Gestalt herabschaute. Schnell durchmaß er seine Gemächer und den leeren Korridor und überzeugte sich, dass alles ruhig war, dann fuhr er zum Haupttor der Abtei hinaus und flog viele Meilen weit in westlicher Richtung davon. Minuten später schwebte sein Geist über den Ufern des mächtigen Masurischen Flusses, gut achtzig Meilen von St. Mere-Abelle entfernt.

Mit unverminderter Geschwindigkeit setzte er mühelos über die Fluten, und bald tauchte die dunkle Silhouette von Palmaris vor ihm auf. Markwarts Geist schaute von hoch oben über die Gebäude und konnte schnell die ausgeprägten Umrisse von St. Precious erkennen. Schon stieß er zur Abtei hinab, mitten durch die dicke Steinmauer hindurch. Er war erst im vorigen Jahr dort gewesen, und so kannte er die Lage der Räume sehr genau und fand ohne Schwierigkeiten die Gemächer des neuen Abtes.

Es überraschte ihn nicht, den Mann mit geballten Fäusten nervös auf und ab gehen zu sehen. De'Unnero war schon im Nachthemd, doch wie immer hatte er offenbar noch viel zuviel Energie, um zu Bett zu gehen.

Nimm deinen Seelenstein! befahl ihm Markwarts Geist auf telepathischem Wege. Die Mönche des Abellikaner-Ordens benutzten den Hämatit schon seit Jahrhunderten zur körperübergreifenden Verständigung. Sie konnten sich sogar den Körper eines anderen zunutze machen, um mit weit entfernten Adressaten zu reden, wie Markwart es mit Bruder Francis getan hatte, als dieser zum Berg Aida gereist war. Selbst ohne von jemanden Besitz zu ergreifen, was ein durchaus gewaltsamer Schritt war, konnte man sich notdürftig verständigen, wenn dabei auch meist nur bruchstückhafte Empfindungen übertragen wurden. Wenn beispielsweise die Äbtissin von St. Gwendolyn ein Unglück traf, so konnte sie zum Seelenstein greifen und mit einer der anderen Abteien Verbindung aufnehmen. Dort würde man merken, dass etwas nicht in Ordnung war, vielleicht sogar die Quelle des Hilferufs feststellen und die Botschaft »hören«. Doch Markwart mit seinen neugewonnenen Einblicken war fest entschlossen, diese Praxis zu höherer Vollkommenheit zu entwickeln – und er wusste, dass es ihm gelingen würde.

Nimm deinen Seelenstein! befahl er De'Unnero.

Der Mann blieb stehen und blickte irritiert um sich. »Wer ist da?«, fragte er.

Markwarts Geist huschte zu ihm hinüber und drang in ihn ein – nicht zu tief, nur so weit, dass De'Unnero seine Gegenwart deutlich spürte.

Der frischernannte Abt von St. Precious stürzte zu seinem Schreibtisch, und mit einem kleinen Schlüssel, den er an einer Kette um den Hals trug, öffnete er die Schublade eines Geheimfachs. Er tastete einen Augenblick lang darin herum, bis er schließlich einen Hämatit zutage förderte, den er fest in die Hand nahm. Alsbald hatte auch er seinen Körper verlassen, und sein Geist blickte verblüfft das ausgesprochen deutliche Bild von Vater Markwart an.

Was hat das zu bedeuten? fragte der Geist des offensichtlich aus dem Konzept gebrachten De'Unnero – ein wahrlich seltener Anblick!

Du bist ziemlich waghalsig, erwiderte Markwart ungerührt.

Ich fürchte mich nicht vor Geistern, außerdem wusste ich, dass Ihr es wart.

Das meine ich nicht, erklärte Markwart. *Ich meine den Überfall auf Baron Bildeboroughs Kutsche.*

Was soll das jetzt? fragte De'Unnero. *Das ist schon ein paar Monate her und Ihr wusstet von Anfang an – Ihr müsst es gewusst haben! –, dass ich etwas damit zu tun hatte. Trotzdem habt Ihr beim Äbtekollegium kein Wort gesagt.*

Vielleicht hatte ich andere, wichtigere Dinge zu erledigen, erwiderte Markwart. *Und inzwischen hat der Tod des Barons eine andere Bedeutung bekommen.*

Dann habt Ihr also mit meinem Boten gesprochen.

Ich habe zwischen den Zeilen gelesen, die mir Marcalo De'Unnero übersandt hat, meinte Markwart. *Der Baron von Palmaris ist unterwegs umgekommen und hinterlässt keine Erben. Was für ein glücklicher Zufall für den neuen Abt von St. Precious!*

Und für den ehrwürdigen Vater, der Rochefort Bildeborough immer als seinen Feind bezeichnet hat, erwiderte De'Unnero.

Wie ist es passiert? fragte Markwart und sah, wie sich De'Unneros Geist entspannte. Obgleich sich beide außerhalb ihrer Körper befanden, konnte man die Gefühlsregungen doch deutlich erkennen. Ein Lächeln huschte über das Geistergesicht des andern, doch er machte keinerlei Anstalten zu antworten. *Du hast die Tigertatze benutzt,* vermutete Markwart.

Wenn Ihr meint.

Treib keine Spielchen mit mir, dazu ist diese Sache zu wichtig.

Wie die Sache mit Connor Bildeborough? Oder Abt Dobrinion? erwiderte De'Unnero verschlagen.

Das brachte Markwart etwas aus dem Konzept, und er wunderte sich über De'Unneros Respektlosigkeit. Markwart hatte den jungen Mönch zum Abt von St. Precious gemacht – was keine einfache Aufgabe gewesen war –, weil er dachte, dieser wäre ein kräftiger Stachel in Bildeboroughs Fleisch und, was noch wichtiger war, ihm selbst treu ergeben. Jetzt aber sah es so aus, als würde seine neugewonnene Position De'Unnero zu der Annahme verleiten, er wäre Markwart ebenbürtig, eine Haltung, die diesem ganz und gar nicht behagte.

Ihr habt sie beide umgebracht, sagte De'Unnero. *Oder umbringen lassen durch die Männer, die ich zum Bruder Richter ausgebildet habe.*

Du bist unverschämt.

Markwart hörte oder vielmehr spürte den Seufzer des anderen Geistes so deutlich, als käme er aus dessen Körper.

Ich bin kein Dummkopf, ehrwürdiger Vater, und meine scharfe Beobachtungsgabe hält mich am Leben. Abt Dobrinion ist nicht von einem Pauri ermordet worden. Der Mann, der die Leichen von Connor Bildeborough und Bruder Youseff nach Palmaris zurückbrachte, hat Connors wilde Verdächtigungen verbreitet, dass die Kirche Abt Dobrinion umgebracht hätte. Wilde Verdächtigungen? sagte er spöttisch und lachte boshaft. *Vielleicht für diejenigen, die den ehrwürdigen Vater die letzten Monate über nicht scharf beobachtet haben.*

Du bewegst dich auf unsicherem Boden, sagte Markwarts Geist drohend. *Ich kann dich ebenso leicht wieder zurückpfeifen, wie ich dich befördert habe.*

Das bezweifle ich nicht, antwortete De'Unnero treuherzig. *Und ich wünsche mir Euch nicht zum Feinde, ehrwürdiger Vater. Ganz und gar nicht. Ich bin voller Hochachtung für Euer Vorgehen.*

Markwart ließ sich einen Moment Zeit, diese Worte zu verdauen.

All die Monate, in denen Youseff und Dandelion in der Ausbildung waren, habe ich Euch gebeten, mich auf die Steine anzusetzen. Und ich kann nur noch einmal sagen, wäre De'Unnero da draußen gewesen, dann befänden sich die Steine längst wieder in St. Mere-Abelle und ihre unrechtmäßigen Besitzer, die Freunde des Ketzers Avelyn, lägen tot in ungeweihter Erde.

Dem konnte Markwart nicht ganz widersprechen. Marcalo De'Unnero war vielleicht der fähigste und gefährlichste Mann, den er kannte. Er war inzwischen Mitte dreißig, zeigte jedoch die Körperkraft und Behendigkeit eines Zwanzigjährigen, was eine Mischung aus Energie und Erfahrung ergab, die sehr selten vorkam.

Aber das sage ich auch nicht als Kritik, fügte De'Unneros Geist schnell hinzu. *Nur um Euch daran zu erinnern, dass Ihr mir ruhig größere Aufgaben anvertrauen könnt.*

Wie die Beseitigung des Barons Bildeborough?

Das schien den anderen außer Gefecht zu setzen.

Ich will die Wahrheit wissen, oder ich setze dich tatsächlich wieder ab, übermittelte ihm Markwart, und es klang eher nach einem Versprechen als nach einer Drohung. Er wollte herausfinden, ob De'Unnero ihm damit drohen würde, den Mörder von Abt Dobrinion und Connor Bildeborough ans Messer zu liefern. In diesem Falle würde Markwart die Verbindung abbrechen und sich daran machen, dieses Problem aus der Welt zu schaffen. Aber De'Unnero ließ sich ganz und gar nicht auf dieses Spiel ein.

Ich bin nicht Euer Feind, ehrwürdiger Vater, sondern Euer

ergebener Diener, erklärte der Geist. *Jawohl, ich habe mich in Gestalt einer Raubkatze auf die Straße im Süden von Palmaris begeben.*

Weißt du auch, wieviel du dabei riskiert hast?

Nicht mehr als Ihr, konterte De'Unnero. *Ich würde sogar sagen, weniger, denn Abt Dobrinion war einer von uns, und seine Ermordung hätte die ganze Kirche gegen Euch aufbringen können. Bildeboroughs Tod hingegen betrifft den Abellikaner-Orden nicht.*

Nur den König, erwiderte Markwart sarkastisch, doch De'Unneros Geist quittierte dies lediglich mit einem Achselzucken. In Wahrheit teilte Markwart die Auffassung des anderen, denn auch er fürchtete die Macht der Kirche weit mehr als die der Regierung.

Es war eine saubere Sache, versicherte De'Unnero. *Es gibt nichts, was mich mit dem Tod von Baron Bildeborough in Verbindung bringen könnte, und Euch schon gar nicht.*

Es wird Getuschel geben über diesen merkwürdigen Zufall, erwiderte Markwart. *Zumal es jetzt keinen Bildeborough mehr gibt, der die Nachfolge antreten könnte.*

Getuschelt wird immer, hielt ihm De'Unnero entgegen. *Das war auch schon vor Bildeboroughs Ableben so. Aber wer würde es wohl wagen, ohne klare und eindeutige Beweise den ehrwürdigen Vater des Abellikaner-Ordens zu beschuldigen? Nein, wir sollten uns jetzt damit beschäftigen, was wir erreicht haben, anstatt uns mit den Risiken aufzuhalten.*

Was wir erreicht haben, wird sich erst noch herausstellen, antwortete Markwart. *Wir wissen noch nicht, auf wen der König die Baronie übertragen wird. Glaubt man den Gerüchten, dann wird er sich einen aussuchen, der nicht besonders gut auf die Kirche zu sprechen ist, um seinen eigenen Einfluss in Palmaris aufrechtzuerhalten.*

Da bin ich anderer Meinung, wagte De'Unnero zu widersprechen. *Hat nicht eben dieser König bereitwillig Abt Je'howith seine Elitesoldaten für das Äbtekollegium zur Verfügung gestellt?*

Zweifellos gegen den Widerstand seiner weltlichen Berater, wandte Markwart ein. *Je'howith hat lange um Gehör beim König in Ursal gekämpft.*

Ein Kampf, den er jetzt unbedingt gewinnen muss, fuhr De'Unnero kategorisch fort. *Denn jetzt, wo die staatliche Gewalt in Palmaris abhanden gekommen ist, könnte für die Kirche die Zeit gekommen sein, mehr Macht über die Massen zu gewinnen.*

Erneut hatte er Markwart ein wenig aus dem Konzept gebracht.

Das ist nicht sehr weit hergeholt, betonte De'Unnero. *Palmaris hat keinen Baron mehr, und nur wenige, denen ein solcher Titel zusteht, wären bereit, Ursal gegen das weniger komfortable Palmaris einzutauschen, bei allem, was man sich hier über Verschwörungen und mögliche Gefahren erzählt.*

Markwart konnte die Unverfrorenheit dieses Mannes kaum fassen, der ihm dreist jedes Wort im Munde umdrehte und jede drohende Gefahr in ihr Gegenteil verkehrte.

Sucht Je'howith auf, so wie Ihr zu mir gekommen seid, bat ihn De'Unnero. *Zwingen wir den König zu einer Allianz, die der Kirche zu größerer Macht verhilft!*

Die dir zu mehr Macht verhilft, verbesserte ihn Markwart.

Und ich bin Euch ergeben, ehrwürdiger Vater, antwortete De'Unnero, noch ehe Markwart den Gedanken beendet hatte. *Der König wird nicht gegen uns vorgehen, wenn es einfacher ist, sich von uns helfen zu lassen in diesem unseligen Nachspiel des Krieges.*

Markwart musste zugeben, dass das plausibel klang. *Ich gehe noch heute abend zu Je'howith,* sagte er zustimmend, doch dann änderte sich plötzlich sein Tonfall. *Du unternimmst nichts Entscheidendes ohne meine Erlaubnis,* sagte er drohend. *Es sind zu gefährliche Zeiten, und wir stehen auf zu wackligen Füßen, als dass ich mich auf das Urteil von einem verlassen würde, der so unerfahren ist wie Marcalo De' Unnero.*

Aber was Baron Bildeborough angeht, entgegnete De'Unnero, *darf ich wohl davon ausgehen, dass Ihr mir beipflichtet?*

Markwart brach die Verbindung auf der Stelle ab, und sein

Geist flog davon. Minuten später war er wieder in seinen Körper zurückgekehrt, und sein Gesicht verzog sich zu einem breiten Grinsen. Eigentlich hätte er jetzt zu Bett gehen sollen, denn ein so ausgiebiger Gebrauch des Seelensteins war ungeheuer anstrengend, doch seltsamerweise fühlte sich der ehrwürdige Vater verjüngt und zu weiteren Taten aufgelegt.

Und so sandte er seinen Geist noch einmal aus, erst nach Westen, dann nach Süden zu der einzigen Stadt im ganzen Königreich, die noch größer war als Palmaris.

St. Honce in Ursal war die zweitgrößte Abellikaner-Abtei nach St. Mere-Abelle. Sie war mit dem Palast des Königs durch einen langen, schmalen Gang verbunden, der die Brücke genannt wurde. Der Abt dieses Klosters fungierte seit alters her als geistlicher Berater des Königs und seines Hofstaats. Markwart kannte den Palast gut. Hier war er einst von Abt Sherman, dessen Nachfolger Abt Dellahunt und dann Abt Je'howith gewesen waren, zum ehrwürdigen Vater des Ordens ernannt worden. Die Zeremonie hatte König Danube Cole Ursal abgehalten, der Vater des jetzigen Königs. Markwart fand die Privatgemächer des Abtes ohne Mühe.

Je'howith reagierte hocherfreut auf den Besuch des Geistes, sobald er seinen Seelenstein zur Hand genommen und seinen Körper verlassen hatte. *Was für eine wunderbare Sache ist doch diese Art der Verständigung!* rief sein Geist entzückt aus. *Stellt Euch nur einmal vor, welche Vorteile es mit sich brächte, wenn die Befehlshaber sich im Krieg auf diese Weise mit ihren Truppenführern in Verbindung setzen könnten! Denkt Euch nur –*

Genug! unterbrach ihn Markwarts Geist. Das waren reine Illusionen. Niemand außer ihm selbst konnte so gezielte Geistreisen unternehmen – kein Abt, kein Meister und ganz bestimmt kein gewöhnlicher Soldat! *Ich habe eine Aufgabe für dich. Du hast doch sicher vom Tod des Barons Bildeborough gehört und dass er keinen Erben hat?*

Die Nachricht hat uns gerade heute erreicht, erwiderte Je'howith betrübt. *Wahrhaftig, ehrwürdiger Vater, ich habe mich noch kaum einen Augenblick ausgeruht. Ich bin erst diese Woche aus Ursal zurückgekommen, und jetzt –*

Dann weißt du ja auch, dass es jetzt in Palmaris einen leeren Platz gibt, unterbrach Markwart das Geplapper des Abtes.

Ein Problem, das König Danube schwer zu schaffen macht, antwortete Je'howith. *Der Ärmste bricht fast darüber zusammen, fürchte ich, obwohl der Krieg nun endlich gewonnen ist. Nach all den friedlichen Jahren hatte er in den letzten paar Monaten so viele Probleme zu bewältigen.*

Dann wollen wir ihm ein paar davon abnehmen, schlug Markwart vor. *Überrede ihn, die Baronie Abt De'Unnero zu übergeben und der Kirche den Ärger mit Palmaris zu überlassen.*

Der Geist des Abtes war sichtlich überrascht. *König Danube kennt diesen Marcalo De'Unnero überhaupt nicht. Und um die Wahrheit zu sagen, ich auch nicht, wenn man davon absieht, dass wir uns ein einziges Mal beim Äbtekollegium begegnet sind.*

Dann nimm meine Aufforderung als Empfehlung dafür, dass er die Fähigkeit besitzt, Palmaris zu regieren, sagte Markwart entschieden. *Und, glaub mir, De'Unnero wird auch in seiner gleichzeitigen Position als Abt und Baron, früher nannte man das Bischof, in meinem Sinne arbeiten – und auch in deinem, wenn du mich nicht enttäuschst.*

Der letzte Satz konnte seine Wirkung kaum verfehlen.

Du weißt doch sicher, dass die Kirche früher mit dem König zusammen regiert hat, fuhr Markwart fort. *Du musst den König überreden.*

Ich könnte ja auch einmal mit dem Seelenstein zu Abt De'Unnero gehen und ihn kennenlernen, setzte Je'howith an, aber Markwart fiel ihm ins Wort.

Das würde dir doch nichts nützen, erklärte der ehrwürdige Vater im Brustton vollster Überzeugung – und mit leisem Verdruß –, denn er konnte sich nicht vorstellen, dass Je'howith jemals diese Ebene der Magie erreichen würde. *Das ist ganz allein meine Sache, die du nicht anzutasten hast, auch wenn ich in Zukunft des öfteren auf diese Weise zu dir kommen werde.*

Die Unterwürfigkeit, mit der Je'howith auf diese Worte reagierte, ließ Vater Markwart höchst zufrieden wieder in die Lüfte aufsteigen, wo er seinen Rückweg nach St. Mere-Abelle antrat. Dort angelangt, kam er trotz des gewaltigen Kraftaufwands immer noch nicht zur Ruhe. Gut eine Stunde lang ging er noch auf und ab und versuchte sich einen Überblick zu verschaffen über die neuen Wege der Macht, die sich da plötzlich vor ihm aufgetan hatten. Noch heute morgen hatte er geglaubt, seinen guten Ruf in der Kirchengeschichte so weit gesichert zu haben, dass er nur noch durch die Wiedererlangung der gestohlenen Edelsteine zu steigern wäre. Doch nun erschien ihm die Sache mit den Steinen fast nebensächlich. De'Unneros Hinweis, die Kirche habe früher bei der Regierung eine viel aktivere Rolle gespielt, war durchaus berechtigt. In längst vergangenen Zeiten war der König des Bärenreichs gleichzeitig das Oberhaupt des Abellikaner-Ordens gewesen. Doch dann hatte man die Machtbefugnisse zwischen Kirche und Staat jahrhundertelang ziemlich gleichmäßig aufgeteilt. Es waren zwei getrennte, aber einflussreiche Gebilde. Der König kümmerte sich um die weltlichen Bedürfnisse seiner Untertanen, befehligte das stehende Heer und erledigte Unstimmigkeiten mit den Nachbarländern Behren und Alpinador, doch er mischte sich kaum in die Machtbereiche der Kirche ein. In vielen Gegenden des Reiches, besonders in den kleinen Dörfern, übte die Kirche weit mehr Einfluss aus als der weit entfernte König, und viele der Bewohner kannten nicht einmal dessen vollen Namen.

Doch nachdem Markwart in weiser Voraussicht Connor Bildeborough und Abt Dobrinion beseitigt hatte, konnten sich nun nach dem zusätzlichen Tod des Barons die Machtverhältnisse möglicherweise wieder zugunsten der Kirche verlagern. Je'howith zufolge war König Danube schwach, und wenn es dem Abt gelänge, ihm Palmaris abspenstig zu machen …

Es war unübersehbar, dass weder Markwart noch Je'howith noch allzuviel Zeit blieb – beide waren sie bereits in den

Siebzigern. Und auf einmal war der ehrwürdige Vater gar nicht mehr zufrieden mit seinem Platz in den Annalen des Ordens. Plötzlich reichte sein Ehrgeiz bedeutend weiter – und Je'howith konnte es kaum anders gehen. Gemeinsam konnten sie sich Menschen wie De'Unnero zunutze machen, um die Welt zu verändern.

Diese Aussicht gefiel dem ehrwürdigen Vater ungemein.

Nicht weit von den Gemächern des ehrwürdigen Vaters entfernt stand Bruder Francis Dellacourt im Kerzenschein seines Zimmers und starrte sein Spiegelbild an. Die dunklen Schatten, von denen er umgeben war, schienen ihm ein durchaus passender Rahmen für seine düstere Gemütsverfassung.

Den größten Teil seines bisherigen Lebens hatte sich Francis insgeheim auf ein Podest hoch über alle gewöhnlichen Menschen gestellt. Zwar hatte er sich nie bewusst als Auserwählten bezeichnet, doch hatte er immer das Gefühl gehabt, dass die ganze Welt so etwas wie ein Traum war, der nur ihm zuliebe ablief. Er hatte sich für ein vollkommenes Abbild Gottes ohne Fehl und Tadel gehalten.

Doch dann hatte er auf dem Heimweg von Palmaris Grady Chilichunk getötet.

Francis wusste, dass es ein Unfall gewesen war, denn er hatte Grady lediglich bewusstlos schlagen wollen, damit dieser aufhörte, den ehrwürdigen Vater zu beleidigen. Doch Grady war am nächsten Morgen nicht wieder erwacht, und das Bild der Erde, die auf das leblose, aufgedunsene Gesicht des Jungen fiel, als er ihn begraben hatte, verfolgte den Mönch seither unaufhörlich und hatte das heimliche Podest unter seinen Füßen morsch werden lassen.

Und seit jenem schicksalhaften Tage waren alle möglichen Ereignisse auf Francis eingestürzt. Er hatte miterlebt, wie Vater Markwart Meister Jojonah hatte foltern und hinrichten lassen, und wenn ihn Jojonah eigentlich auch nie besonders gekümmert hatte, erschien ihm diese Strafe doch kaum angemessen.

Doch Francis hatte es stillschweigend hingenommen und sich zum Sklaven des ehrwürdigen Vaters gemacht, denn das Oberhaupt des Abellikaner-Ordens hatte ihn von aller Schuld freigesprochen und darauf beharrt, dass Grady und auch seine Eltern ihr Schicksal selbst verschuldet hätten. Und so war Francis Markwart noch hündischer gefolgt als zuvor und hatte seine einzige Chance darin gesehen, in dessen Schatten zu wandeln.

Doch als die Soldaten Jojonah beim Äbtekollegium aus dem Saal gezerrt hatten und dabei dicht an Francis vorbeigekommen waren, hatte Francis in Jojonahs freundliche Augen geblickt.

Und der Todgeweihte, wohl wissend, dass Francis' Hände blutbefleckt waren, hatte ihm seine Schuld vergeben.

Nun starrte der junge Mönch auf die dunklen Schatten im Spiegel, die ihm vorkamen wie schwarze Flecken auf seiner unsterblichen Seele, und kämpfte vergeblich gegen die Gewissensbisse an, die ihn zu überrollen drohten.

Das Podest war unwiederbringlich eingestürzt.

Und noch ein anderer fand zu dieser späten Stunde in St. Mere-Abelle keinen Schlaf, denn er spülte die Teller, eine Aufgabe, die er eigentlich längst erledigt haben sollte. Doch wichtigere Dinge – wie das Austüfteln seiner nächsten Erkundungstour – hatten Roger Flinkfinger an diesem Abend davon abgehalten. Nachdem er auf der Straße südlich von Palmaris den Mord an Baron Bildeborough miterlebt hatte, war er hierhergelaufen in der Hoffnung, Elbryan und Pony zu finden. Dabei hatte er in der Stadt von St. Mere-Abelle, gut drei Meilen landeinwärts von der mächtigen Abtei, die Hinrichtung eines Mannes namens Jojonah beobachtet.

Roger war ein schmächtiges Kerlchen, kaum größer als fünf Fuß und nicht schwerer als ein normaler fünfzehnjähriger

Junge. Sein Wachstum war durch eine Krankheit gehemmt worden, an der auch seine Eltern gelitten hatten. Er kannte sich gut mit den Tricks der Straßenbettler aus und wusste genau, wie man den »armen Landstreicher« spielte. Und so hatte es ihn wenig Mühe gekostet, sich von dem gutmütigen Meister Machuso in St. Mere-Abelle anheuern zu lassen. Während er die letzten drei Wochen hier gearbeitet hatte, war ihm genug zu Ohren gekommen, was ihn zu der Überzeugung brachte, dass Meister Jojonah ein paar Eindringlingen geholfen hatte, Bradwarden aus den Verliesen des ehrwürdigen Vaters zu befreien. Der Rest aber war so widersprüchlich, dass Roger nicht sicher war, ob diese Eindringlinge, von denen er wusste, dass es Elbryan, Pony und Belli'mar Juraviel waren, entkommen waren, auch wenn er wusste, dass Bradwarden sich nicht mehr in der Abtei befand. Er glaubte zwar, dass seine Freunde ebenfalls entwischt waren, doch bevor er seinen Dienst in St. Mere-Abelle quittierte, musste er erst ganz sicher sein.

Er wusste auch schon, wie er es herausfinden würde. Die Vorstellung, sich in die Privatgemächer eines so mächtigen Mannes wie Dalebert Markwart zu schleichen, war allerdings selbst für jemanden höchst beunruhigend, der die Pauris in ihrem Lager in Caer Tinella zum Narren gehalten, einen Bruder Richter des Abellikaner-Ordens geschlagen, sich den Beinamen »Flinkfinger« redlich verdient und, was wohl am bedeutsamsten war, den Respekt des Nachtvogels errungen hatte.

3. Ein ganz besonderer Spaß

»Du hast es ihm nicht gesagt«, meinte Belli'mar Juraviel zu Pony.

»Alles zu seiner Zeit. Ich glaube nicht, dass der Abend vor

einer Schlacht dafür der richtige Moment ist«, erwiderte sie spitz, obwohl Juraviels Tonfall keineswegs vorwurfsvoll geklungen hatte.

Pony wollte gerade fortfahren und dem Elf erklären, dass ihn diese Sache nichts anginge, da zerriss plötzlich ein Blitz den bewölkten Himmel. Ein verspäteter Herbststurm peitschte die dunklen Wolken über ihnen vor sich her.

»Es ist genauso Elbryans Kind wie deines«, sagte der Elf ruhig, als der Donner grollte. »Er hat das Recht, es zu erfahren, bevor er in die Schlacht zieht.«

»Ich erzähle es ihm dann, wenn ich es für richtig halte«, erwiderte Pony.

»Hast du ihm gesagt, dass du vorhast, nach Palmaris zu gehen und nicht nach Dundalis?«

Pony nickte und schloss die Augen. Nachdem Juraviel an diesem Tage fortgegangen war, hatte sie dem Hüter erklärt, dass sie nach Palmaris zurück müsse, um herauszufinden, was aus Roger geworden war, und nach Belster in der Geselligen Runde zu sehen. Sie hatte ihm gesagt, sie müsse erst einmal zur Ruhe kommen, und nur in dieser Umgebung könne sie mit ihrem Kummer fertig werden.

Elbryan war nicht sehr begeistert gewesen. Sie musste wieder daran denken, wie verwirrt, verletzt und besorgt er ausgesehen hatte, und die Vorstellung schmerzte sie sehr.

»Aber du wirst ihm von dem Kind erzählen, bevor du fortgehst?«, forschte Juraviel weiter.

»Damit er die Karawane im Stich lässt«, erwiderte Pony sarkastisch, »und alles vergisst, nur um bei mir zu bleiben und Händchen zu halten?«

Juraviel lehnte sich ein wenig zurück, legte seine zarten Finger ans Kinn und musterte sie.

»Elbryan und ich werden noch früh genug wieder beisammen sein«, erklärte Pony jetzt mit ruhiger Stimme. Sie konnte verstehen, dass sich der Elf Sorgen um sie und ihre Beziehung zu Elbryan machte. Juraviel war ihr Freund, und dass er so aufgeregt war, gemahnte Pony daran, dass sie ihre Entscheidung noch einmal überdenken sollte.

»Das Kind kommt nicht vor dem Frühsommer zur Welt«, fuhr Pony fort. »Elbryan hat also noch jede Menge Zeit –«

»Er hätte noch mehr, wenn er es jetzt schon erführe«, unterbrach sie Juraviel.

»Ich weiß ja gar nicht, ob das Kind überhaupt am Leben bleibt«, sagte Pony.

»Wenn man bedenkt, wie du mit den Steinen umgehen kannst, dann erscheint es unwahrscheinlich, dass ihm etwas passieren könnte«, erwiderte Juraviel.

»Was nützt mir das schon«, schnaubte Pony verächtlich, »wenn ich nur noch oben am Hang stehen und den anderen beim Kämpfen zusehen darf?«

»Du solltest den Wert deiner Heilkräfte nicht geringschätzen«, erwiderte Juraviel, doch Pony hatte sich abgewandt und hörte ihm kaum noch zu. Sie und Elbryan mussten den Besitz der magischen Steine geheimhalten, besonders jetzt, wo die Soldaten aus Palmaris da waren. Auch wenn die der Regierung unterstellten Kingsmen die einzige Streitmacht in dieser Gegend waren, hatte Pony die Steine kaum noch in aller Öffentlichkeit benutzt, denn früher oder später würde es sich auch bis hierher herumsprechen, dass sie und Elbryan von der Kirche gesucht wurden. Deshalb nahm sie die Steine nur noch, um die in der Schlacht Verwundeten zu behandeln, und selbst dann hantierte sie zur Tarnung immer mit Salben und Verbänden und holte erst zum Schluss heimlich den Hämatit hervor. Komischerweise hatten eben diese Heilkünste dazu geführt, dass man sie hinter die Kampflinien verbannt hatte, denn Hauptmann Kilronney war überzeugt, dass sie viel zu wertvoll war, um im Kampf ihren Kopf zu riskieren. Darüber war Pony in ihrem fast verzweifelten Verlangen nach Vergeltung natürlich alles andere als glücklich.

»Spiele ich etwa eine größere Rolle?«, fragte der Elf. »Ich

darf mich überhaupt nicht bei den Kingsmen blicken lassen und bin so zum heimlichen Späher des Nachtvogels verurteilt.«

»Du hast ja auch immer gesagt, dass dieser Krieg die Touel'alfar nichts angeht«, fauchte Pony ihn verärgert an.

»Ach, das erzählen die kleinen Biester immer«, ertönte eine vertraute Stimme aus dem Dunkel des Waldes, und Bradwarden, der riesige Zentaur, trabte auf die kleine Lichtung zu den beiden Streithähnen hinüber. »Und meinen es doch nie ernst, denn Elfen denken ja immer, die ganze Welt geht sie etwas an.«

Pony sah den grinsenden Zentauren an und musste unwillkürlich lächeln. Obwohl Bradwarden auch ein erbitterter Feind sein konnte, schien sein Gesicht, das von schwarzen Locken und Bart umrahmt wurde, doch stets zu strahlen.

»Ach, kleine Pony«, fuhr der Zentaur jetzt fort. »Ich kann dich ja so gut verstehen! Seh mir einen Kampf nach dem andern gegen diese stinkenden Zwerge und Goblins an und kann doch nicht mal meine Keule schwingen und mitmachen.«

»Du trägst einen ganz besonderen Umhang«, sagte Juraviel trocken.

»Den hättest du wohl gern, was?«, erwiderte der Zentaur verschmitzt.

Juraviel lachte, dann verabschiedete er sich von den beiden anderen und erklärte, er müsse Elbryan über die letzten Bewegungen der Pauri-Horde Bericht erstatten.

»Diesmal machen's euch die Zwerge leicht«, sagte der Zentaur zu Pony, als sie allein waren.

»Hast du sie gesehen?«

»In einer Höhle in einem felsigen Tal kaum zwei Meilen westlich von Caer Tinella«, erklärte Bradwarden. »Ich kenne mich da gut aus und weiß, dass ihr Versteck nur einen Eingang hat. Ich nehme an, die Wichte haben sich noch nicht entschieden, was sie jetzt machen wollen. Ein paar von ihnen wollen bestimmt kämpfen, weil Pauris ja immer scharf auf Prügeleien sind. Aber die meisten denken wahrscheinlich, dass es höchste Zeit sei, wieder nach Hause zu gehen.«

»Ist die Höhle gut zu verteidigen?«, fragte Pony, und ihr Blick wanderte unwillkürlich nach Westen.

»Nicht besonders, wenn Nachtvogel sie drinnen erwischt«, erwiderte der Zentaur. »Eine Weile würden sie wahrscheinlich einer Belagerung standhalten, das hängt davon ab, wieviel Proviant sie bei sich haben, aber sie kommen nicht raus, wenn sich Nachtvogel mit den Soldaten vor das verdammte Loch setzt. Ich schätze, sie bleiben nicht sehr lange da und haben keine Ahnung, dass sie jemand entdeckt hat. Juraviel wird Nachtvogel sagen, dass er sie noch vor Sonnenaufgang angreifen soll.«

»Das ist noch viele Stunden hin«, meinte Pony und grinste Bradwarden verschwörerisch an.

Der Zentaur erwiderte ihr Lächeln. »Schätze, wir sollten die elende Brut wenigstens in ihrem Loch festnageln«, sagte er zustimmend.

Der Sturm brach kurz nach Sonnenuntergang los, der Wind peitschte den Regen als feinen Sprühnebel über die kahlen Bäume hinweg, und bei jedem Blitz leuchtete das ganze Szenario in gespenstischem Licht auf. Mühelos fand Ponys Geist seinen Weg durch die entfesselte Natur, ein Windstoß nur, unsichtbar für jedes sterbliche Auge. Sie drehte mehrere Runden um die Senke, die Bradwarden ihr beschrieben hatte, inspizierte sogar die Höhle, in der sie dreiundvierzig Pauris zählte – mehr als die Späher angegeben hatten –, und konnte sich davon überzeugen, dass Bradwarden recht hatte und es tatsächlich nur einen Ausgang gab. Diese Öffnung erregte ihre Aufmerksamkeit, und sie betrachtete eine ganze Weile nachdenklich die aus der Wölbung herausragenden mächtigen Steinbrocken. Dann kehrte sie in den Wald zurück. Draußen fand sie nur fünf Pauris als Wache, doch das überraschte sie nicht sehr. Die Zwerge konnten nicht erwarten, dass bei diesem Wetter eine ganze Armee auf sie losgehen würde.

Nun kehrte sie in ihren Körper zurück, der in einer wenige Meilen entfernten Höhle auf sie wartete. Bradwarden hielt geduldig beim Eingang Wache, während Greystone, Ponys herrliches, muskelstrotzendes Pferd, regungslos und mit angelegten Ohren in der Höhle stand.

»Wir können ohne großen Widerstand schnurstracks zum Eingang der Höhle marschieren«, verkündete sie.

Bradwarden drehte sich um, als er ihre Stimme hörte. Im selben Augenblick schlug hinter ihm in der Ferne ein Blitz ein und zeichnete sich skurril gegen den dunklen Himmel ab. Greystone wieherte und scharrte nervös mit den Hufen.

»Du solltest dein Pferd lieber hierlassen«, meinte der Zentaur. »Es ist ihm heute wohl ein bisschen zu ungemütlich.«

Pony stand auf, ging zu dem Hengst hinüber und streichelte ihm beruhigend den muskulösen Hals. »Wir haben es ja nicht weit«, sagte sie.

»Du kannst doch auf meinen Rücken steigen«, schlug der Zentaur vor. »Aber erzähl schon, wie sieht's aus?«

»Zwei doppelte Wachtposten«, erklärte Pony. »Ungefähr hundert Meter von der Höhle entfernt. Einer auf der rechten und einer auf der linken Seite. Denken eher dran, sich vor dem Regen zu verkriechen, als sich zu prügeln. Der fünfte hockt in den Felsen über dem Eingang.«

»Der Sturm übertönt alles, auch unseren Angriff«, überlegte Bradwarden.

»Wir marschieren schnurstracks zum Eingang, ohne dass sie es überhaupt merken«, sagte Pony und lächelte boshaft. Und wie zur dramatischen Untermalung zuckte im selben Moment der nächste grelle Blitz über den Nachthimmel.

Das Klappern der Hufe ließ die beiden Pauris aufhorchen. Bis dahin waren sie vor allem damit beschäftigt gewesen, sich vor dem strömenden Regen in Sicherheit zu bringen, doch nun griffen sie zu ihren Waffen – einer kleinen Armbrust und einem Streithammer – und spähten hinter der Baumgruppe hervor. Sie konnten die Hinterfront eines großen Pferdes ausmachen und atmeten auf, als sie feststellten, dass es weder Sattel noch Reiter trug.

»Nur ein Wildpferd«, flüsterte der eine.

Da legte der andere seine Armbrust an.

»Nicht doch drauf schießen!«, knurrte sein Kumpan. »Du scheuchst es doch nur auf, und dann müssen wir erst lange hinterherrennen. Ich verpass ihm ordentlich eins vor den Schädel, dann gibt's heute abend Pferdefleisch!«

Gemeinsam pirschten sich die beiden Pauris heran, und ihr Grinsen wurde immer breiter, während sie sich dem scheinbar arglosen Tier näherten, dessen Kopf und Hals tief im Gebüsch steckte. Da zuckte gleißend ein neuer Blitz über den Himmel, unmittelbar gefolgt von einem ohrenbetäubenden Donnerschlag.

Die beiden Zwerge machten einen Satz rückwärts, als der Zentaur urplötzlich in voller Größe aus den Büschen auftauchte und die Decke abwarf, die sein Vorderteil verborgen hatte.

Mit der einen Hand packte Bradwarden den nächststehenden von ihnen, den mit der Armbrust, am Haarschopf und hielt ihn hoch, um ihn gleich darauf wieder fallen zu lassen und so mit seiner riesigen Keule zu bearbeiten, dass der Kerl ein Dutzend Fuß weit durch die Luft flog.

Der andere Pauri war sofort gegen den Zentauren angerannt und hatte ihm zielsicher seinen Hammer zwischen die Rippen geschmettert.

Doch Bradwarden war so in Rage über die Bemerkung der beiden, dass er gar nicht darauf achtete. Er fuhr herum und riss den Arm hoch. »Du pferdefressende Pauri-Fratze!«, brüllte er und ließ seine Keule so heftig auf die blutrote Kappe des Gnoms herabsausen, dass dessen Knie- und Fußgelenke unter vernehmlichem Knacken nach außen wegknickten. Der Streithammer fiel zu Boden, der Pauri fuchtelte noch ein paarmal kraftlos mit den Händen in der Luft herum, und dann sackte er einfach in sich zusammen.

Ein Stöhnen machte Bradwarden darauf aufmerksam, dass der erste Zwerg noch nicht ganz tot war. Der Zentaur wollte sofort auf ihn losgehen, doch er musste sich erst einmal strecken, denn die Stelle am Brustkorb, wo ihn der Hammer des Pauri getroffen hatte, schwoll langsam an, und seine Muskeln hatten sich verkrampft, so dass er befürchtete, ein oder zwei Rippen könnten gebrochen sein. Erst jetzt bemerkte er die böse Platzwunde, aus der ihm das Blut die Seite hinablief.

Dieser Anblick brachte ihn erst recht aus dem Häuschen, und sein Respekt vor diesen zähen Kreaturen wuchs, als er sich noch einmal seinem ersten Opfer widmete, denn das kleine Biest hatte sich bereits wieder aufgerappelt und versuchte verzweifelt, in Verteidigungsstellung zu gehen.

Bradwarden trampelte den Zwerg nieder und verpasste ihm im Gehen noch ein paar handfeste Tritte gegen den Schädel.

Aber der Pauri rappelte sich wieder auf.

Bradwarden fand das ausgesprochen amüsant. Er nahm erneut Anlauf und schwang seine Keule, bis der Zwerg taumelte. Dann lief er hinter ihm her und trampelte ihn endgültig nieder.

Pony pirschte sich entschieden vorsichtiger an die beiden Pauris auf der rechten Seite des Höhleneingangs heran. Noch einmal machte sie sich mit Hilfe des Seelensteins auf den Weg, um ihren genauen Standort festzustellen. Die beiden hockten, wie bei ihrer ersten Erkundungstour, auf je einem niedrigen Ast in zwei ungefähr zehn Meter voneinander entfernten Bäumen. Wieder ließ sie sich eine ganze Weile Zeit, um sicherzugehen, dass die beiden ihren Posten so bald nicht verlassen würden, und um deren Waffen und Ausrüstung zu inspizieren. Erleichtert stellte sie fest, dass keiner von beiden eine Armbrust trug. Der eine hatte ein Kurzschwert an der Hüfte hängen, während der andere eine Keule in den Armen hin und her wiegte.

Nachdem Ponys Geist noch schnell die Umgebung in Augenschein genommen hatte, kehrte er rasch wieder in ihren Körper zurück. Sie wusste, dass sie die beiden schnell und lautlos mit den Edelsteinen beseitigen konnte, aber sie verwarf den Gedanken und beschloss, diesmal ihr Schwert zum Einsatz zu bringen. Entgegen Bradwardens Rat hatte sie Greystone geritten, doch sie hatte ihn in einem Kiefernwäldchen in der Nähe angebunden. Die Nacht war einfach zu unruhig, um sich auf die Reaktionen ihres Pferdes verlassen zu können, und so ging sie lieber zu Fuß, während der Wind und der fast ununterbrochene Donner jedes Geräusch übertönten.

Als sie die Bäume wiedergefunden hatte, in denen die Pauris saßen, blieb sie stehen und kauerte sich hinter eine dicke Ulme. Kurz darauf konnte sie die schwarzen Umrisse der Zwerge erkennen, und schon hatte sie ihr magisches Schwert gezückt, das einst Connor Bildeborough gehört hatte. Das Heft war mit Magnetsteinen besetzt, und einen solchen hielt Pony auch in der anderen Hand. Schritt für Schritt schlich sie sich näher an den Zwerg auf der rechten Seite heran, den mit dem Schwert.

»Bleib gefälligst auf deinem Posten!«, knurrte der Pauri, der sie offensichtlich für seinen Kumpan hielt.

Ponys Schwert fuhr senkrecht nach oben und bohrte sich tief in das Bein des Pauri.

Der war mit einem Satz unten und wedelte mit seinem Schwert, doch Pony war bereits zurückgewichen und ging auf den anderen Pauri los, der ebenfalls von seinem Hochsitz herabhüpfte.

Jetzt schwang der andere sein Schwert in wilden Attacken, und Pony wich nach links aus, während ihr Schwert nur gelegentlich das herumwirbelnde Kurzschwert des Pauri streifte. Mit Hilfe des Magnetsteins konzentrierte sie sich auf einen metallenen Anhänger, einen silbernen Totenkopf, den der zweite Pauri um den Hals trug.

Dieser kam mit wildem Geheul um den Baum herumgerannt und schwang seine Keule über dem Kopf. Da hob Pony die Hand und ließ ihre magischen Kräfte in den Magnetstein strömen.

Auf einmal hörte man es zweimal hintereinander knacken, dann taumelte der Keulenschwinger rückwärts, und sein Geschrei erstarb in einem gurgelnden Geräusch, während ein roter Sprühnebel aus seiner Kehle hervorschoss.

»Du elende Hexe!«, schrie der erste Pauri und stürzte auf sie zu.

Pony machte eine Kehrtwendung und wehrte den tobenden Zwerg mit ein paar Handbewegungen mühelos ab oder wich seinem Kurzschwert einfach aus. Der Pauri rannte auf sie los, und seine Klinge sauste schräg nach unten durch die Luft.

Pony ließ ihr Schwert in die linke Hand gleiten, und schon schnellte es nach oben und versperrte dem Kurzschwert den Weg. Dann schob sie mit einer Drehung des Handgelenks ihre Klinge erst über, dann unter die des Zwerges. Noch eine Drehung, dann holte sie aus und traf ihn an der Schulter. Während sie nach links herumwirbelte, ergriff sie das Schwert wieder mit der rechten Hand und ließ es hart gegen das des hartnäckigen Pauri prallen.

Mitten in der Drehung bremste sie plötzlich ab, machte mit dem rechten Bein einen Schritt vorwärts und stieß dem Zwerg ihr Schwert in den Bauch. Als dieser aufjaulte und sich krümmte, zog sie sich rasch zurück, um im nächsten Augenblick wieder Anlauf zu nehmen und dem Pauri die Klinge in den Brustkorb zu rammen. Jetzt hatte Pony die Sache völlig in der Hand, und sie hätte kurzen Prozeß machen können, indem sie dem Pauri das Herz oder die Kehle durchbohrte, doch sie wollte die Situation auskosten und ihrer Wut freien Lauf lassen.

Wieder und wieder stach sie auf den Zwerg ein, ohne ihn jedoch tödlich zu verletzen. Sie hatte schon fast ein Dutzend Treffer gelandet, als Bradwarden mit Greystone am Zügel angetrabt kam.

»Lass gut sein«, meinte der Zentaur, als er das makabre Spiel beobachtete. »Ich schätze, ich kann ein bisschen von deinem Hokuspokus gebrauchen.«

Pony sah ihren Freund an, und ihre Raserei legte sich sofort, als sie sein Keuchen hörte und den roten Fleck am menschlichen Oberkörper des Zentauren sah. Mit einem gezielten Stoß trieb sie dem Pauri die Klinge zwischen den Rippen hindurch mitten ins Herz.

Dann ging sie auf der Stelle mit dem Seelenstein ans Werk und stellte erleichtert fest, dass Bradwardens Verletzung nicht sehr schwer war.

»Na dann los!«, sagte dieser entschieden und packte seinen riesigen Bogen und ein Geschoss, das eher wie ein Speer aussah als wie ein Pfeil.

Pony aber hielt ihn mit einer Handbewegung zurück und lief zu dem Pauri mit der Keule, der nicht weit entfernt neben dem Baum lag. Sie bückte sich tief hinunter und untersuchte das Loch, wo der Magnetstein den silbernen Totenkopfanhänger durchschlagen hatte, und die Stelle am Rücken der Kreatur, an der das Geschoss wieder ausgetreten war. Dann richtete sie sich wieder auf, besah sich den Baum und stellte fest, dass der Stein tief im Stamm steckte. Mit einem Stoßseufzer begann sie, an dem Loch herumzuschnitzen. »Eines Tages werd ich ihn nicht mehr wiederfinden«, sagte sie zu Bradwarden.

Der Zentaur nickte. »Aber sag mal«, meinte er, »kannst du damit eigentlich Metall auch abstoßen, so wie du es sonst anziehst?«

Pony sah ihren Freund verwundert an und nickte. Sie hatte die verzauberten Magnetsteine am Griff ihres Schwertes schon in beiden Richtungen benutzt, hatte damit die Klinge ihres Gegners angezogen, um seinen Stoß kräftiger zu parieren, und ebenso Angriffe abprallen lassen.

»Dann kann ich dir vielleicht zeigen, wie du den Stein besser verwenden kannst«, sagte der Zentaur verschmitzt. »Aber ein andermal.«

Pony hatte eine Weile zu tun, bis sie den Stein aus der Rinde herausgelöst hatte. Dann warf sie Bradwarden die Decke wieder über die Schultern, und der Zentaur hielt seinen verräterischen Oberkörper gesenkt und trabte los. Pony folgte ihm auf Greystone im Schatten der Bäume und hielt die Augen offen für den Fall, dass irgendwelche Pauris den Lärm gehört hatten. Sie überlegte, ob sie ihren Geist noch einmal mit dem Hämatit auf Erkundungstour schicken sollte, beschloss dann aber, ihre restliche magische Energie zu sparen, um sie später am Höhleneingang mit Hilfe des Graphits nutzen zu können, den sie jetzt in der Hand hielt.

Plötzlich erhellte ein Blitz die Umgebung der Höhle, und Pony und Bradwarden sahen in einiger Entfernung den letzten Pauri-Wachtposten vor sich. Aber der Zwerg hatte sie ebenfalls gesehen und kam den Felsvorsprung hinabgeschlittert, um Alarm zu schlagen.

Bradwardens riesiger Pfeil erwischte ihn im Rücken, hob ihn zehn Fuß hoch in die Luft und schmetterte ihn mit voller Wucht gegen die Felswand neben dem Höhleneingang. Inzwischen hatte der Zentaur bereits wieder angelegt, diesmal auf das schwarze Loch im Berg, in der Erwartung, die häßlichen Fratzen weiterer Gegner auftauchen zu sehen.

Pony ging mit ausgestrecktem Arm ruhig neben ihm her.

»Ey, was krauchst du da draußen herum?«, ertönte es von drinnen.

Pony dachte jetzt nur noch an ihre in Dundalis ermordeten Eltern und an die Chilichunks, die von den bösen Kirchenmachthabern zu Tode gefoltert worden waren. Und vor allem rief sie sich die Bilder der von Dämonen wiederbelebten

Leichname ihrer Pflegeeltern vor Augen, spürte noch einmal das Grauen und den Abscheu. Und ihre Wut verwandelte sich in magische Energie, die sie jetzt durch ihre Hand in den Graphit fließen ließ, bis sich die Kräfte in dem Stein zu einer hochexplosiven Ladung geballt hatten. Sie machte so lange weiter, bis die Luft um sie herum vor Spannung knisterte und ihr regennasses Haar so statisch aufgeladen war, dass es in alle Windrichtungen abstand.

Dann fuhr plötzlich ein greller weißer Blitz mitten in den Höhleneingang und explodierte im Innern in einer gleißenden Entladung, die kreuz und quer von den Wänden abprallte. Als Pony die Pauris jaulen und kreischen hörte, schickte sie gleich noch einen zweiten, ebenso tödlichen Blitz hinterher.

Der Donner erschütterte die Höhle einige Sekunden lang, dann kam ein Pauri ins Freie getorkelt – doch nur, um im nächsten Moment vom Pfeil des Zentauren wieder zurückgeschleudert zu werden.

Nun tauchten weitere Pauris am Höhleneingang auf, doch Ponys nächster Schlag schickte sie zu Boden.

Noch einmal ließ sie die Höhle erzittern, obgleich von drinnen nur noch vereinzelte Schreie zu hören waren und sie sich sagte, dass die restlichen Pauris jetzt wahrscheinlich flach auf dem Bauch lagen und sich versteckten. Nun hob sie den Arm etwas höher und nahm den Felsvorsprung ins Visier. Kurz darauf krachte der nächste gewaltige Blitzstrahl zwischen die geborstenen Steine, gefolgt von einem zweiten und dritten, bis die gesamte vordere Felswand über dem Höhleneingang in sich zusammenfiel.

Bradwarden, der nur wenige Schritte hinter Pony stand, ließ den Bogen sinken und betrachtete seine Freundin aufmerksam. Sie befand sich in einem Zustand höchster Erregung und legte in jeden einzelnen Blitzschlag all ihren Schmerz und Zorn, als könnte sie sich durch diese Entfesselung ein für allemal von den Dämonen befreien, die sie verfolgten.

Doch Bradwarden hatte in den letzten Wochen viele

Stunden an Ponys Seite verbracht und wusste genau, dass mehr nötig war, um die aufgewühlte Seele dieses Mädchens wieder zur Ruhe zu bringen, als ein bisschen Zerstörungswut. Der Zentaur rückte ein wenig näher. Falls Pony irgendwann am Ende ihrer Kräfte wäre und ihre Beine nachgäben, wäre Bradwarden da, um sie aufzufangen.

»Es ist noch viel zu früh am Morgen für so wichtige Gespräche«, meinte König Danube Brock Ursal und nahm hinter einem gewaltigen Berg Toastbrot Platz, das in Bohnen mit Sauce schwamm und mit pochierten Eiern garniert war. Er war ein durchaus ansehnlicher Mann, auch wenn sein ohnehin stämmiger Körper in den letzten drei Jahren noch um gut dreißig Pfund schwerer geworden war. Er hatte hellgraue Augen, hellbraunes, kurzgeschnittenes Haar und einen akkurat gestutzten Bart, und nur an den Koteletten zeigten sich vereinzelt graue Härchen.

»Aber, Majestät«, protestierte Abt Je'howith, »viele Kinder in Palmaris werden heute nicht mit dem Luxus eines Frühstücks gesegnet sein!«

Der König ließ sein Silberbesteck klirrend auf den Teller fallen, und die übrigen anwesenden Berater scharrten nervös mit den Füßen; von einigen waren sogar Unmutsäußerungen zu vernehmen.

»Die Lage in Palmaris ist zweifellos ernst, aber ich fürchte, Ihr übertreibt etwas«, erwiderte Constance Pemblebury, mit ihren fünfunddreißig Jahren das jüngste und häufig auch vernünftigste Mitglied des königlichen Rates.

»Und ich fürchte, Ihr verharmlost die Sache –«, wollte Je'howith gerade protestieren, da unterbrach ihn Herzog Targon Bree Kalas mit scharfer Stimme. »Mein lieber Abt, Ihr tut ja gerade so, als hätte Baron Rochefort Bildeborough die Landstreicher eigenhändig gefüttert!«, meinte der Mann erbost. »Wie viele sind denn in den drei Monaten verhungert, seit er tot ist?«

Es überraschte Je'howith nicht im mindesten, dass Kalas ihn so erbittert angriff. Zwischen ihm und dem früheren Befehlshaber der berühmten Allheart-Brigade hatte es schon des öfteren Meinungsverschiedenheiten gegeben, und ihr Verhältnis zueinander war noch angespannter, seit der König ihm trotz des heftigen Widerstands von Kalas eine Abteilung Allheart-Soldaten zum Äbtekollegium nach St. Mere-Abelle mitgegeben hatte. Es war kein Geheimnis, dass Je'howith diese in die Machtkämpfe der Kirche verwickelt hatte, was Kalas als Mann des Königs ausgesprochen missfallen hatte.

»Die Stadt hat innerhalb weniger Wochen ihren Baron, dessen Neffen und ihren Abt verloren«, argumentierte Je'howith und sah den König dabei direkt an – denn letzten Endes zählte nur dessen Meinung. »Und nun müssen sie auch noch erfahren, dass es niemanden gibt, der den Namen Bildeborough weiterführt – der in Palmaris sehr beliebt ist, müsst Ihr wissen. Und das alles unmittelbar nach einem Krieg, der die ganze Gegend reichlich mitgenommen hat. In Palmaris soll jetzt großer Aufruhr herrschen, und das wird sicher noch schlimmer, wenn der Winter kommt, und wird sich auf die Loyalität der Bevölkerung dort auswirken.«

»Wer hat das denn behauptet?«, entgegnete Kalas. »Die Nachricht vom Tode des Barons ist vollkommen ruhig aufgenommen worden. Und dass es offenbar keinen Erben mehr gibt, weiß man erst seit ein paar Tagen. Ich weiß nichts davon, dass noch weitere Boten aus Palmaris gekommen wären.«

Je'howith sah den Kommandanten an, und seine alten Augen funkelten gefährlich. »Der Abellikaner-Orden hat seine eigenen Wege der Nachrichtenübermittlung«, sagte er fast drohend.

Kalas schnaubte verächtlich und kniff die Augen zusammen.

»Die Stadt ist in Bedrängnis«, redete Je'howith weiter auf König Danube ein. »Und mit jedem Tag, den wir warten, wächst die Gefahr, dass dort das Chaos ausbricht. Man hört schon von Plünderungen im Geschäftsviertel, und die Heidenpriester der Behreneser, die ihre Tempel am Hafen haben, werden sich das zunutze machen, da könnt Ihr sicher sein.«

»Darum geht es Euch also, Abt Je'howith«, fiel ihm Kalas ins Wort. »Ihr habt Angst, dass Euch die Yatols ein paar Eurer Schäfchen abspenstig machen.«

»Das befürchte ich tatsächlich«, räumte Je'howith ein. »Und dem König des Bärenreichs sollte es ebenso gehen.«

»Ich dachte, Kirche und Staat wären zwei verschiedene Dinge«, entgegnete Kalas, noch ehe König Danube den Mund aufmachen konnte.

Dieser warf ihm einen strafenden Blick zu, sagte aber nichts. Statt dessen schob er seinen Teller beiseite und gab es auf, in Ruhe zu frühstücken. Dann faltete er die Hände vor sich auf dem Tisch und ließ die beiden Streithähne weiterdebattieren.

»Hier bei uns sind sie Brüder«, pflichtete Je'howith dem anderen bei. »Aber in Behren regieren die Yatols das Volk und bestimmen über jede Kleinigkeit des täglichen Lebens. Wartet nur ab, Herzog Kalas, bis sie in Palmaris Fuß fassen, und seht zu, was Euer König davon hat«, schloss er mit vor Sarkasmus triefender Stimme.

Herzog Kalas murmelte etwas in seinen Bart und wandte sich ab.

»Was schlagt Ihr also vor?«, fragte der König Je'howith.

»Ernennt unverzüglich ein vorläufiges Stadtoberhaupt«, erwiderte der Abt. »Es ist schon zuviel Zeit vergangen, aber jetzt, wo die Frage der Erbfolge geklärt ist, müsst Ihr entschlossen durchgreifen.«

König Danube blickte in die Runde. »Irgendwelche Vorschläge?«, fragte er.

»Es gibt hier viele Edelleute, die für eine solche Position in Frage kämen«, erwiderte Kalas.

»Aber kaum einen, der bereit wäre, zu irgendeiner Jahreszeit nach Palmaris zu gehen, schon gar nicht so kurz vor dem Jahresende«, beeilte sich Constance Pemblebury hinzuzufügen. Jeder der Anwesenden wusste, dass sie Recht hatte. Palmaris war eine unwirtliche Stadt mit einem raueren Klima und einer Menge Probleme, die es in Ursal, wo der König Hof hielt und sein Gefolge in absolutem Luxus lebte, nicht gab. Selbst die Herzöge, wie Kalas, ließen ihre Barone die entfernten Städte verwalten, während sie selbst sich hier bei der Jagd und beim Fischen vergnügten, opulent tafelten und den Damen nachstellten.

»Es gäbe da eine Möglichkeit«, warf Je'howith ein. »Ein Mann von enormer Ausstrahlung, der bereits einen Großteil der Stadt unter sich hat.«

»Ihr braucht den Namen gar nicht erst zu nennen!«, protestierte Kalas, doch Je'howith ließ sich nicht davon abhalten.

»Es ist nur dem unermüdlichen Einsatz von Marcalo De'Unnero, dem neuen Abt von St. Precious, zu verdanken, wenn in Palmaris noch der Anschein von Ruhe und Ordnung vorhanden ist«, sagte er.

»Ihr wollt, dass ich einem Abt den Titel des Barons verleihe?«, fragte König Danube skeptisch.

»Die Kirche wird De'Unnero einen entsprechenden Titel geben«, erklärte Je'howith. »›Bischof von Palmaris‹.«

»Bischof?« Kalas fuhr entsetzt hoch.

»Ein heute nicht mehr sehr gebräuchlicher Titel«, erklärte Je'howith. »Aber ein durchaus schon dagewesener. In den Frühzeiten des Königreichs waren Bischöfe so üblich wie Barone und Herzöge.«

»Und was unterscheidet einen Bischof von einem Abt?«, fragte der König.

»Ein Bischof übt die gleiche Macht aus wie ein weltlicher Herrscher«, erklärte Je'howith behutsam.

»Mit dem Unterschied, dass der Bischof dem ehrwürdigen Vater untersteht und nicht dem König«, mischte sich Kalas empört ein, und das Gesicht des Königs verfinsterte sich bei dieser Feststellung. Nun erhob sich unter den anderen aufgeregtes Flüstern, an dem sich selbst die unerschütterliche Constance Pemblebury beteiligte.

»Nein«, erwiderte Je'howith schnell, »Bischöfe unterstehen dem ehrwürdigen Vater in Dingen der Kirche, aber nur dem König in Staatsangelegenheiten. Und ich kann Marcalo De'Unnero nur wärmstens empfehlen, Majestät. Er ist jung und voller Tatkraft und vielleicht der beste Krieger, der je aus St. Mere-Abelle hervorgegangen ist – kein schlechter Griff, möchte ich meinen!«

»Mir scheint, der Abt überschreitet seine Kompetenzen«, meinte Constance. »Bei allem Respekt, mein lieber Je'howith, Ihr bittet den König, eine ganze Menge seiner Macht an den ehrwürdigen Vater abzutreten, nur damit irgendeinem Edelmann die Unannehmlichkeit erspart bleibt, in den Norden zu gehen.«

»Ich biete dem König nur die Hand eines Freundes in der Not«, erwiderte Je'howith.

»Lächerlich!«, brüllte Kalas, und zum König gewandt sagte er: »Ich besorge Euch einen würdigen Ersatz für Baron Bildeborough. Einen Mann von der Allheart-Brigade vielleicht oder auch einen weniger hochrangigen, aber verdienten Edelmann. Aber wir haben ja bereits ein Kontingent Soldaten da oben, angeführt von einem strammen Krieger.«

Der König blickte erst Je'howith, dann Kalas an und schien unschlüssig.

»Ich frage mich, was gefährlicher ist«, meinte Je'howith hinterhältig, »in der Not die Hilfe eines Freundes anzunehmen oder einen ehrgeizigen Untergebenen zu befördern, den es womöglich nach Höherem gelüstet?«

Kalas stöhnte verblüfft auf und knirschte mit den Zähnen, weil ihm darauf keine Antwort einfiel. Er lief puterrot an und schien kurz davor zu explodieren. Ein paar der Anwesenden waren ebenfalls verärgert, nur Constance amüsierte die Sache zunehmend.

»Ich bitte Euch zu bedenken, welchen Vorteil ein einziger Regent in so unruhigen Zeiten hat«, fuhr Je'howith mit ruhiger Stimme fort. »Wenn Ihr Baron Bildeborough durch ein weiteres, völlig unbekanntes Oberhaupt ersetzt, weiß die Bevölkerung von Palmaris gar nicht, was sie von Kirche und Regierung zu erwarten hat. Lasst sie erst einmal mit De'Unnero warm werden. Sie kennen den Mann noch kaum, denn er steht St. Precious ja erst eine Saison lang vor, und selbst in dieser Zeit haben kirchliche Pflichten, wie das Äbtekollegium, bei dem Eure Allheart-Brigade eine nicht zu unterschätzende Rolle gespielt hat«, sagte er betont, »den Abt fast einen Monat lang von Palmaris ferngehalten. Dennoch ist es in der Stadt noch relativ ruhig geblieben, wenn man die tragischen Ereignisse bedenkt.«

»Ihr schlagt also den Abt von St. Precious lediglich als vorübergehendes Stadtoberhaupt vor?«, fragte König Danube nach einer langen Denkpause.

»Nach besagter Übergangszeit – vielleicht im Spätsommer – könnt Ihr ja immer noch entscheiden, ob Palmaris und Euch besser damit gedient ist, wenn Ihr einen anderen einsetzt«, erklärte Je'howith. »Aber ich glaube, Ihr werdet begeistert sein von Marcalo De'Unneros Leistungsfähigkeit. Er wird wieder Ruhe und Ordnung in Palmaris einkehren lassen und mit fester Hand Eure Interessen vertreten.«

»So ein Blödsinn!«, rief Herzog Kalas und machte einen Satz zu Je'howith und dem König hinüber. »Ihr werdet doch wohl kein Wort davon glauben, Majestät!«

»Was nehmt Ihr Euch heraus, mir vorzuschreiben, was ich zu glauben habe!«, sagte König Danube schroff und abweisend, so dass Kalas zwei Schritte zurückwich.

»Ihr müsst auch weiter denken«, fuhr Je'howith fort, ohne Kalas die geringste Beachtung zu schenken. »Die Waldlande müssen wieder zugänglich gemacht, vielleicht sogar dem Gebiet des Bärenreichs zugeschlagen werden.«

»Mein bester Je'howith«, mischte sich Constance Pemblebury ein, »wir haben ein Abkommen sowohl mit Behren als auch mit Alpinador, dass die Waldlande allen drei Königreichen offenstehen.«

»Trotzdem sind sie schon lange nur vom Volk des Bärenreichs besiedelt«, erwiderte Je'howith. »Und ich glaube auch, dass der Krieg die Lage verändert hat. Jetzt gehören die Waldlande den Pauris und Goblins, könnte man sagen. Und wenn wir diejenigen sind, die sie von dort vertreiben, dann haben wir das Land erobert, und es gehört König Danube Brock Ursal.«

»Eine kluge Überlegung«, räumte der König ein, »aber auch eine sehr gefährliche.«

»Ein Grund mehr, dass Ihr jetzt die Kirche als starken Mitstreiter braucht«, argumentierte Je'howith. »Denn sie hat viele der Barbaren vom südlichen Alpinador unter Kontrolle. Ernennt De'Unnero zum Bischof, dann braucht Ihr Euch um Palmaris keine Sorgen mehr zu machen. Falls De'Unnero versagt und in der Stadt Unruhen ausbrechen, könnt Ihr den Abellikaner-Orden dafür verantwortlich machen. Gelingt es dem Bischof aber, Ordnung und Wohlstand wiederherzustellen, dann werden Eure dankbaren Untertanen sagen, wie klug doch unser König ist!«

Erneut kochte Herzog Kalas vor Wut. Wie konnte dieser Abt den König nur so plump einwickeln!

Doch König Danube, der zwar nicht übertrieben ehrgeizig war, aber jede Gelegenheit zur Expansion dankbar ergriff, hatte den Köder längst geschluckt. Je'howiths scheinbar unverfänglicher Vorschlag konnte ihm so eine Gelegenheit bieten, während Danube im schlimmsten Falle keinerlei Vorwurf traf, und das war eine zu verlockende Aussicht, um die Sache abzulehnen. Und König Danube war kein Freund langer Überlegungen – ein Umstand, den Je'howith schon lange zu nutzen wusste. »Vorübergehendes Oberhaupt«, erklärte er jetzt. »Dann sei es so, in Gottes Namen. Lasst heute noch bekanntgeben, dass Abt Marcalo De'Unnero zum Bischof von Palmaris ernannt wurde.«

Je'howith lächelte, und Kalas knirschte mit den Zähnen.

»Und Herzog Kalas«, fügte König Danube hinzu, »lasst Eurem ehrenwerten Kommandanten in Palmaris ausrichten, dass er Bischof De'Unnero unterstellt ist und dort bleiben soll, bis die Stadt wieder sicher ist.

Und jetzt lasst mich in Ruhe!«, rief er plötzlich und wedelte mit den Händen, als würde er lästige Fliegen verscheuchen. »Ich fürchte, mein Essen ist inzwischen kalt geworden.«

Noch immer lächelnd wandte sich Abt Je'howith ab und stand Constance Pemblebury gegenüber, die nun mit ihm zusammen hinausging. »Gratuliere!«, sagte sie, als die beiden allein waren.

»Das hört sich ja an, als hätte ich etwas gewonnen«, wehrte Je'howith ab. »Ich möchte lediglich meinem König einen Gefallen tun.«

»Ihr wollt lediglich dem ehrwürdigen Vater einen Gefallen tun«, erwiderte Constance kichernd.

»Es wird ihm wenig nützen, wenn König Danube zu dem Entschluss gelangt, dass Marcalo De'Unnero nicht der richtige Mann ist«, wandte Je'howith ein.

»Das dürfte ihm schwerfallen, da ein Bischof nach Gesetz und Brauch nur mit dem gemeinsamen Einverständnis des Königs und des ehrwürdigen Vaters abgesetzt werden kann«, meinte Constance pfiffig.

Je'howith stutzte – doch dann wurde ihm bewusst, dass die Frau diesen Umstand erst jetzt zur Sprache brachte.

»Keine Angst, Abt Je'howith«, sagte sie. »Mir ist klar, dass die Machtverhältnisse sich nach einem Krieg unweigerlich verschieben, und ich kann mir vorstellen, welche Macht der Abellikaner-Orden über Menschen hat, die der Krieg entwurzelt hat. Es gibt wohl keine Familie in diesem

Königreich, die keinen der ihren verloren hat. Und verzweifelte Menschen sind allemal leichter für leere Versprechungen vom ewigen Leben zu haben als für handfeste Dinge.«

»Leere Versprechungen?«, meinte der Abt erstaunt, und sein Tonfall ließ erkennen, dass diese Bemerkung in seinen Augen an Ketzerei grenzte.

Constance ließ die Sache auf sich beruhen. »St. Mere-Abelle wird Palmaris und den gesamten Norden beherrschen – und das wird für König Danube nicht das schlechteste sein, wenn er die Waldlande wiedererschließen und – wenn nötig – neue Vereinbarungen mit unseren Nachbarländern treffen will.«

»Und hinterher?«

Constance zuckte die Achseln. »Ich ziehe es vor, mich nicht mit der Kirche anzulegen«, erwiderte sie schlicht.

»Und was verlangt Ihr für Euer Entgegenkommen?«

Jetzt lachte die Frau lauthals los. »Es fällt genug ab von der Plackerei des einfachen Arbeiters, um uns alle in Saus und Braus leben zu lassen«, sagte sie. »Es gibt da ein altes Sprichwort über die Hand, die das Brot bestreicht, und ich könnte mir vorstellen, dass diese Hand jetzt möglicherweise die des ehrwürdigen Vaters ist.«

Nun grinste Abt Je'howith breit. Er hatte hier zwar keinen Verbündeten vor sich, aber auch keinen Gegner. Und so würde es mit vielen der Edelleute sein, sagte er sich, denn diese Männer und Frauen hatten sich noch nie ernsthaft für irgendetwas eingesetzt, ehe der Dämon erwacht war. Dann verließ er Constance, denn er brauchte jetzt seine Ruhe, um sich auf den nächsten Besuch des ehrwürdigen Vaters vorzubereiten. Markwart würde zufrieden sein, doch Je'howith wusste, dass die Lage angespannt bleiben würde, denn einige wenige, wie Herzog Kalas, würden niemals akzeptieren, dass die Kirche auf Kosten des Königs irgendwelche Vorteile erzielte.

Es würde ein spannendes Jahr werden.

Bis zum Morgengrauen regnete es wieder stärker, aber der Wind hatte sich gelegt. Die Luft war ungewöhnlich warm für die Jahreszeit, und das war gut so, denn andernfalls wäre die ganze Gegend unter einer Schneedecke versunken, und man hätte noch etliche Wochen mit der Reise nach Palmaris warten müssen.

Pony und Bradwarden saßen noch immer vor der Höhle. Sie hatten keine Ahnung, wie viele Pauris dort drinnen noch am Leben waren, doch von Zeit zu Zeit verschoben sich ein paar Steine, weil einer von ihnen versuchte, sich an die Oberfläche zu arbeiten. Zuerst hatte Bradwarden Wache gehalten und jedesmal mit seiner Keule gegen den Fels gehämmert, um dann die wilden Flüche aus der Tiefe mit dröhnendem Gelächter zu quittieren.

Jetzt war Pony an der Reihe und passte mit Juraviel zusammen auf, der eine Stunde zuvor zu den beiden gestoßen war. Unterdessen streifte Bradwarden durch das nahe gelegene Wäldchen und sammelte Holz zum Feuermachen.

»Diesmal hab ich einen ordentlichen Brocken erwischt«, verkündete er, als er wieder einmal von einer Tour zurückkam.

Pony und Juraviel kicherten, als sie den gut zwanzig Fuß langen Baum sahen, den der Zentaur hinter sich herschleifte.

»Der ist fabelhaft, um eine Mauer damit einzurennen«, sagte Juraviel grinsend.

»Könnte mir glatt passieren, aber wahrscheinlich von innen, wenn ich mich von den Soldaten dabei erwischen lasse, wie ich hier mit einem verschlafenen Elfen Schwätzchen halte«, meinte Bradwarden und spielte darauf an, dass sie vereinbart hatten, der Elf solle bei Tagesanbruch nach den Soldaten Ausschau halten.

»Bin schon unterwegs, du halbes Pferd!«, sagte Juraviel mit einer Verbeugung und verschwand im Wald.

»Halbes Pferd!«, brummte Bradwarden und stapelte das Feuerholz neben dem Höhleneingang. »Wenn die andere Hälfte ein Elf wäre, dann müsste es heißen halbes Pony.«

Pony lächelte breit; sie hatte immer ihren Spass an der gutmütigen Kabbelei der beiden.

Jetzt schob der Zentaur einen großen Felsbrocken beiseite und machte im selben Augenblick einen Satz, als ein Armbrustpfeil aus einem Spalt hervorlugte und knapp sein Vorderbein verfehlte. »Kannst du nicht aufpassen?«, schimpfte er.

Aber Pony war bereits auf dem Sprung. Mit dem Graphit in der Hand richtete sie einen weiteren Blitzstrahl auf die Öffnung, und gleich darauf hörte man im Inneren Geschrei und Fluchen, das dumpfer wurde, als Bradwarden das Loch mit Ästen verstopfte. Dann holte er noch mehr Geröll herbei und schichtete es auf.

»Bist du sicher, dass du das Zeug in Brand kriegst?«, fragte er Pony ungefähr zum zehnten Mal.

Ihr Blick jagte ihm eine Gänsehaut über den Rücken, und so ging er wieder an die Arbeit.

»Nachtvogel kommt«, hörten sie Juraviel ein paar Minuten später verkünden. »Er hat zwei von den toten Pauris gefunden. Die Soldaten sind noch ein Stück hinter ihm.«

Bradwarden nickte Pony zu, und sie ging mit dem Serpentin und dem Rubin in der Hand auf ihn zu. Dann verscheuchte sie den Zentauren, ließ sich in den Serpentin fallen und errichtete um sich herum eine blauweiß schimmernde Schutzhülle. Mit einem leisen Wink ließ sie den Rubin über diesem Schutzschild und ihrer geöffneten Handfläche schweben. Nun verband sie ihr magisches Energiezentrum mit den Kräften des Rubins. In aller Ruhe ließ sie ihre ganze verbliebene Kraft in den Stein fließen, bis kleine Flämmchen um sie herum flackerten.

Bradwarden und Juraviel traten wohlweislich noch ein paar Schritte zurück.

Pony sah sich um und suchte sich das ausgehöhlte Ende eines Baumstamms aus, der unten in dem Stapel steckte; dann hielt sie ihre Hand hinein und ließ den geballten Kräften freien Lauf. Die auflodernde Stichflamme hüllte sie und den Aufbau ein, die Druckwelle erschütterte den Steinhaufen, und das Flammenmeer verschlang jedes Stückchen Reisig, das Bradwarden hingelegt hatte, und ließ feurige Blitze aus allen Ritzen des Stapels hervorschießen.

Das feuchte Holz zischte, aber die Flammen waren stärker, und am Ende fing der größte Teil Feuer. Der Regen stimmte prasselnd in das Konzert mit ein und verdampfte auf den erhitzten Steinen, um gleich wieder in den Dunst aufzusteigen.

Pony löste noch einen Feuerball aus, und als sie wieder zurücktrat, stoben graue Rauchwolken durch die Luft. Und auch in die Höhle, das wusste sie genau. Sie ließ den Serpentinschild fallen und steckte die beiden Edelsteine ein. Dann holte sie den Graphit noch einmal hervor, denn sie befürchtete, dass die Pauris jeden Augenblick wieder munter werden konnten.

»Der Hüter kommt«, rief ihnen Juraviel zu.

Da hörten sie auch schon die vertraute Stimme hinter sich: »Ich nehme an, die restlichen Pauris sitzen alle da in dem Loch fest?«

»Denkst du vielleicht, wir haben hier die ganze Nacht nur aus Spaß herumgesessen und auf dich und deine faulen Soldaten gewartet?«, erwiderte Bradwarden augenzwinkernd, als der Hüter zum Vorschein kam.

Nachtvogel betrachtete den qualmenden Geröllhaufen und die zersplitterten Steine, dann drehte er sich um und sah Pony an, die völlig durchnässt und mit tropfenden Haaren dastand. Seine erste Reaktion war Zorn. Wie konnten seine Freunde sich hier herauswagen, ohne ihm ein Wort davon zu sagen? Wie konnte Pony sich ohne ihn so in Gefahr begeben? Doch dann zwang er sich, die Sache mit Ponys Augen zu sehen. Sie war so voller Wut, viel mehr als er selbst, und doch hatte sie ihre Gefühle nicht einmal in den paar Gefechten austoben können, die es in den letzten Wochen gegeben hatte.

Da sie und Elbryan als Gesetzlose galten, hatte sie es nicht mehr gewagt, in aller Öffentlichkeit mit den Steinen zu hantieren. Darüber hinaus musste sie sich auch um ihrer Heilkünste willen möglichst weit vom Schlachtfeld fernhalten und sich unauffällig um diejenigen kümmern, die ihre Hilfe brauchten.

Und Bradwarden konnte er nicht weniger gut verstehen. Der Zentaur war schwer misshandelt worden – die Abellikaner-Mönche hatten ihn gefangengehalten und gefoltert, nachdem sie ihn aus den Tiefen des zerstörten Aida-Berges befreit hatten. Und doch konnte er noch weniger an den Kämpfen teilnehmen, denn er war viel zu leicht zu erkennen, und Shamus Kilronney war nun mal ein Soldat des Königs, auch wenn der Hüter sich ein wenig mit ihm angefreundet hatte.

Elbryan sah Pony noch einmal an, und er stellte fest, dass ihr der Regen und die lange, schlaflose Nacht offensichtlich nicht sehr zugesetzt hatten. Sie wirkte jedenfalls ausgeglichener denn je, seit sie St. Mere-Abelle hinter sich gelassen hatten, und diese Erkenntnis wog Elbryans Ärger über die Extratour der beiden bei weitem auf.

»Sieht fast so aus, als hättet ihr diesmal den ganzen Spaß allein gehabt«, meinte er vergnügt.

»Schätze, du kriegst schon noch ein paar ab, bevor der Tag rum ist«, trompetete Bradwarden dazwischen. »Und wenn wir erst nach Norden ziehen, sowieso.«

»Soldaten im Anmarsch!«, rief Juraviel, der jetzt auf einem anderen Baum hockte, warnend. Er winkte Bradwarden zu sich heran, und als dieser zu ihm herübergetrabt kam, ließ sich der Elf auf seinen breiten Rücken fallen.

»Aber ein bisschen Spaß hatten wir schon, was?«, sagte der Zentaur augenzwinkernd zu Pony, dann verschwand er im Wald.

Pony bestieg Greystone, gerade als Elbryan von Symphony herabglitt, nach seinem Elfenbogen griff und einen Pfeil anlegte, um aufzupassen, dass keiner aus dem Steinhaufen herauskrabbeln konnte. Der Qualm war jetzt noch dichter und zog in dicken grauen Schwaden großenteils in die Höhle hinein.

»Was hat den denn erledigt?«, fragte Colleen Kilronney ungläubig, als sie den Pauri unter dem Baum liegen sah – mit einem Loch mitten durch den Hals. Dann begutachtete sie das Loch im Stamm und schüttelte den Kopf, denn sie konnte sich nicht vorstellen, dass irgendetwas so tief in das harte Holz einer alten Eiche hatte eindringen können.

»Eine Armbrust, nehme ich an«, erwiderte einer ihrer Soldaten. »Pauris tragen oft welche, und vielleicht hat jemand einem toten eine weggenommen.«

Colleen zuckte die Achseln. Ihr Kamerad musste wohl recht haben; sie hatte allerdings noch nie eine Armbrust mit einer solchen Durchschlagskraft gesehen.

»Rauch im Wald«, meldete ein Späher, der gerade zur Truppe zurückkehrte.

Sofort war Colleen wieder auf ihrem Pferd und gab dem Hengst die Sporen, um Shamus einzuholen, der an der Spitze ritt. Bald kamen sie zu der Lichtung vor der Höhle, wo Nachtvogel sich gerade tief hinabbückte, um einen Pfeil in einen qualmenden Stapel Holz und Steine abzufeuern. Pony saß zwanzig Fuß entfernt vollkommen ruhig auf ihrem Pferd.

Colleens Blick taxierte Pony. Nachdem sie Nachtvogel im Zelt ihres Vetters begegnet war, hatte sie erfahren, dass er mit einer Frau namens Pony verlobt oder jedenfalls zusammen war. Das musste sie sein; der Soldat hatte sie ausführlich und bis ins Detail beschrieben und sich lang und breit darüber ausgelassen, wie wunderbar Pony sie nach jeder Schlacht verarztet hätte.

Als sie Pony jetzt sah, wunderte sie die schwärmerische Begeisterung dieses Soldaten kaum noch. Pony war unbestritten hübsch mit ihrer kräftigen Haarmähne und den großen leuchtenden Augen. Und nun saß sie da wie ein beiseite gelegtes Spielzeug und schaute ihrem Helden zu. »Hübsche Verzierung«, murmelte Colleen und schnaubte verächtlich.

»Wie habt Ihr bloß bei dem Regen das Feuer in Gang gekriegt?«, fragte Shamus, während er abstieg und zu dem Hüter trat.

Nachtvogel grinste. »Das war ich nicht«, erklärte er. »Ein glücklicher Zufall – ein Blitz hat anscheinend Äste und Geröll von oben heruntergefegt, so dass die meisten Pauris in der Falle sitzen. Gott ist heute auf unserer Seite und leiht uns sein Flammenschwert.«

»Ich hab in der letzten Zeit gar keine Blitze gesehen«, fiel ihm Colleen argwöhnisch ins Wort. »Und dann hat euer Gott wohl auch das Gestrüpp fein säuberlich in die Ritzen gestopft, was? Oder wart Ihr in den zehn Minuten, die Ihr eher hier wart als wir, so fleißig?«

»Nein, nein«, wollte der Hüter abwehren, aber Pony schnitt ihm das Wort ab.

»Das waren Trapperfreunde«, erklärte sie. »Sie haben das Gewitter gesehen – vor über einer Stunde, schätze ich – und die Gelegenheit genutzt, die Flammen zu füttern.«

»Und die Pauris im Wald haben sie auch erledigt?«, hakte Colleen nach.

Pony zuckte unbestimmt die Achseln. »Die Trapper haben keine langen Geschichten erzählt. Und als wir ihnen sagten, dass ihr gleich hier seid, haben sie uns gebeten, auf die Pauris aufzupassen.«

»Uns?«, wiederholte Colleen zweifelnd und sah erst Nachtvogel und dann wieder die Frau an.

Pony überhörte die Beleidigung. »Ungefähr vierzig sollen es sein, allerdings wissen wir nicht, wie viele noch am Leben sind.«

»Aber sie werden so oder so nicht lange da drin bleiben«, meinte Nachtvogel jetzt. »Stellt Eure Bogenschützen in einer

Reihe vor den Steinen auf«, bat er den Hauptmann, »dann können wir sie gleich in Empfang nehmen, wenn sie herauskriechen.«

Shamus Kilronney ließ die Soldaten antreten. »Das ist ja fast zu einfach«, meinte er zu dem Hüter.

Haben wir es so nicht am liebsten?«, erwiderte Nachtvogel. Dabei sahen sie beide Colleen an, und keiner von ihnen wunderte sich, dass die Frau wütend die Stirn runzelte.

Colleen war tatsächlich nicht gerade begeistert über diese unerwarteten Veränderungen. Als die Befehlshaber von Palmaris endlich beschlossen hatten, jemanden mit der Nachricht vom Tod des Barons nach Norden zu schicken, hatte sich Colleen freiwillig gemeldet und darauf bestanden, dabei zu sein. Sie war in die Schlacht gezogen mit dem Bedürfnis, Abt Dobrinion zu rächen, der ein enger Freund gewesen und ihrer Meinung nach von einem dieser Blutkappen-Zwerge ermordet worden war. Jetzt sprang sie vom Pferd und stürmte auf die beiden Männer los. »Vielleicht gibt es noch einen anderen Ausgang«, meinte sie – hoffnungsvoll, wie es schien. »Vielleicht sind sie längst draußen und beobachten uns!«

»Es gibt keinen anderen Ausgang«, sagte Nachtvogel bestimmt. »Sie sitzen da drin in der Falle, und die Luft wird immer dicker.«

»Es sei denn, die Höhle hat Luftlöcher«, sagte Colleen und trat einen Schritt zurück, um den Berg oberhalb der Öffnung zu betrachten.

»Die könnte man mit Leichtigkeit finden und zustopfen, wenn es so wäre«, erwiderte Nachtvogel. »Aber auch da könnte der dicke Qualm nicht schnell genug abziehen. Sie sitzen in der Falle und ersticken. Ein paar von ihnen werden versuchen herauszukommen, die erledigen wir dann. Und die anderen gehen in der Höhle zugrunde.«

Colleen sah Nachtvogel durchdringend an, denn die nackte Wahrheit gefiel ihr ganz und gar nicht.

»Vielleicht auch nicht«, meinte Shamus nachdenklich. »Es

ist doch erstaunlich, wie wenig Gefangene in diesem Krieg auf beiden Seiten gemacht werden.«

»Wer will schon Goblins als Gefangene?«, sagte Colleen verständnislos. »Oder so eine stinkende Blutkappe. Räucher sie einfach aus, und damit hat sich's!«

»Pauris haben noch nie mit Menschen Erbarmen gehabt«, fügte Nachtvogel hinzu, und er und Colleen sahen einander verblüfft an, überrascht, sich plötzlich auf derselben Seite wiederzufinden.

»Ich rede nicht von Erbarmen«, sagte Shamus schnell, »sondern von praktischem Denken. Die Pauris in der Höhle haben aller Wahrscheinlichkeit nach keine Hoffnung mehr. Nach allem, was man hört, wollen sie nur noch nach Hause, und wenn wir sie gehen lassen, geben sie uns vielleicht wichtige Informationen über ihre früheren Verbündeten.«

»Und dann kehren sie um und bringen aus Spaß noch ein paar Leute mehr um!«, protestierte Colleen.

Wieder musste der Hüter ihr beipflichten. »Können wir uns wirklich darauf verlassen, dass die Pauris abziehen?«, fragte er. »Und selbst wenn sie aus unserem Landstrich verschwinden, wer sagt uns, dass sie nicht trotzdem unsere Küstengewässer unsicher machen und wehrlose Schiffe überfallen?«

»Aber wenn diese Pauris hier durch ihre Informationen verhindern können, dass größere Gruppen noch mehr Unheil anrichten, dann würde sich das Risiko lohnen«, wandte Shamus ein.

Nachtvogel sah zu Pony hinüber, und seinem Blick folgten viele andere, darunter Shamus und Colleen, so dass Pony sich plötzlich von unzähligen Augenpaaren angestarrt fühlte.

»Mich kümmern diese Pauris in der Höhle nicht«, sagte sie ruhig, aber bestimmt. »Tötet sie meinetwegen oder nehmt sie gefangen, mir ist es egal.«

»Das ist doch ein klares Wort«, meinte Colleen schnippisch.

»Ich habe schon zu viele Schlachten erlebt, um mir über

eine kleine Horde Blutkappen-Zwerge den Kopf zu zerbrechen«, erwiderte Pony.

Colleen Kilronney schnaubte verächtlich und drehte sich weg.

Dann sah Pony Elbryan an und lächelte schwach, aber zufrieden, und ihm war klar, dass sie mit dieser Bande bereits abgerechnet hatte.

»Nun, Nachtvogel«, fragte Hauptmann Kilronney, »sind wir uns einig?«

»Wir waren uns einig, dass Ihr mir helft, die Pauris loszuwerden, bevor Ihr wieder nach Süden geht«, erwiderte der Hüter. »Wie Ihr das anstellen wollt, ist Eure Sache. Dieser Kampf war schon vorbei, ehe wir hier auftauchten.«

Das nahm Shamus als Einverständniserklärung. Er ging zu dem Steinhaufen hinüber, suchte sich einen Kanal, der in die Finsternis hinabführte, und rief hinein, dass er diejenigen verschonen würde, die unbewaffnet herauskämen.

Eine Zeitlang kam keine Antwort, und der Hauptmann ließ ein paar seiner Männer neue Zweige ins Feuer werfen, während andere mit Satteldecken wedelten, um den Rauch direkter in die Höhle zu lenken.

Auf einmal stürmten die Pauris unter Geschrei und Flüchen die Barrikade und bearbeiteten wütend die Steine. Einige blieben in zu engen Öffnungen stecken, wo sie perfekte Zielscheiben für die Bogenschützen abgaben. Andere erwischten den falschen Stein und lösten damit Lawinen aus, während zwei es schafften, sich zu befreien. Doch nur, um von Pfeilen durchbohrt zu werden.

Minuten später war alles wieder ruhig, und man hörte nur das unaufhörliche Zischen und Knistern des Feuers. Etliche Pauris waren tot, ein paar andere krochen verletzt wieder in die Höhle, und ein Unglücksrabe steckte zwischen ein paar Felsbrocken fest, in gefährlicher Nähe des brennenden Holzstapels.

Hauptmann Kilronney wiederholte sein Angebot und

erklärte, er sei ein Abgesandter des Königs mit voller Verhandlungsbefugnis.

Diesmal wurde das Angebot mit der Frage nach Sicherheiten beantwortet, und schließlich kamen die restlichen siebenundzwanzig Pauris mit rußgeschwärzten Gesichtern und viele von ihnen ziemlich ramponiert auf allen vieren aus der Höhle gekrochen und wurden gefesselt und in Gewahrsam genommen.

Nachtvogel und Pony sahen dem Spektakel mit gemischten Gefühlen zu. Nicht weit entfernt von ihnen saß Colleen Kilronney auf ihrem Pferd, und ihre Empfindungen waren deutlich an ihrem säuerlichen Gesichtsausdruck abzulesen. Außerdem knurrte sie bei jedem neuen Pauri, der zum Vorschein kam, leise vor sich hin.

Nun machte sich der Trupp unverzüglich auf den Weg nach Caer Tinella. Die Pauris waren umringt von Kilronneys wachsamen Kriegern, der Hauptmann ritt an der Spitze und Nachtvogel neben ihm, während Pony ihnen folgte. Bald leistete ihr Colleen Kilronney Gesellschaft.

»Sieht so aus, als wären deine Heilkünste diesmal gar nicht gefragt«, sagte die rothaarige Frau von oben herab.

»Darüber bin ich immer ganz froh«, erwiderte Pony geistesabwesend.

Da gab Colleen ihrem Pferd die Sporen und galoppierte davon.

4. Vorsichtsmaßnahmen

Braumin Herde huschte flink und zielstrebig im oberen Stockwerk des Nordflügels von einem Zimmer zum andern und sammelte die Kerzenleuchter ein. In dem düsteren Klosterbau gab es eine Vielzahl solcher Leuchter, doch diese hier waren etwas Besonderes. Meister Jojonah hatte sie in einer Liste verzeichnet, und er selbst hatte diese Liste in den Wochen seit dessen Tod vervollständigt. Jeder Kerzenhalter in diesem Flügel war mit einem einzelnen Sonnenstein verziert, und jeweils einer von dreißig Steinen war verzaubert. Hier befand sich der Prüfungsbereich für die jungen Mönche, und die Meister hatten sich dieses System ausgedacht, um etwaige Mogeleien mit Hilfe von Quarzen oder Hämatiten zu unterbinden.

Meister Engress, ein ruhiger, freundlicher älterer Mann, hatte Bruder Braumin gezeigt, wie man die magischen Leuchter von den anderen unterscheidet – kein leichtes Unterfangen bei einem Sonnenstein. Braumin hatte ihm irgendeine Geschichte von ein paar Schülern erzählt, die angeblich immer die Leuchter vertauschten, und der Meister hatte nicht weiter gefragt, sondern ihm dankbar aufgetragen, diese jeden Abend nach dem Unterricht wieder richtig anzuordnen.

Doch Meister Engress hatte natürlich keine Ahnung. Mit zehn Kerzenhaltern unter dem Arm stieg Bruder Braumin zum Ort des nächsten Treffens der Jünger Avelyns hinab und stellte diese in den angrenzenden Räumen auf, zum Schutz gegen ungebetene Beobachter. Der junge Mönch wusste, dass ihre einzige Chance darin bestand, unentdeckt zu bleiben, denn sollte der stets misstrauische Markwart jemals herausfinden, was sich hier unten abspielte, so würden sie höchstwahrscheinlich Meister Jojonahs Schicksal teilen.

An diesem Abend raffte er die Leuchter hastig zusammen, verschob die anderen so, dass es nicht auffiel, dass einige fehlten, und eilte davon.

Bruder Francis blieb die veränderte Anzahl dennoch nicht verborgen, als er in eben jenem Moment durch den Unterrichtsraum schlich, in dem Bruder Braumin die wenig benutzte Hintertreppe zu den staubigen Gängen vier Etagen tiefer hinabstieg.

Doch Francis folgte ihm nicht sofort, sondern ging zuerst in den Südflügel zu den Privatgemächern des Abtes. Er klopfte zaghaft an, denn er hatte Angst, den ehrwürdigen Vater zu stören. Als dieser antwortete, trat er ein und sah ihn hinter einem Stapel Papiere am Schreibtisch sitzen, die Überreste des Abendessens neben sich.

»Ihr solltet Euch mehr Zeit für Euer Abendessen nehmen, ehrwürdiger Vater«, meinte Francis. »Ich mache mir wirklich Sorgen um Eure –« Er brach ab, als Markwart zu ihm hochschaute.

»Diese Liste ist länger, als ich gedacht hatte«, sagte der Abt und blätterte in den Papieren.

»St. Mere-Abelle braucht eine Menge Hilfskräfte«, erwiderte Francis. »Und viele davon sind Herumtreiber, die wieder verschwinden, sobald sie genug Geld verdient haben für ein paar Mahlzeiten.«

»Wohl eher für ein paar Gläschen«, meinte Markwart bissig. »Warum hast du sie dann nicht auf der Liste ordentlich in einzelne Gruppen unterteilt? Zum Beispiel die einen, die vor der Gefangenenbefreiung wieder gegangen sind, auf einer Seite, die anderen, die kurz darauf aufgehört haben, auf der zweiten. Und auf der dritten die übrigen.«

»Ich sollte mich doch beeilen, ehrwürdiger Vater«, protestierte Francis schwach. »Und viele von denen, die vorher aufgehört haben, sind bald darauf wiedergekommen. Um die Arbeiter zu unterteilen, hätte ich viele verschiedene Kategorien anlegen müssen.«

»Dann tu das gefälligst!«, brüllte Markwart und gab den Papieren einen Schubs, so dass einige vom Schreibtisch zu Boden glitten. »Wir müssen sichergehen, dass Jojonah und die anderen Eindringlinge uns keinen Spion in die Abtei gesetzt haben. Such mir nach Verdächtigen, und lass sie nicht aus den Augen. Wenn du das Gefühl hast, dass einer ein Spion sein könnte, dann nimm ihn heimlich fest und bring ihn zu mir.«

Damit du sie wieder foltern kannst wie die Chilichunks, dachte Francis, aber er hielt wohlweislich den Mund. Doch dann merkte er, wie verräterisch sein Gesichtsausdruck war, denn Markwart sah ihn scharf an.

»Hast du Bruder Braumin genau beobachtet?«, fragte dieser.

Francis nickte.

»Ich traue ihm nicht über den Weg«, sagte Markwart, stand auf und ging um den Schreibtisch herum. »Allerdings habe ich auch keine Angst vor ihm. Er sympathisiert immer noch mit Jojonah, aber das wird sich mit der Zeit geben, besonders wenn er sich auf seine Ausbildung zum Meister konzentrieren muss.«

»Ihr wollt ihn befördern?«, stieß Francis mit vor Schreck weit aufgerissenen Augen hervor. Er war wütend, denn er hatte angenommen, dass er selbst wegen seiner Loyalität dem ehrwürdigen Vater gegenüber in den Rang eines Meisters erhoben werden sollte. Doch wie konnte Markwart dann Bruder Braumin Herde, dem Freund des Ketzers Jojonah, dieselbe Vergünstigung zuteil werden lassen!

»Es ist der beste Weg«, erwiderte Markwart, ohne mit der Wimper zu zucken. »In De'Unnero und Je'howith habe ich zwei starke Verbündete, aber viele der anderen Äbte und etliche Meister und Immakulaten beobachten mich genau, um festzustellen, ob mein Vorgehen gegen Jojonah auch keine persönlichen Gründe hatte.«

»Hatte es denn welche?«, fragte Francis und wusste im selben Moment, dass er einen Fehler gemacht hatte.

Der ehrwürdige Vater blieb nur einen Schritt von Francis entfernt stehen und wandte seinen verschrumpelten alten Kopf langsam zu ihm um. Seine Augen glühten furchterregend, und Francis hatte das Gefühl, Markwart würde ihn auf der Stelle totschlagen – der kahlrasierte Schädel und die spitzen Ohren des alten Mannes unterstrichen diesen Eindruck noch zusätzlich. Ja, während der andere ihn so fixierte, schien es Francis tatsächlich, dass Markwart ihn ohne große Anstrengung einfach umbringen könnte.

»Es gibt da einige, die sich heimlich Fragen stellen – heimlich, weil sie feige sind, weißt du«, fuhr Markwart fort und fing wieder an, auf und ab zu gehen. »Sie fragen sich, ob hinter dem plötzlichen Vorgehen gegen den Ketzer Jojonah nicht irgendwelche Interessen der Kirche steckten, wenn es so einfach war, wenn die Beweise für eine Verschwörung schlagkräftig genug waren, um ihn so schnell zu verurteilen. Ich habe mehr als einmal gehört, dass es besser gewesen wäre, man hätte ein vollständiges Geständnis aus dem Mann herausgequetscht, bevor man ihn verbrannte.«

Francis nickte, aber er wusste ebensogut wie Markwart, dass Jojonah nie im Leben irgendetwas Böses gestanden hätte. Standhaft hatte er seine Beteiligung an der Gefangenenbefreiung zugegeben und versucht, die Schuld Markwart zuzuschieben. Aber das Geständnis, das Markwart meinte – nämlich dass er den Diebstahl der Steine und den Mord an Meister Siherton seinerzeit mit Avelyn zusammen vorbereitet hätte –, dieses Geständnis hätten sie nie von ihm bekommen. Und ebenso wussten sie beide ganz genau, dass eine solche Verschwörung nie stattgefunden hatte.

»Aber jetzt Schluss damit!«, schloss Markwart und wedelte ungeduldig mit seinem knochigen Arm in der Luft herum, so dass Francis begriff, dass etwas Wichtiges vor sich ging.

»Die Machtverhältnisse verschieben sich«, erklärte Markwart.

»Zwischen den Kirchenoberen?«

»Zwischen Kirche und Staat. König Danube braucht Hilfe, um in Palmaris Ruhe und Ordnung wiederherzustellen. Nachdem der Baron und sein einziger Erbe tot sind, ist die Stadt in Aufruhr.«

»Und ihr geliebter Abt Dobrinion ist auch nicht mehr da«, fügte Francis hinzu.

»Du gehst mir heute abend wirklich auf die Nerven!«, zischte Markwart und sah ihn wieder mit diesem vernichtenden Blick an. »Die Bevölkerung von Palmaris hat in

De'Unnero ein stärkeres Oberhaupt, als sie es in Dobrinion je hatte.«

»Sie werden sich schon noch an ihn gewöhnen«, meinte Francis und gab sich alle Mühe, es nicht sarkastisch klingen zu lassen.

»Sie werden ihn respektieren«, verbesserte Markwart. »Und fürchten. Sie werden einsehen, dass die Kirche und nicht der König die wahre Macht über ihr Leben in der Hand hat, ihre einzige Hoffnung in diesem Jammertal und ihre einzige Chance auf Erlösung und Glückseligkeit. Marcalo De'Unnero ist der ideale Mann, um ihnen das beizubringen oder sie zumindest unter seiner Fuchtel zu halten, bis sie es begriffen haben.«

»Als Abt?«

»Als Bischof«, verbesserte ihn Markwart.

In diesem Augenblick hätte man Francis umpusten können. Er gehörte zu den besten Geschichtsschreibern in St. Mere-Abelle und hatte sich lange Zeit mit der Politik der verschiedensten Gegenden der bekannten Welt beschäftigt. Er wusste genau, was der Titel eines Bischofs mit sich brachte und dass dieser Titel seit mehr als dreihundert Jahren nicht mehr verliehen worden war.

»Du scheinst überrascht, Bruder Francis«, meinte Markwart. »Glaubst du nicht, dass Marcalo De'Unnero für diese Aufgabe geeignet ist?«

»Das nicht, ehrwürdiger Vater«, stammelte der Mönch. »Ich bin nur überrascht, dass der König die zweitgrößte Stadt des Bärenreichs so einfach der Kirche überlässt.«

Markwart brach in höhnisches Gelächter aus. »Darum brauche ich ja dich als meine Augen und Ohren hier in St. Mere-Abelle«, sagte der Abt.

»Ihr wollt fort?«

»Jetzt noch nicht«, erwiderte Markwart. »Aber ich werde öfter mal woanders hinsehen. Behalte also diesen lästigen Bruder Braumin im Auge und sieh dich unter den neu

Hinzugekommenen und den weggefallenen Arbeitern um.«
Er fuchtelte mit seiner knochigen Hand und lief wieder auf und ab. Der junge Mönch verbeugte sich schnell und ging.

Francis war verblüfft. Auf dem Weg zurück zu den Unterrichtsräumen versuchte er, sich über alles klar zu werden, was er soeben erfahren hatte. Er hatte nie viel für Marcalo De'Unnero übrig gehabt, vor allem, weil er, wie die meisten, eine Heidenangst vor dem unberechenbaren Mann hatte. Ein Bischof hatte große Macht. Würde der ehrwürdige Vater De'Unnero unter Kontrolle behalten? Francis versuchte, diesen beunruhigenden Gedanken abzuschütteln. Markwart schien ja hocherfreut zu sein über diese Entwicklung – ja, zweifellos hatte der ehrwürdige Vater dabei seine Hand im Spiel gehabt.

Francis sah immer noch De'Unnero vor sich, wie er nach dem Pauri-Überfall auf St. Mere-Abelle mit wildem Blick und blutüberströmt dagestanden hatte – Blut, das größtenteils von seinen Gegnern stammte, aber zu einem Teil auch von einer Wunde, die er sich im Kampf zugezogen hatte, als er aus reiner Mordlust den Pauris die unteren Tore geöffnet hatte.

Der Mönch erschauderte. Würde De'Unnero jetzt Anwärter auf den Posten des ehrwürdigen Vaters? Und was würde dann aus Francis und den anderen, die dem ehrwürdigen Vater ergeben waren?

Doch während er ins Dunkel der unteren Stockwerke hinabtauchte und das Flüstern vernahm, wurde ihm klar, dass diese Fragen vorerst unbeantwortet bleiben mussten.

Wie immer begannen sie mit je einem Gebet zu Jojonah und Avelyn. Anschließend wurde es ungewöhnlich still, und alle warteten gespannt darauf, dass Bruder Braumin ihnen die Geschichte der Reise nach Pimaninicuit weitererzählen würde.

Braumin konnte verstehen, dass sie so ängstlich und aufgeregt waren, denn es galt als schweres Vergehen, das fatale Folgen haben konnte, offen über diese Dinge zu reden, selbst wenn der ehrwürdige Vater dabei gut abschnitt. Einer der drei überlebenden Mönche, Bruder Pellimar, hatte nach seiner Rückkehr von der Insel Pimaninicuit den Mund nicht halten können und seine Abenteuer herumposaunt.

Er hatte den Winter nicht überlebt.

Und nun erzählte Braumin diesen vieren von der Reise – und brachte sie damit ebenfalls in Gefahr.

Braumin dachte an Jojonah, der gegen Markwart angetreten war wie Avelyn gegen den geflügelten Dämon. Er sah den Berg Aida vor sich und Avelyns zum Himmel emporgestreckten Arm, der aus den Trümmern ragte, als hätte er den Tod selbst besiegt.

Dann begann er ihnen die Geschichte in allen Einzelheiten zu erzählen, so wie er sie von Jojonah gehört hatte. Er hatte sich sorgfältig auf diesen wichtigen Vortrag vorbereitet und sprach voller Stolz von dem Kampf der Mannschaft – vor allem der vier Mönche aus St. Mere-Abelle – gegen ein Pauri-Tonnenschiff. Und er betonte dabei besonders Avelyns Heldentaten.

»Er nahm einen Rubin in die Hand«, sagte Braumin theatralisch und streckte die geballte Faust vor sich hin, »lud ihn mit Energie auf, und dann – ich kann euch sagen! – schleuderte er ihn zielsicher in die geöffnete Luke des Pauri-Schiffs, so dass er drinnen explodierte.«

Die Zuhörer schnappten nach Luft. Sie hatten schon Berichte gehört, nach denen es möglich sein sollte, die magischen Kräfte eines Steins freizusetzen, ohne ihn zu berühren, aber sie konnten es sich beim besten Willen nicht vorstellen, schon gar nicht bei einem Stein, der so viel Energie erforderte wie der Rubin.

»Es ist wahr«, versicherte Braumin. »Und Bruder Avelyn war sich der Bedeutung dieser Sache nicht einmal bewusst. Als er Jojonah die Geschichte nach seiner Rückkehr erzählte, bat ihn der Meister dringend, nicht darüber zu reden. Denn

Jojonah war völlig klar, dass dieses Ereignis deutlich zeigte, wie stark Avelyns magische Kräfte waren.«

»Und warum sollte er das geheimhalten?«, fragte Bruder Dellman.

»Weil man ihm dieses ungewöhnliche Kraftpotential auch als ketzerische Verbindung mit den Mächten der Finsternis hätte auslegen können«, erwiderte Braumin. »Meister Jojonah wusste genau, dass man im Abellikaner-Orden geistig viel zu schwerfällig war, um etwas Derartiges begreifen zu können, und deshalb alles, was über das normale Maß hinausging, als Bedrohung auffassen würde.« Er wartete ab, bis sich diese Worte ein wenig gesetzt hatten, dann ging er in seiner Erzählung zum Ende der Reise über. Seine Stimme war jetzt weicher, und anstelle des Stolzes schwang leise Wehmut in seinem Tonfall mit. Er erzählte ihnen, wie Bruder Thagraine auf Geheiß von Bruder Quintall einen jungen Mann ermordet hatte – sein Name war im Laufe der Jahre in Vergessenheit geraten –, nur weil dieser verbotenerweise vom Schiff gesprungen und zu der heiligen Insel hinübergeschwommen war. Und wie Bruder Thagraine auf der Insel vom Glauben abgefallen war und sein Leichtsinn ihn das Leben gekostet hatte – durch eben jenen Stein, der schließlich den Geflügelten vernichtet hatte.

Und dann erzählte ihnen Bruder Braumin in noch betrübterem Tonfall von der Heimreise und wie es beinahe zu einer Meuterei gekommen wäre, die Bruder Quintall dadurch beendet hatte, dass er den Anführer in Stücke riss. Zuletzt schilderte er mit vor Zorn bebender Stimme in allen Einzelheiten, wie sie die Schiffsbesatzung frevelhaft mit falschen Goldstücken bezahlt hatten – hergestellt mit Hilfe der heiligen Steine –, um die *Windläufer* anschließend allen heiligen Geboten zum Hohn mit Mann und Maus zu versenken.

Als er geendet hatte, herrschte atemlose Stille, und die fünf Männer saßen noch eine ganze Weile wie benommen da.

Draußen im Gang stand Bruder Francis und konnte kaum noch an sich halten. Am liebsten hätte er die Tür eingetreten, sich Braumin vorgeknöpft, ihn geschüttelt und angeschrien, dass er für diese Verleumdung noch büßen werde und dass er dafür sorgen werde, dass auch die anderen vier auf dem Scheiterhaufen landeten.

Und dann wollte er die Dinge richtigstellen und erklären, dass die ganze Geschichte eine völlige Verdrehung der Tatsachen sei – Tatsachen, von denen er allerdings zugegebenermaßen sehr wenig Ahnung hatte.

Doch er bezähmte seine Wut, blieb mit schweißnassen Händen an der Tür stehen und versuchte, ruhig zu atmen, um sich alles zu Ende anzuhören und zu merken, damit er die Sache bezeugen konnte, wenn der ehrwürdige Vater diese Männer vor Gericht stellen würde.

»Dieses Buch«, begann Bruder Braumin erneut und zog die alte Schrift aus den Falten seines voluminösen Gewandes, »hat Meister Jojonah in der alten Bibliothek nebenan gefunden. Ich glaube, er wusste, dass er nicht mehr viel Zeit hatte in dieser Welt, und so suchte er verzweifelt in den Geschichtsaufzeichnungen nach einer Antwort. – Und er hat sie gefunden!«, fügte Braumin theatralisch hinzu. »Denn in diesem Buch hat Bruder Francis fein säuberlich –«

»Francis?«, unterbrach Bruder Viscenti mit überschnappender Stimme.

»Ein anderer Francis«, beruhigte ihn Bruder Braumin. »Er hat vor ein paar hundert Jahren gelebt.«

»Ich dachte mir schon, dass es nicht derselbe ist«, sagte Bruder Viscenti und kicherte nervös.

»Kaum anzunehmen, dass unser Bruder Francis jemals etwas schreiben würde, was Meister Jojonah erbaulich gefunden hätte«, meinte Bruder Anders Castinagis lachend.

»Es sei denn seinen eigenen Abschiedsbrief«, fügte Bruder Dellman zur allgemeinen Belustigung hinzu.

Doch Bruder Braumin brachte sie schnell wieder zum Thema zurück, indem er ihnen anhand des Buches zeigte, dass die Mönche von St. Mere-Abelle früher selbst eine Schiffsbesatzung für die Reise nach Pimaninicuit aufgestellt und offen und mit großer Ehrfurcht über die Insel geredet hatten. Auch gab es damals weder Mord noch Meuterei. Die Reise zu den heiligen Steinen war ein öffentliches Freudenfest und kein heimliches Unternehmen der Missgunst und Habgier.

Den vier Zuhörern im Raum fiel ein Stein vom Herzen, als sie hörten, dass die Glaubensgrundsätze des Abellikaner-Ordens durchaus wahrhaftig und gut waren, ganz im Gegensatz zu ihrer gegenwärtigen Umsetzung.

Bruder Francis aber teilte diese Empfindung ganz und gar nicht, und jetzt konnte er sich nicht mehr zurückhalten. Er stieß die Tür auf und stürzte in den Versammlungsraum. Alle vier sprangen gleichzeitig auf und umringten den Eindringling, als er schnurstracks auf Bruder Braumin zuging.

»Das ist Ketzerei!«, rief Bruder Francis außer sich vor Wut. »Scheinheiliges Geschwätz, an dem kein Wort wahr ist!«

»Ketzerei?«, wiederholte Braumin und ballte die Fäuste, als wolle er gleich zuschlagen. Er machte Bruder Viscenti ein Zeichen, und dieser schloss nach einem ängstlichen Blick in den Korridor behutsam die Tür.

»Jawohl, Ketzerei«, sagte Francis noch einmal mit Nachdruck. »Schon solche Lügen in den Mund zu nehmen, kann einen auf den Scheiterhaufen bringen, allein das Anhören solcher Lügen –«

»Lügen?«, rief Dellman und drängte sich zwischen die beiden. »Das, was Bruder Braumin erzählt, klingt glaubhafter als alles, was ich je vom ehrwürdigen Vater oder von einem der Meister gehört habe!«

»Alles Schönfärberei«, zischte Francis. »Halbwahrheiten, verpackt in Wundergeschichten.«

»Willst du etwa bestreiten, was mit der *Windläufer* passiert ist?«, fragte Bruder Braumin.

»Ich bestreite alles, was du sagst«, erwiderte Francis. »Du bist ein Narr, Bruder Braumin, genau wie deine Anhänger, und du hast gar keine Vorstelllung, was für ein gefährliches Spiel du hier spielst.«

»Es wird dich überraschen zu hören, was wir, die wir die Hinrichtung von Meister Jojonah miterlebt haben, uns alles vorstellen können«, sagte Bruder Castinagis. Das Heraufbeschwören dieses Bildes schien Francis empfindlich zu treffen.

»Warum bist du hierher gekommen?«, wollte Bruder Braumin wissen.

»Um einen Narren beim Namen zu nennen«, erwiderte Francis. »Und um ihn zu warnen, dass seine Worte nicht verborgen bleiben, wie er gehofft hat. Ich warne euch alle!«, sagte Francis theatralisch und trat einen Schritt zurück. »Was ihr treibt, ist Ketzerei, und es gibt viele Ohren, die mithören. Vergiss nicht, was Meis-, was Jojonah passiert ist, Bruder Anders Castinagis, und dann stell dir anstelle seines verzerrten Gesichts dein eigenes vor.« Francis wandte sich zur Tür, doch dann zögerte er, und die anderen standen wie erstarrt und warteten gespannt, ob Bruder Braumin ihn gehen lassen würde.

Mit einem Kopfnicken bedeutete dieser ihnen, beiseite zu treten, und Francis ging seelenruhig hinaus.

»Ich nehme an, dass unser Treffen hiermit für heute beendet ist«, meinte Bruder Castinagis trocken.

Bruder Braumin sah zuerst ihn an und dann alle anderen. Er hätte ihnen so gern etwas Tröstliches gesagt, ihnen versichert, dass ihr Glaube an ihn und diese Sache, mit der Meister Jojonah ihn betraut hatte, nicht vergebens war.

Doch er konnte es nicht. Er hatte nichts, was das Bild von Jojonahs letzten Minuten in ihren Köpfen auslöschen konnte, nichts, was ihnen die Gewissheit gegeben hätte, dass sie nicht bald dasselbe Schicksal ereilen würde. Dann fragte er sich einen Augenblick, ob es richtig gewesen war, Bruder Francis gehen zu lassen. Aber was hätten sie schon tun können? Den Mann umbringen? Oder ihn hier unten einsperren?

Bruder Braumin schloss die Augen und schüttelte den Kopf. Ihr Geheimnis war entdeckt worden, und sie hätten es nur auf eine einzige Art und Weise wahren können, indem sie Bruder Francis umgebracht hätten. Und das, sagte sich der gutmütige Mönch, hätten sie natürlich nicht fertig gebracht.

»Bruder Braumin war gestern nach der Abendandacht nicht in seiner Zelle«, stellte Vater Markwart ohne Umschweife fest.

Bruder Francis nickte und gab sich Mühe, überrascht auszusehen.

»Das wusstest du schon?«

»Ich sollte ihn doch im Auge behalten«, erwiderte Francis.

Der Abt wartete eine Weile darauf, dass Francis weiterreden würde, dann half er mit einem Stoßseufzer nach. »Und wo war er?«

»In den unteren Stockwerken«, erklärte Francis, und als er die säuerliche Miene des ehrwürdigen Vaters sah, fuhr er schnell fort: »Bruder Braumin geht regelmäßig dort hinunter, meist in die alte Bibliothek, in der der Ketzer Jojonah zuletzt gearbeitet hat.«

»Dann wandelt er also auch schon auf den Pfaden der Finsternis«, sagte Markwart.

Fast hätte Francis Markwart alles erzählt, was er über Braumins kleine Schar herausgefunden hatte. Sollten ihre eigenen Worte sie doch überführen! Doch dann musste er sich eingestehen, dass er Markwart, um ganz sicher zu sein, gern öffentlich zur Rede stellen wollte, was das Schicksal der *Windläufer* betraf.

Und so hielt er vorläufig lieber den Mund. Er dachte über alles nach, was sich in den letzten Monaten ereignet hatte – die Festnahme der Chilichunks, die Ungerührtheit, mit der

Markwart den Tod von Grady abgetan hatte, die Hinrichtung Jojonahs –, und er wusste, dass er noch nicht soweit war, der Wahrheit ins Auge zu sehen. Und ihm wurde auch klar, dass er es nicht mit seinem Gewissen würde vereinbaren können, auf dem Marktplatz von St. Mere-Abelle zu stehen und zuzusehen, wie die Flammen Bruder Braumin und seine Freunde verschlangen.

»Wer war bei Bruder Braumin?«, fragte Markwart unvermittelt.

Francis wollte eigentlich sagen, dass der Mann allein gewesen war, aber er war zu überrumpelt und hatte zu große Angst, dass Markwart bereits Bescheid wusste.

»Bruder Viscenti«, sprudelte er hervor.

»Der natürlich«, überlegte Markwart. »Dieses kleine Nervenbündel. Ich weiß gar nicht, wie ich jemals auf die Idee kommen konnte, den hier hereinzulassen. Und Bruder Dellman natürlich. Ach, so ein Jammer. Er schien mir so vielversprechend – deshalb habe ich ihn mitfahren lassen zum Berg Aida.«

»Das war vielleicht unser Fehler«, sagte Francis zaghaft. »Vielleicht lag es ja an Jojonahs schlechtem Einfluss.«

»Warst du etwa nicht mit dabei?«, fragte der Abt sarkastisch.

Francis hob hilflos die Hände.

»Und wer noch?«, fragte Markwart weiter. »Castinagis?«

»Vielleicht«, erwiderte Francis. »Ich bin nicht sehr nah herangekommen. Die Gänge dort unten hallen beim leisesten Schritt wider.«

»Eine Verschwörung in den Tiefen meiner Abtei«, meinte Markwart und nahm kopfschüttelnd hinter seinem Schreibtisch Platz. »Wie tief verwurzelt sind Jojonahs ketzerische Umtriebe? Aber das macht nichts«, sagte er, und sein Tonfall war plötzlich wieder unbekümmert. Er zog einen unbeschriebenen Bogen Pergament aus der Schublade und griff nach seinem Federkiel. »Bruder Braumin und seine

Kumpane sind nur ein kleines Ärgernis, weiter nichts. Da genügt ein Brief –«

»Um Vergebung, ehrwürdiger Vater«, unterbrach ihn Francis und legte eine Hand auf das Pergament.

Der Abt blickte ungläubig auf.

»Ich bin mir nicht sicher, worüber sie geredet haben oder was sie vorhaben«, beeilte sich Francis zu erklären.

»Ist dir das nach allem noch nicht klar?«, erwiderte Markwart.

»Ich glaube, sie versuchen nur, über den –«, Francis zögerte und suchte nach dem richtigen Ausdruck, »über Jojonahs Tod hinwegzukommen«, sagte er. »Bruder Braumin und die anderen kannten schließlich nur die guten Seiten dieses Mannes. Er war ja ihr Mentor.«

»In vielerlei Hinsicht, scheint mir«, war Markwarts trockene Antwort.

»Vielleicht«, räumte Francis ein. »Aber wahrscheinlich versuchen sie nur, mit ihrem Kummer fertig zu werden.«

Vater Markwart rutschte mit seinem Sessel ein wenig nach hinten, lehnte sich zurück und sah Francis scharf an. »Ich finde deine plötzliche Sympathie bemerkenswert«, sagte er drohend, »und fehl am Platze.«

»Das ist keine Sympathie«, erwiderte Francis, »sondern praktische Erwägung. Bruder Braumin ist bei den anderen Äbten und Immakulaten bekannt und beliebt. Jeder weiß, dass er Jojonah nahestand. Habt Ihr das nicht selbst bei unserem letzten Gespräch angeführt, als es darum ging, dass Ihr ihn zum Meister machen wollt?«

»Einen Ketzer kann ich nicht zum Meister machen«, sagte Markwart. »Aber ich kann ihn mit Sicherheit zu seinem Dämonengott befördern.«

»Aber Bruder Braumin braucht lediglich ein wenig Zeit, um die Wahrheit zu erkennen«, meinte Francis und glaubte selbst kaum an das, was er da sagte.

Markwart lachte. »Bruder Braumin wird schon noch die

Wahrheit erkennen«, sagte der Abt eiskalt. »Und zwar sehr bald.«

Bruder Francis straffte sich und trat einen Schritt vom Schreibtisch zurück. »Gewiss, ehrwürdiger Vater«, sagte er. »Und ich werde jeden seiner Schritte beobachten.«

»Aber von weitem«, wies ihn der Abt an. »Und möglichst unauffällig. Diese Ketzer sollen uns endgültig ins Netz gehen. Ich möchte diesen dunklen Fleck auf dem Ansehen der Abtei ein für allemal beseitigen – mit einem Fanal der wahren Macht des wahren Gottes.«

Francis nickte, machte eine Verbeugung, wandte sich um und ging. Er war ziemlich durcheinander und konnte sich nicht erklären, warum er Braumin und seine Mitverschwörer nicht verraten hatte. Schließlich hatte er ihnen kein Wort geglaubt. Sie befanden sich auf direktem Wege zum Scheiterhaufen, ebenso wie Jojonah vor ihnen.

Francis versuchte hartnäckig an dieser Überzeugung festzuhalten und betete sie wie eine Litanei wieder und immer wieder herunter, denn ein anderes Bild drängte sich zunehmend in seine Erinnerungen.

Meister Jojonah hatte ihm vergeben.

5. Ein gebührender Abschied

Elbryan und Pony halfen Hauptmann Kilronney, die Gefangenen sicher in einer Scheune in Caer Tinella unterzubringen. Auch wenn es nicht so aussah, als würde irgendeiner der Pauris einen Fluchtversuch unternehmen, stellte der Hauptmann doch zwanzig Mann zu ihrer Bewachung ab und teilte die gefährliche Horde in Dreiergruppen auf.

Zufrieden, dass die Gefahr gebannt war, führte der Hüter Greystone und Symphony fort, während seine erschöpfte Gefährtin schon in ihr Quartier vorausging. Als Elbryan eine halbe Stunde später dorthin zurückkehrte, stand Pony, noch immer in ihren nassen Kleidern, am Fenster und starrte in den Wald hinaus.

»Du wirst den Boden unter deinen Füßen aufweichen«, sagte Elbryan schmunzelnd.

Pony erwiderte sein Lächeln und schaute dann wieder zum Wald hinüber.

»Wir müssen über alles reden«, meinte Elbryan. Er war noch immer verärgert über Ponys eigenmächtiges Vorgehen.

»Bradwarden und ich haben lediglich ein Problem beseitigt, weiter nichts«, erwiderte sie.

»Ein Problem, dass wir sowieso erledigt hätten«, sagte der Hüter. »Aber mit geringerem Risiko.«

Nun drehte sich Pony zu ihm um und sah ihn streng an. »Für wen denn?«, fragte sie. »Es hätte auch nicht sauberer laufen können, wenn die gesamte Garnison aus Palmaris angerückt wäre. Kein einziger hat auch nur einen Kratzer abbekommen, und jetzt ist der Spuk vorbei.«

Elbryan hatte längst abwehrend die Hände gehoben. »Ich hatte nur Angst –«, hob er an.

»Um mich?«, fiel ihm Pony ins Wort. »Spiel dich bloß nicht als Beschützer auf!«

»Nie im Leben«, sagte Elbryan beschwörend. »Jedenfalls nicht mehr als du. Ich hatte nur Angst, du könntest den Kopf verlieren.« Er zögerte und erwartete eine hitzige Antwort, doch Pony hatte den Kopf zur Seite geneigt und sah ihn nur durchdringend an.

»Es war offensichtlich kein normaler Blitzschlag, der den Höhleneingang zum Einsturz gebracht hat«, sagte Elbryan.

»Das denkst du nur, weil du weißt, was ich alles mit den Edelsteinen ausrichten kann.«

»Die magische Kraftentladung war jedenfalls beträchtlich«, fuhr Elbryan fort. »Und ich habe Angst, dass wieder Mönche auf der Suche nach uns und Bradwarden unterwegs sein könnten, die uns dadurch auf die Spur kommen.«

Pony nickte zum Zeichen dafür, dass sie sich geschlagen gab.

»Und was ist mit den gefangenen Pauris?«, fragte er weiter. »Was meinst du, was die jetzt für Geschichten erzählen über deine Zauberkräfte?«

»Die meisten, die etwas Erzählenswertes gesehen haben, sind sowieso tot«, meinte Pony grimmig.

»Ich kann euch ja verstehen«, sagte Elbryan schnell. »Es ist nicht leicht für Bradwarden und dich, dass ausgerechnet ihr nichts tun dürft, um eurem gerechten Zorn Luft zu machen.«

In diesem Augenblick hätte Pony ihm beinahe erzählt, dass sie sein Kind unter dem Herzen trug, denn sie wollte ihm erklären, dass dieser eine Schlag gegen die Pauris der einzige Rachefeldzug war, den sie sich vorerst gestatten, und dass sie sich ab sofort dem ungeborenen Kind zuliebe von jeglicher Gefahr fernhalten würde. Doch sie zögerte noch und starrte nur vor sich hin, während Elbryan weiterredete, über ihre Reise in die Waldlande und darüber, dass sie und Bradwarden dort oben im Norden noch genügend Gelegenheit finden würden, sich abzureagieren, wenn die Soldaten erst abgezogen wären.

Pony aber hörte ihm kaum zu, sondern sah den Mann, den sie liebte, nur an. Dann ging sie langsam auf ihn zu, legte einen Finger zuerst auf ihre geschürzten Lippen und dann, als sie dicht vor ihm stand, auf seinen Mund, bis er still war.

Dann strich sie ihm über die Wange, stellte sich auf die Zehenspitzen und küsste ihn zärtlich.

Da spürte sie wieder seine Anspannung, und ihr wurde klar, dass er an ihr leidenschaftliches Beisammensein im Wald dachte. Sie ließ die zärtliche Berührung noch eine Weile andauern, dann trat sie einen Schritt zurück und streichelte ihn noch einmal liebevoll.

Plötzlich fiel ein Wassertropfen aus Elbryans Haar mit einem leisen Plopp in die Pfütze zwischen seinen Füßen und holte sie abrupt in die Wirklichkeit zurück. Beide schauten hinterher und kicherten nervös. Dann sahen sie sich in die

Augen und dachten an die vielen Dinge, die sie schon zusammen erlebt hatten, und Pony küsste ihn aufs neue, wieder und wieder, voller Zärtlichkeit und doch jedesmal leidenschaftlicher.

Dann ließ sie ihn los und öffnete die Spange ihres Umhangs, so dass dieser zu Boden glitt, löste den Gürtel ihrer Tunika und stand schließlich splitternackt vor ihm.

Sie merkte, dass er nicht wusste, was er davon halten sollte. Sie hatte ihn damals im Wald mit ihrem aggressiven, fast wütenden Auftritt überrumpelt, und jetzt wurde er gar nicht mehr aus ihr schlau.

Da lächelte sie wehmütig und küsste ihn erneut, und er schlang die Arme um sie und ließ seine Hände über ihre nasse Haut wandern.

Diesmal war es kein leidenschaftlicher Taumel, sondern ein Fest der Innigkeit und Hingabe, voller behutsamer Liebkosungen und zärtlicher Worte.

Schließlich lagen sie engumschlungen da. Pony hatte nicht mehr über ihre Absichten gesprochen, doch sie wussten beide, dass sie mit dem Licht des neuen Tages getrennte Wege gehen würden, der eine nach Süden, der andere nach Norden.

Noch einmal zog Pony in Erwägung, Elbryan die Wahrheit zu sagen, doch dann beschloss sie aufs neue, seinem Seelenfrieden zuliebe noch damit zu warten. Er ging nach Dundalis, wo dereinst ihr Zuhause sein würde, und wenn er diese Reise unbeschadet überstehen und dafür sorgen sollte, dass man dort sicher leben konnte, dann musste er sich voll und ganz auf diese Aufgabe konzentrieren.

Den Rest des Tages und die folgende Nacht verbrachten sie allein in dem kleinen Haus. Sie redeten kaum miteinander und genossen einfach nur die Gegenwart des anderen.

Als ein heller, klarer Morgen anbrach, gingen die beiden ins Freie und vollführten zusammen ein letztes Mal den Schwerttanz. Allzubald darauf hatte Pony Greystone gesattelt und voll bepackt.

»Wir treffen uns hier wieder am Tag des Frühlingsanfangs«, sagte Elbryan zu ihr.

»Schon in drei Monaten«, meinte Pony. »Genügt das denn?«

»Viel länger kann ich Shamus nicht festhalten«, erklärte der Hüter. »Er will unbedingt in die Waldlande. Und wenn das Wetter so mild bleibt, will er wahrscheinlich sogar schon vorher aufbrechen.«

»Dann geh«, erwiderte Pony, die angenommen hatte, ihr Liebster wollte sofort aufbrechen. »Mach dich auf den Weg, sobald es das Wetter erlaubt, und komm zurück, sobald du kannst. Ich warte hier auf dich.«

Der Hüter seufzte.

»Also, bis zum Frühlingsanfang. Dann hast du fast acht Wochen Zeit, um die Waldlande zu sichern.«

»Viel zu lange ohne dich«, sagte der Hüter, und in seinen grünen Augen blitzte ein jungenhaftes Lachen.

»Am Frühlingsanfang in Caer Tinella«, nickte Pony. »Und wenn ich zurückkomme, werde ich meinen Seelenfrieden wiedergefunden haben und nur noch nach vorn schauen.«

»In eine ruhige Zukunft«, sagte Elbryan.

Pony lachte in sich hinein. Sie wussten beide nur zu gut, dass es für einen Hüter keine Ruhe gab. Sie würden am Rande der Wilderlande leben und drei Städte gleichzeitig vor Goblins, Pauris, Riesen und wilden Tieren schützen. Und sie würden mit Bradwarden zusammen dafür sorgen, dass die Tiere des Waldes nicht rohen, gedankenlosen Menschen zum Opfer fielen.

Nein, sie wusste genau, dass keine ruhige Zukunft vor ihnen lag. Zumindest würde sie mit Kindergeschrei und dem fröhlichen Lachen stolzer Eltern ausgefüllt sein. Und wieder hätte sie es ihm fast verraten. Doch dann gab sie Elbryan einen langen, zärtlichen Kuss, flüsterte noch einmal: »Bis zum Frühlingsanfang!«, stieg auf Greystones breiten Rücken und gab dem Hengst die Sporen, ohne sich noch einmal umzudrehen.

»Sie ist fort«, sagte Elbryan ruhig, als das Bild seines Onkels Mather im Spiegel erschien. »Und sie fehlt mir schon jetzt; dabei ist der Vormittag noch nicht einmal zur Hälfte vergangen.«

Der Hüter lehnte mit dem Rücken an der kühlen Wand der kleinen Höhle und musste über sich selbst lachen. Er vermisste Pony tatsächlich schon, und die Vorstellung, dass sie jetzt etliche Monate lang getrennt sein würden, machte ihm schwer zu schaffen.

Wie er da so in der Stille und Dunkelheit saß, wurde ihm erst richtig bewusst, wie sehr er sie brauchte. Sie ergänzte ihn ja nicht nur vordergründig im Kampf, sondern war vor allem seine seelische Stütze, sein bester Freund, der einzige Mensch in seiner engsten Umgebung, der die Welt mit Menschenaugen sehen konnte, und der einzige, dem er so viel von seinen Gedanken und Gefühlen offenbart hatte.

Elbryan stieß einen tiefen Seufzer aus; dann lachte er wieder bei der Vorstellung, wie trostlos die Straße nach Norden sein würde, ohne dass Pony mit Greystone neben ihm und Symphony hertrabte.

»Ich verstehe sie ja, Onkel Mather«, fuhr er fort. »Und weiß, dass ich ihr diese Entscheidung überlassen musste, auch wenn ich damit nicht sehr glücklich bin. Ich mache mir auch nicht mehr halb soviel Sorgen um sie wie noch vor ein paar Tagen. Pony ist jetzt viel ausgeglichener und ruhiger – das habe ich gemerkt, als Shamus Kilronney beschloss, die Pauris nicht zu töten, sondern gefangenzunehmen. Noch vor einer Woche hätte sie sich nie im Leben darauf eingelassen, wahrscheinlich hätte sie bereits vorher alle selber umgebracht. Vielleicht hat sie ihren Kummer inzwischen zum größten Teil bewältigt, oder wenn nicht, findet sie vielleicht ihren Seelenfrieden in Palmaris wieder – bei Belster O'Comely, der das Wirtshaus ganz bestimmt wieder auf Vordermann gebracht hat.

Sie fehlt mir, und es werden lange Monate sein, bis ich sie wiedersehe«, gab er zu. »Aber es ist besser so. Pony braucht jetzt ein ruhiges Plätzchen, wo sie der Chilichunks gedenken und um sie trauern kann. Ich glaube nicht, dass die Straße nach Norden dafür geeignet wäre, denn wir werden noch vielen Pauris, Goblins und sogar Riesen über den Weg laufen, bevor wir Dundalis und die anderen beiden Städte wieder aufgebaut haben, das ist sicher.«

Elbryan schloss die Augen und fuhr mit der Hand durch seinen braunen Haarschopf. »Die Soldaten haben sich gleich nach Pony auf den Weg gemacht«, erzählte er dem stummen Geist. »Allerdings wussten sie nicht, dass sie nicht mehr da ist. Shamus Kilronney wird mir fehlen – er ist ein feiner Kerl –, aber ich bin ganz froh, dass er und seine Männer nicht mitkommen in den Norden. Unsere Leute haben ihnen nichts von Bradwarden und Juraviel erzählt, und die paar, die etwas von Ponys magischen Kräften wissen, haben den Mund gehalten, da bin ich ganz sicher, denn Tomas Gingerwart weiß, wie wichtig das ist, und hat seine Kameraden scharf im Auge behalten. Pony und ich können uns vor fast allen neugierigen Blicken verborgen halten, aber Bradwardens auffällige Erscheinung würde ihn jedem verraten, der die letzten Geschichten aus St. Precious und St. Mere-Abelle kennt. Also ist es besser, dass Shamus nach Süden geht, während ich mit Bradwarden und Juraviel den Weg nach Norden freimachen werde.«

Bei den letzten Worten nickte der Hüter zufrieden. Er war froh, dass Pony nach Palmaris ging, wenn es das war, was sie jetzt brauchte. Und er war überzeugt, dass sie Dundalis mühelos wieder einnehmen würden. Er dachte noch einmal an sein letztes Beisammensein mit Pony, an all die Liebe und Zärtlichkeit, die darin gelegen hatte, und die Tatsache, dass sie ihren Zorn überwunden hatte, gab ihm Hoffnung.

Und so trat Elbryan voller Zuversicht aus der kleinen Höhle ins helle Morgenlicht hinaus, das sich soeben seinen Weg durch die Wolken bahnte. Dort wartete noch ein besonderes Erlebnis auf ihn: Ein Regenbogen erstreckte sich von einer

Seite des Horizonts bis zur anderen. Da huschte ein Lächeln über Elbryans hübsches Gesicht, seine olivgrünen Augen funkelten, und er hatte das unbestimmte Gefühl, dass er durch diesen Regenbogen über viele Meilen hinweg mit Pony verbunden war.

Dieses warme Gefühl verwahrte er sorgsam in einem Winkel seines Herzens, zusammen mit all seiner Liebe zu Pony, und dann wandte er seine ungeteilte Aufmerksamkeit dem Leben zu, für das ihn die Elfen einst ausgerüstet hatten. Er war jetzt nur noch Nachtvogel, der Hüter, der Beschützer.

Ihm oblag jetzt die Aufgabe, die Waldlande zurückzuerobern, und wehe dem Pauri, Goblin oder Riesen, der sich ihm dabei in den Weg stellen würde.

Auch Pony sah den Regenbogen, als sie gerade südlich von Landsdown durch ein Wäldchen neben der Straße ritt. Doch sie hielt kaum inne, um ihn zu betrachten, noch gab sie sich irgendwelchen romantischen Vorstellungen von einer Regenbogenbrücke hin, die sie mit Elbryan verband.

Ihr Augenmerk war ganz auf praktische Dinge gerichtet, und ihr Blick ruhte jetzt auf einer Staubwolke, die sich im Norden erhob und vom Herannahen Hauptmann Kilronneys und seiner Soldaten kündete.

Als der Trupp in Sicht kam, ließ sie Greystone etwas tiefer im Wald verschwinden.

Ein Späher trabte mit seinem Pferd ungefähr fünfzig Meter voraus. Er ritt an Pony vorbei und hielt nach allen Seiten Ausschau, aber sie hatte sich gut versteckt.

Das Hauptfeld wurde von Shamus Kilronney und seiner selbstbewussten Cousine angeführt, die sich gerade mal wieder stritten. Das schienen sie ständig zu tun, dachte Pony. Sie sah Kilronney nach, und ihr wurde klar, dass er ihr fehlen würde. Sie mochte diesen Mann gern und respektierte ihn und dachte, dass sie gute Freunde hätten werden können, wenn sie sich unter anderen Umständen begegnet wären.

Colleen sah sie eher mit gemischten Gefühlen. Ihre herablassende Art gefiel ihr ganz und gar nicht, aber Pony wollte kein voreiliges Urteil fällen. Colleen Kilronney strahlte vor allem Durchsetzungskraft aus. Wahrscheinlich hatte sie im Krieg viele schlechte Erfahrungen gemacht, sagte sich Pony, und so war es verständlich, dass sie niemandem über den Weg traute.

Gleich hinter den beiden marschierten vier Reihen mit je fünf Soldaten, die alle wachsam um sich blickten. Pony war erstaunt, dass keiner von ihnen, nicht einmal die beiden Anführer, im Morgenlicht so prächtig aussah, wie sie es aus ihrer Zeit im königlichen Heer von den berühmten Allheart-Kriegern in ihren schimmernden Rüstungen gewöhnt war. Das hier waren einfach nur tüchtige, kampferprobte Krieger, ein bisschen müde, aber doch jedem Gegner gewachsen.

In ihrem Gefolge kamen die siebenundzwanzig Pauris, die man in der Taille aneinandergebunden und mit riesigen Proviantpaketen oder Feuerholzbündeln beladen hatte. Trotz dieser Last marschierten die Gefangenen, von den Soldaten angetrieben, in beachtlichem Tempo vorwärts. Pauris waren berüchtigt für ihre Ausdauer – so wurden die gefährlichen Tonnenboote nur mit Körperkraft angetrieben und wagten sich doch auf die stürmischen Wellen des offenen Mirianik hinaus, wobei sie selbst bei steifer Brise ein Segelschiff überholen konnten. Hier machten sie nun ihrem Ruf alle Ehre und hielten ohne den geringsten Muckser verbissen mit den voraustrabenden Pferden Schritt.

Schließlich verschwand der ganze Troß hinter einer Wegbiegung aus Ponys Blickfeld, und nur die Staubwolke war noch über den Bäumen zu sehen. Da sie mit Hauptmann Kilronneys Strategie vertraut war, wartete sie noch eine Weile, bis auch die beiden Späher der Nachhut an ihr vorbeigeritten waren.

Dann zog sie kurz an Greystones Zügel, und das Pferd schoss aus dem Wäldchen hervor.

»Du hast es ihm immer noch nicht gesagt!«, ertönte eine vertraute Stimme von oben.

Pony wandte das Pferd zur Seite und suchte mit den Augen die Bäume ab. Schließlich entdeckte sie Juraviel, der seelenruhig auf einem Ast keine zehn Fuß über dem Erdboden hockte.

»Fängst du schon wieder damit an?«, meinte sie gereizt.

»Ich hab nur Angst –«

»Ich weiß«, unterbrach ihn Pony. »Wenn Elbryan da oben im Norden etwas zustößt, dann wird er sterben, ohne zu wissen, dass er ein Kind in die Welt gesetzt hat.«

Juraviel hüpfte, sichtlich erschüttert, weiter hinunter. »Wie kalt sich das anhört«, meinte er.

»Es ist die Wahrheit«, korrigierte sie ihn. »Wir leben alle beide schon so lange im Schatten des Todes.«

»Deshalb dachte ich, dass du es ihm gern sagen würdest.«

Pony zuckte die Achseln. »Das würde ich ja auch«, erwiderte sie. »Aber ich weiß, dass es nicht richtig gewesen wäre. Wenn er es wüsste, würde er nicht in den Norden gehen, jedenfalls nicht ohne mich. Und ich will nicht nach Dundalis.«

»Überhaupt nicht?«

»Natürlich will ich eines Tages wieder nach Hause, und Dundalis ist schließlich mein Zuhause«, erwiderte sie schnell. »Aber jetzt noch nicht. Und Elbryan würde nicht ohne mich gehen, wenn er wüsste, dass ich ein Kind bekomme.«

Sie überlegte. »Und das würde uns allen schaden«, fuhr sie schließlich fort. »Erst müssen die Waldlande zurückerobert werden, und das kann keiner besser als der Nachtvogel.«

Juraviel nickte.

»Und deshalb, Belli'mar Juraviel, habe ich Elbryan noch nichts gesagt«, erklärte sie unumwunden. »Aber ich verspreche dir, dass ich vorhabe, mein Kind in Dundalis großzuziehen und dass ich wieder bei Elbryan bin, bevor es geboren wird.«

»Wenn wir in eine ausweglose Situation geraten sollten

oder falls Elbryan ernsthaft verwundet wird, dann sage ich ihm Bescheid.«

Pony nickte lächelnd. »Das hätte ich auch von dir erwartet, mein Freund«, erwiderte sie.

»Eins musst du mir aber noch versprechen«, sagte Juraviel nach einer weiteren Denkpause. »Gib mir dein Wort darauf, dass du immer an das neue Leben denken wirst, das in dir heranwächst«, sagte er bestimmt. »Versprich mir, dass du dich in Acht nimmst und jeder Gefahr aus dem Weg gehst.«

Pony sah ihn missbilligend an.

»Es ist das Kind des Nachtvogels«, sagte der Elf unnachgiebig. »Also ist es von größter Wichtigkeit für die Touel'alfar.«

»Glaubst du etwa, mir wäre es nicht ebenso wichtig?«, erwiderte Pony. »Du brauchst mich nicht daran zu erinnern –«

»Das muss ich sehr wohl, denk an die Pauris in der Höhle!«, fiel ihr Juraviel ebenso heftig ins Wort. Doch dann ließ er es dabei bewenden und fügte mit einem liebevollen, entwaffnenden Lächeln hinzu: »Es ist nicht nur Nachtvogels Kind, sondern auch das Kind von Elbryan und Jilseponie. Und deshalb ist es für Belli'mar Juraviel von allergrößter Bedeutung.«

Das setzte Pony schachmatt. »Ich gebe mich geschlagen!«, sagte sie lachend. »Und ich verspreche es dir.«

»Dann leb wohl«, sagte Juraviel betrübt. »Und vergiss dein Versprechen nicht! Du ahnst gar nicht, wie kostbar dieses neue Leben in dir ist.«

»Was meinst du damit?«, fragte Pony erschrocken, denn Juraviels Worte schienen eine tiefere Bedeutung zu haben.

»Ich meine, dass es wunderbar ist, ein Kind zu haben«, erwiderte der Elf.

Pony kam es so vor, als weiche er ihr aus, aber sie kannte die Touel'alfar gut genug, um zu wissen, dass sie nicht mehr aus ihm herausbekommen würde.

»Ich sehe Elbryan am Tag des Frühlingsanfangs in Caer

Tinella wieder«, erklärte sie. »Und ich erwarte, dass Belli'mar Juraviel ihn mir sicher dorthin zurückbringt.«

Juraviel zählte im stillen die Monate. Aus Ponys Worten hatte er entnommen, dass sie das Kind im Spätsommer auf dem Weg nach St. Mere-Abelle gezeugt hatten. Er wollte schon darauf hinweisen, dass sie vielleicht zum Zeitpunkt ihres Treffens gar nicht mehr reisen konnte, doch dann verkniff er sich die Bemerkung, denn er sagte sich, dass Pony den Zeitplan sicher besser kannte als er.

Pony überlegte einen Moment, dann griff sie in ihren Beutel und holte einen glatten grauen Stein hervor, den Seelenstein. »Vielleicht solltest du den hier mitnehmen«, sagte sie. »Es ist der Heilstein – du könntest ihn irgendwann brauchen.«

Doch Juraviel schüttelte den Kopf. »Wir haben ja Bradwardens magische Armbinde«, sagte er. »Den Stein behältst du.« Sein Blick glitt über ihren Bauch, und ihr wurde klar, dass er Angst hatte, sie könnte den Seelenstein dringender brauchen als er.

Pony steckte ihn wieder ein. »Also, bis zum Frühlingsanfang«, sagte sie.

»Gehab dich wohl, Jilseponie Wyndon!«, erwiderte Juraviel.

Der Elf nickte. Pony schenkte ihm ein Abschiedslächeln, dann gab sie Greystone die Sporen, und nachdem sie das Wäldchen hinter sich gelassen hatte, trabte sie auf der Straße nach Süden davon.

Juraviel sah ihr nach und fragte sich ernsthaft, ob er sie jemals wiedersehen würde. Er hoffte, sie würde sich an ihr Versprechen halten und sich nicht in Gefahr begeben, aber er wusste auch von ihrem Schmerz und ihrer Wut und konnte ihre Ruhelosigkeit verstehen. Der Streich gegen die Pauris hatte sie fürs erste zur Ruhe gebracht, doch nur vorübergehend, das war Juraviel klar.

So vorübergehend wie ihr Lächeln gerade eben. Ponys Gemütsverfassung konnte sich von einem Augenblick zum andern dramatisch ändern, und so konnte er nur hoffen, dass ihr in den gefährlichen Straßen von Palmaris kein Unglück geschah.

Und selbst wenn Pony es schaffte, am verabredeten Tag in Caer Tinella zu sein, bezweifelte Juraviel, dass er sie dort begrüßen würde. Denn dann war es höchste Zeit für ihn, nach Andur'Blough Inninness zurückzukehren. Er musste Lady Dasslerond von dem Kind erzählen, Nachtvogels Kind, das letzten Endes ein Kind von Caer'alfar war.

Pony hatte die letzten Reiter bald auf Sichtweite eingeholt. Sie hielt sich jedoch den ganzen Tag in sicherem Abstand hinter ihnen, um nicht von den Soldaten entdeckt zu werden.

Sie schlugen das Lager inmitten einer Ansammlung verlassener Bauernhäuser auf, die wie viele andere noch nicht wieder bewohnt waren.

Pony ließ sich in Sichtweite der Truppe nieder und fand es tröstlich, das warme Licht durch die Fenster scheinen zu sehen und die Umrisse der Männer, die zwischen den Häusern um das flackernde Feuer herumliefen. Sie fühlten sich offensichtlich ganz sicher, dass es hier keine größeren Horden von Ungeheuern mehr gab, mit denen sie nicht fertig geworden wären, und Pony wusste, dass sie damit recht hatten. Trotzdem fand sie es leichtsinnig von Hauptmann Kilronney, ihren Standort so deutlich sichtbar zu machen, noch dazu mit über zwanzig gefährlichen Gefangenen im Schlepptau.

Also ruhte sie sich in dieser Nacht nicht einfach nur aus, sondern hielt mit Hilfe ihres Seelensteins lautlos und unbemerkt Wache.

Schließlich war sie ja die Frau des Hüters.

Zur selben Zeit lagerten Elbryan, Juraviel und Bradwarden gemütlich auf einem unbewachsenen Hügel ein Stück weit nördlich von Caer Tinella. Der Hüter lag auf dem Rücken, hatte die Arme hinter dem Kopf verschränkt und schaute zum

Sternenhimmel empor. Auch Bradwarden hatte es sich mit übereinandergeschlagenen Vorderhufen am Boden bequem gemacht. Seinen menschlichen Oberkörper hielt er selbst in dieser entspannten Haltung noch aufrecht. »Ist ein bisschen schlecht mit dem Luftholen, wenn ich mich auf die Seite lege«, erklärte er seinen Freunden.

Juraviel war von den dreien am unruhigsten. Jeder Elf hätte wohl die stille Schönheit dieser kühlen, klaren Nacht in vollen Zügen genossen, doch er schaute ebensooft zum Sternenhimmel hinauf wie zu Elbryan hinüber. Er machte sich Sorgen, denn Elbryan wirkte irgendwie bedrückt.

Das fiel auch Bradwarden auf. »Sie kommt ja wieder«, sagte der Zentaur tröstend. »Du weißt doch, dass sie nicht lange fortbleibt und dass es in ihrem Herzen keinen anderen Mann gibt als dich.«

»Natürlich«, erwiderte Elbryan schmunzelnd. Dann seufzte er tief.

»Ja, ja, die Frauen!«, rief Bradwarden theatralisch aus. »Manchmal bin ich richtig froh, dass ich noch nie eine von meiner Sorte gesehen hab.«

»Hört sich nicht sehr amüsant an«, meinte Elbryan mit einem verschmitzten Lächeln zu Juraviel hinüber. »Muss doch ziemlich einsam sein.«

»Na, immerhin bin ich ein Zentaur«, sagte Bradwarden und grinste. »Wenn's sein muss, kann ich ja irgendeinen blöden Gaul besteigen, ohne lange zu fackeln.«

Elbryan schlug bei der Vorstellung stöhnend die Hände vors Gesichts. Die ungehobelte Art des Zentauren verschlug ihm manchmal einfach die Sprache.

»Kannst froh sein, dass Symphony ein Hengst ist«, meinte Juraviel nun auch noch zu allem Überfluss.

Bradwarden aber lachte nur noch unbändiger.

Dann wurde es still auf dem kleinen Hügel, und die drei Freunde gaben sich wieder jeder für sich und doch in schöner Eintracht dem prächtigen Anblick des Nachthimmels hin. Ein

Weilchen später griff Bradwarden nach seinem Dudelsack und stimmte eine hauchzarte, betörende Melodie an, die zwischen den Bäumen schwebte wie der Abendnebel und den Zauber dieser Nacht vollkommen machte.

6. Auf der Lauer

Roger schalt sich selbst einen verrückten Kerl. Er sagte sich, dass er wohl inzwischen vor lauter Verzweiflung schon Gespenster sehe. Trotzdem arbeitete er sich mit dem Besen in der Hand unbeirrt den Korridor entlang und versuchte fast ein bisschen zu angestrengt, auszusehen wie ein harmloser Hausbursche.

Vor der Tür des ehrwürdigen Vaters blieb er stehen und sah sich verstohlen nach beiden Seiten um.

»Eine Stunde Zeit«, murmelte er, um sich selber Mut zu machen. Er wusste, dass die Mönche sich zur Abendandacht versammelt hatten und höchstwahrscheinlich mindestens eine Stunde lang niemand hier vorbeikommen würde, denn er hatte ihren Tagesablauf genauestens studiert, da ihm klar war, dass ein einziger Fehler sein Todesurteil wäre. Dann dachte er an Elbryan und Pony und den heldenmütigen Zentauren, den er nie zu Gesicht bekommen hatte, und sein Entschluss stand fest. Mit einem letzten Blick in beide Richtungen kniete er sich vor der Tür hin und ging ans Werk.

Getreu seinem Spitznamen hatte er das einfache Schloss in Sekundenschnelle geöffnet. Er war überrascht, wie leicht man in die Gemächer des Oberhauptes der Abellikaner eindringen konnte, und fragte sich erschrocken, ob die Tür womöglich irgendeine magische oder mechanische Falle enthielt. Eine gründliche Untersuchung des Türrahmens ergab nichts, doch er zögerte noch immer, denn er sagte sich, dass eine magische Falle wahrscheinlich keine sichtbaren Spuren hinterließ.

Abgesehen von dem Häufchen Asche, das hinterher von ihm übrigbleiben würde.

Mit zusammengebissenen Zähnen stieß der junge Mann die Tür auf.

Es passierte nichts, und drinnen kniete er noch einmal nieder, um die Tür wieder zu verriegeln. Dann lehnte er sich mit dem Rücken dagegen, um Atem zu schöpfen, und sah sich um. Die Behausung des Abtes bestand aus vier Räumen. Er befand sich im größten, dem Arbeitszimmer, von dem drei Türen abgingen. Die auf der linken Seite war geschlossen, eine andere auf der gegenüberliegenden Seite hinter dem mächtigen Schreibtisch war nur angelehnt, und man konnte nebenan gerade noch eine Ecke von Markwarts Bett erkennen. Die dritte stand sperrangelweit offen und gab den Blick auf einen Teppich und vier bequeme Stühle frei, die um einen glimmenden Kamin herumstanden.

In diesen Salon ging Roger zuerst, kehrte jedoch bald wieder zurück, weil er dort nichts Aufschlussreiches gefunden hatte. Als nächstes ging er ins Schlafzimmer, wo er Markwarts Tagebuch auf dem Nachttisch liegen sah. Roger konnte nicht besonders gut lesen, obwohl die nette Mrs. Kelso in Caer Tinella es ihm beigebracht hatte. Markwarts Schrift war sauber und gut leserlich, und Roger konnte eine ganze Menge davon entziffern – eine erstaunliche Leistung für einen, der unter einfachen Bauern aufgewachsen war. Die Mönche konnten natürlich lesen und schreiben, ebenso die meisten Adligen, der Elfenzögling Nachtvogel, Pony und eine Handvoll herausragender Persönlichkeiten. Aber unter den übrigen Bewohnern des Bärenreichs konnten höchstens zwei von dreißig etwas mit einfachen Buchstaben anfangen.

Im Vergleich dazu war Roger ein ausgezeichneter Leser. Trotzdem stieß er auf viele Wörter, die er nicht kannte, und manchmal verstand er auch den Sinn eines Satzes nicht. Er blätterte das Tagebuch kurz durch und konnte nichts Wichtiges entdecken. Zum größten Teil erging sich der ehrwürdige Vater in selbstgerechten philosophischen Betrachtungen über die Bedeutung der Kirche, die er über alles andere, das gemeine Volk, die staatlichen Verwalter, ja sogar den König, stellte. Roger zuckte zusammen, denn diese Worte erinnerten ihn schmerzlich an den Mord an einem von ihnen, Baron Bildeborough, den Mann, der ihn unter seine Fittiche genommen und mit ihm zusammen hatte gegen die Kirche antreten wollen.

Roger überflog die Seiten des Buches, und mit der Zeit gewann er den Eindruck, dass es von zwei verschiedenen Menschen geschrieben sein musste. Der eine hatte möglicherweise die konkreten Aufzeichnungen verfaßt, dachte Roger, während ein Großteil sich anhörte, als wäre er von jemand anderem diktiert worden. Und das lag weniger an den Worten als am veränderten Tonfall.

Entweder hatten zwei verschiedene Personen diesen Text niedergeschrieben, oder der ehrwürdige Vater befand sich in ernsthaften inneren Konflikten.

Roger fragte sich, ob ihm dieses Tagebuch bei seinem Kampf gegen Markwart irgendwie von Nutzen sein könnte. Vielleicht konnte er damit zum König gehen und ihm sagen, dass kein Pauri, sondern ein Mönch den Abt Dobrinion von St. Precious ermordet und kein wildes Tier, sondern ein Beauftragter der Kirche Baron Bildeborough umgebracht hatte.

Aber dann wurde ihm klar, dass er selbst mit diesen Aufzeichnungen wie ein Idiot dastehen würde. Er las noch einmal alle Einträge, die sich auf den König bezogen, und stellte fest, dass Vater Markwart sich sehr in Acht genommen hatte, dabei keine konkreten Äußerungen gegen die Krone zu machen, sondern sich lediglich über irgendwelche weltanschaulichen Unterschiede ausließ. Das waren keine handfesten Beweise.

Aber Roger fiel noch etwas anderes auf, und das war Markwarts ununterbrochenes Geschwafel über irgendwelche neuen Erkenntnisse und eine innere Stimme, die ihn leitete.

Der ehrwürdige Vater war offensichtlich von der Vorstellung besessen, seine Anweisungen unmittelbar von Gott zu empfangen, und fühlte sich als ausführendes Organ des Allmächtigen.

Dieses Bild einer gespaltenen Persönlichkeit jagte Roger einen kalten Schauer über den Rücken, und ihm wurde klar, dass es nichts Gefährlicheres gab als einen Menschen, der sich für den verlängerten Arm Gottes hielt.

Er legte das Buch wieder auf den Tisch und verließ das Zimmer.

Als er auch noch den letzten Raum inspizieren wollte, stellte Roger fest, dass die Tür nicht nur mit einem, sondern gleich mit drei verschiedenen Schlössern versperrt war. Zu seiner Verblüffung waren zwei der Schlösser noch mit einem zusätzlichen Schloss gesichert.

Roger sah sich die Schlösser lange und eingehend an, dann ging er mit geübten Fingern ans Werk und setzte sie so außer Funktion, dass er sie hinterher leicht wieder befestigen konnte. Er stöhnte, als er merkte, wieviel Zeit er an dieser Tür vertrödelte; trotzdem untersuchte er sie noch einmal genau, bevor er alle drei Schlösser aufschnappen ließ und die schwere Tür aufdrückte, nicht ohne noch einmal die Möglichkeit einer magischen Sperre in Betracht gezogen zu haben.

Der Raum war leer bis auf ein paar Kerzenleuchter, ein dickes Buch und ein seltsames Muster, das in den Fußboden geritzt war, doch Rogers Herzschlag ging schneller, das Blut pochte in seinen Adern, und ihm stockte der Atem, als er ihn betrat, denn hier schlug ihm ein solches Gefühl von Kälte und abgrundtiefer Hoffnungslosigkeit entgegen, dass er nur einen kurzen Blick auf den Titel des Buches warf – *Compendium der Geisterbeschwörung* –, bevor er hastig wieder kehrtmachte und sich von außen gegen die geschlossene Tür lehnte. Es dauerte ein paar Minuten, bis sich seine zitternden Hände so weit beruhigt hatten, dass er die Schlösser wieder in Ordnung bringen konnte.

Jetzt blieben nur noch das Arbeitszimmer und der mächtige Schreibtisch mit seinen vielen Schubladen und wahrscheinlich noch etlichen Geheimfächern.

»Eigentlich müsste er hier sein, Bruder«, sagte Meister Machuso, ein kleiner, rundlicher Mann mit dicken roten Bäckchen, zwischen denen seine winzige Nase zu versinken schien, entschuldigend, als er mit Bruder Francis in die Vorratsräume kam und feststellte, das von dem Gesuchten weit und breit nichts zu sehen war. Der Meister war schon auf dem Weg zur Abendandacht gewesen, als ihn Francis wegen einer äußerst dringenden Angelegenheit abgefangen hatte. »Roger Billingsbury ist schon die ganze Woche für die Vorratskammern eingeteilt.«

»Um Vergebung, Meister Machuso«, sagte Francis mit einer höflichen Verbeugung und einem verbindlichen Lächeln. »Aber er scheint ja nicht hier zu sein.«

»Es sieht ganz so aus«, meinte Machuso und kicherte verlegen. »Ich gebe mir ja alle Mühe, sie bei der Stange zu halten«, erklärte er, »aber die meisten, die sich hier verdingen, bleiben nicht lange. Sobald sie ein bisschen was verdient haben, um ein Gläschen zu trinken oder sich ein Pfeifchen zu stopfen, sind sie wieder auf und davon. Die Leute aus dem Dorf kennen alle unsere Großzügigkeit und wissen, dass wir ihnen deswegen nichts tun. Ich heuere sie sogar wieder an, wenn sie nach ein paar Wochen erneut hier auftauchen und um Arbeit bitten.« Der Meister lachte gutmütig. »Wenn wir Gottesmänner kein Verständnis für menschliche Schwächen haben, wer dann?«

Francis lächelte gequält. »Aus dem Dorf, habt Ihr gesagt? Dann ist dieser Roger Billingsbury also aus St. Mere-Abelle? Kennt Ihr seine Familie?«

»Nein«, erwiderte Machuso. »Ich kenne die meisten Dorfbewohner, zumindest alle führenden Familien, aber keine Billingsburys. Außer dem kleinen Roger natürlich. Ein netter

Kerl und ein guter Arbeiter, flink und pfiffig, habe ich gehört.«

Francis ließ nicht locker. »Hat er gesagt, dass er aus dem Dorf stammt?«

Machuso zuckte mit den Schultern. »Mag sein«, meinte er. »Ehrlich gesagt, ich achte nicht auf solche Einzelheiten. Viele sind im Krieg vertrieben worden. Es gibt ganze Dörfer, die einfach nicht mehr da sind. Wenn unser kleiner Roger also gesagt hat, dass er aus St. Mere-Abelle ist, warum hätte ich daran zweifeln sollen?«

»Natürlich nicht«, antwortete Bruder Francis und verbeugte sich erneut. »Und ich zweifle auch nicht, dass Ihr Euer Möglichstes tut, Meister Machuso. Wenn jeder in St. Mere-Abelle so gewissenhaft seine Pflichten wahrnähme wie Meister Golvae Machuso, dann hätte es der ehrwürdige Vater bedeutend leichter.«

Wieder brach der freundliche Machuso in Gelächter aus.

»Könnte der junge Billingsbury noch irgendwo anders sein?«, fragte Francis.

Machuso legte nachdenklich die Stirn in Falten, aber dann schüttelte er den Kopf und hob ratlos die Hände. »Wenn er noch im Kloster ist, dann kommt er auch zurück in die Vorratskammern«, sagte er. »Der Junge ist wirklich ein guter Mann.«

Francis hatte alle Mühe, seine Enttäuschung zu verbergen. Er hatte gehofft, dass Roger noch in St. Mere-Abelle war, denn wenn sich sein Verdacht bestätigte, dann konnte Roger dazu beitragen, ihm eine Menge Ärger vom Hals zu schaffen. Rasch verabschiedete er sich von Machuso und eilte dann wieder in seine Wohnräume, zurück zu dem Seelenstein, den ihm Vater Markwart aus seiner privaten Sammlung gegeben hatte. Er musste sich selbst auf die Suche machen, und zwar schnell.

Was er fand, war kaum der Rede wert. Ein zerknülltes Blatt Papier, offensichtlich der erste Entwurf der Anklageschrift, die zu Meister Jojonahs Verurteilung geführt hatte, in dem von einer »rätselhaften Gefangenenbefreiung« in St. Mere-Abelle die Rede war, und ein weiteres Schriftstück, das von »fortgesetzter Verschwörung« in der Abtei handelte. Zu allem Überfluss hatte Roger kein einziges Geheimfach entdecken können; dabei war er sicher, dass es in dem großen Schreibtisch eine ganze Menge davon gab. Bei alldem hatte er jedoch nicht übersehen, dass die Zeit langsam knapp wurde und er sich beeilen musste. Mit einem letzten Rundblick überzeugte er sich, dass alles genauso aussah, wie er es vorgefunden hatte, dann schlich er sich leise wieder zur Tür hinaus.

»Vergiss nicht, sie wieder zuzusperren!«, ertönte eine Stimme aus dem Dunkel des Korridors, als Roger sich gerade zu dem Schloss hinabbeugen wollte.

Der Junge erstarrte und stand da wie angewurzelt. Nur seine Augen bewegten sich und suchten verzweifelt nach einem Fluchtweg. Nackte Panik sprang ihn an, und er dachte krampfhaft über eine gute Ausrede nach. Als er aus dem Augenwinkel eine leise Bewegung wahrnahm, fuhr er herum und stand kerzengerade, mit dem Besenstiel in der Hand, dem Mann gegenüber.

»Eine seltsame Ausrüstung, um die Vorratskammer aufzuräumen«, meinte Bruder Francis ruhig.

An der weißen Kordel, von der die dunkle Kutte zusammengehalten wurde, erkannte Roger, dass es sich um einen höherrangigen Mönch handeln musste, möglicherweise einen Immakulaten. »Ich sollte hier oben saubermachen –«

»Du solltest unten in der Speisekammer arbeiten«, fiel ihm Bruder Francis ins Wort, dem diese Diskussion zu dumm war. Mit dem Seelenstein hatte er seinen Geist durch die Gänge der Abtei wandern lassen und war nur durch Zufall im Arbeitszimmer seines Vorgesetzten gelandet, wo er zu seinem großen Erstaunen den Küchenjungen sah, der sich gerade über den riesigen Schreibtisch beugte.

»Äh, j-ja«, stotterte Roger, »aber Bruder Jhimelde –«

»Genug!«, knurrte Francis. »Bist du nicht Roger Billingsbury?«

Roger nickte zögernd und überlegte fieberhaft, was er tun sollte. Er könnte den Mann mit seinem Besenstiel niederschlagen, dachte er, und dann davonlaufen, denn der Mönch war zwar größer als er, sah aber nicht besonders kräftig aus.

»Wo kommst du her?«, fragte Francis jetzt.

»Aus St. Mere-Abelle«, erwiderte Roger, ohne mit der Wimper zu zucken.

»Du bist nicht aus St. Mere-Abelle«, stellte Francis ungerührt fest.

»Aus dem Dorf, nicht aus der Abtei«, stotterte Roger.

»Nein!«

Roger richtete sich kerzengerade auf und klammerte sich fest an seinen Besenstiel. Er hatte schon einmal einen Mönch getötet, und dieses Erlebnis wollte er möglichst nicht wiederholen müssen.

»Es gibt keine Billingsburys in St. Mere-Abelle«, sagte Bruder Francis bestimmt.

»Wir sind noch nicht lange hier«, erklärte Roger. »Unser Heimatdorf ist niedergebrannt worden –«

»Und wo lag dieses Dorf?«, fragte Francis.

»Ein ganz kleiner Flecken –«

»Wo?«, fragte Francis scharf und fügte unerbittlich hinzu: »Wie heißt es? Wie viele Einwohner hatte es? Wie hießen die Familien?«

»Im Süden«, begann Roger, aber ihm schwirrte der Kopf.

»Wenn mich nicht alles täuscht, kommst du aus einem Dorf irgendwo im Norden von Palmaris«, schnitt ihm Francis das Wort ab. »Ich kenne deinen Dialekt.«

Roger starrte den Mann unverwandt an und versuchte sich nicht einschüchtern zu lassen, doch nun setzte ihn Francis fast außer Gefecht.

»Du bist ein Freund von denen, die Avelyn Desbris

kannten«, sagte der Mönch. »Vielleicht warst du ja sogar selber mit dem Ketzer befreundet.«

Roger fiel die Kinnlade herunter.

»Aber wie auch immer«, fuhr Bruder Francis fort. »Jedenfalls bist du ein Freund von dieser Frau namens Pony und ihrem Begleiter, den sie Nachtvogel nennen.«

Roger umklammerte den Besenstiel so fest, dass seine Handknöchel weiß hervortraten. In wilder Verzweiflung wollte er auf den Mönch losgehen, doch Francis entwand ihm den Besen mit einer Hand und verpasste ihm mit der anderen eine Ohrfeige. »Dummkopf!«, meinte der Mönch, während er ihm den Besen wegnahm. »Ich tu dir nichts. Wenn ich das vorhätte, lägst du schon längst in Ketten vor dem ehrwürdigen Vater auf den Knien.«

»Und was dann?«, fragte Roger zaghaft, während er sich, erstaunt über die Geschicklichkeit des anderen, seine brennende Wange rieb.

»Komm mit, und zwar schnell«, forderte Francis ihn auf und machte auf dem Absatz kehrt. »Die Abendandacht ist vorüber, und du tust gut daran, dich hier nicht vom ehrwürdigen Vater erwischen zu lassen.«

»Was sollen wir jetzt tun?«, fragte Bruder Viscenti ungefähr zum zwanzigsten Mal, und wie jedes andere Mal gab ihm Bruder Braumin keine direkte Antwort.

»Wann kommt Dellman endlich?«, fragte der Ältere.

Viscenti fixierte die Tür von Braumins Zelle, als müsse der andere jeden Augenblick hereingestürmt kommen. Dann riss er sich endlich los und sagte mit starrem Blick: »Er muss gleich hier sein – er hat gesagt, dass er kommt!« Seine Stimme klang schrill vor Aufregung.

Braumin wedelte besänftigend mit der Hand. In Wirklichkeit wusste er selbst, wie ernst die Lage war, nachdem Bruder Francis, der engste Vertraute des Abtes, in ihre Versammlung hineingeplatzt war.

»Vielleicht sollten wir zum ehrwürdigen Vater gehen und Abbitte leisten!«, sagte Viscenti auf einmal.

Braumin sah ihn strafend an. Er war verärgert. Wie konnte Viscenti so etwas überhaupt in Betracht ziehen! Niemals würde Bruder Braumin Herde Vater Markwart um Vergebung bitten, selbst wenn er schon auf dem Scheiterhaufen stünde und die Flammen an seinen Beinen emporzüngelten. Wenn Bruder Viscenti wirklich von Avelyns und Jojonahs Auftrag überzeugt war, wie konnte er dann so etwas sagen?

Doch dann beruhigte sich Braumin, denn er konnte den anderen verstehen. Der Mann hatte Angst, und das aus gutem Grund.

»Wir sollten lieber bei unserer Geschichte bleiben«, sagte er so ruhig, wie er nur irgend konnte. »Wir haben uns zum Gebet versammelt, weiter nichts. Dabei sollten wir –«

Er verstummte, als es leise klopfte. Die beiden erstarrten.

»Bruder Dellman?«, flüsterte Braumin Viscenti zu.

»Oder Bruder Castinagis«, näselte dieser.

Braumin schlich sich leise zur Tür und lauschte auf ein Zeichen, wer wohl draußen sein mochte.

Es klopfte noch einmal.

Wieder sah Braumin Viscenti an, der sich fast die Unterlippe abkaute. Mit einem hilflosen Achselzucken griff Braumin vorsichtig nach der Türklinke und holte tief Luft. Im Geiste sah er Vater Markwart mit einer Horde bewaffneter Henkersknechte vor sich stehen. Schließlich bezwang er sich und öffnete die Tür einen Spalt breit, und obwohl es nicht Markwart war, rutschte ihm doch das Herz in die Hose.

»Lass mich rein«, sagte Bruder Francis ruhig.

»Ich habe zu tun«, wehrte Braumin ab.

Francis schnaubte. »Egal, was du gerade tust, du kannst sicher sein, das hier hat Vorrang«, erklärte er und drückte mit der Hand gegen die Tür.

Doch Braumin stemmte sich von innen mit der Schulter dagegen. »Ich wüsste nicht, Bruder, was wir zu besprechen hätten«, sagte er und wollte die Tür zumachen, doch Francis stellte seinen Fuß dazwischen.

»Ich bin wirklich sehr beschäftigt«, sagte Braumin noch einmal mit Nachdruck.

»Bereitest euer nächstes Treffen vor, was?«

»Unser Andachtstreffen, ganz recht«, erwiderte Braumin.

»Eure Gotteslästerungen, meinst du wohl«, wies ihn Francis zurecht. »Wenn du diese Diskussion hier im Korridor weiterführen willst, bitte sehr«, meinte er laut und vernehmlich. »Schließlich bist du es, der etwas zu verbergen hat, nicht ich.«

Da riss Braumin die Tür auf, und Bruder Francis marschierte schnurstracks hinein. Braumin steckte kurz den Kopf um die Ecke, dann schloss er die Tür hinter sich. Als er sich umdrehte, sah er Francis und Viscenti, die sich gegenseitig mit Blicken durchbohrten. Viscenti sah aus wie ein in die Enge getriebenes Tier, und Braumin hatte Angst, er würde jeden Moment auf Francis losgehen. Doch dann wandte er sich plötzlich ab und zupfte nervös an seinen Kleidern.

»Du platzt wohl neuerdings in jede meiner Versammlungen hinein«, meinte Bruder Braumin trocken, um Francis von Viscenti abzulenken. »Man könnte fast meinen, dass du mich beobachtest.«

»Man könnte fast meinen, dass du jemanden brauchst, der ein wenig auf dich aufpasst«, flüsterte Bruder Francis.

»Und derjenige bist du?«

»Ich bin jedenfalls nicht so dumm, in den Kellern von St. Mere-Abelle Lügen zu verbreiten.«

»Ich spreche nur die Wahrheit«, sagte Braumin schnaubend und kam einen Schritt näher.

»Alles Lügen«, behauptete Francis, ohne einen Fingerbreit zurückzuweichen.

Auf einmal rührte sich Bruder Viscenti und baute sich drohend neben Francis auf, so dass er und Braumin diesen in die Mitte nahmen.

Doch Francis schien völlig unbeeindruckt. »Ich bin nicht hergekommen, um mit euch über Glaubensfragen zu streiten«, erklärte er gelassen.

»Und wozu bist du dann hergekommen?«, wollte Braumin wissen.

»Um euch zu warnen«, sagte Francis unverblümt. »Ich weiß über eure Treffen Bescheid, mit denen ihr dem Ketzer Jojonah und Avelyn Desbris huldigt.«

»Er ist kein Ketzer!«, kreischte Viscenti.

Francis beachtete ihn gar nicht. »Und der ehrwürdige Vater weiß auch schon Bescheid und wird euch beseitigen, so wie er Jojonah beseitigt hat.«

»Ohne Zweifel, nachdem ihm Bruder Francis pflichtschuldigst Bericht erstattet hat«, erwiderte Braumin.

Francis ließ einen verzweifelten Stoßseufzer hören. »Ihr habt ja keine Ahnung von seiner Macht«, sagte er. »Glaubt ihr wirklich, Vater Markwart braucht mich dafür?«

»Warum erzählst du uns das alles?«, fragte Braumin jetzt. »Und kommst nicht einfach mit Vater Markwarts Wachen, um mich festzunehmen? Vielleicht darfst du dann sogar den ersten brennenden Holzscheit unter meine Füße legen.«

Der seltsame Ausdruck, der jetzt über Francis' Gesichtszüge glitt, gab Braumin zu denken. Der Mann schien irgendwie getroffen, und seine Augen blickten ins Leere.

Nach einer Weile sah Francis Bruder Braumin wieder an. »Der ehrwürdige Vater ist euch auf der Spur«, sagte er mit todernstem Blick. »Darauf könnt ihr euch verlassen. Er wird euch ins Verhör nehmen, und da keiner von euch im Rang eines Meisters steht, wird der Prozeß hier in St. Mere-Abelle stattfinden, mit oder ohne den Segen der anderen Äbte. Macht euch ja keine Hoffnungen.«

»Wir sind keine Ketzer«, entgegnete Braumin zähneknirschend.

»Das spielt überhaupt keine Rolle«, meinte Francis. »Der ehrwürdige Vater hat alle Beweise auf seiner Seite. Und wenn er es für nötig hält, kann er mit Leichtigkeit noch welche finden.«

»Das glaubst du doch selber nicht!«, rief Braumin aus. »Gibt es denn gar keine Gerechtigkeit mehr in unserem Orden?«

Francis starrte nur stumm vor sich hin.

»Dann sind wir verloren«, jammerte Viscenti und sah Braumin hilfesuchend an. Doch der konnte nicht widersprechen.

»Vielleicht gibt es noch einen Ausweg«, meinte Francis jetzt.

Bruder Braumins Gesicht wurde hart. Er erwartete, dass Francis ihm den Vorschlag machen würde, öffentlich den Ketzern Jojonah und Avelyn abzuschwören, vor dem ehrwürdigen Vater zu Kreuze zu kriechen und um Vergebung zu betteln. Viscenti würde diesen Vorschlag vielleicht annehmen, ebenso wie ein oder zwei der anderen.

Bruder Braumin schloss die Augen und überwand die kurze Zornesaufwallung gegen seine Mitverschwörer. Wenn sie um Vergebung bitten wollten, würde er sie nicht verurteilen, ganz gleich, was sie sagen oder tun würden, selbst wenn es sich gegen ihn richtete.

Aber er würde auch nicht ihren Weg gehen. Mit dem sicheren Untergang vor Augen faßte Bruder Braumin den unausweichlichen Entschluss, dass er eher den Flammentod in Kauf nehmen würde, als jemals Avelyns Zielen untreu zu werden und etwas Schlechtes über seinen Mentor Jojonah zu sagen.

Doch zu seiner völligen Verblüffung sagte Francis jetzt: »Ich kann dafür sorgen, dass ihr aus St. Mere-Abelle herauskommt. Dann könnt ihr euch irgendwo verstecken.«

»Du willst uns helfen?«, rief Viscenti misstrauisch aus. »Hast du endlich die Wahrheit gefunden, Bruder Francis?«

»Nein«, sagte Braumin, noch ehe Francis antworten konnte, und musterte ihn neugierig. »Nein, er teilt unsere Überzeugungen nicht.«

»Für mich bist du ein Ketzer«, sagte Francis. »Das sage ich und nicht der ehrwürdige Vater.«

»Warum willst du uns dann helfen?«, fragte Braumin. »Warum willst du uns hier herausbringen, wenn du so genau weißt, dass wir dir oder deinem geliebten Vater Markwart nichts anhaben können?« Noch während er die Worte aussprach, fragte sich Bruder Braumin, ob der Abt wohl wusste, dass Francis hier war, ob er ihn womöglich sogar hergeschickt hatte, um sich das Problem stillschweigend vom Hals zu schaffen.

»Oder siehst du in uns irgendeine Bedrohung?«, fragte Braumin listig. »Vielleicht fürchtest du ja die Reaktionen innerhalb und außerhalb des Ordens, wenn wir alle fünf wie Jojonah auf dem Scheiterhaufen landen. Vielleicht bist du ja gar nicht so sicher, wie fest der ehrwürdige Vater den Orden wirklich in der Hand hat.«

Francis schüttelte nur langsam und betrübt den Kopf, aber Braumin ließ nicht locker. »Und deshalb willst du uns überreden davonzulaufen und unseren Kampf freiwillig aufzugeben.«

»Du bist im Irrtum, Bruder«, erwiderte Francis. »Du überschätzt die Reaktion der Bevölkerung auf eine grausame Hinrichtung. Viele der Dorfbewohner reden bereits von der Verbrennung des Ketzers Jojonah wie von einem aufregenden Erlebnis.«

»Du sollst ihn nicht so nennen!«, verlangte Viscenti.

»Sie waren nicht gerade empört über das Spektakel, das weißt du sehr gut«, fuhr Francis fort. »Und sie begrüßen jedes bisschen Aufregung in ihrem monotonen Alltag. Und was die anderen Kirchenoberen angeht, die sind weit weg in ihren eigenen Klöstern und ruhen sich vom Krieg aus. Sie werden höchstens die Augenbrauen hochziehen, da kannst du sicher sein. Der ehrwürdige Vater ist mit euch fertig, bevor irgendeiner protestieren kann, und hinterher lassen sie die Sache auf sich beruhen.«

Diese Antwort zerstreute Braumins Verdacht. Markwart, der, ohne mit der Wimper zu zucken, in Palmaris die Macht an sich gerissen, Bewohner einer anderen Stadt gefangengenommen und in seiner Obhut hatte sterben lassen und Jojonah vor den Augen der anderen Kirchenfürsten auf den Scheiterhaufen geschickt hatte, dieser Markwart hätte keine Bedenken, sich ebenso öffentlich einer Handvoll kleiner Verschwörer zu entledigen. Aber warum war Francis dann hier?

»Du kannst es nicht ertragen!«, sagte Marlboro Viscenti auf einmal, machte einen Satz rückwärts und zeigte mit dem Finger auf Francis. »Selbst Bruder Francis, dem erklärten Helfershelfer des ehrwürdigen Vaters, ist die Behandlung des guten Jojonah gegen den Strich gegangen.«

Francis antwortete nicht sofort, und Braumin sah von ihm zu Viscenti, der ein vollkommen überzeugtes Gesicht machte. Marlboro Viscenti galt weder bei seinesgleichen noch bei seinen Vorgesetzten als großer Denker, aber Braumin wusste, dass er über eine gute Beobachtungsgabe verfügte. Das mochte an seiner unentwegten Nervosität liegen, die ihn ständig auf seine Umgebung achten ließ. Aber wie auch immer, Viscenti fand jedenfalls manchmal Antworten auf Rätsel, die über Bruder Braumins Begriffsvermögen gingen.

»Du hältst doch Jojonah für einen Ketzer«, sagte Braumin zu Francis.

»Er hatte es sich selbst zuzuschreiben«, erklärte Francis bestimmt. »Du hast ja gehört, wie er zugegeben hat, bei der Befreiung der Gefangenen geholfen zu haben.«

Braumin machte eine wegwerfende Handbewegung. »Ich will mit dir nicht über Jojonahs Vorgehen diskutieren«, erklärte er. »Wir sind uns darüber einig, dass du ihn für einen Verräter an der Kirche hältst, und trotzdem hat der gute Bruder Viscenti vollkommen recht. Warum sonst, Bruder Francis, solltest du dich davor fürchten, uns brennen zu sehen? Warum hat dich das Schauspiel von Jojonahs Hinrichtung so mitgenommen?«

Francis gab sich alle Mühe, seine ungerührte Miene aufrechtzuerhalten, doch jetzt war es mit seiner Fassung vorbei, das konnte Braumin sehen, denn er zitterte am ganzen Leib, und Schweißtropfen standen auf seiner Stirn.

»Meister Jojonah hat mir vergeben«, stieß er schließlich hervor. »Er hat mir all meine Sünden vergeben.«

Braumin musterte ihn ungläubig, dann sah er fragend zu Viscenti hinüber, doch auch sein Freund starrte Francis nur entgeistert an.

»Ihr solltet mein Kommen nicht für eine Einverständniserklärung halten«, fügte dieser schließlich hinzu. »Ich biete euch lediglich die Gelegenheit, euer elendes Leben zu retten und aus St. Mere-Abelle, aus meinem Leben und aus dem Leben des ehrwürdigen Vaters zu verschwinden und euch mitsamt euren verrückten Ideen in irgendeinem Loch zu verkriechen.«

»Wie willst du das anstellen?«, fragte Viscenti.

»Und wo sollen wir hingehen?«, fügte Braumin hinzu.

»Ihr wisst ja, dass Jojonah dem Zentauren zur Flucht verholfen hat«, erklärte Francis. »Zusammen mit zwei früheren Freunden von Avelyn Desbris, wie wir glauben.«

Erneut setzte Braumin eine misstrauische Miene auf. Sollten er und seine Freunde etwa als Lotsen zum Unterschlupf einer größeren Verschwörung herhalten?

»Es ist aber noch ein anderer von diesen Verschwörern in St. Mere-Abelle, ein Mann, der erst später hergekommen ist und erst kürzlich erfahren hat, dass seine Freunde mit dem Zentauren entkommen sind. Ich schätze, dass er zu ihnen zurückkehren wird, und ich nehme an, ihr könnt ihn überreden, euch mitzunehmen.«

»Wie bequem für dich und den ehrwürdigen Vater«, meinte Braumin.

»Ich kann nicht für eure Sicherheit garantieren«, sagte Francis. »Wenn ihr erst einmal draußen seid, müsst ihr sehen, wo ihr bleibt. Und ihr könnt mir glauben, dass ihr es mit mächtigen Gegnern zu tun habt. Der ehrwürdige Vater wird den Zentauren wieder einfangen und die anderen Verschwörer ebenfalls. Nein, was da draußen aus euch wird, ist allein eure Sache. Ich greife nur dieses eine Mal ein, um mich bei Jojonah zu revanchieren, denn ich will nicht für den Rest meines Lebens in der Schuld eines Ketzers stehen.«

»Wenn er ein Ketzer wäre –«, wollte Viscenti protestieren, doch Bruder Braumin hob die Hand und ließ ihn verstummen. Er verstand Francis besser als Viscenti – vielleicht sogar besser als dieser sich selbst.

»Das einzige, was ich dafür verlange, ist, dass ihr mich nicht verratet, falls man euch fasst«, fuhr Francis fort. »Und – das Buch.«

»Welches Buch?«, fragte Braumin.

Francis sah den anderen durchdringend an. »Das Buch, aus dem du neulich vorgelesen hast«, erklärte er. »In dem all diese Lügen stehen über unsere Vergangenheit und aus dem du deine Meinung über die Gegenwart des Ordens nimmst.«

Braumin schnaubte.

»Ihr kommt hier erst raus, wenn ich das Buch habe«, sagte Francis ruhig.

»Wozu?«, fragte Braumin. »Damit du es zu den verbotenen Schriften ins Regal stellen kannst? Damit du es vergraben kannst, zusammen mit allen anderen Erkenntnissen, die die Mauern deiner heiligen Institution ins Wanken bringen könnten?«

»Wir brauchen darüber nicht zu diskutieren, Bruder«, stellte Francis fest. »Entweder ich bekomme das Buch oder ich hole es mir, wenn du auf dem Scheiterhaufen brennst.«

»Jojonah hat es mir gegeben«, sagte Braumin. »Er hat mich gebeten, es gut aufzubewahren.«

»Es wird gut aufbewahrt«, erwiderte Francis. »Und wieder dorthin gelangen, wo es von Rechts wegen hingehört.«

Bruder Braumin schloss die Augen. Ihm war klar, dass Francis nicht nachgeben würde. Er bat Meister Jojonah im

Geiste um Beistand. War es jetzt Zeit für ihn, aufzustehen für die Wahrheit? War sein Kampf jetzt schon am Ende? Jojonah hatte gewollt, dass er im Orden aufsteigen sollte, aber wenn er jetzt fortging, wäre das unmöglich. Selbst wenn es ihm gelänge, Markwarts Schergen zu entkommen, wären er und seine Freunde zu weit weg, um im Orden irgendwelche Veränderungen herbeizuführen.

Aber wenn sie blieben, sagte sich Braumin, dann würden sie sterben, und zwar bald.

Die Antwort auf sein stummes Gebet erschien in Form eines Bildes, einer Erinnerung an einen weit entfernten Ort, der einmal der Sitz des personifizierten Bösen gewesen und jetzt das Grab eines Heiligen war. Braumin sah wieder Avelyns Arm aus den Trümmern emporragen – im letzten Aufbegehren gegen den Dämon und in einer letzten Hinwendung zu Gott.

Damit hatte Bruder Braumin seine Antwort. Was auch immer Gott mit ihm vorhatte, er wollte jedenfalls noch einmal diesen Ort sehen, bevor er starb. Und so ging er zu seinem Bett hinüber, bückte sich und griff unter die Dielen; dann kehrte er zu Francis zurück und sah den Mann eindringlich an. Mit einem leichten Kopfnicken händigte er ihm das Buch aus. »Lies es!«, sagte er. »Lies, was ein anderer Bruder Francis von St. Mere-Abelle einst niedergeschrieben hat. Lies nach, was einmal war, und lerne daraus die Wahrheit über den Mann, dem du dienst.«

Bruder Francis nahm das Buch an sich und ging wortlos an Braumin vorbei und zur Tür hinaus.

»Du hast es ihm wirklich gegeben«, sagte Marlboro Viscenti fassungslos und ängstlich. »Jetzt wird er uns sicher verraten.«

»Wenn er das vorgehabt hätte, dann wäre Markwart schon längst hier gewesen«, sagte Braumin überzeugt.

»Was sollen wir jetzt tun?«

»Warten«, antwortete Braumin und legte Viscenti tröstend die Hand auf die Schulter. »Lass Francis tun, was er versprochen hat. Er wird wiederkommen.«

Bruder Viscenti fuhr sich schaudernd mit der Hand über die Lippen, doch er drang nicht weiter in Braumin, sondern stand nur stumm neben ihm und starrte die Tür an.

Und wenn die Tür ihnen nicht den Blick versperrt hätte, hätten die beiden Mönche Francis noch in dem leeren und schwach erleuchteten Korridor stehen und das Buch in seiner Hand anstarren sehen. Denn in einem entlegenen Winkel seines Verstandes wusste Francis, dass Braumins Behauptungen durchaus ihre Berechtigung hatten. Immerhin hatte Francis schon genug von den Grausamkeiten seiner geliebten Kirche gesehen, um den Mann glaubwürdig erscheinen zu lassen.

Und nun hielt er dieses alte Buch in der Hand, das die Grundfesten seines Glaubens erschüttern, sein Leben zu einer einzigen Lüge und seinen Meister zu einer Ausgeburt der Hölle machen konnte. Was würde aus ihm, wenn er es aufschlüge und läse? Würde er dann auch zum Ketzer wie Jojonah und seine Anhänger?

Schnell klemmte er den Band unter den Arm und machte sich eilig auf den Weg zur Treppe, die in die untere Bibliothek führte. Dort würde er sich dieses gefährlichen Guts entledigen. Er musste noch einmal nach Roger Billingsbury sehen und außerdem noch viele Vorbereitungen treffen, doch das konnte warten, sagte er sich. Es war jetzt viel wichtiger, dieses Buch in eine dunkle Ecke zu verbannen.

Teil zwei

Machtverhältnisse

Jahrhundertelang haben sich im Bärenreich Kirche und Regierung die Macht geteilt, und ich bin zu der Überzeugung gelangt, dass dieses Gleichgewicht der Kräfte auf die Dauer für jedes Land lebenswichtig ist. In Korona ist das nicht der Fall, wie ich während meiner Zeit bei den Touel'alfar festgestellt habe – wieviel klüger doch die Elfen in so vielen Dingen sind! In Alpinador ist die Religion für jedermann eine ganz alltägliche Sache. Ich glaube, das hat etwas mit der rauhen Umgebung zu tun, wo der Tod allgegenwärtig ist. So ein Barbar erlegt ein Tier, und dann spricht er über dem Kadaver ein Gebet und bedankt sich dafür, dass er und seine Familie nicht verhungern müssen. In der Fremde betet er zum Gott der Stürme und, wenn das Wetter bedrohlicher wird, zum Gott der Heimat, er möge ihm den Weg nach Hause weisen. Für diese Menschen gehört der Glaube zu allem, was sie tun, allerdings übt ihn jeder für sich allein aus, denn abgesehen von den paar kleinen Abellikaner-Missionen gibt es bei den Barbaren keine organisierte Kirche. Dasselbe gilt übrigens auch für ihre Regierung, denn die kleinen Gemeinden in Alpinador sind im Grunde eigenständige Staatsgebilde, da sie viel zu abgelegen sind und die Maßgaben einer zentralen Regierung kaum bis zu ihnen durchdringen. Meine Heimat, die Städte in den Waldlanden, war ganz ähnlich, nur dass wir uns dem König des Bärenreichs verpflichtet fühlten.

Dennoch hörten wir fast nie etwas von ihm oder seinen Abgesandten.

Im südlichen Königreich von Behren sind Kirche und Regierung ziemlich dasselbe. Der Chezru-Häuptling ist hier gleichzeitig der oberste Yatol-Priester, eine gefährliche Situation, denn es fehlt das Gleichgewicht der Macht, mit dem allein man Tyrannen in Schach halten kann. Der Chezru ist allmächtig und kann gefahrlos nach Lust und Laune töten, was er auch häufig tut. Das könnte sich König Ursal wohl kaum erlauben, denn er steht unter ständiger Beobachtung der Äbte – wenn auch aus rein egoistischen Gründen –, und sie würden seine Verfehlungen sofort an die große Glocke hängen und ihn dadurch in den Augen seiner Untertanen unmöglich machen.

Aber was ist mit den Verbrechen der Kirche, Onkel Mather? Der König sollte hier eigentlich sein Einspruchsrecht geltend machen, und doch habe ich nichts davon gehört, dass sich König Danube über die Behandlung der Chilichunks beschwert hätte. Vielleicht sind diese dem König und seinen Beratern ja einfach zu unbedeutend, um den Ärger einer öffentlichen Auseinandersetzung mit der Kirche auf sich zu nehmen. Deshalb muss ich mich auch fragen, ob König Danube überhaupt konsequent gegen den ehrwürdigen Vater vorgehen würde, wenn er wüsste, wie Baron Bildeborough tatsächlich zu Tode gekommen ist.

Oder hat sich das Gleichgewicht der Macht bereits so gefährlich verschoben?

Ich habe fast die Befürchtung, Onkel Mather, und ich glaube nicht, dass ich die Dinge hier allzu persönlich sehe. Ich glaube, der Abellikaner-Orden hat in dieser Auseinander-

setzung immer die Oberhand gehabt. Der Alltag der Untertanen im Bärenreich wird zweifellos stärker vom Staat als von der Kirche bestimmt, denn die Steuern, das Heer, der Straßenbau und die dafür zu entrichtenden Gebühren sind allesamt König Danubes Domäne.

Zu guter Letzt aber hat doch der Abellikaner-Orden die Macht. Auf dem Totenbett zählt nur noch der Glaube und nicht der materielle Wohlstand. Dann sind es nicht die Verfügungen irgendeines weltlichen Herrschers, sondern die tröstlichen oder beängstigenden Worte des zuständigen Abtes oder Mönchs, auf die es ankommt. König Danube zieht an den Schnüren des Geldbeutels, Vater Markwart aber an denen der Seele, und das ist bei weitem der größere Schatz und damit auch die größere Macht. Der König hat das Sagen über Leben und Auskommen der Leute, doch die Kirche droht ihnen mit der ewigen Verdammnis, und die ist zehnmal schlimmer, als es irgendeine Strafe auf dieser Welt sein könnte.

Die Kirche hält die wahre Macht in Händen, Onkel Mather, und wenn sie diese Macht missbraucht, wie ich es seit ein paar Monaten erlebe, dann liegen die schlimmsten Tage erst noch vor uns – auch wenn sämtliche Pauris, Goblins und Riesen in die Flucht geschlagen sind und der Geflügelte vernichtet ist.

Wirklich vernichtet?

Vielleicht auch nicht, Onkel Mather. Vielleicht ist der Geist des Dämons ja quicklebendig und lebt inzwischen in einem noch gefährlicheren Körper.

ELBRYAN WYNDON

7. Der Wind dreht sich

Es war nur ein kleines Lagerfeuer. Sie waren jetzt auf der Flucht und mussten sich vorsehen. Aber die Nacht war kalt, und Bruder Braumin hatte Dellman erlaubt, ein Feuer zu machen.

Irgendwie tröstete es Braumin, als er seine vier Gefährten so betrachtete. Es war keine Kleinigkeit gewesen, dass sie sich alle zur Flucht aus St. Mere-Abelle entschlossen hatten. Selbst der Jüngste von ihnen war seit zehn Jahren im Orden, ganz zu schweigen von den acht Jahren Vorbereitungzeit, ohne die man gar nicht zugelassen wurde. Und dann auf einmal alles hinzuwerfen …

Und es war nicht nur die Angst vor Markwarts Zorn, die sie zur Flucht bewogen hatte, soviel war Bruder Braumin klar, und diese Gewissheit erfüllte ihn mit warmer Zuneigung. Er betrachtete Marlboro Viscenti, der nervös am Feuer kauerte und unruhig den Kopf von einer Seite zur anderen bewegte, während er in die Dunkelheit hinausspähte. Für Viscenti hatte die Angst vor Markwart vielleicht ausgereicht.

Braumin musste wieder an die Reaktion der anderen denken, als er ihnen verkündet hatte, dass sie mit diesem Küchenjungen davonlaufen sollten, der irgendwie mit den geheimnisvollen Freunden von Avelyn Desbris und Meister Jojonah in Verbindung stand. Noch fassungsloser waren sie, als er ihnen mitgeteilt hatte, von wem dieser Vorschlag kam. Ausgerechnet Bruder Francis war die treibende Kraft, man stelle sich das vor! Und mit ihrem Entschluss, Bruder Braumin zu vertrauen und St. Mere-Abelle zu verlassen, hatten die vier die schwerste Prüfung ihres bisherigen Lebens bestanden. Bis zu diesem schicksalhaften Morgen hatte sich ihr Bekenntnis zum Lebenswerk von Avelyn und Jojonah lediglich in ihren heimlichen Zusammenkünften manifestiert, in Gesprächen und verschwiegener Trauer um Jojonah. Doch nun, da Markwart ihnen offensichtlich auf den Fersen war, hätte ein jeder von ihnen die schwerste Entscheidung seines Lebens treffen müssen: an Braumins Seite in den Tod zu gehen oder ihre Mission und Jojonah zu verraten, um die eigene Haut zu retten.

Braumin war nicht ganz sicher, welchen Weg seine Freunde eingeschlagen hätten, wenn es jemals soweit gekommen wäre. Doch er wollte gern daran glauben, dass die anderen zu ihm gehalten und wie Jojonah Markwarts Rache auf sich genommen hätten. Und dass auch er selbst durchgehalten hätte. Aber glücklicherweise hatte ihnen Bruder Francis eine dritte Möglichkeit gezeigt und damit diese letzte Prüfung zumindest aufgeschoben.

Denn Braumin Herde hatte keinen Zweifel, dass Markwart sie jagen würde, und wenn er sie erwischte, hatten sie ihr Leben ganz sicher verwirkt.

Aber jetzt, sagte sich Braumin, wollte er an das denken, was vor ihnen lag, denn er hoffte auf die Begegnung mit Avelyns geheimnisvollen Freunden, die ihn in allem bestärken würde, was ihm lieb und teuer war.

Er ging zu Roger Billingsbury hinüber, der ganz allein am anderen Ende des Lagers saß und mit einem Stecken etwas in den Sand malte. Es überraschte ihn nicht, als er sah, dass es eine grobe Landkarte der Gegend war, mit Kieselsteinen, die St. Mere-Abelle, den Masurischen Fluss, Palmaris und ein paar Stellen weiter nördlich markierten.

»Deine Heimat?«, fragte Braumin und zeigte auf letztere.

»Caer Tinella und Landsdown«, erwiderte Roger. »Zwei Städte am nördlichen Rand des Bärenreichs. In Caer Tinella habe ich Elbryan kennengelernt, den sie den Nachtvogel nennen.«

»Den Freund von Bradwarden«, sagte Braumin.

»Ich bin dem Zentauren nie begegnet«, gestand Roger. »Auch wenn ich ihn einmal kurz gesehen habe. Da war er hinten an einer Karawane festgebunden, die in schnellem Tempo in Richtung Süden unterwegs war.«

Braumin Herde nickte. Er war dabei gewesen, als die Karawane auf dem Rückweg vom Berg Aida war. »Ist dieser Nachtvogel ein Anhänger von Avelyn Desbris?«, fragte er.

»Er war ein Freund von Avelyn«, erwiderte Roger. »In Wirklichkeit ist seine Gefährtin Jilseponie – er nennt sie immer Pony – die Schülerin dieses Mönchs. Niemand auf der Welt kann solche magischen Kräfte entfalten.«

Braumin sah ihn skeptisch an.

»Ich kann verstehen, dass einer, der den größten Teil seines Lebens in einem Kloster verbracht hat, daran zweifelt«, erklärte Roger ruhig. »Aber du wirst schon sehen.«

Braumin konnte es kaum erwarten, diese Frau kennenzulernen.

Jetzt kam auch Bruder Dellman herübergeschlendert. Er sah vergleichsweise entspannt aus und bückte sich tief über Rogers Skizze.

»Wie weit sind diese Städte von Palmaris entfernt?«, fragte Braumin.

»Eine Woche strammer Marsch«, erwiderte Roger.

»Treffen wir dort Jojonahs Freunde?«, mischte sich Dellman ein.

Roger zuckte die Achseln und schüttelte den Kopf. »Wenn sich das Wetter gehalten hat, sind sie vielleicht schon in ihre ursprüngliche Heimat aufgebrochen, nach Dundalis in den Waldlanden.« Er zeigte auf einen Fleck nördlich von Caer Tinella.

»Also noch eine Woche mehr?«, fragte Dellman.

»Mindestens«, erwiderte Roger. »Dundalis liegt ungefähr soweit nördlich von Caer Tinella wie Palmaris im Süden. Es gibt nur eine einzige, nicht sehr gute Straße von Caer Tinella nach Norden, und ich weiß nicht, ob sie frei ist. Die Straße in die Waldlande hinauf galt schon immer als gefährlich.«

»Wenn wir auf diesem Wege Nachtvogel und Jilseponie

finden, dann müssen wir eben dort entlang«, erklärte Braumin.

»Ich möchte sie ebensogern sehen wie ihr«, versicherte ihm Roger. »Aber ich kann nur raten, wo sie sich aufhalten. Sie sind auf der Flucht vor den Abellikanern, und das ist keine Kleinigkeit. Vielleicht sind sie im Norden, vielleicht aber auch in Palmaris. Das einzige, was ich mit ziemlicher Sicherheit sagen kann, ist, dass Bradwarden in den Norden zurückgekehrt ist, denn ein Zentaur kann sich nicht so einfach in den Straßen einer Stadt verstecken.«

Die Vorstellung brachte Braumin zum Lachen, während Dellman sich ängstlich umsah. »Wir sollten nicht so offen über diese Dinge reden«, sagte er nervös.

»Hast du Angst vor spirituellen Spionen?«, fragte Braumin.

»Es könnte sein, dass Bruder Francis uns nur mit Roger hat entkommen lassen, damit er uns folgen und Avelyns Freunde aufspüren kann«, erklärte Dellman.

Roger runzelte die Stirn, doch Braumin blieb ruhig. »Ich traue Francis – in diesem Falle«, entgegnete er. »Ich weiß nicht, warum. Er hat mir bisher sicher keine Veranlassung gegeben, ihm zu trauen, aber diesmal wirkte er ehrlich.«

»Dafür wird er schon gesorgt haben, auch wenn er Markwarts Spion ist«, meinte Dellman.

Braumin Herde schüttelte den Kopf. »Der ehrwürdige Vater wäre auch mit Roger allein zum Ziel gekommen. Das wäre sogar einfacher gewesen, denn Roger kennt sich nicht aus mit den magischen Steinen und wäre gar nicht auf die Idee gekommen, dass ihn die Mönche auf diesem Wege verfolgen könnten.«

Das leuchtete Dellman ein.

»Und was Francis angeht«, fuhr Braumin fort, »so glaube ich ihm die Geschichte, dass Meister Jojonah ihm seine Sünden vergeben hat, denn sie haben Jojonah an ihm vorbei aus dem Saal gezerrt, und gutmütig, wie er war, wird er ihm dabei wohl vergeben haben.«

»Ist das nicht alles, worum es uns geht?«, warf Dellman ein.

Braumin nickte. »Und deshalb hat es Bruder Francis geschmerzt, Meister Jojonah so grausam sterben zu sehen. Vielleicht hat es die Grundfesten seiner Welt erschüttert.«

»Deine Vermutung ist richtig, Bruder, aber die Schlussfolgerung ...«, erwiderte Dellman kopfschüttelnd. Er war noch nicht ganz überzeugt. »Francis hat Meister Jojonah gehasst, das war auf der Fahrt zum Berg Aida nicht zu übersehen. Und dich hasst er, glaube ich, noch viel mehr.«

»Vielleicht hasst er sich selbst am allermeisten«, antwortete Braumin und starrte in die friedliche Nacht hinaus – und er war zuversichtlich, dass sie tatsächlich friedlich bleiben würde.

Bruder Dellman folgte diesem Blick in die Dunkelheit. Er war da nicht ganz so sicher, aber eigentlich spielte es auch keine Rolle. Der ehrwürdige Vater hätte sie alle hinrichten lassen, soviel war klar, oder er hätte entsetzliche Geständnisse aus ihnen herausgepresst, und sie hätten ihre Haut gerettet um den Preis ihrer Seelen. Ob Markwart sie nun unterwegs erwischen würde oder gleich in St. Mere-Abelle über sie hergefallen wäre, machte am Ende doch keinen Unterschied.

Und so konnten Dellman und die anderen nur hoffen, dass sich Braumin nicht in Francis täuschte.

Meister Theorelle Engress war vermutlich der gütigste und liebenswürdigste Mönch, den Bruder Francis je kennengelernt hatte. Er war die Bescheidenheit selbst, so alt wie Markwart und gehörte bereits seit mehr als fünf Jahrzehnten zum festen Inventar von St. Mere-Abelle. Da er nicht ehrgeizig war, hatte er seinen Meisterrang einfach infolge seines Dienstalters erlangt und nicht, indem er sich besonders hervorgetan hatte. Still und gottergeben ging er seinem Tagewerk nach, sagte nie ein Wort außer der Reihe und stand im ganzen Abellikaner-Orden in hohem Ansehen. Man munkelte, er sei ausgesprochen niedergeschlagen gewesen über Jojonahs

Hinrichtung, aber wie immer hatte er auch hier seine Ansichten für sich behalten, denn er widersprach nur, wenn er es unbedingt für nötig hielt – wie im Falle der vorzeitigen Beförderung von Bruder Francis.

Vielleicht war das der Grund dafür, dass sich dieser am selben Abend, an dem er den fünf Verschwörern zur Flucht aus dem Kloster verholfen hatte, vor der Tür des freundlichen Meisters wiederfand.

Meister Engress, bereits im Nachthemd, schien nicht sonderlich überrascht, als er öffnete und Francis im Korridor stehen sah. »Ja, Bruder?«, fragte er gütig lächelnd, obwohl Francis ihn offensichtlich aus dem Schlaf gerissen hatte.

Doch der starrte ihn nur wortlos an.

»Ist etwas geschehen?«, erkundigte sich der Meister. »Braucht der ehrwürdige Vater mich vielleicht?«

»Er nicht, Meister«, brachte Francis mühsam hervor. »Aber ich.«

Engress musterte den anderen eingehend. Es war kein Geheimnis, dass er gegen die Beförderung von Bruder Francis zum Immakulaten gewesen war und unlängst mit Markwart über dessen offensichtliche Absicht gestritten hatte, den jungen Mönch in den Rang eines Meisters zu erheben. Schließlich trat er einen Schritt zurück und bat Francis herein.

Dieser setzte sich auf einen Stuhl neben dem kleinen Nachttisch und stützte mit einem tiefen Seufzer das Kinn in die Hand.

»Es hat nichts mit deinen Fähigkeiten zu tun, weißt du«, sagte Meister Engress zu ihm. »Oder mit deinem Charakter.«

Francis sah den alten Mann verdutzt an, diese freundlichen Augen voller Weisheit, die weiche weiße Haarpracht – die so ganz anders wirkte als Markwarts neuerdings kahlgeschorener Schädel. »Nein, nein«, erklärte er. »Es handelt sich nicht um meine Beförderung. Es geht um – mich.«

Zuerst sah Engress den verstörten jungen Mann skeptisch an. Doch dann schien er zu dem Schluss zu gelangen, dass dies kein fauler Trick von Francis war, und er setzte sich dem aufgeregten Mönch gegenüber und legte sogar seine wettergegerbte alte Hand auf die des anderen.

»Du bist bedrückt, Bruder«, sagte er. »Willst du nicht deine Seele erleichtern?«

Francis blickte zu ihm empor, sah tief in diese klugen dunklen Augen. »Ich möchte die Beichte ablegen«, sagte er.

Engress war sichtlich überrascht. »Wäre dafür nicht eher der ehrwürdige Vater zuständig?«, fragte er ruhig. »Schließlich ist er dein Mentor –«

»In manchen Dingen, ja«, unterbrach ihn Francis. »Aber nicht in dieser.«

»Dann sprich, Bruder«, sagte Engress freundlich. »Ich will dir natürlich gern den Segen erteilen, wenn du aufrichtig bereust.«

Francis nickte, dann suchte er wieder stammelnd nach Worten. Als ihm klar wurde, dass es hierfür keine richtigen Worte gab, stieß er hervor: »Ich habe einen Menschen getötet.« Und es kostete ihn alle Mühe, dabei aufrecht zu sitzen und nicht in sich zusammenzusinken.

Engress sah ihn mit großen Augen an, aber auch er beherrschte seine Gefühle. »Du meinst, du warst am Tod eines Menschen beteiligt.«

»Ich meine, dass ich den Mann geschlagen habe, und infolge dieses Schlages ist er gestorben«, sagte Francis, und ein Zittern lief durch seinen Körper, so dass er sich auf die Lippen beißen musste. »Auf dem Heimweg von St. Precious«, erklärte er. »Ich war es, der den jungen Chilichunk niederschlug.«

»Ich habe davon gehört«, erwiderte Engress. »Allerdings hat man mir erzählt, dass Grady Chilichunk an den Anstrengungen der Reise starb.«

»Er starb, weil ich ihn – zu hart – geschlagen habe«, sagte Francis. »Das wollte ich nicht – ich wollte ihn nicht umbringen.« Dann erzählte er rasch die ganze Geschichte – er musste sie endlich einmal loswerden. Er erzählte Engress, wie

Grady Markwart angespuckt hatte und dass er den ehrwürdigen Vater lediglich beschützen und Grady Respekt beibringen wollte.

Meister Engress blieb ganz ruhig und versicherte Francis in einigen Punkten sogar, dass Vergehen Gott gegenüber mit dem Herzen gemacht würden und nicht mit dem Körper, und dass Francis, wenn es wirklich ein Unfall gewesen war, sein Gewissen beruhigen könne.

Doch Francis war noch lange nicht fertig. Er erzählte von Jojonah und dem Äbte-Kollegium und davon, wie Jojonah ihm vergeben hatte, als sie ihn an ihm vorbei aus dem Saal zerrten. Und wieder hörte Meister Engress ruhig und verständnisvoll zu. Doch Francis redete immer weiter. Er erzählte Engress von Braumin Herde und den anderen Ketzern.

»Ich habe sie laufen lassen, Meister«, gestand er. »Ich habe mich dem Wunsch des ehrwürdigen Vaters widersetzt und Bruder Braumin zur Flucht verholfen.«

»Und warum hast du so etwas getan?«, fragte Engress sichtlich verblüfft.

Francis schüttelte ratlos den Kopf, denn diese Frage hatte er sich noch nicht einmal selbst beantwortet. »Ich wollte nicht, dass man sie umbringt«, gestand er. »Das kommt mir so unangemessen vor – zu brutal als Strafe für ihre Irrtümer.«

»Der ehrwürdige Vater duldet keine Ketzer«, sagte Meister Engress nachdenklich. »Der Abellikaner-Orden hat eine lange Tradition der Toleranz, aber sie erstreckt sich nicht auf jene, die das Grundgefüge des Ordens erschüttern.«

»Und das ist mein Problem«, erklärte Francis. »Denn ich verstehe, wie wichtig es ist, den Orden zusammenzuhalten. Ich stimme mit dem ehrwürdigen Vater überein – und selbst wenn ich es nicht täte, würde ich mich ihm nicht entgegenstellen. Niemals.«

»Aber du hättest es nicht ertragen können, noch mehr Hinrichtungen zu sehen«, stellte Engress fest.

Darauf hatte Francis keine Antwort.

»Glaubst du, dass du etwas Böses getan hast?«

»Welche Tat meint Ihr?«, fragte Francis.

»Das musst du selbst entscheiden«, erwiderte Meister Engress. »Du bist hergekommen, um die Beichte abzulegen, und vielleicht kann ich dir die Absolution erteilen, aber nur, wenn du mir sagst, wofür.«

Francis hob hilflos die Hände. »Ich habe Euch alles erzählt«, meinte er.

»Das hast du«, sagte Engress. »Aber deine Geschichte enthält eine ganze Palette von Taten. Mal für den ehrwürdigen Vater, mal gegen den ehrwürdigen Vater.«

»Ist er denn der Maßstab für die Vergehen Gott gegenüber?«

»Auch das musst du selbst entscheiden, mein Sohn. Wenn du hergekommen bist, um Vergebung zu erbitten für deine Taten gegen den ehrwürdigen Vater, dann bin ich, fürchte ich, der falsche Mann. Wenn du nicht der Meinung bist, dass du dich damit auch gegen Gott versündigt hast, dann solltest du den ehrwürdigen Vater dafür um Vergebung bitten, denn ich kann nicht für ihn sprechen. Wenn du dagegen Vergebung für deine Taten auf der Reise willst, dann will ich sie dir gern erteilen, denn du scheinst diese Taten aufrichtig zu bereuen und bist nicht ganz allein daran schuld. Wenn du Vergebung suchst für die Sache mit Bruder Braumin, dann muss ich dich bitten, wiederzukommen, wenn du dir darüber klar bist, ob du dich damit gegen Gott versündigt hast, und wenn ja, ob aus Boshaftigkeit oder aus Feigheit.«

Bruder Francis saß eine ganze Weile still da und versuchte zu verarbeiten, was Engress ihm gesagt hatte, und über seine Beweggründe nachzudenken. Schließlich sah er Meister Engress hilflos an. »Für den Tod von Grady Chilichunk«, sagte er leise, denn es war die einzige Frage, die er sich sofort beantworten konnte.

»Dir ist bereits verziehen«, erwiderte Meister Engress und erhob sich, wobei er Francis ebenfalls auf die Beine half. »Also mach dir damit das Herz nicht schwer. Und wenn du meinst, dass es noch mehr Lasten zu heben gibt, dann komm noch einmal zu mir. Aber beeil dich mit deiner Entscheidung, mein Sohn«, sagte er lächelnd. »Ich bin ein alter Mann, und es könnte sonst sein, dass ich nicht mehr hier bin, bis du dir über alles klargeworden bist!«

Damit klopfte er Francis freundlich auf den Rücken und schob ihn sanft hinaus auf den Korridor.

»Ich verlasse mich darauf, dass alles unter uns bleibt«, sagte Francis und drehte sich noch einmal um.

Engress beruhigte ihn. »Dies hier ist eine heilige Handlung, ein Abkommen zwischen dir und Gott. Ich kann gar nicht darüber reden, weil der sterbliche Meister Engress bei deiner Beichte gar nicht zugegen war.«

Francis nickte und ging davon.

Engress stand in der Tür und sah ihm nach, bis er um die Ecke bog. Der alte Mann war erschüttert von dem, was Francis ihm erzählt hatte. Doch er hatte seine Rolle als Beichtvater perfekt gespielt, die personifizierten Ohren Gottes.

Beinahe perfekt, dachte Engress nach einer Weile. Es musste eine Wiedergutmachung geben für den Tod von Grady Chilichunk. Er schalt sich dafür, dass er Francis keine Buße auferlegt hatte, und nahm sich vor, selbst dafür zu sorgen, denn er wollte damit keine Aufmerksamkeit erregen. Wenn Vater Markwart, der Francis ständig am Rockzipfel hatte, den Mönch bei der Ausübung von Bußhandlungen beobachtete, würde er womöglich viele unangenehme Fragen stellen. Engress hatte sich nicht genau an seine Glaubensvorschriften gehalten, und das beunruhigte ihn, wie immer, wenn praktische Erwägungen über die pure Religionsausübung siegten.

Und er hatte noch ein Problem. In seiner Eigenschaft als Priester würde Engress natürlich niemandem ein Sterbenswörtchen von dem verraten, was ihm Francis erzählt hatte. Aber als Mensch war er doch entsetzt. Man stelle sich vor, eine

Verschwörung in St. Mere-Abelle! Junge Brüder des Abellikaner-Ordens, prächtige Burschen allesamt, hatten sich heimlich getroffen, um die Entscheidungen des ehrwürdigen Vaters in Frage zu stellen, vielleicht sogar dagegen zu opponieren!

Und doch, wenn er an den Krieg dachte und an das, was sich in St. Precious und in den Verliesen von St. Mere-Abelle abgespielt hatte, und vor allem an die grausame Hinrichtung von Meister Jojonah, dann konnte Engress verstehen, dass Menschen, die ihrem Gewissen folgten, sich gegen den Orden zusammenschlossen. Engress war mit Jojonah befreundet gewesen, und wenn er auch die Anschuldigungen Markwarts nicht entkräften konnte, so wollte der Jojonah, den er gekannt hatte, doch beim besten Willen nicht zu dem Ketzer passen, den Markwart aus ihm gemacht hatte.

»Du hast dich zu sehr in deine Machtgelüste verbissen, Dalebert Markwart«, murmelte der alte Mönch vor sich hin. »Dabei gleiten dir viele Anhänger durch die Finger.«

Meister Theorelle Engress fühlte sich, als er die Tür hinter sich schloss, sehr alt und müde. Er kniete vor seinem Bett nieder und betete um göttlichen Beistand.

Dann betete er noch für Bruder Francis.

Und schließlich auch noch für Bruder Braumin und seine Freunde.

»Ponys Abreise ist für uns alle ein harter Schlag«, sagte Tomas düster. »Und auch, dass wir jetzt ohne Hauptmann Kilronney und seine ehrenwerten Krieger auskommen müssen. Aber all diese Dinge haben natürlich nichts an unserem Entschluss geändert, zumal du gesagt hast, dass du immer noch bereit bist, uns zu begleiten.«

»Das werde ich auch«, erwiderte der Hüter mit einem ungeduldigen Stoßseufzer, denn Tomas hatte erst eine ganze Weile um den heißen Brei herumgeredet.

»Und das Wetter scheint ja auch mitzuspielen«, fuhr Tomas

fort. »Wenn man von dem einen Sturm neulich absieht. Und das bisschen Schnee ist ja auch schnell geschmolzen.«

Elbryan schüttelte den Kopf, und seine Miene sagte unmissverständlich, der andere solle endlich zum Wesentlichen kommen.

»Unsere Leute werden langsam ungeduldig«, räumte der Hüne schließlich ein. – Kein Wunder, dachte der Hüter. – »Sie sagen, wir könnten schon lange in Dundalis sein und eine ganze Menge Hütten aufgebaut haben, wenn wir gleich aufgebrochen wären, nachdem Comli und die anderen uns ihre Unterstützung angeboten hatten.«

Elbryan amüsierte sich über diesen Wink mit dem Zaunpfahl. Sie hätten tatsächlich längst dort sein und, vorausgesetzt, es wären ihnen keine Ungeheuer mehr in die Quere gekommen, für genügend Unterkünfte und Brennmaterial sorgen können, um den härtesten Winter zu überstehen. Aber sie hatten ja nicht wissen können, dass das milde Wetter anhalten würde. Oft tobten heftige Winterstürme die Küste entlang, die dann im Golf von Korona hängenblieben, die Küstenregionen unter Wasser setzten und das Binnenland unter Schneemassen begruben. Elbryan, der den größten Teil seines Lebens dort verbracht hatte, wusste genau, dass die wenigsten von Tomas' Karawane so einen Sturm überleben würden und der Rest dann sowieso hätte umkehren müssen.

»Der Boden ist so gut wie gefroren«, meinte Tomas. »Und Schnee gibt es auch keinen.«

»Hier unten nicht«, sagte der Hüter. »Aber wer weiß, was uns hundert Meilen weiter oben im Norden erwartet.«

»Wahrscheinlich dasselbe«, erklärte Tomas »Das hast du selber gesagt.«

Elbryan nickte und überlegte. Juraviel, Bradwarden und er hatten im Norden keinerlei Anzeichen für einen strengen Winter entdeckt.

»Und wenn wir bis zur Schneeschmelze warten, versinken wir wahrscheinlich bis zum Hals im Matsch«, fuhr Tomas fort.

»Und wenn wir jetzt aufbrechen und überraschend in einen Schneesturm geraten, was dann?«, fragte Elbryan unverblümt.

»Wer sagt denn, dass uns so was im Frühjahr nicht passieren kann?«, hielt ihm Tomas entgegen.

Elbryan wollte einwenden, dass Frühlingsstürme viel weniger gefährlich waren als Winterstürme, weil das Wetter im Frühling anschließend meist warm wurde und selbst den tiefsten Schnee innerhalb weniger Stunden zum Schmelzen brachte. Außerdem war der Schnee nicht die einzige Gefahr, die auf sie lauerte, denn im Winter konnte es leicht einen solchen Temperatursturz geben, dass ein Mensch zu erfrieren drohte – auch wenn kein Schnee lag.

»Wären wir nach dem ersten Sturm losmarschiert«, hob Tomas wieder an, »dann säßen wir jetzt alle gemütlich in Dundalis. Ich finde, wir sollten es jetzt wagen. Es sieht nicht so aus, als wenn sich das Wetter ändert. Der Boden ist hart, und mit Nachtvogels Hilfe können wir in einer Woche in Dundalis sein und genug Holz mitnehmen, um ein paar Hütten zu bauen und noch jede Menge für ein schönes Feuerchen aufzuheben, falls der grimmige Winter jemals kommen sollte.«

Elbryan sah Tomas scharf an. Er hätte ihm noch alles mögliche entgegenhalten können, aber ihm war klar, dass er damit auf taube Ohren stieß, und im Grunde war er auch gar nicht so sicher, ob er Tomas die Sache überhaupt ausreden wollte.

Jetzt nicht mehr.

Pony war fort, und er wünschte sich nichts mehr, als sie wieder in die Arme zu schließen. Wenn er Tomas nachgab und die Leute jetzt, noch vor der Jahreswende, nach Dundalis brachte, dann hätte er sich seiner Verantwortung entledigt, lange bevor der Winter zu Ende war. Der Hüter lächelte bei der Vorstellung, Pony noch vor Frühlingsanfang in Palmaris zu überraschen.

Doch sein Lächeln verschwand sofort wieder, als er Tomas ansah und sich fragte, ob er wirklich aus eigennützigen Motiven zustimmen und das Leben dieser treuen Seelen aufs Spiel setzen durfte.

Allerdings hatten Bradwarden und Juraviel ihm an diesem Morgen mit denselben Argumenten zugeredet wie Tomas, denn sie hatten alle drei schon geahnt, dass dieser mit Elbryan über den Aufbruch nach Norden reden wollte.

»Du weißt, dass ich für nichts garantieren kann«, sagte der Hüter.

Tomas grinste von einem Ohr zum andern.

»Wenn wir von einem Sturm überrascht werden –«

»Wir sind zäher, als du denkst«, meinte Tomas.

Der Hüter tat einen tiefen Seufzer zum Zeichen dafür, dass er sich geschlagen gab, und Tomas lachte aus vollem Hals.

»Ich garantiere für nichts«, sagte Elbryan noch einmal finster. »Mit ein paar Ungeheuern werden wir schon fertig, glaube ich, aber für die Launen der Natur kann ich mich beim besten Willen nicht verbürgen.«

»Das Wetter wird mitspielen«, meinte Tomas. »Das sagen mir meine morschen Knochen.«

Elbryan nickte, und dann sagte er, worauf Tomas Gingerwart und die anderen schon so lange gewartet hatten: »Packt zusammen!«

8. Machtspielchen

Pony kauerte an einer Ecke des Torhauses und beobachtete das Schauspiel im Hafen von Palmaris. Die Fähre hatte gerade angelegt; sie wimmelte von Leuten aus Amvoy am anderen Ufer des Masurischen Flusses, und nun schubste die Stadtwache von Palmaris zusammen mit zwei Mönchen aus St. Precious die Neuankömmlinge herum, durchsuchte ihr

Gepäck und nahm sie ruppig ins Verhör. Es wurde von Tag zu Tag schlimmer.

Pony war jetzt schon seit einer Woche hier. Nachdem sie bei ihrer Ankunft gesehen hatte, dass es am nördlichen Stadttor ebenso zuging, hatte sie sich heimlich bei Nacht in die Stadt geschlichen, indem sie und Greystone mit Hilfe des Malachits an einer wenig bewachten Stelle über die Stadtmauer gesprungen waren. Es war ein aufregendes Gefühl gewesen, so mühelos im hohen Bogen durch die Luft zu schweben und weit hinter der zehn Fuß hohen Mauer wieder zu landen.

Nachdem sie Greystone in einem Stall am Nordrand der Stadt untergebracht hatte, war Pony schnurstracks zum florierenden Wirtshaus Zur Geselligen Runde marschiert, wo sie Belster O'Comely in Gesellschaft von Dainsey Aucomb vorgefunden hatte, einer Frau, die den Chilichunks schon vor Jahren zur Hand gegangen war, als man Pony zum Waffendienst verbannt hatte. Es waren noch etliche andere aus dem Norden dort gewesen, und zuerst hatte Pony Angst gehabt, dass es Schwierigkeiten geben könnte, wenn man sie erkannte. Doch Belster hatte die Sache in die Hand genommen und ihr schnell zu einer neuen Identität verholfen. Sie war jetzt Carralee dan Aubrey, eine Mischung aus den Namen eines Freundes und ihrer kleinen Nichte, die beide vor vielen Jahren beim ersten Goblin-Überfall auf Dundalis ums Leben gekommen waren.

Da hatte Pony es zum ersten Mal zu schätzen gewusst, dass Belster und seine Freunde so gut organisiert waren. Er hatte ihr erklärt, dass diese Untergrundverbindungen notwendig waren – wegen der Machenschaften dieses neuen Oberhauptes von St. Precious, Abt De'Unnero. Einige munkelten bereits, er wäre nicht nur Abt von St. Precious, sondern auch Bischof von Palmaris, ein Titel, der die Macht eines Abtes und eines Barons in sich vereinte. Diese Bemerkung erschreckte Pony, denn in einer Welt, in der Verfügungen des Königs oder des ehrwürdigen Vaters erst nach Wochen am Ziel ankamen, gab eine solche Position De'Unnero praktisch die Macht eines Diktators.

Nachdem sie sich inzwischen im Gasthaus eingelebt hatte, ging Pony jeden Tag los und sah sich an, was in der Stadt vor sich ging, besonders an den Stadttoren und am Hafen, wo es besonders drastische Veränderungen gab.

Palmaris war eine Festung, doch in erster Linie war es eine Handelsstadt, ein Hafen an der Mündung des Flusses, der Warenumschlagplatz für alle Kaufleute im nordwestlichen Bärenreich. Daher waren die Zugänge immer nur schwach bewacht gewesen, doch nun …

Als Grund für die Verschärfung der Sicherheitsmaßnahmen gab man den Tod von Abt Dobrinion und Baron Bildeborough an. Doch aus allem, was Elbryan und Jojonah ihr erzählt hatten und was sie selbst über De'Unnero wusste, war ihr klar, dass dies vorgeschobene Gründe waren und dieser sich die Angst der Bevölkerung zunutze machte, um seine Macht auszubauen.

Pony dachte lange darüber nach, was dieser neue Titel für Folgen haben könnte. Die Macht von Kirche und Staat, vereint in einer Person. Wenn sie die Soldaten so mit den Mönchen Hand in Hand arbeiten sah, lief es ihr kalt den Rücken herunter.

Nachdem sie die Hälfte der Reisenden nach Palmaris hineingelassen und die andere Hälfte wieder nach Amvoy zurückgeschickt hatten, machten Mönche und Soldaten kehrt und wandten sich anderen Dingen zu. Auf dem Rückweg von den Landungsbrücken machten sie gerade lange genug halt, um ein paar junge Behreneser aufzustöbern, anzupöbeln und sogar anzuspucken, die draußen auf der Straße spielten. Der südliche Hafenbezirk von Palmaris war schon jahrzehntelang das Viertel der Behreneser. Und in all den Jahren, die Pony in dieser Stadt verbracht hatte, wurden diese, selbst ihre Yatol-Priester, von der Bevölkerung und besonders von den Mönchen aus St. Precious mit Barmherzigkeit und Mitgefühl behandelt. Letztere hatte man nicht selten mit einem Arm voll Kleidern und Lebensmitteln zu den Docks hinuntergehen sehen, wo sie irgendeinem Neuankömmling dabei geholfen hatten, sich ein wenig in der fremden Stadt einzurichten.

Wie sich die Zeiten doch geändert hatten! Aber es waren nicht nur die armen Leute und die Reisenden ohne besondere Beziehungen, die unter den neuesten Entwicklungen zu leiden hatten.

Flink suchte sich Pony ihren Weg in den hügligeren Bezirk von Palmaris, wo die besseren Leute wohnten. In der Nacht zuvor hatte einer von Belsters Informanten etwas von seltsamen Vorgängen in dieser Gegend erzählt, und Pony hatte die Sache bestätigt gefunden, als sie einen Mann am Anlegeplatz der Fähre belauscht hatte.

Sie brauchte nicht lange, um zu sehen, was die beiden gemeint hatten, denn schon sah sie ein Dutzend Soldaten und drei Abellikaner-Mönche breitbeinig mitten auf dem Bildeborough Way, der Hauptstraße dieses Bezirks, entlangmarschieren. Zum Glück sah Pony sie rechtzeitig und konnte sich noch hinter eine der in dieser Gegend sehr verbreiteten Hecken ducken. Sie wagte es kaum zu atmen und schalt sich selbst dafür, dass sie nicht einfach mit dem Seelenstein auf diese Erkundungstour gegangen war.

Als der Haufen näher kam, sah sie, dass einer der Mönche einen roten Edelstein in der Hand hielt.

»Ein Granat«, murmelte sie vor sich hin. Das Auge des Drachen, der Stein, mit dem man magische Schwingungen aufspüren konnte. Diese Truppe war auf der Suche nach den magischen Steinen!

Pony sah zu, wie sie jetzt an einem Tor stehenblieben und einer der Soldaten mit seinem Panzerhandschuh gegen die schwere Türglocke schlug. Augenblicklich erschienen zwei Wächter, und innerhalb weniger Sekunden wurde der Wortwechsel laut genug, dass Pony jedes Wort verstehen konnte, obwohl sie mehrere Häuser entfernt stand.

»Wir werden hier nicht ewig stehen und uns mit lächerlichen Kaufmannslakaien herumstreiten!«, erklärte der Soldat, der die Türglocke betätigt hatte. »Mach das Tor auf, im Namen des Bischofs von Palmaris, oder wir trampeln es nieder mitsamt denjenigen, die uns dabei im Wege stehen.«

»Und glaub ja nicht, dass dein Herr dich mit seinen Zaubertricks beschützen kann«, mischte sich ein anderer ein. »Wir haben Brüder aus St. Precious bei uns, die ihm solche Sperenzchen mit Leichtigkeit austreiben.«

Ein Wort gab das andere, und schließlich öffneten die Wächter das Tor. Sie baten darum, dass nur ein oder zwei der Männer hereinkommen würden, mit ihrem Herrn zu reden, aber die ganze Truppe schob sich an ihnen vorbei. Ein paar Minuten später tauchten sie wieder auf, einen Mann mittleren Alters in kostbaren Gewändern in ihrer Mitte. Einer der Mönche zog Ponys Blicke auf sich, denn er hielt einen voluminösen Kopfputz – eine Art Krone – in den Händen, der mit vielen glitzernden Edelsteinen besetzt war.

Sie sagte sich, dass einige dieser Steine magische Eigenschaften haben mussten, denn sie hatte gehört, dass Kaufleute des öfteren solche Steine von der Kirche kauften und mit Hilfe von Alchimisten oder anderen Steinen magische Utensilien daraus machten. Bei der Krone dieses Mannes handelte es sich zweifellos um ein solches Zauberding, und das hatte die Mönche und ihren Anhang hierhergeführt. Nun war Pony wirklich heilfroh, dass sie nicht mit dem Seelenstein unterwegs war!

Schließlich verschwand der Trupp – und Pony atmete auf – nach Westen in Richtung Chasewind Manor, dem früheren Wohnsitz der regierenden Bildeboroughs und jetzt aller Wahrscheinlichkeit nach der Residenz von Abt – Bischof De' Unnero.

»Sehr seltsam«, murmelte Pony, während sie wieder in die belebteren Innenstadtbezirke zurückkehrte. Sie versuchte sich einzureden, dass es in diesen gefährlichen Zeiten viele

Gründe für De'Unnero geben konnte, nach magischen Utensilien zu suchen. Aber in Wirklichkeit hatte sie doch den Verdacht, dass es dieses Unternehmen auf ein ganz bestimmtes Ziel abgesehen hatte.

Der neue Bischof suchte nach ihr.

»Wenn du klug bist, liebes Cousinchen – aber das bist du ja nicht, ich weiß –, schluckst du deine Wut erst einmal herunter, bevor wir in Chasewind Manor angelangt sind«, sagte Shamus Kilronney zu Colleen. Die beiden wollten gerade zum nördlichen Stadttor von Palmaris hinein, als zwei von den Wachtposten anfingen, sich über die Umbrüche in der Stadt zu ereifern. Shamus und Colleen hatten sich schnurstracks nach St. Precious begeben, um mit dem neuen Abt zu sprechen, doch man hatte sie wieder fortgeschickt und ihnen ausdrücklich gesagt, sie sollten in dem ihnen zugewiesenen Quartier warten, bis man sie rufen würde.

Die Zeit zog sich hin, und Shamus hatte alle Mühe, Colleen ruhig zu halten. Je mehr es sich bis zu ihnen herumsprach, was in Palmaris vor sich ging – der Abt war zum Bischof ernannt worden und hatte damit alle Macht in Händen, er residierte in Chasewind Manor und benutzte Colleens Soldaten für seine Suchtrupps –, desto ungemütlicher wurde es den beiden. Für Colleen, die den Tod ihres geliebten Barons noch nicht verwunden hatte, war das fast zuviel.

Endlich, mehr als eine Woche nach ihrer Ankunft, wurden die beiden zu Bischof De'Unnero nach Chasewind Manor beordert. Im Vorhof nahm sie ein Aufgebot an Mönchen in Empfang, und sie mussten noch einmal länger als eine Stunde warten. Inzwischen kam noch der eine oder andere Truppenführer hinzu, und dann nahte eine prunkvolle Kutsche, die Shamus als eine aus dem Wagenpark des Königs erkannte. Die beiden Männer, die jetzt ausstiegen, kannte er nicht, aber es mussten bedeutende Gesandte von König Danube sein, soviel war klar.

Wortlos marschierten die beiden an der wartenden Schar vorbei, ohne den Hauptmann auch nur eines Blickes zu würdigen.

»Wie lange sollen wir hier eigentlich noch warten?«, rief ihnen Colleen hinterher, bevor sie im Haus verschwunden waren. Doch sie nahmen keinerlei Notiz von ihr, ebensowenig wie die Mönche. Der einzige, den die Bemerkung aus der Ruhe brachte, war ihr Cousin.

»Die ehrenwerten Herren lassen uns so lange warten, wie es ihnen beliebt«, schimpfte Shamus. »Und wenn wir nicht stillhalten, dann können wir was erleben.«

»Pah!«, schnaubte Colleen. »Glaubst du vielleicht, dass ich hier katzbuckel und Männchen mach? Sehr wohl, gnädiger Herr, untertänigsten Dank, gnädiger Herr! Darf ich Euch die Nase putzen, Euer Hochwohlgeboren?«

»Das verstehst du nicht.«

»Hab dem Baron immerhin zehn Jahre lang gedient«, widersprach Colleen.

»Aber Rochefort Bildeborough war ein Mann aus Palmaris und kein Höfling von König Danube Brock Ursal«, sagte Shamus warnend. »Diese Leute werden sich deinen Respekt schon zu verschaffen wissen, andernfalls –!«

Colleen spuckte aus, und zwar gefährlich dicht neben die Füße des am nächsten stehenden Mönches. Dann ließ sie den Blick über ihre Kameraden schweifen, von denen etliche bei den Bildeboroughs in Diensten gestanden hatten, und es tröstete sie, dass auch diese verdrossen schienen. Alle hatten sie jahrelang Rochefort Bildeborough gedient und den Mann achten und lieben gelernt.

Jetzt trat ein Mönch mit einer Schriftrolle aus dem Eingang des Herrenhauses. »Hauptmann Shamus Kilronney von den Kingsmen!«, rief er. »Und Colleen Kilronney von der Stadtwache!«

»Zügle dein Temperament«, flüsterte Shamus ihr zu, während sie dem Mann folgten.

»Und wenn nicht, bringst du mich bestimmt zum Schweigen, was?«, fauchte sie. »Da kann ich ja bloß hoffen, dass ich den Kopf dieses Wichtigtuers vorher noch erwische.«

Der Hauptmann starrte sie böse an.

»Wirst schon sehen«, meinte sie trotzig.

Doch die Debatte erwies sich als überflüssig, und Shamus atmete auf, als sie drinnen von einer Abteilung bewaffneter Soldaten – die Colleen nicht kannte – und etlichen grimmig dreinblickenden Abellikaner-Mönchen in Empfang genommen wurden, die sie aufforderten, ihre Waffen abzulegen. Shamus folgte bereitwillig, denn er wusste, dass am Hofe des Königs nur ganz bestimmte Soldaten Waffen tragen durften. Colleen fegte die Hand eines Mönchs beiseite, der nach ihrer Waffe greifen wollte, dann zog sie mit drohender Geste ihr Schwert, so dass der Mönch einen Satz zurück machte und in Angriffsstellung ging, während etliche der Soldaten die Hand an den Schwertgriff legten.

Doch Colleen lachte nur, warf das Schwert hoch, so dass es sich überschlug, packte es an der Klinge und hielt es dem Mönch hin.

»Ich pauke dich nicht wieder heraus«, sagte Shamus leise, als man sie zum Audienzsaal geleitete.

»Glaubst du etwa, das weiß ich nicht?«, erwiderte Colleen trocken.

Der Audienzsaal war geräumig, doch jetzt kam er den beiden eher eng vor, denn er wimmelte von Mönchen, Soldaten, adeligen Besuchern und Kaufleuten. Aller Augen ruhten auf dem jungen, kräftigen Bischof, und die Köpfe, die sich nun nach den beiden Hinzugekommenen umwandten, streiften eher teilnahmslos Hauptmann Kilronneys prächtige Uniform und Colleens abgetragene Reisekleidung.

»Ich muss schon sagen, man sieht sofort, wer hier vom Königshof kommt und wer nicht«, meinte einer der Höflinge aus Ursal verschnupft.

Der Bischof gebot dem Mann mit einer Handbewegung zu schweigen und heftete seinen Blick erst auf Shamus und dann auf Colleen.

Der Mann war beeindruckend, das musste sie zugeben, mit seinem kühnen, durchdringenden Blick. Und so geriet diese erste Begegnung schnell zu einer Kraftprobe, während die beiden sich lange anstarrten, ohne mit der Wimper zu zucken.

Schließlich wandte Bischof De'Unnero seinen Blick dem Hauptmann zu. »Ihr seid Shamus Kilronney?«, fragte er. »Hauptmann Kilronney?«

Der andere stand stramm. »Jawohl, Sir!«

»Sehr gut«, sagte De'Unnero. »Habt Ihr schon von meiner neuen Position gehört?«

Shamus nickte.

»Und seid Ihr Euch auch – alle beide«, fügte er schnell mit einem Seitenblick auf Colleen hinzu, »darüber im klaren, was das bedeutet?«

»Ich schätze, es bedeutet, dass es keine Bildeboroughs mehr gibt«, meinte Colleen, und Shamus stieß ihr den Ellenbogen in die Rippen. Doch De'Unnero lachte nur.

»So ist es in der Tat«, sagte er amüsiert. »Und es gibt auch sonst niemanden, der dieser Position würdig wäre. Also diene ich jetzt gleichzeitig dem König und dem ehrwürdigen Vater – und zwar als Bischof.«

»Wir wissen Bescheid, Bischof De'Unnero«, sagte Shamus schnell, bevor Colleen wieder ausfallend werden konnte.

»Und da es Unruhen in der Stadt gibt, hat mir König Danube ein Kontingent seiner Soldaten ausgeliehen«, erklärte De' Unnero.

»Verstehe«, erwiderte Shamus und ließ dann die üblichen Höflichkeitsfloskeln folgen. »Selbstverständlich stehen meine Männer und ich Euch voll und ganz zur Verfügung.«

»Selbstverständlich«, echote der Bischof. »Und was ist mit Euch, Colleen Kilronney? Ich habe viele der Wachtposten hier in Chasewind Manor mit großem Respekt über Euch reden hören. Aber ich habe auch viele munkeln hören, dass Colleen Kilronney nicht sehr begeistert sein wird, wenn sie aus dem Norden zurückkehrt und feststellt, was sich in ihrer Stadt getan hat.«

Colleen sah ihn mit großen Augen an, verblüfft, dass der neue Bischof das so offen aussprach. Sie wollte antworten, doch De'Unnero kam ihr zuvor.

»Ich kann verstehen, dass Ihr verärgert seid«, sagte er. »Man hat mir erzählt, dass niemand Baron Bildeborough ergebener war als Ihr, und solch ein Gefühl hält sich natürlich noch eine Weile über seinen Tod hinaus. Ich begrüße solche Ergebenheit.« Er beugte sich auf seinem Stuhl vor, so dass nur sie und Shamus ihn verstehen konnten. »Aber ich erwarte dieselbe Loyalität gegenüber dem Nachfolger Eures geliebten Barons.«

Colleens Augen wurden gefährlich schmal, als De'Unnero sich wieder zurücklehnte. Noch einmal starrten die beiden sich unverwandt an – aber diesmal war es Colleen, die schließlich den Bann brach.

»Ich verlange einen vollständigen Bericht über Eure Reise in den Norden«, erklärte De'Unnero, ohne den Blick von der Frau abzuwenden. »Leider muss ich mich jetzt um andere Dinge kümmern.«

»Wir werden wiederkommen, wenn Ihr uns rufen lasst«, erwiderte Shamus und wollte sich verbeugen in der Annahme, sie wären damit entlassen.

»Nein, Ihr bleibt hier und wartet«, verbesserte ihn De'Unnero und winkte einen der Mönche herbei. »Bring sie irgendwo anders unter!«, meinte er beiläufig.

»Ist es auch bestimmt das richtige Auge?«, fragte Dainsey Aucomb schon zum dritten Mal und rückte Ponys Augenklappe noch einmal zurecht.

»Das rechte«, wiederholte diese mit einem Stoßseufzer,

denn sie verlor allmählich die Geduld. Doch sie gab sich große Mühe, es nicht zu zeigen. Dainsey war nicht gerade ein großes Kirchenlicht, aber die Verkleidung war ihre Idee gewesen, und nur damit konnte Pony das Gasthaus verlassen. Im übrigen war Dainsey Graevis und Pettibwa eine große Hilfe gewesen, eine Art Tochter, die den leeren Platz ausgefüllt hatte, den Pony hinterlassen hatte, als sie von Abt Dobrinion in die Armee geschickt wurde zur Strafe dafür, dass sie sich ihrem Ehemann Connor Bildeborough verweigert hatte. Und in letzter Zeit hatte sie sich als große Hilfe für Belster erwiesen, hatte ihm bereitwillig das Gasthaus überlassen, das in ihrer Obhut geblieben war, als die Mönche die Chilichunks abgeholt hatten, und ihn nach Kräften unterstützt, ohne sich zu beklagen.

Also gab sich Pony besondere Mühe, sich ihren Verdruss nicht anmerken zu lassen.

»Das rechte, hast du gesagt?«, fragte Dainsey verdutzt.

»Und ich dachte, es war das linke«, ließ sich Belster vernehmen, der in diesem Moment zur Tür hereinkam.

Pony drehte sich, einäugig, wie sie war, zu ihm um und sah den gutmütigen Mann von einem Ohr zum anderen grinsen – und kurz darauf in sich hineinkichern, als Dainsey prompt wieder nach der Augenklappe greifen wollte.

»Das rechte!«, sagte Pony bestimmt und schob Dainseys Hand weg. Sie war viel ärgerlicher auf den Wirt als auf das Mädchen, denn sie wusste ja, dass er nur seinen Schabernack mit ihr trieb. Als sie merkte, dass ihre betretene Miene ihn nur noch mehr amüsierte, sah sie Dainsey wieder an und packte entschlossen ihr Handgelenk.

»Na schön, dann eben das rechte«, gab sich Dainsey geschlagen. »Ist ja schließlich Euer Hals. Ich hol aber lieber noch ein bisschen mehr Puder, damit ja keins von Euren goldenen Haaren durchscheint!«

Bei der bloßen Erwähnung des grauen Zeugs musste sich Pony schon an den Schläfen kratzen, dann fuhr sie sich mit der

Hand durch die kräftige Haarmähne. Sie wusste, dass Dainsey recht hatte. Mit ihrer Hilfe schlurfte sie jeden Abend unbehelligt als Belsters unförmige Frau Carralee dan Aubrey O'Comely ins Gasthaus zur Geselligen Runde und wirkte gut und gern zwanzig Jahre älter als Jilseponie Ault.

»Irgendwas Neues?«, fragte Pony.

»Nichts von Bedeutung«, erwiderte Belster. »Unser Freund Roger Flinkfinger ist wie vom Erdboden verschwunden.« Der Wirt schüttelte ratlos den Kopf, dann wartete er ab, bis Dainsey gegangen war. »Und was ist mit diesen Soldaten?«, fragte er leise. »Bist du sicher, dass sie nach Edelsteinen gesucht haben?«

»Wozu hätten sie sonst die Mönche bei sich haben sollen?«, erwiderte Pony. »Und die Mönche haben Granate benutzt, das Drachenauge, mit dessen Hilfe man magische Schwingungen aufspüren kann.«

»Müssen deine Steine dafür in Gebrauch sein?«, fragte Belster nervös.

Pony nickte, und der stattliche Wirt stieß einen erleichterten Seufzer aus. »Und ich habe, seit ich hier bin, keinen mehr benutzt«, fügte sie hinzu. »Bruder Avelyn hat mir einmal erzählt, dass viele Kaufleute Steine von den Mönchen gekauft haben.«

»Und jetzt will sie der Bischof wieder zurückhaben«, meinte Belster.

»Kann schon sein«, pflichtete Pony ihm bei. »Aber in erster Linie sucht er nach den Edelsteinen, weil sie ihn zu den Freunden von Avelyn Desbris führen könnten.«

»Das bezweifle ich nicht«, sagte Belster. »Obwohl auch noch mehr dahinterstecken kann. Es gefällt mir gar nicht, was ich so aus St. Precious höre – oder aus Chasewind Manor, wenn sich der neue Bischof dort breitgemacht hat.«

Da kam Dainsey mit einem fröhlichen Liedchen auf den Lippen zurück – Pony wünschte sich, sie hätte ebenfalls noch Sinn für solch unschuldiges Geträller –, und die beiden verstummten. Noch ein bisschen von dem grauen Pulver und etwas gräuliche Paste in Ponys hübsches Gesicht geschmiert, dann trat das Mädchen stolz einen Schritt zurück, um ihr Werk zu begutachten.

»Wie sehe ich aus als Belsters Frau?«, fragte Pony, sprang von dem Schemel auf und drehte sich langsam mit ausgestreckten Armen um sich selbst, damit die anderen sie von allen Seiten sehen konnten.

»Oho, also anders bist du mir lieber!«, sagte Belster mit schelmischem Lachen, das plötzlich von einem vorsichtigen Klopfen an der Tür unterbrochen wurde.

»Soldaten im Haus!«, flüsterte Heathcomb Mallory, ein anderer Freund aus dem Norden, der im Gasthaus arbeitete, wenn er nicht gerade dort soff.

»Bist du auch sicher, dass du die Steine nicht mehr benutzt hast?«, fragte Belster erneut und ging zur Tür. Dainsey lief hinterher, und die beiden gingen hinaus, während Pony lediglich um die Ecke spähte.

Der Schankraum war wie fast jeden Abend brechend voll, doch Belster machte die Soldaten mühelos in der Menge aus. Wie er feststellte, waren sie nicht nur in voller Uniform, sondern sogar bewaffnet. Sofort setzte Belster ein breites Grinsen auf und machte sich daran, den langen Tresen abzuwischen. »Willkommen, ehrenwerte Herren!«, rief er aus. »Es kommt selten vor, dass wir unsere Beschützer hier drinnen sehen – zu selten, möcht ich meinen. Womit kann ich dienen? Ihr seid meine Gäste!«

Einer der Soldaten leckte sich die Lippen und wollte sich bereits auf den Tresen lehnen, aber ein anderer hielt ihn zurück. »Nicht heute abend«, sagte er.

Wenn der erste gerade noch widersprechen wollte, so ließ er diese Absicht sofort fallen, als sich ein Mönch aus St. Precious seinen Weg durch die Menge bahnte und vor Belster stehenblieb.

»Seid Ihr O'Comely?«, fragte er kurz angebunden.

»Belster O'Comely«, erwiderte der Wirt liebenswürdig wie immer, obwohl er insgeheim mit den Zähnen knirschte über die Unverfrorenheit dieses Kerls, der kaum halb so alt war wie er.

»Wie seid Ihr zu dieser Wirtschaft gekommen?«, fragte der Mönch weiter. »Seid Ihr mit den früheren Besitzern verwandt?«

Bevor Belster antworten konnte, kam Dainsey herbeistolziert. »Ich hab sie ihm gegeben«, erklärte sie. »War mein gutes Recht, wo sie alle gesagt haben, dass die Chilichunks doch nicht so bald zurückkommen.«

Der Mönch musterte Dainsey von Kopf bis Fuß, dann sah er die drei Soldaten an.

»Also, kommt mir bloß nicht wieder damit!«, protestierte Dainsey lautstark. »Dreimal habt Ihr mich schon in Euer Gefängnis gesteckt. Wie oft soll ich Euch denn noch sagen, dass ich nicht die Frau bin, die die verdammten Edelsteine geklaut hat!«

Der Mönch betrachtete sie noch einmal, dann sah er fragend seine Begleiter an.

»Sie war wirklich schon da«, bestätigte einer der Soldaten und lief puterrot an, denn er war einer von denen gewesen, die Dainsey »ins Verhör genommen« hatten.

»Es sind Edelsteine gestohlen worden?«, fragte Belster jetzt mit Unschuldsmiene und blickte Dainsey an, als hätte er keine Ahnung, wovon sie sprach.

Der Mönch sah ihn scharf an.

»Oben im Norden soll es einen Mann und eine Frau geben, die irgendwelchen Hokuspokus bei sich haben«, räumte Belster ein, denn er wusste ja, dass die Geschichten von Pony und dem Nachtvogel sich inzwischen in Palmaris herumgesprochen hatten.

»Ihr seid also aus dem Norden?«, fragte der Mönch.

»Aus Caer Tinella«, log Belster, denn es war ihm zu unsicher, sich mit Dundalis in Verbindung bringen zu lassen.

»Wollte eigentlich dorthin zurück, aber dann hat Miss Dainsey mir und meiner Frau hier in der Geselligen Runde ein neues Leben angeboten.«

»Und was wisst Ihr von diesem Mann und dieser Frau da oben im Norden?«, fragte der Mönch weiter.

Belster zuckte die Achseln. »Nicht viel. Wir sind nach Süden gerannt, und da haben wir gehört, dass sie uns zur Flucht vor den Ungeheuern verholfen haben, das ist alles. Hab sie nie richtig zu sehen bekommen – höchstens vielleicht den Mann, aber auch nur von weitem, wie er da so prächtig auf einem großen schwarzen Pferd saß.«

»Prächtig?«, wiederholte der Mönch sarkastisch. »Er ist ein Dieb, Master O'Comely. Ihr solltet Euch Eure Freunde besser ansehen.«

»Kein Freund«, widersprach Belster. »Nur einer, der mir und vielen anderen geholfen hat, den Ungeheuern zu entkommen.« Er beobachtete die Mienen der vier Männer, die, während er mit solcher Hochachtung von diesem angeblichen Verbrecher sprach, zwischen Verachtung und Faszination hin und her schwankten, und es bereitete ihm großes Vergnügen, den Ruf seines Freundes Elbryan hochzuhalten und Zweifel unter diesen blinden Gefolgsleuten des Bischofs zu säen.

Jetzt kam Pony aus dem Hinterzimmer geschlurft und stellte sich breitbeinig neben Belster. »Hast du unseren Gästen überhaupt schon was zu trinken angeboten?«, fragte sie und hakte sich bei ihm ein.

»Meine Frau Carralee«, erklärte der Wirt.

»Ach, Vater«, sagte Pony zu dem Mönch, »habt Ihr vielleicht einen von Euren wunderbaren Edelsteinen bei Euch? Könnt Ihr nicht vielleicht mein Auge wieder in Ordnung bringen? Da hat mich so ein verdammter Goblin-Speer erwischt, wisst Ihr.«

Der Mönch verzog säuerlich das Gesicht. »Kommt ins Kloster«, sagte er unwirsch. »Vielleicht kann einer der älteren …« Er winkte den Soldaten und wandte sich zum Gehen.

»Da hast du aber ganz schön was riskiert, will ich meinen«, sagte Belster leise, als sie abrückten.

»So viel nun auch wieder nicht«, widersprach Pony ungerührt und sah den Männern nach. »Wenn sie mich erkannt hätten, dann hätte ich sie eben töten müssen.«

Dainsey schnappte nach Luft.

»Und wenn sie dich eingeladen hätten, mitzukommen nach St. Precious?«, fragte Belster ruhig.

»Um mein Auge zu kurieren?«, meinte Pony spöttisch. »Doch nicht die, vor denen Avelyn davongelaufen ist. Doch nicht die, die meine Familie umgebracht und Bradwarden gefoltert haben. Die Abellikaner helfen anderen nur, wenn es unbedingt sein muss, und nur denen, die sich dafür erkenntlich zeigen können.«

Belster lief es kalt den Rücken herunter, so eisig klangen ihre Worte. Er versuchte, das Thema zu wechseln. »Und wieder einmal müssen wir uns bei Dainsey bedanken«, meinte er und wandte sich zu der schmächtigen Frau um, die jetzt einen unbeholfenen Knicks machte.

»Er hat recht, Dainsey«, sagte Pony liebevoll. »Du hast mir schon so viel geholfen, seit ich hier bin. Ich kann mir gut vorstellen, warum Pettibwa und Graevis dich so gern hatten.«

Dainsey errötete bis unter die Haarwurzeln und lief kichernd davon, um schnell mit einem Tablett an einen benachbarten Tisch zu, hüpfen, wo zwei Gäste winkten.

»Sie ist ein braves Mädchen«, meinte Belster.

»Das Schlimme ist nur, dass sie das höchstwahrscheinlich mit dem Leben bezahlen wird«, sagte Pony.

Belster hätte sich solchen Pessimismus am liebsten lautstark verbeten, aber es ging beim besten Willen nicht. Neuerdings schienen die Leute des Bischofs, Soldaten ebenso wie Mönche, überall zu sein und die Schlinge um Pony und eigentlich um ganz Palmaris immer fester zuzuziehen.

Der Mönch brachte Colleen und Shamus in ein Nebenzimmer, in dem sich nur drei kleine Stühle und eine winzige Feuerstelle befanden. Es brannte kein Feuer, und der kalte Wind heulte im Schornstein.

Shamus ließ sich auf einen der Stühle fallen, verschränkte die Arme hinter dem Kopf und lehnte sich mit geschlossenen Augen gegen die Wand. Er kannte die Angewohnheiten dieser feinen Herrschaften und wusste, das konnte jetzt dauern.

Colleen war, wie nicht anders zu erwarten, völlig aus dem Häuschen. Sie lief abwechselnd auf und ab und setzte sich hin, nur um im nächsten Moment wieder aufzuspringen. Doch so sehr sie auch mit ihren schweren Stiefeln auf den Dielen herumtrampelte, ihr Cousin ließ sich nicht aus der Ruhe bringen, und das machte sie natürlich nur noch wütender.

Nach über einer Stunde gab sie es endlich auf, zog sich einen Stuhl an die Wand und starrte unverwandt die Tür an.

Wieder verging eine Stunde. Colleen fing an herumzunörgeln, aber Shamus öffnete lediglich verschlafen ein Auge und erinnerte sie daran, dass Bischof De'Unnero jetzt der uneingeschränkte Befehlshaber in dieser Stadt war und sie beide im Augenblick ganz sicher nicht seine größte Sorge waren.

Colleen murrte weiter und lehnte sich mit vor der Brust verschränkten Armen und zusammengebissenen Zähnen zurück.

Es verging Stunde um Stunde. Immer wieder sprang sie auf, lief umher und setzte sich wieder. Als sie merkte, dass Shamus fest eingeschlafen war, hörte sie auf, laut vor sich hin zu schimpfen.

Schließlich bewegte sich irgendwann die Türklinke, und Colleen sprang auf und verpasste Shamus einen Fußtritt. Als er die Augen aufmachte, öffnete sich die Tür, und zu ihrer beider Überraschung war es nicht ein Diener, der sie abholen kam, sondern Bischof De'Unnero höchstpersönlich.

»Behaltet Platz!«, sagte er zu Shamus und forderte Colleen

mit einer Handbewegung auf, sich zu setzen. Er selbst blieb kerzengerade vor ihnen stehen.

»Ihr werdet mir jetzt etwas über Euren Aufenthalt im Norden erzählen«, erklärte De'Unnero. »Ich will nichts von den Ungeheuern wissen, mit denen Ihr Euch herumgeschlagen habt, oder wie es da oben aussieht, mich interessiert nur, ob Ihr Euch mit jemandem zusammengeschlossen habt, zum Beispiel irgendwelchen Kriegern, die uns zu Hilfe kommen könnten, falls noch einmal die Finsternis über uns hereinbricht.«

»Das ist leicht beantwortet«, erwiderte Shamus pflichtschuldigst. »Nachtvogel und Pony haben die Schlachten in den Wäldern angeführt.«

De'Unnero musste lachen; es amüsierte ihn, wie leicht er ans Ziel gekommen war. Eine simple Frage, und er hatte herausbekommen, wo sich die beiden fieberhaft gesuchten Personen befanden. »Ja, Nachtvogel und Pony«, sagte er scheinheilig und zog sich den dritten Stuhl dicht an die beiden heran. »Erzählt mir von den beiden. Alles, was Ihr wisst.«

Shamus und Colleen sahen sich verwundert an, denn beiden war der seltsame Unterton in der Aufforderung des Bischofs nicht entgangen. Colleen kam es sogar so vor, als lechzte dieser geradezu nach ihrer Antwort, so dass man mehr als schlichtes Interesse an den beiden Helden dahinter vermuten musste.

»Waren die beiden schon in Caer Tinella, als Ihr dort ankamt?«, fragte De'Unnero weiter. »Oder sind sie erst nach Euch gekommen?«

»Sowohl als auch«, antwortete der Hauptmann aufrichtig. »Die beiden waren schon lange vor uns im Norden, aber sie waren gerade nicht in Caer Tinella, als meine Leute dort eintrafen.«

»Und wann …?« Der Bischof wollte es ganz genau wissen.

Shamus legte die Hand ans Kinn und dachte nach, wann er

den Nachtvogel und seine hübsche Gefährtin zum ersten Mal gesehen hatte, aber er konnte sich nicht an den genauen Tag erinnern, nur, dass es irgendwann gegen Ende des Monats Calember gewesen war.

Der Bischof ließ nicht locker, und nun wurde immer klarer, dass De'Unnero in den beiden mehr suchte als zwei mögliche Verbündete.

Schließlich hatte der Bischof genug über den zeitlichen Ablauf erfahren und begann, erst Shamus und dann Colleen über das Äußere der beiden auszufragen. Er wollte sogar wissen, ob sie einen Zentauren gesehen hätten. Und als der Hauptmann ihm sagte, er hätte wohl von so einem Wesen gehört, aber selbst nie eines gesehen, da war De'Unnero hoch zufrieden.

»Moment mal, haben nicht Eure feinen Genossen aus St. Mere-Abelle damals so einen Pferdemenschen am Ende ihrer Karawane durch Palmaris geschleift?«, fragte Colleen auf einmal.

»Ihr solltet Euch in Acht nehmen, wenn Ihr von meinen Brüdern in Gott redet!«, meinte De'Unnero scharf, doch dann kam er schnell wieder in verbindlichem Tonfall auf die Gesuchten zurück. »Und Nachtvogel und Pony sind immer noch in Caer Tinella?«

»Entweder dort oder weiter oben im Norden«, meinte Shamus. »Sie wollten eine Karawane in die Waldlande begleiten, allerdings erst im Frühjahr.«

»Interessant!« De'Unnero strich sich mit geistesabwesendem Blick über das Kinn. Er erhob sich und hinderte die beiden mit einer Handbewegung daran, dasselbe zu tun, dann ging er auf die Tür zu. »Ihr seid entlassen«, erklärte er. »Geht wieder in Euer Quartier und erzählt keinem Menschen – keinem, habt Ihr verstanden? – von diesem Gespräch!«

Damit verschwand er und ließ Shamus und Colleen völlig verdutzt zurück.

»Dann stehen also dein Freund und sein Mädchen mit der Kirche auf Kriegsfuß«, meinte Colleen nach einer längeren Pause. »Da hast du dir ja was Schönes eingehandelt!«

Shamus gab keine Antwort, sondern starrte nur weiter nervös die Tür an.

»Und was machst du jetzt?«, fragte Colleen, stand auf und zog ihn förmlich von seinem Stuhl hoch.

Da kam Shamus wieder zu sich, strich seine Jacke glatt und straffte die Schultern. »Wir wissen ja noch gar nichts Genaues«, sagte er bestimmt. »Der Bischof hat mit keinem Wort erwähnt, dass Nachtvogel und Pony etwas verbrochen haben.«

»Ach, und was ist mit dem Zentauren?«, meinte Colleen, der es offensichtlich Vergnügen bereitete, ihren sonst so von sich überzeugten Cousin ein bisschen zappeln zu lassen. »Den die Kirche als Verbrecher gefangengenommen hat und der dann wieder entkommen ist? Sieht fast so aus, als hätten deine Freunde dabei ihre Hand im Spiel gehabt. Was gedenkt Hauptmann Shamus von den Kingsmen denn nun zu tun?«

»Ich diene meinem König«, antwortete dieser ungerührt und setzte sich in Bewegung.

»Dem König oder dem Bischof?«, fragte Colleen, als sie ihn eingeholt hatte.

»Der Bischof spricht für den König«, antwortete er kurz angebunden.

Colleen blieb etwas hinter ihm zurück und betrachtete ihn eingehend. Sie sah die Verunsicherung in jeder seiner Bewegungen und dachte, dass Shamus mit seiner blinden Ergebenheit ein bisschen Irritation nicht schaden konnte. Er hatte aufrichtige Zuneigung und tiefen Respekt für Nachtvogel und Pony entwickelt, das wusste sie, und nun musste er erst einmal damit fertig werden, dass die beiden nicht das waren, was sie zu sein schienen, oder dass sie viel mehr waren als das.

Colleen sah die Dinge ein wenig anders. Es machte ihr gar

nichts aus, dass Nachtvogel in den Augen von Bischof De'Unnero ein Gesetzloser war. Im Gegenteil, das hob ihren Respekt vor den beiden beträchtlich. Sie hatte dem Baron gedient und nicht dem König, und da der Baron noch kurz vor seinem Tode mit der Kirche aneinandergeraten war, waren die plötzlichen Veränderungen in Palmaris ganz und gar nicht nach ihrem Geschmack.

Und sie würde sich diebisch freuen, dachte sie grinsend, wenn Nachtvogel und seine Freundin hier ein bisschen Unruhe stifteten.

Bei Shamus hinterließ die Begegnung mit De'Unnero tiefe Ratlosigkeit. Die Bewohner von Caer Tinella hatten ihm immer wieder von dem Hüter erzählt, und er selbst hatte ihn als wahrhaften Helden des geschundenen Volkes im Norden kennengelernt. Hier musste einfach ein Missverständnis vorliegen. Dieser Mann konnte beim besten Willen kein Verbrecher sein!

9. Spuren verwischen

Den Namen hatte Nachtvogel sich nicht selbst ausgedacht. Es war eine Eingebung gewesen, die einzige Bezeichnung, die zu dem prächtigen schwarzen Hengst passte. Und jetzt zeigte sich Symphony dieses Namens voll und ganz würdig, während er so zielsicher durch den nebelverhangenen Wald jagte, wie sich andere Pferde nur auf freiem Feld bewegten. Er sprengte in Windeseile dahin, setzte leichtfüßig über Bäume hinweg, die die Schneemassen des frühen Wintereinbruchs niedergedrückt hatten, und wich in großem Bogen herabhängenden Zweigen aus. Und dabei brauchte ihn Nachtvogel nicht einmal zu lenken; das Pferd spürte einfach, was der Hüter vorhatte, darauf konnte er sich blind verlassen.

Langsam, aber sicher holten sie den Goblin ein. Jetzt bogen

sie um eine kleine Reihe dicker Fichten herum, und Symphonys Hufe gruben sich tief in den weichen Boden.

Nachtvogel sah, wie sich vorn im Nebel etwas bewegte. Der Goblin ließ sein kleines Pferd in gestrecktem Galopp laufen.

Symphony machte einen Satz und nahm die Verfolgung auf. Bald war der Goblin in Reichweite, und der Hüter legte den Elfenbogen an.

Der Goblin gab seinem Pferdchen krampfhaft die Sporen, und mit gesenktem Kopf schoss es davon. Doch dann drehte sich der Wicht kurz nach seinem Verfolger um, und als er wieder nach vorn schaute, sah er gerade noch den dicken Ast dicht vor seiner Nase auftauchen.

Das reiterlose Pferd lief noch eine Weile weiter, wurde aber zusehends langsamer.

Nachtvogel und Symphony trotteten zu dem Goblin hinüber, der sich jammernd am Boden wälzte und sein zertrümmertes Gesicht festhielt. Mit einem Griff hatte der Hüter Sturmwind gezogen, und nach einem kurzen, kräftigen Hieb rührte sich der Kerl nicht mehr.

Nachtvogel wischte sein Schwert am Umhang des Goblin ab und ließ es in die Scheide an Symphonys Sattel zurückgleiten. Er sah sich in dem nebligen Wald nach allen Seiten um, dann presste er die Schenkel gegen das Pferd, und Symphony machte kehrt und sprengte in entgegengesetzter Richtung davon. In Sekundenschnelle hatten die beiden einen weiteren flüchtenden Goblin entdeckt, und schon war ihm Symphony auf den Fersen.

Dieser Goblin hüpfte zu Fuß von einem Baumstamm zum anderen, um sich dahinter zu verstecken. Dummerweise lief er dem Hüter dabei einmal direkt über den Weg. Nachtvogel sah die kleine geduckte Gestalt, im selben Moment sirrte Falkenschwinge auch schon, und der Pfeil bohrte sich dem Burschen durch beide Lungen, so dass er tödlich getroffen zu Boden sank.

Ein Geräusch von hinten ließ den Hüter herumfahren, wo

ein weiteres Ungeheuer aus dem Gebüsch hervorbrach und panisch Reißaus nahm. Er machte sich gar nicht erst die Mühe, das Pferd herumzureißen, sondern schwang einfach ein Bein über den Sattelknauf und ließ dann einen Pfeil nach hinten schwirren.

Innerhalb einer halben Minute fiel der dritte Goblin tot zu Boden.

Auf einem Baum nicht weit von ihm entfernt hockte Belli'mar Juraviel und beobachtete das Ganze mit ehrfürchtigem Staunen. Die Elfen hatten dem Nachtvogel eine Menge beigebracht, sagte er sich, aber es wäre übertrieben gewesen, hätte man behaupten wollen, dass er alles, was er konnte, von ihnen hatte. Die Elfen hatten ihn Körperbeherrschung und Geistesgegenwart gelehrt, aber es war schon verblüffend, was dieser Mensch so alles daraus machte.

Zum Beispiel seine Technik, dachte Juraviel, als er sich den Goblin ansah. Ein perfekter Kopfschuss im vollen Galopp, noch dazu über die Schulter abgefeuert, während das Pferd in die andere Richtung lief!

Kopfschüttelnd suchte Juraviel mit scharfen Augen den Nebel ab. Da sah er auf einmal in dem Gebüsch, aus dem der letzte Goblin gekommen war, noch einen hocken. Sofort griff er nach seinem Bogen. Er wollte einen sauberen Treffer landen, doch er konnte vor lauter Blättern und Nebel die wunden Punkte des Knirpses kaum ausmachen. Also hielt er mitten hinein, und sein winziger Pfeil verschwand in dem schwarzen Umriss.

Mit einem Schmerzensschrei sprang der Goblin aus seinem Versteck, und Juraviel zielte wieder und dann noch einmal, bevor der Kerl den Waldweg erreicht hatte. Mit dem vierten Schuss traf er den Flüchtenden von hinten, und als er gerade zum fünften ansetzen wollte, sah er, wie das Ungeheuer schwankte, und wusste, dass die Sache erledigt war.

Ungerührt drehte sich der Elf um und suchte weiter die

Umgebung mit den Augen ab, wobei er unaufhörlich lamentierte, dass es ihn beinahe ein Fünftel seiner Pfeile gekostet hatte, einen einzigen Goblin außer Gefecht zu setzen. Aber Juraviel wusste ja, dass es noch andere Methoden gab, und so begab er sich wieder auf seinen ursprünglichen Kurs und flatterte von einem Zweig zum anderen, bis er ein Plätzchen auf einem niedrigen Ast gefunden hatte, der den Pfad knapp über der Kopfhöhe eines Reiters überspannte. Er legte den Bogen mit eingelegtem Pfeil neben sich und brachte eine dünne, aber haltbare Silberil-Schnur zum Vorschein.

Auch der Zentaur rannte durch den Wald und rief den verschreckten Goblins dabei ununterbrochen gellende Spötteleien hinterher. Als er merkte, dass etliche von ihnen auf Pferden ritten – was äußerst ungewöhnlich war –, nahm er seinen Dudelsack und spielte eine sanfte, beruhigende Melodie. Er hatte alle Mühe, sich darauf zu konzentrieren, war er doch jahrzehntelang als Beschützer der wilden Pferde durch die Wälder der Waldlande gestreift, und nun versetzte ihn schon die bloße Vorstellung dieser elenden Kreaturen auf diesen schönen und anmutigen Geschöpfen in Rage.

Ohne besonders auf die zu Fuß herumwuselnden Goblins zu achten, peilte der Zentaur sein nächstes Ziel an und nahm die Verfolgung auf. Er wusste genau, wie er mit seinem Dudelsack mit Pferden reden konnte, und so setzte er anstelle von Pfeilen seine Musik als Waffe ein. Als er unter einem Ast hindurchgetaucht war und hinter einem Gebüsch auf eine sandige Lichtung stieß, verzog sich sein Mund zu einem Grinsen, und er musste einen Lachanfall unterdrücken, um nicht ungewollt wieder in die Pfeifen zu blasen. Denn da saß ungefähr zehn Fuß von ihm entfernt der Goblin, trat dem Pferd verzweifelt in die Flanken und zerrte wie wild an dem Strick, den er diesem als Zügel um den Hals gebunden hatte.

Das Pferd aber hatte den Ruf des Zentauren gehört und rührte sich nicht von der Stelle.

Es erforderte einige Fingerfertigkeit, doch Bradwarden spielte mit einer Hand weiter und griff mit der anderen nach seinem schweren Knüppel, während er sich leise Schritt für Schritt heranschlich. Der Goblin drehte sich kurz nach ihm um und hopste dann weiter verzweifelt in seinem Sattel auf und ab.

Das Pferd wieherte leise und rührte sich nicht vom Fleck. Nun brach der Zentaur in schallendes Gelächter aus und klemmte sich den Dudelsack unter den Arm. »Bist du bald fertig?«, fragte er trocken.

Der Goblin hörte auf herumzuhampeln und drehte langsam seinen häßlichen Kopf herum, bis er den furchteinflößenden Zentauren unmittelbar neben sich stehen sah. Er erhob ein wildes Geschrei, das jedoch von der Keule erstickt wurde, die im selben Moment herabsauste, seinen Schädel zertrümmerte und ihm das Genick brach. Das Ungeheuer kippte vom Pferd und schlug hart am Boden auf, wo es zuckend sein Leben aushauchte.

Doch Bradwarden nahm gar keine Notiz davon. »Lauf und versteck dich im Wald!«, sagte er zu dem Pferdchen, nahm ihm den Strick ab und gab ihm einen liebevollen Klaps aufs Hinterteil. »Ich ruf dich schon, wenn es Zeit ist zu gehen.«

Dann sah er auf den Goblin herab, der noch immer zuckend am Boden lag, und schüttelte verständnislos den Kopf. Das war jetzt der zweite, den er erwischt hatte, als er gerade lospreschen wollte. Aber der erste hatte wenigstens so viel Verstand gehabt, abzusteigen, als sein Pferd dastand wie angewurzelt.

Der hier war ein guter Reiter für einen Goblin, merkte Nachtvogel, als Symphony sich anstrengen musste, um ihn einzuholen. Außerdem kannte er sich gut aus in dieser Gegend, denn er wich immer nur kurz vom Weg ab, und das auch nur, um gleich darauf wieder auf einem neuen Pfad zu landen. Und obgleich er sein Pferd in vollem Galopp laufen ließ, wusste er genau, wann er sich ducken oder ausweichen musste.

Doch Symphony war ihm allemal gewachsen und setzte ihm mit kraftvoller Anmut nach.

Der Goblin war jetzt ein gespenstischer grauer Schemen im Nebel vor ihnen. Nachtvogel presste die Schenkel fest um den Leib des Pferdes, hob den Bogen und schoss, aber das Pferd des Goblin schlug einen Haken, und der Pfeil flog an ihm vorbei.

Nachtvogel schmiegte sich dicht an den Pferderücken, als Symphony einen Bogen machte. Als der Weg wieder geradeaus führte, brachte er Falkenschwinge erneut in Anschlag, doch just in dem Moment, als der Hüter schießen wollte, duckte sich der Goblin unter einem niedrigen Ast, der quer über den Weg hing, und der Schuss ging erneut ins Leere.

Zähneknirschend zog der Hüter ebenfalls den Kopf ein. Er fürchtete schon, dass es diesmal eine langwierige Jagd werden würde, denn der vor ihm liegende Pfad sah alles andere als übersichtlich aus. Schließlich, nach einem scharfen Galopp, sah er den Goblin wieder vor sich. Er saß aufrecht da und blickte sich um.

Und dann zog es ihn auf einmal wie von Geisterhand aus dem Sattel, und er hing hilflos in der Luft, während sein Pferd weitergaloppierte.

Der Kerl strampelte sekundenlang wie wild mit Armen und Beinen ins Leere, dann baumelte er plötzlich schlaff herab und drehte sich langsam um sich selbst. Als er näher kam und Belli'mar Juraviel über dem Kopf des Goblin auf einem Ast hocken sah, begriff Nachtvogel, was passiert war. Ein Ende seiner Elfenschnur hatte er an diesem Ast festgebunden, das andere hatte sich um den mageren Hals des Goblin festgezogen.

»Willst wohl deine Pfeile sparen, was?«, fragte der Hüter spöttisch.

Noch ehe Juraviel antworten konnte, hörten sie plötzlich

Lärm, und der Elf flatterte schnell höher in den Baum hinauf. Zwar konnte er auch von diesem Ausguck aus nicht viel von dem sehen, was sich da unten im Nebel abspielte, aber seinen scharfen Ohren entging dennoch kein Wort. »Sieht ganz so aus, als wäre es vorbei mit den Überraschungsangriffen!«, rief er zu Elbryan hinunter. »Die Goblins formieren sich schon wieder.«

Er hatte den Satz kaum ausgesprochen, da ertönte eine andere Stimme laut und vernehmlich durch die frische Morgenluft. »Sehr freundlich, dass ihr euch alle so schön in Reih und Glied aufstellt!«, brüllte Bradwarden. »Das macht mir die Sache viel leichter.«

Wie nicht anders zu erwarten, war daraufhin wieder tumultartiger Lärm zu hören.

»Anscheinend will Bradwarden ein bisschen mitmischen bei der Aufstellung«, sagte Juraviel trocken, und schon war er auf und davon und hüpfte behende von Ast zu Ast.

Symphony machte auf Nachtvogels Geheiß einen Satz vom Weg herunter in die Büsche und folgte schnurstracks Bradwardens Stimme. In der Eile konnten sie es beide nicht vermeiden, sich im Unterholz etliche Schrammen zuzuziehen. Einmal bogen sie zu eng um einen dicken Baum, so dass Nachtvogels Bein gegen den Stamm prallte. Doch der Hüter biss die Zähne zusammen und hielt sich lediglich schützend den Arm vors Gesicht, dann presste er sich flach gegen den Hals des Pferdes, klammerte sich fest und zog die Beine, so gut es ging, an.

Auch Symphony, der die Gefahr witterte, nahm die kleinen Kratzer stillschweigend in Kauf, ohne sein Tempo zu verringern. Kurz darauf hatten sie das letzte Gebüsch hinter sich gelassen und fanden sich am Rande einer runden Mulde wieder.

Ein Goblin lag bereits mit gespaltenem Schädel da, ein anderer wand sich vor Schmerzen und hielt sich seine zertrümmerte Schulter. Doch es waren immer noch acht von ihnen übrig, die Bradwarden umzingelt hatten und mit Speeren und Schwertern auf ihn einstachen, während der Zentaur wie wild um sich schlug, um sich die Kerle vom Leib zu halten. Er schlug nach allen Seiten aus, ließ seine Keule mit gewaltigen Schwüngen durch die Luft zischen und stieß dabei wüste Drohungen aus. Lange würde er diesen Kurs allerdings nicht mehr durchhalten können, denn allmählich ließen seine Kräfte nach, und die Goblins umringten ihn bei jeder Drehung ein wenig enger.

Auf einmal entdeckte der Zentaur Nachtvogel und Symphony, die sich gerade ins Getümmel stürzten. »Habt euch ja reichlich Zeit gelassen!«, brüllte er und schöpfte neue Kraft. Er machte kehrt und rannte in die andere Richtung, um die einen Goblins vor sich herzuscheuchen und die anderen hinter sich vom Angriff des nahenden Hüters abzulenken.

Nachtvogel schwang das linke Bein über den Sattel, zog den rechten Fuß aus dem Steigbügel und stand im nächsten Moment aufrecht auf dem dahinfliegenden Pferd. Als die letzten Goblins sich umdrehten und merkten, was hinter ihnen vor sich ging, sprang er ab, und Symphony schlug einen scharfen Haken nach links.

Mit ungebremstem Schwung rammte der Hüter jetzt dem nächstbesten Goblin sein Schwert in den Leib, bevor dieser dazu kam, den Stoß abzuwehren.

Sofort zog er das Schwert wieder heraus und vollführte eine Rolle, um den Schwung abzufangen und auf ein Knie gestützt mit einem kraftvollen Streich den nächsten Goblin-Speer abzuschmettern.

Der Wicht verlor das Gleichgewicht und stolperte dem Hüter entgegen, geradewegs in dessen Schwertspitze hinein. Nachtvogel stieß zu, dann holte er aus und schleuderte das aufgespießte Bündel mit kräftigem Schwung hinter sich, sprang schnell auf und ließ seine Klinge klirrend gegen das Schwert des nächsten Angreifers sausen. Der war für Goblin-Verhältnisse ein geschickter Kämpfer und schlug in schneller

Folge ein paarmal hintereinander auf seinen Gegner ein, was dieser jedoch jedesmal prompt zu parieren wusste. Als seine Kräfte nachließen, wollte der Goblin den Rückzug antreten, doch jetzt ging der Hüter zum Angriff über. Immerhin gelang es dem Goblin, die ersten beiden Stöße abzuwehren.

Angespornt vom Auftauchen seines Freundes, war auch Bradwarden nicht untätig geblieben, wenn er auch keine direkten Treffer zu verzeichnen hatte. Doch den Goblins ging es nicht anders, offensichtlich abgelenkt vom Anblick des Nachtvogels, dessen Name sie schon in ihren schlimmsten Alpträumen verfolgte. Als der dritte dem Elfenschwert zum Opfer fiel, hatten die übrigen fünf genug gesehen und ergriffen die Flucht in den Schutz der Bäume.

Nachtvogel wollte hinterher, aber er blieb verdutzt stehen, als etwas knapp an seinem Gesicht vorbeizischte. Das Etwas bohrte sich tief in die Kniekehle eines Goblin und brachte dessen Fluchtversuch ins Wanken; da wusste Nachtvogel Bescheid. Dann kam ein zweiter winziger Pfeil vorbei und erwischte den nächsten Goblin, aber der Elf hatte ein bisschen zu tief gezielt, und der Goblin rannte, mit dem Geschoss in der Kehrseite, wie ein geölter Blitz davon.

»He, rennt doch nicht so, ich kann nicht mehr!«, jammerte Bradwarden und warf dem nächstbesten flüchtenden Goblin seine Keule hinterher. Das Ding flog zwar an ihm vorbei, doch der Goblin blieb stehen und schaute, und dann sah er sich um – und bemerkte, dass Nachtvogel seitlich im Gebüsch verschwunden war, hinter dem anderen her, den Juraviel verkrüppelt hatte. Im Rücken des Goblin landete Bradwardens Keule im Gestrüpp.

Da verzog sich sein häßliches Gesicht zu einem boshaften Grinsen. »Jetzt siehst du aber blass aus!«, meinte er und rannte mit gezücktem Schwert wieder auf Bradwarden los.

»Dummkopf!«, murmelte der Zentaur. »War das dein Bruder da auf dem Pferd?« Und mit einem gewaltigen Satz drehte sich Bradwarden einmal um sich selbst und streckte dem Goblin sein Hinterteil entgegen. Dann schlug er wie wild mit den Hinterbeinen aus, ein Huf erwischte den Goblin an der Schulter, der andere traf seinen Brustkorb. Der Tritt schleuderte den Kerl zwanzig Fuß weit rückwärts, wo er wild mit Armen und Beinen rudernd unsanft im Gebüsch landete.

Der Zentaur trabte seelenruhig an der benommenen Gestalt vorbei und holte sich seine Keule zurück. Dann baute er sich triumphierend vor dem Goblin auf und sagte spöttisch: »Wer sieht jetzt blass aus, he?« Und schon sauste der Knüppel herab.

In der Mitte der Senke erledigte Juraviel noch ein paar, die sich am Boden wälzten, dann suchte er im Gebüsch nach demjenigen, dem er in die Kniekehle geschossen hatte, und fand ihn tot in einer Blutlache, das Ergebnis eines gezielten Schwertstoßes in den Hinterkopf.

»Wo ist der Hüter?«, fragte Bradwarden, als Juraviel auftauchte. Symphony stand neben dem Zentauren und stampfte kräftig mit den Hufen.

»Ich schätze, auf der Jagd«, erwiderte der Elf gelassen. Bradwarden schaute hinüber in den nebligen Wald und grinste.

Der Goblin lehnte an einem Baum und rieb sich sein Hinterteil in dem vergeblichen Bemühen, den Schmerz zu lindern. Er traute sich nicht, nach dem Pfeil zu greifen, den ihm Juraviel verpasst hatte. Plötzlich hörte er ein Geräusch und erstarrte mit vor Schreck weit aufgerissenen Augen, doch es waren nur zwei seiner Kumpane.

Der eine versuchte, den Pfeil herauszuziehen, aber der Goblin schrie auf vor Schmerz, so dass er damit aufhörte und ihm den Mund zuhielt.

»Still!«, sagte der dritte streng. »Willst du uns den Nachtvogel und diesen Pferdemenschen auf den Hals hetzen? Hast eh schon eine schöne Spur hinterlassen …«

Er verstummte, und alle drei starrten auf die unübersehbare Blutspur.

Dann sahen sich drei Augenpaare erschrocken an, und keiner sagte ein Wort.

Auf einmal ließ sich Nachtvogel von einem Ast herabfallen und landete mitten zwischen ihnen. Blitzartig traf seine Faust den einen Goblin, dann sauste sein Schwertknauf hernieder, und die blanke Klinge schoss nach vorn. Mit der Rückhand schlitzte er den taumelnden Goblin diagonal von der Hüfte bis zur Schulter auf, dann fuhr er herum und verpasste dem ersten einen kräftigen Hieb über den Schädel, als dieser versuchte, sich nach dem Faustschlag wieder aufzurappeln und seinen unhandlichen Speer zum Einsatz zu bringen.

Der Hüter brauchte länger, um Sturmwind wieder aus dem gespaltenen Schädel zu befreien, als es gedauert hatte, alle drei zu erledigen.

Ein Weilchen später stieß Elbryan auf der Straße wieder zu seinen Freunden, die es sich inzwischen in der ungewöhnlich warmen Sonne bequem gemacht hatten und gerade Bradwardens schweren Weinschlauch herumgehen ließen – der, wie er wusste, mit feinstem Elfenwein gefüllt war, dem *Questel ni'touel*, allgemein bekannt als Elfennebel.

»Ich soll wohl ganz allein weiterjagen, was?«, sagte der Hüter mit gespieltem Ärger. »Drei sind uns entwischt, und statt dass sich jeder von uns einen davon vornimmt, finde ich mich auf einmal als einziger da draußen im Wald wieder.«

»Wie viele hast du denn überhaupt erledigt, Hüter?«, fragte der Zentaur.

»Sie waren alle auf einem Haufen«, erklärte Elbryan.

»Dann war's ja umso einfacher«, sagte Juraviel.

»Und da jammerst du noch rum?«, meinte Bradwarden und nahm noch einen kräftigen Schluck; dann hielt er dem Hüter den Schlauch hin.

Dieser lehnte lächelnd ab. »Ich trinke kaum Elfennebel«, sagte er. »Immer wenn ich ihn an den Mund setzen will, tun mir die Arme weh«, erklärte er in Anspielung auf seine ersten

Jahre bei den Touel'alfar, als er jeden Morgen die Melksteine im Moor einsammeln und über dem Trog ausquetschen musste, bis er einen Muskelkater hatte.

Das war natürlich nicht ernst gemeint, doch Bradwarden war nie um eine Antwort verlegen, wenn es darum ging, einen Scherz zu parieren. »Du jammerst ja schon wieder rum«, beschwerte er sich. »Also, hör mal, Elf, du und deine Leute, ihr hättet wirklich lieber einen von meiner Sorte zum Hüter machen sollen.«

»Das haben wir ja versucht, lieber Bradwarden«, sagte Juraviel und nahm ihm den Weinschlauch weg. »Und ein Zentaur, den die Elfen ausgebildet haben, ist wahrhaftig ein gnadenloser Kämpfer, nur leider ein bisschen schwerfällig.«

Bradwarden murrte leise vor sich hin. »Erst klaut er mir den Wein, und dann wird er auch noch frech«, sagte er zu Elbryan, als der jetzt sein Schwert wieder in der Scheide an Symphonys Sattel verstaute. Anschließend untersuchte Elbryan das Pferd sorgfältig, wobei er eine besonders böse Schramme an Symphonys Hals entdeckte. Erleichtert stellte er fest, dass sie bereits von sanften Elfenhänden behandelt worden war. »Ob ich wohl den Rest meines Lebens damit zubringen werde, diese Schurken durch den Wald zu hetzen?«, fragte er auf einmal, und sein ernster Tonfall ließ sowohl den Zentauren wie den Elfen aufhorchen.

»Wenn du so weitermachst, hast du bald die ganze Gegend aufgeräumt«, sagte Juraviel schmunzelnd, doch die beiden anderen sahen ihn nur entsetzt an.

»Das will ich nicht hoffen!«, erwiderte Elbryan lachend und nahm Juraviel den Weinschlauch aus der Hand.

Nun mussten die anderen beiden ebenfalls lachen, denn wenn sie es recht bedachten, konnten sie den Hüter verstehen. Das Auftauchen der Goblins, Riesen und Pauris war gewiss eine schlimme Sache für die Bevölkerung dieser Gegend; dieser schreckliche Krieg hatte Häuser und Familien zerstört und viele Tote gefordert. Doch mit der Angst und der Finsternis hatte sich auch eine Art Zusammengehörigkeitsgefühl entwickelt, eine Kameradschaft und Zweckgemeinschaft von Leuten, die unter anderen Voraussetzungen vielleicht nicht einmal Freunde gewesen wären. Und zweifellos war diese letzte Phase des Krieges, das Zurückerobern des Landes, nachdem all die hilflosen, unschuldigen Menschen außer Gefahr waren, die schönste Belohnung. So wie an jenem Morgen, als die drei Freunde an der Spitze von Tomas Gingerwarts Karawane geritten waren und das Goblin-Lager erspäht hatten. Blitzschnell hatten sie sich etwas ausgedacht, und schon war die Jagd im Gange.

Elbryan, bei weitem der Jüngste der drei, fand das Ganze besonders aufregend. In solchen Momenten, wo er sein ganzes bei den Elfen erlerntes Können einsetzen konnte und zu dieser anderen Person, zum Nachtvogel, wurde, fühlte er sich immer am lebendigsten.

»Gingerwart«, meinte Bradwarden, als er über der Straße nach Süden eine Staubwolke aufsteigen sah. Endlich begann sich der Nebel aufzulösen.

Elbryan betrachtete die Bewegungen in der Ferne. Nun war der Weg frei für einen weiteren Tagesmarsch. In zwei oder drei Tagen würden sie in Dundalis sein oder dem, was davon noch übrig war.

10. Der Menschenfreund

»Ich werde in dieser Stadt schon aufräumen!«, sagte der neue Bischof entschieden – auf ganz normalem, nicht auf telepathischem Wege. Dennoch konnte Markwart ihn ganz deutlich hören, obwohl der Körper des ehrwürdigen Vaters hundert Meilen weit entfernt in seinen Privatgemächern von St. Mere-Abelle saß.

»Ich habe bereits Maßnahmen ergriffen«, fuhr De'Unnero

fort und gewann allmählich seine Fassung wieder, die von Markwarts unerwartetem Erscheinen erschüttert worden war.

Der Abt nickte – und fand es höchst erstaunlich, dass sich selbst solche wortlosen Signale auf spirituellem Wege kristallklar übertragen ließen. Als er das letzte Mal mit Hilfe des Seelensteins zu De'Unnero gekommen war, hatte er sich lediglich grob verständlich machen und dem Abt von St. Precious zu verstehen geben können, er solle ebenfalls seinen Seelenstein zur Hand nehmen, damit sie sich direkt auf der geistigen Ebene verständigen konnten. Diesmal hingegen war dieser Umweg gar nicht nötig gewesen, denn Markwart hatte seinen Geist so vollständig nach Chasewind Manor übertragen, dass er De'Unneros Körper direkt ansprechen konnte, eine Kommunikationsebene, die weit über alles hinausging, was sie bisher erreicht hatten, obgleich De'Unnero jetzt keinen entsprechenden Seelenstein in der Hand hielt. Markwart kam es fast so vor, als könne er seinen Körper tatsächlich einfach so an diesen weit entfernten Ort schicken.

Und natürlich war auch De'Unnero beeindruckt.

Markwart beobachtete ihn genau und sah die Machtgier im Gesicht des anderen. Marcalo De'Unnero war schon immer ehrgeizig gewesen. Dennoch hatte er stets Selbstbeherrschung geübt. Selbst wenn er mitten in einen Haufen Goblins gesprungen war, hatte er noch einen kühlen Kopf bewahrt und sich von seinem Verstand lenken lassen.

»Du musst aufpassen, dass du deine Grenzen nicht überschreitest«, erklärte Markwart. »Der König wird genau aufpassen, ob es ihm etwas nützt, wenn ein Bischof einen seiner Barone ersetzt.«

»Dann muss ich also besonders auf irgendwelche Gesandten aus Ursal achten«, erwiderte De'Unnero. »Und ich versichere Euch, dass ich die Soldaten des Königs, angeführt von Hauptmann Kilronney, von den unangenehmeren Schritten fernhalten werde, die ich unternehmen muss, um zum Ziel zu kommen. Die Stadtwache genügt dafür. – Ich werde alle Steine zurückholen, die es in der Stadt gibt. Auf diese Weise gehen mir auch die Freunde des Ketzers ins Netz, wenn sie hier sind.«

»Die Kaufleute werden sich beim König beschweren«, wandte Markwart ein. Aber der Abt dachte an ganz etwas anderes. Er dachte an De'Unneros letzte Bemerkung und das, was dabei unausgesprochen im Raum gestanden hatte. Markwart hatte den Eindruck, dass der neue Bischof ihn zum Narren hielt, denn er konnte spüren, dass De'Unnero eigentlich nicht daran glaubte, dass die Konfiszierung der Edelsteine in der ganzen Stadt ihn auf die Spur von Avelyns Freunden führen würde. Nein, dachte Markwart, das hatte der andere nur gesagt, um ihn zu besänftigen. Doch das Ganze konnte Markwart nur recht sein, denn wenn De'Unnero noch eine bessere Idee hatte, dann wusste er höchstwahrscheinlich, wo sich die Flüchtigen aufhielten.

De'Unnero grinste breit. »Die Kaufleute tun, was ich sage«, erklärte er. »Sie haben viel zuviel Angst vor mir, um sich an König Danube zu wenden.«

Markwart wusste, dass De'Unnero ein gefährliches Spiel trieb. Er konnte nicht sämtliche Kaufleute und ihre vielen Wächter und Kundschafter im Auge behalten. Das Vorgehen des neuen Bischofs gegen die Kaufmannsgilde würde sich sicher bald bis nach Ursal herumsprechen, wenn das nicht bereits geschehen war. Doch fasziniert von den Möglichkeiten, die in alldem lagen, zögerte der Abt noch immer, seiner Schachfigur Einhalt zu gebieten. Angenommen die Kirche forderte alle heiligen Steine zurück mit der Behauptung, dies sei ein göttlicher Befehl? Solange der König nichts unternehmen würde, wären die Kaufleute machtlos.

»Und selbst wenn sie dem König Bescheid sagen«, fuhr De'Unnero fort und grinste noch breiter, »haben wir immer noch eine Entschuldigung für unser Vorgehen. König Danube weiß von dem Diebstahl der Steine – schließlich waren es seine eigenen Leute, die den Verräter Jojonah zum Scheiterhaufen geführt haben. Wenn wir also diese Steine als Drohung benutzen ...« Der Bischof verstummte und ließ den Rest des Satzes im Raume stehen.

Und das hörte sich für den ehrwürdigen Vater tatsächlich verlockend an. Vielleicht war es ja Zeit, dass die Abellikaner sich ihre Steine – alle Steine – zurückholten. Das würde sie für die gestohlenen mehr als entschädigen. Vielleicht war es Zeit für die Kirche, sich wieder durchzusetzen und die beherrschende Macht im Leben jedes einzelnen in der zivilisierten Welt zu werden.

Was für ein Erbe würde Dalebert Markwart dann hinterlassen!

»Das Behreneser-Viertel in Palmaris ist nicht zu unterschätzen«, sagte Markwart aus einer plötzlichen Eingebung heraus.

»Unten am Fluss«, bestätigte De'Unnero.

»Mach ihnen das Leben ordentlich schwer!«, forderte Markwart ihn auf. »Wir brauchen so viele offizielle Feinde wie möglich.«

De'Unneros Grinsen zeigte, dass ihm die Idee keineswegs missfiel. »Und was ist mit den Steinen?«, fragte er. »Darf ich weitermachen?«

Nun war das Amüsement auf Markwarts Seite, denn ihm war klar, dass der ehrgeizige Bischof sowieso weitermachen würde, mit oder ohne seine Erlaubnis. »Ja, tu das«, sagte er. »Aber geh nicht zu weit. Ich bin sicher, wir können König Danube auf unserer Seite behalten, aber nur, wenn wir nicht die gesamte Kaufmannsgilde verärgern.«

Dann ließ Markwart die Verbindung abreißen, und sein Geist kehrte wieder aus Chasewind Manor zurück nach St. Mere-Abelle. In Wahrheit machte er sich keine allzu großen Sorgen darüber, ob sie die Kaufleute oder den König verärgern würden, denn Markwart fing langsam an, seine Macht zu spüren. Er glaubte daran, dass der Krieg das Kräfteverhältnis im Reich zugunsten der Kirche verschoben hatte, und die Ernennung De'Unneros zum Bischof eröffnete dem ehrwürdigen Vater ungeahnte Wege.

Was für Möglichkeiten! Wie weit würde seine Macht gehen?

Wieder in seinen Privaträumen in St. Mere-Abelle, betrachtete der Abt den Hämatit in seiner Hand. Erneut dachte er darüber nach, wie perfekt diese Geistreise doch vonstatten gegangen war und dass er das Gefühl gehabt hatte, er könne seinen Körper einfach mitnehmen, anstatt nur seinen Geist fortzuschicken. Welch ungeahnte Macht ihm das verschaffen konnte! Jederzeit an jedem beliebigen Ort sein zu können, ohne die geringsten Spuren zu hinterlassen.

Was für Möglichkeiten taten sich da auf! Vielleicht konnte er so bis nach Ursal, bis an den Hof, ja, bis auf den König selbst zugreifen.

An diesem Morgen war der Abt bester Laune gewesen, und das ließ Bruder Francis hoffen, dass er die Nachricht von der Flucht Braumins und der anderen einigermaßen gut aufnehmen würde. Nachdem Markwart im ersten Moment gefährlich rot angelaufen war, hatte er sich wirklich ziemlich schnell wieder gefangen und sogar ein schiefes Grinsen zuwege gebracht.

»Sie sind also alle fünf verschwunden?«, fragte der Abt ruhig.

Francis nickte.

»Bist du auch ganz sicher, dass diese Verschwörer nicht mehr in St. Mere-Abelle sind?«

»Ja, sie sind weg, ehrwürdiger Vater«, antwortete Francis beflissen und schlug die Augen nieder.

»Die Abtei ist groß«, meinte Markwart. »Und es gibt hier viele dunkle Ecken.«

»Ich bin sicher, dass sie auf und davon sind«, erwiderte Francis, »und nicht daran denken, wieder zurückzukommen.«

»Und was haben sie mitgenommen?«, fragte Markwart, und in seiner Stimme schwang zunehmend Unmut mit.

Francis zuckte überrascht die Achseln.

»Die Steine«, bellte Markwart. »Haben sie irgendwelche heiligen Steine mitgenommen?«

»Nein, ehrwürdiger Vater«, stieß Francis hervor. »Nein, ganz bestimmt nicht.«

»Unsinn!«, fuhr ihn der Abt an. »Hol dir ein Dutzend Brüder, und lass sie eine Bestandsaufnahme machen!«

»Jawohl, ehrwürdiger Vater«, erwiderte Francis, und während er kehrtmachte, hätte er sich dafür ohrfeigen können, dass er diese Reaktion nicht vorausgesehen hatte. Natürlich musste Markwart nun befürchten, dass ihn der Fluch des Avelyn Desbris noch einmal treffen würde.

»Wo willst du hin?«, rief ihm Markwart hinterher.

»Ihr habt doch gesagt, ich soll eine Bestandsaufnahme machen«, stotterte der Mönch.

»Wenn wir fertig sind!«

Sofort trat Francis wieder vor den Schreibtisch und stand stramm, als erwarte er einen Urteilsspruch.

Markwart überlegte eine ganze Weile, während er sich immer wieder über sein zerknittertes Kinn strich. Schließlich schien sich sein Gesicht aufzuhellen.

»Und ich fürchte, ehrwürdiger Vater«, fuhr Francis jetzt fort, »dieser Küchenjunge namens Roger Billingsbury ist ebenfalls verschwunden.«

»Und was kümmert mich das?«, wollte Markwart wissen.

Bruder Francis starrte ihn verständnislos an. Hatte Markwart nicht eine Liste des gesamten Personals verlangt? Und hatte er ihm nicht zu verstehen gegeben, dass es möglicherweise in der Abtei einen Spion gab? Francis fragte sich, ob es klug gewesen war, Roger zu erwähnen. Er hatte angenommen, dass der ehrwürdige Vater beim Überprüfen der Liste zu derselben Schlussfolgerung gelangt war wie er. Da sonst niemand in Frage kam, war Francis' Verdacht unschwer auf Roger gefallen.

»Hast du nicht selber gesagt, dass die Arbeitskräfte häufig

schnell wieder verschwinden«, erinnerte ihn Markwart, »und dass es deshalb schwierig wäre, eine Liste aufzustellen?«

Francis wurde nachdenklich. Warum versuchte der ehrwürdige Vater die offensichtliche Verschwörung zwischen Braumins Schar und dem verdächtigen Küchenjungen so herunterzuspielen? Bis jetzt hatte Markwart doch immer ein geradezu paranoides Misstrauen an den Tag gelegt – oder sich vielmehr nach Kräften bemüht, alles, was in den letzten paar Jahren in St. Mere-Abelle vorgefallen war, Avelyn, Jojonah und deren Anhängern in die Schuhe zu schieben.

»Das verstehe ich nicht, ehrwürdiger Vater«, erwiderte Francis.

Markwart sah ihn fragend an.

»Euren Sinneswandel, meine ich«, erklärte Francis. »Ich hatte gedacht, Ihr würdet wütend sein.«

»Wütend?«, wiederholte der Abt entgeistert. »Wütend, weil unsere Widersacher uns einen großen Gefallen getan haben? Verstehst du denn nicht, mein Sohn? Braumin Herdes Flucht ist ein klares Schuldbekenntnis und zeigt das endgültige Scheitern von Jojonahs kleiner Verschwörung.«

»Vielleicht hatten sie einfach nur Angst«, wagte Francis einzuwenden.

Markwart sah ihn durchdringend an, sodass er einen Schritt zurückwich. »Sie hätten nichts zu befürchten gehabt, wenn sie die Ordensregeln befolgt hätten«, stellte der Abt fest. »Es bereitet mir großes Vergnügen, zu sehen, wie ich Ketzer in Angst und Schrecken versetze. Wenn wir sie erwischen – und das werden wir, verlass dich drauf –, dann können wir uns ganz genau ansehen, wie weit ihre Angst geht.«

Francis trat unbehaglich von einem Fuß auf den anderen bei der Vorstellung, welche Bestrafung Markwart sich ausdenken würde, und dass er selbst Braumin und die anderen womöglich diesem Schicksal ausgeliefert hatte.

»Du wirkst niedergeschlagen, mein Sohn«, meinte Markwart.

Francis hatte das Gefühl, als müsse er unter dem scharfen Blick des alten Abtes im Boden versinken. »Ich befürchte nur ...«, hob er an, doch dann verstummte er wieder und suchte nach Worten. »Bruder Braumin ist zweifellos auf dem Irrweg«, sagte er schließlich. »Und die anderen auch.«

»Aber?«, fragte Markwart.

»Aber das war nicht immer so – zumindest nicht bei Bruder Braumin«, sagte Francis.

»Und du glaubst, wir könnten ihnen helfen, wieder auf den rechten Weg zurückzufinden?«

Francis nickte. »Mit Nachsicht vielleicht«, meinte er. »Und Großzügigkeit. Wäre es nicht besser für den Orden und für Euer Vermächtnis, wenn es Euch gelänge, Jojonahs Jünger wieder bei Euren Schäfchen einzureihen? Würde es uns nicht mehr nützen, einen mit Bruder Braumins Fähigkeiten auf den rechten Weg zurückzuführen? Und am Ende würde er wahrscheinlich zu einem leidenschaftlichen Kritiker von Jojonah und Avelyn werden, ein leuchtendes Beispiel für einen, der in die Finsternis hinabgesunken war und schließlich doch wieder zum Licht emporgestiegen ist.« Francis versuchte verzweifelt, überzeugend zu klingen, denn er wollte einfach keinen seiner Klosterbrüder mehr brennen sehen. Doch während er noch mit Feuereifer auf Markwart einredete, wurde ihm klar, dass er nach einer Sternschnuppe griff. Selbst wenn Markwart sich darauf einließ, was wäre mit Bruder Braumin Herde? Da hatte Francis seine Zweifel. Höchstwahrscheinlich würde dieser sture Prinzipienreiter Markwart noch vom Scheiterhaufen herab anklagen. Diese Erkenntnis betrübte Francis mehr, als er gedacht hätte, aber er redete trotzdem voller Inbrunst weiter. »Ich frage mich ja nur, ob wir nicht aus der ganzen Sache noch größeren Gewinn ziehen könnten.«

»Nein, Bruder Francis, das tust du nicht«, sagte Markwart salbungsvoll. »Aus deinen Worten spricht nicht Pragmatismus, sondern Mitleid.«

»Mitleid ist doch eine Tugend«, erwiderte Francis ruhig.

»Ganz recht«, meinte der Abt und legte Francis den Arm um die Schultern, eine ungewohnte Geste für den sonst so spröden Mann, die Francis ziemlich beklommen machte.

»Aber nur, wenn es einer auch verdient«, fuhr Markwart fort. »Oder würdest du etwa mit einem Goblin oder Pauri Mitleid haben?«

»Da sind ja auch keine Menschen«, wollte Francis argumentieren, doch die Worte blieben ihm im Halse stecken, als Markwart anfing, ihn auszulachen.

»Ketzer auch nicht«, rief Markwart plötzlich aufgebracht, doch dann beruhigte er sich schnell wieder und fuhr in ungerührtem, beherrschtem Ton fort: »Eigentlich sind sie sogar noch weniger wert als Goblins und Pauris, denn als Menschen besaßen sie schließlich eine Seele und haben dann dieses Geschenk Gottes fortgeworfen und ihren Schöpfer beleidigt. Pauris sind noch eher zu bemitleiden als Ketzer, würde ich sagen, denn sie sind wirklich arme, elende Kreaturen. Pauris und Goblins sind von Natur aus schlecht, aber ein Ketzer, der sich von Gott abwendet, tut das aus eigenem Antrieb. Und das, mein Sohn, ist der Inbegriff der Sünde.«

»Aber können wir denn so eine verlorene Seele nicht retten, ehrwürdiger Vater?«, gab Francis zu bedenken.

Diesmal lachte ihn der Abt nicht einfach aus, sondern brachte ihn mit einem strengen, keinen Widerspruch duldenden Blick zum Schweigen. »Nimm dich in Acht, Bruder Francis!«, sagte er drohend. »Du bewegst dich an der Grenze zu diesen idealistischen Träumereien, die Jojonah und vor ihm schon Avelyn zu Fall gebracht und Bruder Braumin und seine Mitverschwörer zur Flucht gezwungen haben.«

»Aber hat denn nicht schon die heilige Gwendolyn gesagt, Liebe erzeugt wieder Liebe?«, entgegnete Francis und gab sich große Mühe, es wie eine harmlose Frage klingen zu lassen.

»Die heilige Gwendolyn war eine Närrin«, sagte Markwart beiläufig.

Francis musste mühsam an sich halten; mit schreckgeweiteten Augen biss er sich auf die Lippe, um ein atemloses Keuchen zu unterdrücken. Die Heiligen zu beleidigen – das wusste Francis noch ganz genau aus seiner Studienzeit –, war bei Strafe verboten, so stand es immer wieder in den Ordensregeln.

»Schau nicht so entgeistert«, sagte Markwart. »Du sollst – vielleicht«, fügte er listig hinzu und sah den anderen von oben bis unten an – »bald ein Meister werden, da musst du langsam die Wahrheit vertragen. Gwendolyn war eine Närrin, und das wissen zweifellos auch die meisten meiner Kollegen.«

»Die Heiligsprechung ist einstimmig erfolgt«, wandte Francis ein.

»Weil es gerade zweckmäßig war«, erklärte Markwart. »Gwendolyn war die einzige, die von den Ordensfrauen in Frage kam, und wenn du einmal aufmerksam die Geschichte dieser unruhigen Zeiten nachliest, wirst du begreifen, dass es damals notwendig war, die Frauen auf diesem Wege ruhigzustellen. So kürte man also eine Heilige. Versteh mich nicht falsch, mein Sohn, Gwendolyn hatte ein gutes Herz und ein freundliches Wesen. Aber sie hat – genau wie Jojonah – nie die großen Wahrheiten und die höheren Zwecke berücksichtigt. – Nimm dich in Acht«, sagte er noch einmal. »Und hüte dich, ein Humanist zu werden.«

»Ich weiß gar nicht, was das ist«, meinte Francis.

»Hüte dich davor, die Rechte eines Einzelnen über das große Ganze zu stellen«, erklärte Markwart. »Ich dachte, ich hätte dir diese Schwäche ausgetrieben, als wir es mit den Chilichunks zu tun hatten, aber offensichtlich sitzt sie zu tief. Und deshalb sage ich es dir jetzt zum allerletzten Mal: Es gibt welche, unter ihnen Avelyn und Jojonah – und das war ihre größte Sünde –, die meinen, der Abellikaner-Orden wäre dazu da, seine Schäfchen zu hüten und sämtliche Wunden der Welt zu heilen, die seelischen wie die körperlichen. Sie hätten es am liebsten, wenn wir als arme Schlucker mit den heiligen

Steinen unter den Bauern herumliefen und ihnen allen das Leben verschönten.«

Francis sah ihn verwundert an, denn das hörte sich nicht gerade nach Sünde an.

»Dummköpfe!«, keifte Markwart erbost. »Die Kirche ist nicht dazu da, diese Welt zu verbessern. Ihre Aufgabe ist es, die Hoffnung auf eine andere Welt zu stärken. Würde St. Mere-Abelle vielleicht irgendwen beeindrucken, wenn es nur eine Bruchbude wäre? Natürlich nicht. Es sind unsere Pracht, unser Glanz und unsere Macht, die dem gemeinen Volk Hoffnung geben. Nur die Angst vor uns, den Stellvertretern des Rachegottes, führt sie auf den Pfad der Erleuchtung. Das kann ich dir gar nicht oft genug sagen, und ich warne dich, vergiss es nie! Sollen wir etwa dem Pöbel die Tore unserer Abtei öffnen? Sollen wir die heiligen Steine an das Volk verschleudern? Wo bleibt da das Mysterium, mein Sohn? Und ohne das Mysterium, wo bleibt da die Hoffnung?«

Francis versuchte verzweifelt, die überraschende Ansprache zu verdauen. Einige von Markwarts Argumenten klangen durchaus vernünftig, doch er kam nicht umhin, hier einige Widersprüche zu sehen. »Aber wir geben doch Steine ab, ehrwürdiger Vater«, wagte er einzuwenden. »An die Kaufleute und den Adel.«

»Das ist ein Tausch«, räumte Markwart ein. »Wir verkaufen einige der Steine, aber nur, um dafür unsere Macht und unseren Wohlstand zu vermehren. Wir müssen unseren Status aufrechterhalten, damit das einfache Volk zu uns aufschauen kann. Es ist unsere heilige Pflicht, dafür zu sorgen, dass die Kirche weit über dem Pöbel steht, und das zwingt uns gelegentlich zur Zusammenarbeit mit den weltlichen Mächten der Regierung und dem Kaufmannsstand.« Markwart lachte hämisch, aber in Bruder Francis' Ohren klang es ziemlich verbittert.

»Aber keine Angst, mein Sohn«, schloss der ehrwürdige Vater und brachte Francis zur Tür, »der Abellikaner-Orden ist ja jetzt mit einem Oberhaupt gesegnet, das sowohl über die Willenskraft als auch über die Fähigkeiten verfügt, die eine oder andere unliebsame Notwendigkeit der Vergangenheit abzuschaffen.«

Benommen machte Francis eine Verbeugung und ging hinaus. Er hatte aufrichtig Angst um Bruder Braumin und die anderen, aber noch mehr Angst hatte er davor, dass er womöglich ihrer Bestrafung würde beiwohnen müssen. Am allermeisten aber fürchtete er, dass man Braumin oder wahrscheinlich eher einen seiner schwächeren Anhänger nach St. Mere-Abelle zurückbringen würde und dieser dann unter der Folter Francis' Namen preisgeben könnte.

Würde Vater Markwart dann seine jahrelange treue Ergebenheit würdigen und Nachsicht üben, oder würden ihm seine »höheren Zwecke« einen anderen Weg vorschreiben?

11. Unverhoffter Geleitschutz

Das milde Sonnenlicht zauberte heute einen besonderen Glanz auf die Fluten des Masurischen Flusses. Immer wenn sich eine aufgeplusterte Wolke vor die Sonne schob, wurden Roger und seine fünf Begleiter daran erinnert, dass der Winter gerade erst begonnen hatte. Die Luft war kühl, ebenso wie die Gischt, die am Bug des riesigen Fährschiffs aufschäumte.

Der kleine Trupp war auf Umwegen hierher gekommen, aus Angst vor möglichen Verfolgern aus St. Mere-Abelle und weil sie erst noch ihr Äußeres verändern mussten – ein bisschen Bartwuchs und andere Kleidung anstelle ihrer auffälligen braunen Kutten. Nun war Palmaris endlich in Sicht, und sie näherten sich der Stadt von Marcalo De'Unnero mit einiger Beklommenheit. Ohne Zweifel wusste der Abt von St.

Precious inzwischen von ihrer Flucht, und Braumin war sicher, dass dieser gefährliche Mann sie trotz ihrer Verkleidung wieder kennen würde, wenn er sie jemals zu Gesicht bekäme.

Und so widerstand Roger dem Bedürfnis, noch schnell nach ein paar Freunden zu schauen, die er im Norden kennengelernt hatte und die vermutlich noch in Palmaris waren, und sie gingen von Bord in der Absicht, die Stadt auf schnellstem Wege im Norden wieder zu verlassen. Die Straßen waren ruhig, und sie kamen ohne größere Schwierigkeiten vorwärts, wobei sie ein paarmal in eine Seitengasse abbiegen mussten, um einer Abteilung Soldaten auszuweichen.

Als sie nach einer knappen halben Stunde das nördliche Stadttor vor sich sahen, stießen sie jedoch auf ein kleines Problem, denn niemand wurde ohne gründliche Durchsuchung von den grimmig dreinschauenden Wachtposten hinein- oder herausgelassen.

»Vielleicht hätten wir doch einen oder zwei Steine mitnehmen sollen«, meinte Bruder Castinagis. »Einen Bernstein zumindest, dann hätten wir im Norden der Stadt über den Fluss gehen können.« Zwei andere – besonders Bruder Viscenti – nickten eifrig.

»Der Diebstahl irgendwelcher Steine hätte uns mit Sicherheit Markwarts rastlose Verfolgung eingehandelt«, erinnerte sie Bruder Braumin. Sofort wurde Viscentis Nicken von ebenso eifrigem Kopfschütteln abgelöst.

»Wie sollen wir dann je wieder hier herauskommen?«, fragte Castinagis.

Braumin wusste es auch nicht, und so sah er Roger an.

Der nahm die Aufgabe klaglos an, ja, er fühlte sich sogar äußerst geschmeichelt und befaßte sich sogleich mit der Lösung des Problems. Schließlich hatte er einen denkbar einfachen Schlachtplan entworfen. Da das Wetter immer noch ziemlich mild war, rollten viele Wagen zu den Stadttoren hinaus. Bauern aus dem Süden belieferten andere Bauern im Norden, die ihr Land erst kürzlich von den Ungeheuern zurückerobert hatten, mit Heu und Gerätschaften.

Roger brachte die fünf Mönche zu einer Straße, in der ein Gasthaus neben dem anderen lag. Draußen standen die Wagen der Bauern, die noch schnell ein Gläschen trinken wollten, bevor sie nach Norden aufbrachen.

Schon hatten sie sich im Heu versteckt – immer zwei in einem Wagen. Es war feucht, stickig und ziemlich unbequem, aber bald setzten sich die Gefährte in Bewegung, und sie gelangten unbehelligt aus der Stadt hinaus. Am Tor hörten sie, wie die Wachtposten die Bauern ausfragten, aber es war nur eine flüchtige Kontrolle.

Im ersten Wagen hockten Bruder Castinagis und Bruder Mullahy. Sie krochen aus dem Heu hervor und sprangen unbemerkt ab, während der Kutscher weiterfuhr. Eine Weile trotteten sie noch hinter dem Wagen her, dann setzten sie sich an den Straßenrand und warteten.

Etliche Fuhrwerke kamen an ihnen vorbei, einige wollten in Richtung Norden, andere zurück in die Stadt. Dann entdeckten die beiden Bruder Dellman und Bruder Viscenti, die eilig die Straße hinabliefen, und kurz darauf erschienen auch Roger und Braumin Herde.

»Das war wirklich eine gute Idee!«, gratulierte Bruder Dellman dem Jungen.

»Halb so wild«, meinte Roger gleichwohl geschmeichelt. »Später wird der Weg einfacher. Die ersten paar Meilen werden wir sicher von allen Seiten begafft, aber nachher gibt es nur noch vereinzelte Häuser, und wir kommen hoffentlich bis nach Caer Tinella, ohne allzu viele dumme Fragen beantworten zu müssen.«

»Und dort treffen wir dann Avelyns Freunde?«, fragte Braumin.

Diese Frage hatte Roger seit ihrer Flucht aus St. Mere-Abelle unzählige Male zu hören bekommen, ohne dass er sie je hätte beantworten können. Er konnte nur vermuten, dass Pony und Elbryan nach Caer Tinella zurückgekehrt waren, zumal sie ja Bradwarden im Schlepptau hatten, aber genau wusste er es nicht. Er blickte von einem zum andern, und ihm war wieder einmal klar, dass alle fünf ihre ganze Hoffnung auf ihn gesetzt hatten. Es waren helle Köpfe, und jeder von ihnen war mindestens zwanzig Jahre alt, Braumin Herde sogar über dreißig. Und doch kamen sie ihm jetzt beinahe vor wie Kinder, die man an die Hand nehmen musste.

»Wenn sie nicht dort sind, werden wir sie schon irgendwo finden«, sagte Roger. Die Mönche lächelten von einem Ohr zum andern, und Bruder Viscenti sprudelte sofort über vor hoffnungsfrohen Bildern, in denen er sich ausmalte, wie sie mit Hilfe von Avelyns Freunden die Welt retten würden.

Roger ließ ihn einfach reden. Ihm taten diese Männer leid, und er fühlte mit ihnen. Sie hatten alles hingeworfen und sich zu Ketzern gemacht – obwohl sie die Strafe, die ihnen drohte, nur zu genau kannten! Jetzt hatten sie nur noch ihre Überzeugung, und das war keine Kleinigkeit, dachte Roger.

Doch von seiner Überzeugung allein wurde man nicht satt.

Und Überzeugungen konnten auch keinen Schwertstoß abhalten. Oder einen brennenden Scheiterhaufen löschen.

Sie marschierten bis tief in die Nacht hinein, um Palmaris möglichst weit hinter sich zu lassen. Aber als sie schließlich auf einem kleinen Hügel ihr Lager aufschlugen, konnten sie ganz in der Ferne noch immer die Lichter der Stadt sehen.

Später stand Roger allein auf der Anhöhe und schaute nach Süden auf die letzten hellen Punkte am Horizont, als Braumin Herde zu ihm trat. Eine Weile standen die beiden schweigend nebeneinander, zwei einsame Gestalten in einer Welt, die aus den Fugen geraten war.

»Vielleicht hätten wir einen kurzen Aufenthalt in Palmaris riskieren sollen«, meinte der Mönch. »Du hättest womöglich ein paar alte Freunde getroffen.«

Doch Roger schüttelte den Kopf, noch ehe Braunim zu Ende

gesprochen hatte. »Es wäre nett gewesen, den einen oder anderen wiederzusehen«, sagte er. »Aber ich denke, es war schon richtig, sofort wieder aus Palmaris zu verschwinden. Ich traue dem Frieden dort nicht.«

»Du meinst, du traust denen nicht, die da jetzt das Zepter in der Hand haben«, meinte Braumin kichernd. »Dabei sind es doch dieselben wie in St. Mere-Abelle.«

»Ich war bei Baron Bildeborough, als er ermordet wurde«, erklärte Roger und starrte unverwandt auf die Lichter in der Ferne, auch dann noch, als er hörte, wie der Mönch nach Luft schnappte.

»Wir waren auf dem Weg nach Ursal, um mit König Danube über die Ermordung von Abt Dobrinion zu reden«, erzählte er weiter.

»Den ein Pauri umgebracht hat«, sagte Braumin, wie er es immer wieder gehört hatte.

»Den ein Mönch umgebracht hat«, entgegnete Roger todernst. Jetzt wandte er sich um und sah Braumin ins Gesicht. »Es war kein Pauri, sondern ein Mönch – oder vielmehr zwei, von deinem Orden Bruder Richter genannt, die den Abt ermordeten.« Roger sah, wie Braumins Miene zwischen Irritation, Widerspruch und so etwas wie Empörung hin und her schwankte.

»Wie kannst du da so sicher sein?«, erwiderte der Mönch und musste sich offensichtlich große Mühe geben, überzeugend zu klingen.

»Connor Bildeborough, der Neffe des Barons, hatte die Wahrheit herausgefunden«, erwiderte Roger und wandte sich wieder den Lichtern in der Ferne zu.

»Aber der junge Bildeborough ist von Vater Markwart festgenommen und verhört worden«, wandte Braumin ein. »Er hatte allen Grund, den Orden zu hassen.«

»Er hatte sichere Beweise«, antwortete Roger ruhig. »Und deshalb verfolgten ihn die beiden Brüder Richter in der Absicht, ihn ebenfalls umzubringen. Da trafen sie auf den

Nachtvogel, Pony und mich, und das war ihr Ende. Zuvor aber gelang es dem einen noch, Connor zu ermorden.«

»Kannst du die beiden beschreiben?«, fragte Braumin mit unüberhörbarem Beben in der Stimme.

»Der eine war ein kräftiger Hüne«, erwiderte Roger. »Und der andere, meiner Meinung nach weitaus gefährlichere, war schmächtig, aber flink und tödlich.«

Braumin Herde zuckte zusammen, denn er war ja dabeigewesen, als Markwart in Palmaris zu der Karawane gestoßen war und Connor festgenommen und anschließend wieder freigelassen hatte. Und er erinnerte sich, dass Markwart von zwei sehr gefährlichen Männern begleitet worden war, Bruder Youseff und Bruder Dandelion, und dass diese beiden sich östlich von Palmaris von der Karawane abgesetzt hatten, um dann nie wieder aufzutauchen.

»Connors Schicksal genügte, um den Baron zu überzeugen«, fuhr Roger fort. »Und als Baron Rochefort Bildeborough bei dem neuen Oberhaupt von St. Precious nichts erreichen konnte, beschloss er, den Fall, mit mir als Zeugen, König Danube Brock Ursal vorzutragen. Am ersten Abend unserer Reise wurde die Kutsche überfallen, und alle außer mir kamen ums Leben.«

»Wie kam es denn, dass du solches Glück hattest?«

»Ich war gerade im Wald unterwegs, als die Raubkatze angriff«, erklärte Roger. »Ich habe nur noch das Ende des Kampfes gesehen – der eigentlich eher ein Gemetzel war.«

»Wie sah die Katze aus?«, wollte Braumin wissen, dem langsam die Knie weich wurden.

»Sie war nicht sehr groß«, erwiderte Roger, »aber schnell und hinterhältig. Und sie hatte ein bestimmtes Ziel, da bin ich ganz sicher.«

»Du glaubst nicht, dass es einfach ein wildes Tier war?«

Roger zuckte die Achseln, denn auf diese Frage hatte er keine Antwort. »Es sah nicht danach aus«, versuchte er zu erklären. »Ich kenne mich aus mit den Raubkatzen in dieser

Gegend – meist sind es gelbe Panther. Aber die hier war orangefarben mit schwarzen Streifen. Ein Tiger, glaube ich, obwohl ich noch nie einen gesehen, sondern nur von Reisenden davon gehört habe, die sich bis in den Westen der Wilderlande vorgewagt haben.« Als Roger zu Braumin hinüberschaute, hielt er abrupt inne, denn der Mönch stand mit geschlossenen Augen und geballten Fäusten da und zitterte am ganzen Leib.

Denn jetzt fügte sich für Braumin Herde alles auf schreckliche Weise zusammen. Er kannte den neuen Abt von St. Precious und Bischof von Palmaris gut und wusste, dass der Lieblingsstein dieses Mannes die Tigertatze war, mit deren Hilfe er sich teilweise in eine Raubkatze verwandeln konnte.

»Eine große Finsternis hat sich über die Welt gelegt«, meinte Braumin schließlich.

»Ich dachte, wir hätten gerade eine verscheucht«, erwiderte Roger.

»Diese hier könnte noch viel schlimmer sein.«

Dem konnte Roger, der die Ermordung von Connor Bildeborough, Baron Bildeborough und Jojonah miterlebt hatte, beim besten Willen nicht widersprechen.

Das Feuer war heruntergebrannt. Es blies ein kalter Wind, und die vier schlafenden Mönche hatten sich dicht um die wärmende Glut geschart und fest in ihre Decken eingewickelt. Ein Stück weit von ihnen entfernt saß Bruder Dellman schweigsam und ruhig neben Roger, denn heute nacht waren sie daran, Wache zu halten.

Ein paarmal versuchte Roger, eine Unterhaltung mit dem ernsten, empfindsamen jungen Mönch in Gang zu bringen, doch offensichtlich war dieser nicht in der richtigen Stimmung dafür. Roger konnte sich vorstellen, was in dem anderen vorging, und bedrängte ihn nicht, aber mit der Zeit fielen ihm fast die Augen zu, während er so stumm Stunde um Stunde dasaß.

»Ich mache lieber einen kleinen Spaziergang«, verkündete er, während er sich aufrappelte und seine Arme und Beine rieb. »Sonst stehe ich die Wache nicht durch. Das Feuer macht mich schläfrig.«

»Willst du in den Wald?«, fragte Dellman skeptisch.

Doch Roger winkte unbekümmert ab. »Ich habe schon Monate im Wald verbracht«, prahlte er. »Und damals wimmelte es dort nur so von Pauris, Goblins und Riesen.« Er wartete auf ein Anzeichen, dass er den jungen Mönch beeindruckt hatte, doch Dellman nickte nur.

»Geh nicht zu weit fort«, bat er Roger. »Wir halten gemeinsam Wache und tragen auch gemeinsam die Verantwortung.«

»Mir passiert schon nichts da draußen im Wald«, erwiderte Roger.

»Ich zweifle nicht an Euren Fähigkeiten, Master Billingsbury«, antwortete Dellman. »Ich habe nur Angst, dass ich einschlafen könnte und Bruder Braumin aufwacht und mich erwischt.« Er lächelte verschmitzt, und Roger erwiderte das Lächeln.

»Keine Angst, ich gehe nicht weit«, versprach er, während er auf den Hang zulief. Sobald er aus dem Feuerschein heraus war, blieb er stehen und wartete, bis sich seine Augen an die Dunkelheit gewöhnt hatten. Dann verschwand er in der Nacht, denn Roger fühlte sich hier draußen wirklich sicher. Auf seine fünf Sinne konnte er sich verlassen, und er konnte sich so unsichtbar machen, dass ihn kein Gegner aufspüren würde.

Mit Ausnahme der Craggoth-Hunde, dachte er im stillen, denn ihm fielen die riesigen bösartigen Köter ein, mit denen die Pauris ihn einmal bei einem Ausflug in das besetzte Caer Tinella fast zu Tode gehetzt hatten. Er hatte noch zahlreiche Narben von den Bissen der wilden Bestien bei seiner Gefangennahme.

Dennoch fühlte er sich hier ganz in seinem Element. Innerhalb weniger Minuten war das Lagerfeuer nur noch ein winziger Lichtpunkt in der Ferne, und schließlich ließ sich Roger auf einem großen Findling nieder und schaute zum Sternenhimmel empor. Er fragte sich, wo wohl Elbryan und Juraviel abgeblieben waren und vor allem Pony, denn sie waren die ersten echten Freunde, die er je gehabt hatte, und er vermisste sie sehr. Sie waren nicht nur für ihn da gewesen, als er sie brauchte, sondern hatten sich auch nicht gescheut, ihm seine Fehler vor Augen zu führen, und ihm damit geholfen, sie zu überwinden. Mit Hilfe dieser drei hatte er gelernt, sein Temperament und seinen Stolz im Zaum zu halten und nicht den Kopf zu verlieren, ganz gleich, wie aussichtslos die Lage war.

Es lief ihm kalt den Rücken herunter bei der Vorstellung, wie er reagiert hätte, als Bildeborough ermordet wurde, wenn er nicht so viel von Nachtvogel und seinen Freunden gelernt hätte. Womöglich hätte er sich zu Unüberlegtheiten hinreißen lassen, und die Raubkatze hätte ihn ebenfalls zerfleischt, oder er wäre davongelaufen, hätte dann aber in Palmaris seine wilde Geschichte überall herumerzählt und sich damit Feinde gemacht, die viel zu mächtig waren, um mit ihnen fertig zu werden. Dass er gelernt hatte, zuerst nachzudenken und dann zu handeln, war ganz allein seinen Freunden zu verdanken.

Und jetzt wollte er diese Freunde wiedersehen und dem Hüter zeigen, was für ein Mann aus ihm geworden war. Und er wollte Juraviel wiedersehen, denn er war sicher, dass auch der Elf stolz auf ihn wäre, und diese Bestätigung wünschte sich Roger sehnlichst.

Vor allem aber wollte er Pony wiedersehen, mit ihren leuchtendblauen Augen und ihrem hinreißenden Lächeln. Er wollte sehen, wie ihr Haar über die Schultern herabfiel, und im Blütenduft ihrer schimmernden Mähne schwelgen. Roger war klar, dass er sie nicht für sich haben konnte, denn ihr Herz gehörte Elbryan, und für Roger empfand sie nur treue Freundschaft. Aber das machte Roger nichts aus. Er war nicht mehr eifersüchtig auf Elbryan und konnte es in vollen Zügen genießen, Pony einfach um sich zu haben, mit ihr zu reden oder ihren anmutigen Bewegungen zuzusehen.

Lange lag er so da und starrte die Sterne an, doch er sah immer nur die schöne Pony vor sich. Sie und die anderen würden dafür sorgen, die Welt, oder zumindest ihr eigenes kleines Eckchen davon, wieder in Ordnung zu bringen.

Diese Vorstellung tröstete ihn ein wenig, und er freute sich darauf, bald wieder mit mächtigen Freunden zusammen zu sein. Doch dann fiel ihm wieder seine augenblickliche Verantwortung ein. Er setzte sich auf und schaute hinüber zu dem Hügel in der Ferne. Dort schien alles ruhig und friedlich zu sein, und so machte sich Roger gemächlich auf den Rückweg.

Doch schon nach wenigen Schritten blieb er stehen und sah sich nach allen Seiten um, denn es hatte ihn ein unheimliches Gefühl beschlichen. Völlig regungslos stand er da, während seine Augen die Dunkelheit zu durchdringen versuchten.

Irgendwie spürte er, dass er beobachtet wurde.

Plötzlich merkte er, wie sich seine Muskeln anspannten und sein Herz schneller schlug. Das Bild vom Überfall auf Baron Bildeborough stand ihm wieder deutlich vor Augen, und er bekam es mit der Angst zu tun. Vielleicht war es dieser merkwürdige Tiger, der hinter einem Busch oder auf einem Baum hockte und ihn belauerte.

Er brauchte lange, bis er den nächsten Schritt wagte. Vorsichtig streckte er den großen Zeh aus und verlagerte sein Körpergewicht, ohne das geringste Geräusch zu verursachen. Zufrieden machte er noch einen Schritt.

Da bewegte sich neben ihm irgendetwas flink und lautlos.

Ungewollt entfuhr Roger ein Schrei, und er nahm die Beine in die Hand.

Etwas zischte an ihm vorbei und erschreckte ihn so, dass er stolperte. Er konnte jedoch nicht fallen, denn vor ihm spannte sich ein dünner, aber haltbarer klebriger Faden, der ihn auffing. Wieder flog ein Pfeil vorbei und dann noch einer quer über seinen Rücken. Roger wurde wie wild herumgewirbelt, und während er noch versuchte, sich auf das Ganze einen Reim zu machen, verhedderte er sich immer mehr in den Fäden, die ihn aus allen Richtungen umfingen, bis er hoffnungslos festsaß.

Jetzt zeigte Roger, was er gelernt hatte. Er dachte nach, richtete sich wieder auf und begann vorsichtig, an einem der Fäden zu ziehen.

Im selben Augenblick bewegte sich etwas neben und über ihm. Roger erstarrte und wartete darauf, dass ihn sein Gegner anspringen würde. Nach ein paar Sekunden wagte er einen Blick über die Schulter, und ihm fiel ein Stein vom Herzen, als er anstelle eines Tigers oder einer Riesenspinne eine wohlbekannte Gestalt auf einem Ast sitzen sah, die auf ihn herabschaute.

»Juraviel –«, keuchte er.

»Wo ist er?«, fragte eine weibliche Stimme, und nun merkte Roger, dass es nicht sein Elfenfreund war, sondern jemand anders von den Touel'alfar.

»W-wo ist wer?«, stotterte er. Dann drehte er sich um und hätte fast das Gleichgewicht verloren, denn er war ringsum von Elfen umgeben; einige hockten am Boden, andere auf den Bäumen.

»Du hast ihn doch eben selber genannt«, sagte die Elfe ungeduldig. »Belli'mar Juraviel.«

»I-ich weiß nicht«, stotterte Roger völlig überrumpelt und ein wenig ängstlich, denn diese Wesen sahen nicht gerade freundlich aus, und jedes von ihnen hatte einen kleinen Bogen in der Hand. Er wusste nur zu genau, dass die Größe nichts zu sagen hatte, denn er hatte oft genug gesehen, wie Juraviel damit tödliche Treffer gelandet hatte.

»Du bist Roger Billingsbury«, stellte jetzt ein anderer Elf fest. »Oder auch Roger Flinkfinger.«

Der junge Mann wollte antworten, aber ein anderer Elf fiel ihm ins Wort.

»Und du bist auf der Suche nach deinen Freunden, unserem Bruder Juraviel und Nachtvogel, dem Hüter.«

Wieder wollte Roger etwas sagen, aber wieder unterbrach ihn einer der Elfen. »Und dieser Frau, Jilseponie Ault.«

»Ja, ja, ja!«, rief Roger. »Warum fragt ihr erst, wenn ihr die Antwort –«

»Wir fragen gar nicht, wir stellen nur fest.«

Roger sagte nichts mehr in der Erwartung, dass ihm doch nur wieder einer ins Wort fallen würde.

»Wir nehmen an, dass Belli'mar Juraviel nach Osten gezogen ist«, sagte die Elfe auf dem Ast, deren Stimme am melodiösesten klang. »Zu dem großen Kloster.«

»Nach St. Mere-Abelle«, sagte Roger bestätigend. »Ich meine, ich weiß nicht, ob Juraviel auch da war, aber Nachtvogel und Pony –«

»Erzähl uns alles!«, sagte ein anderer Elf kurz angebunden.

»Alles, was du weißt«, zirpte wieder ein anderer dazwischen.

»Das versuche ich ja gerade!«, rief Roger aufgebracht.

Nun rief die Elfe auf dem Ast alle zur Ruhe. »Erzähl uns bitte die ganze Geschichte, Roger Flinkfinger!«, bat sie ihn freundlich. »Es ist sehr wichtig.«

Roger schaute skeptisch an sich herab auf die nahezu unsichtbaren Fäden, und auf ein Kopfnicken der Elfe auf dem Ast hin, die offensichtlich der Anführer war, liefen mehrere andere herbei und halfen Roger, sich wieder zu befreien.

Nun kam Roger gern der Bitte nach und erzählte seine Geschichte. Durch den Umgang mit Juraviel wusste er, dass die Elfen nicht seine Feinde waren und sogar wertvolle Kampfgenossen sein konnten. Und so erzählte er ihnen alles, was er in der Abtei in Erfahrung gebracht hatte. Wie Bradwarden, der Zentaur, offenbar aus den Trümmern des eingestürzten Aida-Berges gerettet und dann gefangengenommen worden war. Und dass der Hüter und Pony und möglicherweise auch Juraviel ihn dort herausgeholt hatten.

Dann erzählte er noch von Jojonah, einem Mönch, der ihnen dabei geholfen hatte, und den dafür ein grausames Schicksal ereilt hatte.

»Wer sind deine Begleiter?«, fragte ihn die Elfe. »Sind sie nicht ebenfalls aus St. Mere-Abelle?«

»Es sind Jünger von Jojonah«, erklärte Roger, »und einem anderen Mönch vor ihm, einem Bruder Avelyn. Er war ein großer Held und ein Freund von Nachtvogel und Jura –«

»Wir wissen über Bruder Avelyn Desbris Bescheid«, versicherte ihm die Elfe. »Eine von uns ist mit ihm zum Berg Aida gereist und hat dort ihr Leben geopfert, damit Nachtvogel, Avelyn und die anderen den geflügelten Dämon vernichten konnten.«

»Tuntun!«, rief Roger aus, denn Pony hatte ihm einmal die ganze Geschichte erzählt. Doch sein Lächeln verschwand sofort wieder, als er die grimmigen Mienen um sich herum sah.

»Die Feststellung deines Begleiters könnte sich als schreckliche Wahrheit erweisen«, fuhr die Elfe ernst fort.

Roger sah sie fragend an.

»Der Mönch«, erklärte die Elfe. »Bruder Dellman – seine Feststellung von der großen Finsternis könnte sich als prophetisch erweisen, denn in Palmaris geht es drunter und drüber.«

»Woher wisst ihr denn von Dellman?«, erkundigte sich Roger, aber als er darüber nachdachte und sich Belli'mar Juraviels Erkundungstouren vor Augen führte, wurde ihm klar, dass er sich eigentlich nicht darüber zu wundern brauchte, dass ihn die Elfen beobachtet hatten. »Ihr wisst von den Vorgängen in Palmaris?«, fragte er.

»Wir wissen eine ganze Menge, Roger Flinkfinger«, erklärte die Elfe. »Wir wissen von deinem schicksalhaften Ritt mit Baron Bildeborough nach Süden und von De'Unnero, der jetzt Bischof von Palmaris ist. Die Touel'alfar kümmern sich nicht oft um die Angelegenheiten der Menschen, aber wenn wir es einmal tun, dann kannst du sicher sein, dass wir herausbekommen, was wir wissen wollen.«

Roger zweifelte keine Sekunde daran.

»Geh wieder zu deinen Freunden«, forderte ihn die Elfe auf. »Wollt ihr nach Norden, um nach Nachtvogel zu suchen?«

»Ich glaube, dass er irgendwo in der Gegend um Caer Tinella ist«, erwiderte Roger.

»Und was ist mit unserem Bruder Juraviel?«

»Soviel ich weiß, ist er bei Nachtvogel«, antwortete Roger.

Die Elfe auf dem Ast blickte in die Runde, und alle nickten einverständlich.

»Geh in der Gewissheit, dass die Touel'alfar nicht weit sind, Roger Flinkfinger«, sagte sie zum Schluss.

Roger sah zu, wie etliche der Elfen lautlos von der Dunkelheit verschluckt wurden. Einer nach dem andern verschwanden sie einfach, und dann war Roger wieder allein. Er kehrte zum Lager zurück und fand Bruder Dellman haargenau so vor, wie er ihn zurückgelassen hatte, nur dass seine Augen jetzt geschlossen waren.

Zuerst wollte Roger ihn aufwecken, doch dann überlegte er es sich anders. Ihm war schon vorher nicht bange gewesen, so dass er sogar in den Wald hinausgegangen war. Und jetzt, wo er wusste, dass die Touel'alfar in der Nähe waren, war ihm klar, dass sie nicht mehr Wache zu halten brauchten. Und so streckte er sich am Feuer aus, verschränkte die Hände hinter dem Kopf, schaute noch einmal zu den Sternen empor und ließ sich bereitwillig vom Schlaf übermannen.

12. Zu neuen Ufern

»Ich lasse mich nicht von dir hinters Licht führen!«, erklärte Markwarts Geist unverblümt, und seine Miene wirkte bedrohlich. Beide waren sie verblüfft über die perfekte Art der

Verständigung. Ohne jede telepathische Vorbereitung hatte der Abt seinen Geist, beinahe greifbar, in die Privatgemächer des Bischofs spazieren lassen und ihn einfach angesprochen.

Doch De'Unnero ließ sich von dem imposanten Auftritt nicht einschüchtern, sondern blieb völlig gelassen in seinem bequemen Sessel sitzen und lächelte überlegen.

»Glaub ja nicht, mein Arm reiche nicht so weit«, sagte Markwart drohend.

»Keineswegs, ehrwürdiger Vater«, erwiderte der Bischof. »Ich wüsste nur nicht, warum Ihr gegen mich vorgehen solltet, wo wir doch beide dieselben Ziele verfolgen. Vielleicht haben Euch ja nur meine Methoden verärgert.«

»Nein, deine Lügen«, knurrte Markwart.

De'Unnero hob die Hände mit Unschuldsmiene, als verstünde er gar nicht, wovon der andere sprach.

»Die Konfiszierung der Edelsteine ist ein reines Ablenkungsmanöver«, wurde Markwart jetzt deutlicher. »Ich habe nichts dagegen – die Kaufleute sind keine Kirchenmänner, und deshalb sollten sie auch nicht im Besitz der heiligen Steine sein. In diesem Punkt bin ich ganz deiner Meinung.«

De'Unnero musterte den Abt eingehend. Er wusste, dass sie beide darauf aus waren, Macht und Einfluss der Kirche im Königreich zu stärken, aber ihm war auch klar, dass Markwarts Motive nicht dieselben waren wie seine und dass auch dem ehrwürdigen Vater dieser Umstand nicht verborgen geblieben war.

»Tu nicht so, als hätte dein Vorgehen in Palmaris irgendetwas mit der Suche nach den Freunden von Avelyn Desbris zu tun«, fuhr Markwart fort. »Du weißt ganz genau, dass sie nicht in der Stadt sind.«

De'Unnero nickte nachdenklich. »Ich werde mein Augenmerk anderswohin richten, sobald ich herausgefunden habe, wo sie sich aufhalten«, versprach er.

»Du wirst dein Augenmerk weiterhin auf Palmaris

richten«, sagte Markwart streng. »Das ist noch wichtiger als die Jagd nach den Verbrechern.«

De'Unneros Miene wurde plötzlich finster. Damit hatte er offensichtlich nicht gerechnet. »Ehrwürdiger Vater«, sagte er vorsichtig, »auch während ich mich um unsere Belange in Palmaris gekümmert habe, konnte ich Informationen über die Gesuchten einholen. Sie befinden sich nördlich der Stadt, aber noch immer in meiner Reichweite.«

»In *deiner* Reichweite?«, wiederholte der Abt. »Fängst du schon wieder damit an, Meister De'Unnero?«

De'Unnero schlug die Augen nieder, denn Markwart sollte nicht merken, wie es in ihm kochte. *Meister* De'Unnero? Bei dem Wort lief ihm fast die Galle über, es erinnerte ihn allzu deutlich daran, wer hier der Herr und wer der Knecht war. Und einen Mann mit seinem früheren Titel anzureden, galt im Abellikaner-Orden als grobe Beleidigung.

»Wie oft müssen wir diesen Kampf noch ausfechten?«, fragte Markwart. »Wie oft muss ich dir noch sagen, dass sich andere mit der Hinterlassenschaft von Avelyn Desbris befassen werden und Marcalo De'Unnero etwas Besseres zu tun hat?«

»Und wie viele müssen erst noch an dieser Aufgabe scheitern, bevor Ihr mir endlich gestattet, die Sache selbst in die Hand zu nehmen?«, hielt De'Unnero dagegen. »Zuerst Quintall und dann Youseff und Dandelion, diese Dummköpfe.«

»Diese Dummköpfe hat De'Unnero ausgebildet«, erinnerte ihn Markwart.

»Aber De'Unnero hat Euch auch vorher gesagt, dass sie es nicht schaffen werden«, erwiderte der Bischof. »Avelyns Freunde haben sich als einfallsreiche und gefährliche Gegner erwiesen. Sie sind uns nicht einfach entkommen, indem sie die Beine in die Hand genommen haben, sondern sie haben alles niedergemacht, was ihnen in die Quere gekommen ist – und nicht zu vergessen ihr Sieg über Bestesbulzibar am Berg Aida!«

Markwart stieß ein leises, bösartiges Knurren aus.

»Wir dürfen sie nicht unterschätzen«, betonte De'Unnero. »Nach allem, was man hört, kann die Frau ausgezeichnet mit den Edelsteinen umgehen und ungeheure Kräfte entfesseln, und der Mann –«

Markwarts plötzliches Gelächter ließ ihn verstummen.

»Deine Gier nach ebenbürtigen Gegnern ist einfach köstlich!«, erklärte Markwart, der die wahren Beweggründe des anderen durchschaute.

»Wir müssen sie ernst nehmen«, sagte De'Unnero unbeirrt.

»Sie sind dir ein Dorn im Auge«, stellte Markwart fest. »Du siehst diesen Nachtvogel als persönliche Herausforderung an. Könnte es etwa sein, dass Marcalo De'Unnero nicht der größte Krieger auf der Welt ist?«

»Wollen wir etwa nicht die Steine zurückhaben?«, sagte De'Unnero trocken, um den anderen abzulenken, doch das erhärtete nur Markwarts Verdacht.

»Natürlich«, sagte der Abt honigsüß. »Es schien mir nur so, als wären die gestohlenen Edelsteine nicht dein Hauptmotiv, wenn es um den Nachtvogel geht. – Glaub mir, ich will dich nicht maßregeln«, fügte er hinzu, als sich De'Unnero vorbeugte und protestieren wollte. »Im Grunde bewundere ich deine Zielstrebigkeit. Seit du damals nach St. Mere-Abelle gekommen bist, wolltest du unbedingt deine kämpferische Überlegenheit unter Beweis stellen. Du hast die anderen munkeln gehört, du wärst der beste Krieger, der je aus St. Mere-Abelle hervorgegangen ist, und das hat dich ausgesprochen gestört.«

»Wie denn das?«, fragte De'Unnero. »Wenn ich so eitel bin, wie Ihr anzunehmen scheint, dann müsste mich dieses Gemunkel doch begeistern.«

»Nein«, sagte Markwart geradeheraus. »Weil es nur Gerüchte sind und nicht alle diese Ansicht teilen. Und vor allem reden sie ja von dir nur als von dem besten *Abellikaner*-Krieger, und das ist dir viel zu wenig.«

»Stolz«, erwiderte De'Unnero, »ist die größte Todsünde.«

Da lachte Markwart wieder. »Ein Mann ohne Stolz hat auch keinen Ehrgeiz, und ein Mann ohne Ehrgeiz ist nicht mehr als ein wildes Tier. Nein, Marcalo De'Unnero, Bischof von Palmaris, diese Welt hält größere Kreuzzüge für dich bereit. Vielleicht ist dieser Nachtvogel auch darunter, aber nur –«, der ehrwürdige Vater unterbrach sich und hielt ihm drohend seinen knochigen Finger unter die Nase, »– wenn es sich im Zuge anderer, bedeutenderer Ereignisse so ergibt. Die Welt verändert sich, und wir sind die Vorboten dieser Veränderungen. Und ich werde nicht der Eitelkeit meines Handlangers zuliebe mein Vermächtnis und die mögliche Vorherrschaft des Abellikaner-Ordens aufs Spiel setzen.«

»Aber um wieviel mächtiger werden wir sein, wenn es den Nachtvogel nicht mehr gibt?«, protestierte De'Unnero lauthals. »Ich weiß, wo die Diebe zu finden sind. Sie zu erledigen und das Gestohlene zurückzuholen ist eine Kleinigkeit.«

»Nein!«, entgegnete Markwart scharf, und in seiner Stimme lag eine solche Kraft, dass sich De'Unnero schweigend in seinem Sessel zurücklehnte und den Geist anstarrte.

»Nein«, sagte Markwart noch einmal. »Im Augenblick besteht keine Notwendigkeit, so ein Risiko einzugehen. Du musst dich auf die lebensnotwendigen Dinge in Palmaris konzentrieren.«

»Aber –«

»Immer langsam, mein Freund«, fuhr Markwart fort. »Es gibt bessere Wege, um zum Ziel zu gelangen. Wenn wir das Vertrauen von Nachtvogel und dieser Frau gewinnen, können wir sie vielleicht überrumpeln.«

»Ich bezweifle, dass die Jünger von Avelyn Desbris jemals dem Abellikaner-Orden eines Dalebert Markwart trauen würden«, entgegnete De'Unnero schroff.

»Du hast Glück, mein Sohn«, antwortete Markwart, »denn ich weiß, dass du klüger bist, als es deine Worte vermuten lassen. Es gibt bessere Möglichkeiten, um Avelyns Anhänger aus der Welt zu schaffen, und du wirst schon noch dahinterkommen, wenn du dir nur die Mühe machst, richtig hinzusehen.« Mit diesen Worten, die in dem abgedunkelten Raum widerhallten, verschwand Markwarts Geist.

De'Unnero saß mit aufgestützten Armen und aneinandergelegten Fingerspitzen in seinem Sessel und überlegte. Die Unterredung war nicht so verlaufen, wie er gehofft hatte, denn Markwart hatte sich weitaus cleverer gezeigt, als es der Bischof für möglich gehalten hätte. De'Unnero hatte gedacht, dass ihm seine Versetzung nach Palmaris und insbesondere die Ernennung zum Bischof mehr Unabhängigkeit verschaffen würden, doch jetzt hatte der ehrwürdige Vater ihn mit Hilfe seiner neuentdeckten Tricks mit dem Seelenstein mehr unter seiner Fuchtel als zuvor in St. Mere-Abelle.

Diese Feststellung machte ihn nur noch wütender, und er sprang auf und lief aufgeregt im Zimmer umher. Fast hätte er seine Tigertatze zur Hand genommen und sich ihrem Zauber hingegeben, denn er sah sich im Geiste als Raubkatze gen Norden jagen. Wenn er die beiden größten Feinde der Kirche umbrächte, konnte Markwart ihm dann noch böse sein?

Doch wenn es ihm nicht gelänge, wäre dieser Nachtvogel lediglich gewarnt und würde sich noch sorgfältiger verstecken – und dann, sagte sich De'Unnero, wäre es besser für ihn, wenn ihn der gefährliche Krieger draußen im Wald erschlüge.

Besser, als Markwarts Zorn anheimzufallen.

Wer war eigentlich dieser Mann? fragte sich der Bischof, und er dachte dabei nicht an den Nachtvogel. De'Unnero kannte Dalebert Markwart seit mehr als zehn Jahren und war schon mehrere Jahre sein Berater, seit er Quintall, den ersten Bruder Richter, trainiert hatte, um Avelyn Desbris zur Strecke zu bringen. Nachdem er jetzt mit Markwarts Geist geredet und dessen eisernen Willen zu spüren bekommen hatte, kam es De'Unnero so vor, als würde er diesen Mann überhaupt nicht kennen – oder als hätte er ihn zumindest all die Jahre stark unterschätzt.

Das allein ließ ihn jetzt vorsichtig Markwarts Ratschlag in Betracht ziehen und nach einer schlaflosen Nacht einen neuen Plan fassen.

Als Markwarts Geist in seine Gemächer in St. Mere-Abelle zurückkehrte, war er froh, festzustellen, dass in der Zwischenzeit niemand den Vorraum betreten hatte.

Ein Schauer durchlief ihn, als der Geist wieder in den Körper fuhr, und dann kletterte der ehrwürdige Vater trotz der späten Stunde noch einmal aus dem Bett. Es war gut, dachte er, dass St. Mere-Abelle Bruder Braumin und seine Anhänger endlich los war, denn sowohl aus Ursal als auch aus Palmaris winkten noch genügend andere Probleme, die dringend erledigt werden mussten.

Ohne es richtig zu merken, ging der Abt zu seinem Schreibtisch hinüber, holte einen kleinen Rubin sowie einen Hämatit hervor und begab sich dann in die Kammer mit dem Pentagramm im Fußboden. Mit dem Rubin in der Hand ging er von einer Spitze zur andern, bückte sich kurz und ließ jeweils eine kleine Flamme aus dem Stein schlagen, um die Kerzen zu entzünden. Dann setzte er sich mit überkreuzten Beinen in die Mitte des Pentagramms und ließ sich in tiefe Versenkung fallen.

Das hatte ihm die Stimme in seinem Kopf eingegeben. Zuerst hatte sich Markwart dagegen gewehrt, denn er hatte noch nirgends, nicht einmal im *Kompendium der Geisterbeschwörung*, etwas davon gelesen, dass man sich *in* das Pentagramm setzen sollte. Normalerweise diente diese Figur der Beschwörung überirdischer Wesen, und tatsächlich hatte Markwart ja auf diese Weise schon einmal zwei niedere Dämonen heraufbeschworen, um mit ihnen die toten Körper der Chilichunks vorübergehend wiederzubeleben.

Doch nun hatte Markwart noch eine andere und vielleicht

sogar viel wichtigere Verwendung für das Pentagramm gefunden. Mit Hilfe des Seelensteins ließ er sich in die tiefsten Schichten seines Selbst hinabgleiten, bis er den höchsten Grad der Versenkung erreicht hatte.

Und in dieser Verfassung fand Vater Markwart die Antworten auf die großen Geheimnisse des Universums, ebenso wie auf seine ganz persönlichen Probleme, und verschaffte sich Klarheit über jene Geschehnisse, die an den Grundfesten von Kirche und Reich rütteln konnten. Im Inneren der Steine erlangte er einen Grad völliger Abgeschiedenheit, in dem er alle Ablenkungen der materiellen Welt weit hinter sich ließ, und in dieser Abgeschiedenheit fand Markwart seinen Gott.

In dieser Nacht war die Stimme deutlicher denn je, so wie seine Verbindung mit De'Unnero jetzt eine neue Ebene erreicht hatte. Er ließ sich noch einmal alles durch den Kopf gehen, was ihn beunruhigte, und wie immer gab ihm die Stimme die Antworten darauf. Er musste darauf achten, dass Bruder Francis jetzt noch emsiger arbeitete. Er musste seine Machtposition in St. Mere-Abelle festigen und dafür sorgen, dass sämtliche Mönche wie ein Mann hinter ihm stünden, so dass er, wenn er die Hand nach dem restlichen Königreich ausstreckte, keinen Verrat aus den eigenen Reihen zu befürchten hätte. Denn die übrigen Abteien würden es nicht wagen, offen gegen ihn vorzugehen ohne die Aussicht auf Unterstützung aus St. Mere-Abelle, das größer war als alle anderen zusammen.

Und sein hauptsächlicher Gegner wäre zweifellos die Abtei in Ursal, die am engsten mit den weltlichen Mächten des Königreichs verknüpft war.

Jetzt, da er sich mit De'Unnero darüber einig war, dass Palmaris in die Hände der Kirche gehörte, musste Markwart dem zu erwartenden Widerstand aus Ursal – wenn schon nicht von seiten des Königs, so doch mit Sicherheit von dessen Beratern – ins Auge sehen.

Aber immer schön eins nach dem andern, sagte er sich

schließlich. Er konnte De'Unnero vertrauen, denn der Mann hatte ihm glaubwürdig versichert, dass er dieselben Ziele hatte wie Markwart. Und Bruder Francis sollte alles tun, um auch den leisesten Widerstand hier in der Abtei aufzudecken.

Markwart schloss die Augen und wiegte leise den Kopf hin und her. Seine Gedanken kehrten wieder zu De'Unnero zurück, und er sagte sich, dass er den Mann vielleicht nicht richtig eingesetzt hatte. Ein Bischof musste ein geschickter Unterhändler mit viel Fingerspitzengefühl sein und kein kompromissloser Kämpfer. Doch diese Erkenntnis konnte Markwart nicht entmutigen, und so machte er sich daran, seinem neuen Bischof eine neue Rolle auf den Leib zu schneidern.

Scheint die Sonne nicht umso heller, je finsterer vorher die Nacht war? fragte die Stimme in seinem Kopf.

Sollte mit dieser Nacht womöglich De'Unnero gemeint sein, dieser auftrumpfende, brutale Krieger?

Und gelüstet es einen solchen Krieger nicht umso mehr nach der Schlacht, wenn ihm seine Geqner unmittelbar gegenüberstehen, wenn auch noch außer Reichweite? fragte die Stimme weiter.

Er konnte De'Unnero festhalten, wie man die Sehne eines todbringenden Bogens zurückzog, und solange er ihm mit dem Nachtvogel winkte, würde das Geschoss zum Zerreißen gespannt bleiben, bis er schließlich nachgeben und der Mann wie ein Pfeil davonschießen würde.

Und dann würde die Abwesenheit des Bischofs Markwart zur leuchtenden Morgensonne machen.

Nun sah er alles ganz klar vor sich, und zufrieden öffnete er die Augen und räkelte sich. Er war hocherfreut, ebenso wie die Stimme in seinem Kopf, die er für die göttliche Eingebung hielt.

Als Avelyn mit seinem Amethyst den Berg Aida in Schutt und Asche gelegt hatte, war Bestesbulzibar, dem Geflügelten, seine körperliche Gestalt und sein Standbein in der Welt verlorengegangen. Und erst als Vater Markwart voller

Verzweiflung zum *Compendium der Geisterbeschwörung* gegriffen hatte, war die Hoffnung des Dämons, eines Tages doch noch die Welt zu beherrschen, auf fruchtbaren Boden gefallen.

Markwart war das Oberhaupt des Abellikaner-Ordens, und eigentlich hätte der Dämon sein erbittertster Feind sein müssen.

Das aber machte diesem seine kleinen Einflüsterungen zu einem besonderen Vergnügen.

Gleich am nächsten Morgen hatte er Hauptmann Shamus Kilronney nach Chasewind Manor beordert. Bischof De'Unnero befand sich trotz seiner Erklärung, er habe die ganze Nacht nicht geschlafen, in aufgeräumter, ja geradezu euphorischer Stimmung.

»Die Zeit ist viel zu kostbar, um sie zu verschlafen«, meinte er und deutete auf einen Stuhl ihm gegenüber an dem zierlichen Gartentisch, wo man für zwei Personen Frühstück aufgetragen hatte.

Shamus verbeugte sich und nahm Platz.

»Zweifellos ist Euch nicht entgangen, dass unser Gespräch über Eure Freunde oben im Norden für mich von größter Wichtigkeit war«, begann De'Unnero, noch ehe der Hauptmann die Gabel in die Hand nehmen konnte.

»Es steht mir nicht zu, mir über die Angelegenheiten meiner Vorgesetzten den Kopf zu zerbrechen«, erwiderte der Hauptmann.

De'Unnero lächelte. Solch blinder Gehorsam kam ihm sehr entgegen. »Diese beiden, Nachtvogel und Pony, waren also Eure Freunde?«

»Unsere Verbündeten«, verbesserte ihn Shamus. »Sie haben an unserer Seite gekämpft, und wir waren, wie gesagt, dankbar für ihre Hilfe.«

»Und den Zentauren habt Ihr nie zu Gesicht bekommen?«

Shamus schüttelte den Kopf und hob ratlos die Hände.

»Eure Cousine hatte ganz recht«, erklärte De'Unnero. »Da war ein Zentaur bei der Karawane, die durch Palmaris zog. Sein Name ist Bradwarden, und er gilt als einer der gefährlichsten Verschwörer der Welt, denn er war an dem Unternehmen beteiligt, die heiligen Steine aus St. Mere-Abelle zu stehlen. Wir hatten ihn bereits gefangengenommen und waren dabei, die Verschwörung zu zerschlagen, da kamen Eure Freunde – Eure *Freunde,* Hauptmann Kilronney – und haben ihn aus St. Mere-Abelle entführt.«

Shamus seufzte. Colleen hatte also mit ihrer Vermutung, dass Nachtvogel und Pony in den Augen der Kirche Gesetzesbrecher waren, ins Schwarze getroffen. »Ich habe nicht behauptet, dass es meine Freunde sind«, erklärte er dem Bischof. »Dazu kannte ich sie gar nicht gut genug.«

»Offensichtlich kanntet Ihr sie überhaupt nicht«, sagte De'Unnero ironisch. »Aber Ihr habt sie als Eure Verbündeten bezeichnet, und das nimmt sich nicht sehr gut in Eurem Bericht aus. Wenn der ehrwürdige Vater von Eurer Zusammenarbeit erfährt, wird er sicher mit dem König über Eure weitere Laufbahn reden.«

Shamus fiel keine passende Antwort ein, aber er wurde das Gefühl nicht los, dass De'Unnero ihn dazu bewegen wollte, jegliche Verbindung zu den Gesuchten zu leugnen. Das jedoch erlaubte ihm seine Soldatenehre nicht. Er hatte an der Seite dieser beiden gekämpft und würde auch die Folgen tragen, worin immer diese bestünden.

»Ihr könnt von Glück sagen«, fuhr der Bischof jetzt fort, »dass Ihr ein Offizier des Königs und Gesetzesvertreter des Bärenreichs seid.«

Shamus sah ihn verständnislos an.

»Der Zentaur ist zweifellos gefährlich«, sagte De'Unnero. »Aber die beiden anderen sind vielleicht die gefährlichsten Verbrecher auf der ganzen Welt. Ihr könnt also froh sein, dass Ihr noch einmal mit heiler Haut davongekommen seid. Die beiden hätten Euch überrumpeln und umbringen können.«

»Warum hätten sie das tun sollen?«, wagte Shamus zu fragen. Er konnte sich keinen rechten Reim darauf machen, denn er wusste nichts über diese angebliche Verschwörung und das Eindringen der beiden in die Abtei. Und so wollten De'Unneros Behauptungen einfach nicht zu dem Eindruck passen, den er von den beiden Kampfgefährten gewonnen hatte.

Doch De'Unnero lachte ihn nur aus. »Wenn wir einmal mehr Zeit haben«, sagte er, »dann unterhalten wir uns beide über das Wesen des Bösen.«

»Ich bin ein Soldat des Königs und habe monatelang auf dem Schlachtfeld gestanden«, erwiderte der Hauptmann.

De'Unnero schnaubte verächtlich. »Ihr habt gegen Pauris und Goblins gekämpft, vielleicht auch gegen ein oder zwei Riesen«, sagte er. »Aber was ist das schon verglichen mit dem wahren Bösen? Nein, mein Freund, Ihr habt gar keine Ahnung, wieviel Glück Ihr hattet. Aber das macht nichts. Jetzt seid Ihr jedenfalls gewarnt, und wenn Ihr heute noch in den Norden zurückkehrt, dann könnt Ihr mit Euren Männern entsprechend vorgehen.«

»Zurück in den Norden?«, wiederholte der Hauptmann ungläubig.

»Nehmt ein Dutzend – nein, lieber zwanzig, oder besser gleich vierzig – Eurer besten Soldaten«, forderte ihn der Bischof auf. »Und reitet wieder nach Caer Tinella – oder auch weiter, wenn die beiden, wie ich befürchte, inzwischen schon in die Waldlande aufgebrochen sind.«

»Soll ich sie denn gefangen nehmen?«, fragte Shamus und brachte die Worte kaum über die Lippen.

»Auf gar keinen Fall!«, brüllte De'Unnero entsetzt angesichts der Vorstellung, dass schon wieder irgendein Stümper versuchen könnte, mit dem Nachtvogel fertig zu werden. »Nein! Ihr sollt ihnen bei der Rückeroberung der Waldlande behilflich sein und an Nachtvogels Seite stehen, wenn ich komme. *Dann* wird der Arm des Gesetzes zuschlagen.«

Kurz darauf verließ ein äußerst verstörter Shamus Kilronney Chasewind Manor. Sein erster Impuls war, zu Colleen zu gehen, doch noch ehe er den ersten Schritt in Richtung ihrer Unterkunft getan hatte, wurde ihm klar, dass er dort keinen Trost zu erwarten hatte, denn seine Cousine würde ihn doch nur auslachen und sich lauthals über De'Unnero ereifern. Es fiel ihm ausgesprochen schwer, sich vorzustellen, dass Nachtvogel und Pony solche Verbrecher sein sollten, wie es der Bischof eben behauptet hatte, aber schließlich zwang er sich einzusehen, dass er seine persönlichen Empfindungen zurückstellen und seinem König dienen musste.

Trotzdem fand er die Aussicht, Bischof De'Unnero demnächst im Norden wiederzutreffen, nicht gerade erhebend.

13. Abschied und Wiedersehen

Elbryan tat einen Stoßseufzer, denn er war ganz und gar nicht erbaut von dem, was er da hörte; trotzdem wusste er nicht, was er dem Elfen entgegenhalten sollte. Er hatte sich schon gedacht, dass Juraviel wieder fortgehen würde, sobald sie Dundalis eingenommen hätten; dass er ihn aber schon jetzt, auf halbem Wege zwischen Caer Tinella und den Waldlanden, verlassen wollte, war eine Überraschung.

»Ich habe Sehnsucht nach meiner Heimat«, erklärte Juraviel. »In meinem ganzen Leben war ich noch nie so lange von Andur'Blough Inninness fort.«

»Du warst doch gerade wieder dort«, erinnerte ihn Elbryan, »als du die Leute aus den Wilderlanden in Sicherheit gebracht hast. Und Pony und ich haben dich auch an der Schwelle des Nebeltals wiedergetroffen.«

»Das war nur ein kurzer Aufenthalt«, erwiderte Juraviel.

»Eine kleine Linderung meiner Sehnsucht. So sind wir nun einmal, Nachtvogel. Du solltest das besser verstehen als irgendein anderer Mensch. Wir leben für unser Tal, für die Nächte, die wir unter dem Sternenzelt tanzen, und für unser Miteinander.«

»Ich verstehe dich ja«, sagte der Hüter. »Und mache dir keinen Vorwurf. Tomas hat tüchtige Krieger mitgebracht, und wenn Bradwarden bald wieder seine gewohnten Streifzüge durch die Wälder um die drei Städte in den Waldlanden herum unternimmt, sind wir auch vor Überraschungsangriffen sicher. Aber lass mich doch einmal ganz egoistisch sein, denn du wirst mir schrecklich fehlen. Genau wie Pony.«

»Das dürfte ja wohl nicht ganz dasselbe sein«, meinte Juraviel trocken.

»Nicht ganz«, gab Elbryan zu, »aber nicht weniger schlimm. Du bist wie ein Bruder für mich, Belli'mar Juraviel, das weißt du ganz genau. Und als Tuntun damals in der Lava versank, habe ich eine Schwester verloren.«

»Ich auch.«

»Und ohne Belli'mar Juraviel an meiner Seite wird meine Welt bestimmt ein wenig trostloser sein.«

»Ich bleibe ja nicht für immer fort – nicht einmal nach menschlicher Zeitrechnung«, versprach Juraviel. »Lass mich ein Weilchen bei meinem Volk verbringen, und dann komme ich meinen Adoptivbruder in den Waldlanden besuchen.«

»Ich nehme dich beim Wort«, sagte Elbryan. »Und wenn ich dich nicht wiedersehe, bevor der nächste Frühling anbricht, dann mach dich darauf gefaßt, dass ich nach Andur'Blough Inninness komme, und zwar mit Pony zusammen – und du kannst sicher sein, dass sie dem treulosen Elfen seine Vergeßlichkeit ebenso wenig verzeiht wie ich!«

Das war natürlich nur ein Scherz, und Juraviel erwiderte Elbryans Lächelns. Er wusste es ja ohnehin besser. Pony vor allem würde die anstrengende Reise ins Elfenland im Frühjahr nicht auf sich nehmen, denn dann würde sie sich um ihr

Kind kümmern müssen. Fast hätte er es dem Hüter doch noch verraten, aber er bezwang sich und hielt den Mund.

»Wann brichst du auf?«, fragte Elbryan.

»Tomas will das Lager bei Tagesanbruch abbrechen«, erwiderte Juraviel. »Und ich werde noch vorher verschwinden.«

»Hast du Bradwarden Bescheid gesagt?«

Der Elf nickte. »Das war kein Kunststück«, erklärte er. »Der Zentaur ist schon so alt, mein Freund, und wird auch deine Kinder und Kindeskinder noch überleben, wenn ihn nicht gerade eine feindliche Waffe niederstreckt. Er kennt die Touel'alfar nur zu genau und hat mir gesagt, er wäre erstaunt, dass ich so lange bei dir geblieben bin – und noch mehr, dass ich mitgekommen bin zu der großen Abtei.«

»Hat er wirklich nicht erwartet, dass sein Freund kommen und ihn retten würde?«

»Bradwarden hat schon vor langer Zeit gelernt, nicht zu viel von den Touel'alfar zu erwarten«, sagte Juraviel ernsthaft. »Wir haben eben unsere Eigenheiten, und du solltest dir ruhig ein Beispiel an ihm nehmen.«

»Ich erwarte nichts von den Elfen«, erwiderte Elbryan. »Nur von meinem Freund und Bruder Belli'mar Juraviel.«

Dieser lächelte erneut, wenn er auch nicht vollkommen einverstanden war.

»Leb wohl!«, sagte der Elf. »Vergiss nicht, was wir dir alles beigebracht haben und dass du eine große Verantwortung trägst. Du führst Sturmwind, das Elfenschwert, und Falkenschwinge, ein Geschenk meines Vaters. Was du auch tust, fällt auf uns zurück, Nachtvogel, und die Elfen werden dich dafür zur Verantwortung ziehen, allen voran ich selbst.«

Der Hüter wusste, dass Juraviel es ernst meinte, und straffte die Schultern. Seine Miene zeigte, dass er wild entschlossen war, sich seiner Aufgabe würdig zu erweisen. Er wusste, was es hieß, ein Hüter zu sein, und hatte seine Lektion während des vergangenen Jahres nur zu gründlich gelernt. Und so würde er jene, denen er so viel zu verdanken hatte, unter anderem seinen Namen, Nachtvogel, auf keinen Fall enttäuschen.

»Leb wohl!«, sagte Juraviel noch einmal. Und schon war er in der heraufziehenden Abenddämmerung verschwunden.

»Da!«, sagte Elbryan und zeigte auf die Büsche am Fuße des Berghangs.

Tomas Gingerwart bückte sich und versuchte angestrengt, etwas zu erkennen. Von unten hörte man dumpfe Schläge und den breiten Dialekt eines vierschrötigen Kämpfers, der sich offenkundig köstlich amüsierte, doch Genaueres konnte er nicht ausmachen. Jetzt kreuzte irgendetwas sein eingeschränktes Blickfeld, möglicherweise war es ein Reiter.

»Komm mit!«, sagte der Hüter und zog Tomas am Arm mit sich fort bis zu einer übersichtlicheren Stelle. Er wollte dieses Schauspiel nicht verpassen und dachte, dass auch Tomas es miterleben sollte. Nach wenigen Schritten sahen sie, was los war: Bradwarden rannte im Kreis um einen Riesen herum, den er offenbar außer Gefecht gesetzt hatte.

Tomas riss Mund und Nase auf, allerdings nicht wegen des Riesen, denn davon hatte er in seinem Leben schon viele gesehen, sondern wegen der kolossalen Kräfte des gigantischen Zentauren.

»Haha«, brüllte Bradwarden spöttisch, »jetzt siehst du aber blass aus, du dickes, fettes Monstrum!« Und er bäumte sich auf und trommelte dem Koloß mit den Vorderhufen gegen Bauch und Brustkorb. Als der Riese versuchte, die Tritte mit den Armen abzuwehren, schlug Bradwarden ihm seine Keule über den Kopf.

Das Ungetüm taumelte rückwärts, und Bradwarden rannte hinterher, dann bremste er plötzlich ab und rammte ihm nach einer schnellen Kehrtwendung die Hinterhufe in den Leib, so dass sich das Ungetüm überschlug. Und im nächsten Moment hatte er sich wieder umgedreht und schwang seine Keule.

Tomas zuckte zusammen, als er sah, wie der gewaltige

Prügel im Gesicht des Riesen landete und dieser Blut und Zähne spuckte.

»Bradwarden«, erklärte Elbryan. »Ein wertvoller Verbündeter.«

»Und kein schlechter Gegner«, meinte Tomas und zuckte erneut zusammen, als Bradwardens Keule noch einmal ins Gesicht des Riesen traf und diesen dann mit einem weiteren Hieb über den Schädel in die Knie gehen ließ.

»Ich sag's ja: immer ordentlich draufhaun, und die Sache ist geritzt!«, grölte der Zentaur. Dann trat er dem Riesen jeweils mit einem Huf in ein Auge, so dass dessen Kopf weit nach hinten überschlug, bis er fast auf dem Rücken lag. Doch der Kerl rappelte sich unbeirrt wieder auf.

Da trat Bradwarden noch einmal zu.

Diesmal blieb der Riese am Boden liegen, und Bradwarden tanzte um den Fleischberg herum, starrte auf ihn herab und ließ spielerisch seine Keule hin und her schwingen.

Oben auf dem Berghang nickte Elbryan Tomas zu, und die beiden drehten sich um und machten sich wieder auf den Weg. Sie waren kaum zwei Schritte gegangen, da hörten sie, wie Bradwardens Keule krachend gegen den Schädel des Riesen schlug.

Sie sahen sich nicht um, und keiner der beiden sagte ein Wort, bis sie wieder in die Nähe ihres Lagers kamen.

»Er ist unser Freund, da kannst du ganz sicher sein«, sagte Elbryan, dem Tomas' beunruhigte Miene auffiel.

»Das bezweifle ich nicht«, erwiderte der Hüne. »Ich weiß doch, dass man sich auf Nachtvogels Wort und Einschätzung verlassen kann. Aber –« Er unterbrach sich verlegen. »Als wir in Caer Tinella waren, haben ein paar von den Leuten, die erst später dazugekommen sind – kurz vor oder nach dir und Pony –, alle möglichen Sachen aus dem Süden erzählt. Nach einem solchen Krieg kochen die Gerüchte natürlich über ...«

»Und welches Gerücht hat dich so beunruhigt, mein Freund?«, half Elbryan nach.

»Erst seit ein paar Minuten«, erwiderte Tomas. »Es war die Rede von einem Zentauren, den die Kirche als Verbrecher sucht. Ich weiß, dass es nur ganz wenige dieser Wesen gibt, und darum habe ich Angst, dass dein Freund Bradwarden derjenige sein könnte.«

»War denn auch noch von anderen Verbrechern die Rede?«, fragte der Hüter.

»Nein«, erwiderte Tomas. »Ich hab von keinem anderen gehört.«

»Hat man dir nicht erzählt, dass die Abellikaner auch noch nach einer Frau suchen?«, fragte Elbryan weiter. »Und dass sie ihnen noch wichtiger ist als der Zentaur, denn sie kann gut mit den heiligen Steinen umgehen, weißt du, und hat eine ganze Menge davon bei sich.«

Tomas machte große Augen; langsam dämmerte ihm, was Elbryan meinte. Er wusste zwar, dass die beiden seit einiger Zeit befürchten mussten, Ärger mit der Kirche zu bekommen, aber was er jetzt hörte, ging weit über seine bisherigen Vorstellungen hinaus.

»Es stimmt«, fuhr Elbryan fort. »Sie suchen nach ihr und ihrem Begleiter, einem Krieger aus den Waldlanden, der dafür bekannt ist, dass er einen schwarzen Hengst mit einem weißen Fleck in Form eines Diamanten auf der Stirn reitet. Es sieht ganz so aus, als wären die beiden mitten ins Herz der Kirche, in die mächtige Abtei St. Mere-Abelle, marschiert und hätten den zu Unrecht dort eingesperrten Zentauren befreit. Kommt dir diese Beschreibung vielleicht irgendwie bekannt vor, Tomas Gingerwart?«

Tomas grinste von einem Ohr zum andern. »Kein bisschen«, sagte er mit Unschuldsmiene. »Habe nie einen aus den Waldlanden getroffen, auf den sie passen könnte, und selbst wenn es einen gäbe, wäre er garantiert viel zu häßlich für die Frau, nach der sie suchen.«

Elbryan grinste zurück und klopfte Tomas auf die Schulter. Dann steuerten sie gemeinsam das Lager an. Als sie es schon fast erreicht hatten, blieb Tomas plötzlich stehen und sah den Hüter scharf an. »Was ist mit Bradwarden?«, fragte er. »Bleibt das ein Geheimnis zwischen dir und mir?«

»Und Belli'mar Juraviel«, sagte Elbryan. »Ich fürchte allerdings, unser kleiner Freund bleibt nicht mehr lange hier, denn sein Weg führt nach Westen. Und ohne ihn wird Bradwarden umso wichtiger für uns, denn der Zentaur hat viele Freunde im Wald und ist ein ausgezeichneter Späher.«

»Ja, und ein ausgezeichneter Kämpfer obendrein«, meinte Tomas gutmütig. »Ich glaube, ich werde ihn anheuern!« Dann wich das Lächeln aus seinem Gesicht. »Und was dann? Soll ich etwa die Wahrheit über den Pferdemenschen geheimhalten und Nachtvogel all die Ehre überlassen, die Bradwarden gebührt?«

Elbryan sah zu dem Lager hinüber, in dem mehr als achtzig kampftüchtige Leute saßen, die alles riskierten, um die Waldlande zurückzuerobern. »Der Zentaur ist kein Geheimnis«, erklärte er. »Aber wir müssen es auch nicht unbedingt an die große Glocke hängen. Entscheide selbst, Tomas.«

Der große Mann überlegte eine Weile, dann sagte er: »Sie verdienen unser Vertrauen. Sie sind alle nur in den Norden gekommen, weil sie uns vertrauen, und das sollten wir umgekehrt auch tun.«

»Ich finde trotzdem, dass es besser ist, wenn Bradwarden da draußen bleibt«, meinte der Hüter. »Sein Anblick könnte etliche von ihnen nervös machen, und je weniger über ihn getratscht wird, umso besser.«

»Du hast Angst, dass die Kirche immer noch hinter ihm her ist«, vermutete Tomas.

»Sie waren eigentlich nie hinter ihm her«, erklärte Elbryan. »Sein einziger Fehler war, dass er sich von den Mönchen aus den Trümmern des Aida-Berges hat ausgraben lassen, als sie nach Norden reisten, um herauszufinden, was dort passiert war.«

»Fehler ist gut«, sagte Tomas kopfschüttelnd. »Angesichts

der glorreichen Ereignisse am Berg Aida hätte man ihn ja wohl eher zum Helden erklären müssen als zum Verbrecher.«

»Ganz recht«, meinte der Hüter. »Ich verstehe das Vorgehen der Kirche nicht und habe schon lange aufgehört, mir darüber den Kopf zu zerbrechen. Sie haben Avelyn zum Verbrecher erklärt, dabei war er einer der besten und gottgefälligsten Menschen, die mir je begegnet sind, mein Wort darauf. Sie haben Bradwarden gefangen genommen und in ein finsteres Verlies geworfen, nur weil sie dachten, er könne ihnen etwas über Avelyn verraten – und jetzt über Pony und mich. Wir sind also alle drei Verbrecher – und Juraviel wäre es auch, wenn sie wüssten, dass er ebenfalls an der Rettung unseres Freundes beteiligt war.«

Tomas nickte seufzend. »Und was ist mit Pony?«, fragte er. »Du sagst, dass sie hinter ihr her sind, und da ist sie ausgerechnet nach Palmaris gegangen, wo die Kirche mächtiger ist denn je, seit es Baron Bildeborough nicht mehr gibt?«

»Pony ist erfinderisch«, sagte Elbryan bestimmt, doch Tomas entging nicht die leise Besorgnis in seiner Stimme. »Sie ist sich der Gefahr bewusst, und deshalb wird ihr nichts geschehen.«

Dabei beließen sie es fürs erste. Sie mussten jetzt nach vorn schauen und nicht zurück, denn sie hatten noch ein paar anstrengende Tagesmärsche vor sich, und wenn auch der Krieg gewonnen war, gab es doch noch etliche gefährliche Ungeheuer in der Gegend – wie den Riesen, den Bradwarden gerade erledigt hatte.

Aus seinem Versteck in den Zweigen einer hohen, dicken Kiefer sah Juraviel zu, wie Nachtvogel und Tomas ins Lager zurückkehrten. Voller Stolz sah er die bewundernden Blicke eines jeden, an dem der Hüter vorbeikam, und freute sich über die prompte Erledigung jeder Anweisung, die Elbryan oder Tomas erteilten. Das war eine tüchtige Mannschaft, zäh, ausdauernd und zuverlässig. Juraviel zweifelte nicht daran, dass die Waldlande bald wieder fest in Menschenhand waren.

Und das war nicht ganz unwichtig für die Touel'alfar, denn die Elfen hatten ein großes Interesse an den Königreichen der Menschen. Sie wollten die Welt jenseits von Andur'Blough Inninness in Ordnung wissen. Das war der eigentliche Grund dafür, dass sie die Hüter ausbildeten, auch wenn sie das den betreffenden Menschen nicht sagten. Die Hüter betätigten sich, ohne es zu wissen, als Handlanger der Elfen, indem sie die Grenzen ihrer drei Königreiche bewachten und menschliche Ansiedlungen in den Waldlanden und den Wilderlanden schützten. Und so halfen die Elfen ihnen nicht nur bei der Sicherung der Gegend vor den Überfällen irgendwelcher Ungeheuer – wovon Nachtvogels überragende Leistungen im letzten Krieg zeugten –, sondern sie hatten auf diese Weise auch ein paar Fenster in die Menschenwelt, durch die sie jeden sehen konnten, der sich zu nah an ihre Gefilde heranwagte.

Deshalb waren sämtliche Ereignisse, die der Krieg nach sich zog, für die Touel'alfar von großer Bedeutung, und Juraviel konnte jetzt ruhigen Gewissens mit der Nachricht in seine Heimat zurückkehren, dass die Rückeroberung der Waldlande durch Männer aus dem Bärenreich – an der Spitze der Nachtvogel – unmittelbar bevorstand. Er wusste, dass Lady Dasslerond sich Sorgen machte, die Alpinadoraner könnten sich in der wertvollen Waldlandschaft breit machen. Deshalb war er der Karawane weit vorausgeeilt, bis in die Gegend der drei Städte, wo er zu seiner Beruhigung festgestellt hatte, dass weit und breit keine Barbaren unter dem wachsamen Auge ihres Anführers Andacanavar zu sehen waren.

Der kürzeste Weg nach Hause führte für Juraviel gen Westen, doch als er seinen Ausguck verlassen hatte, wandte sich der Elf nach Süden. In der vorigen Nacht hatte er etwas gehört, eine leise Melodie, die der Wind aus weiter Ferne herübergeweht hatte, und er hegte den Verdacht, dass es *Tiest-*

tiel war, der Sternengesang seiner Brüder. Natürlich war es ein lautloses Lied, aber die Touel'alfar hatten ihren eigenen Zauber, unabhängig von irgendwelchen Edelsteinen. Mit solchen Melodien konnten die Elfen ahnungslose Gegner einschläfern. Sie konnten mit den Tieren sprechen und die Zeichen der Natur deuten und daraus ihre Schlüsse ziehen.

Der größte Zauber aber, der den Touel'alfar innewohnte, war ihre geradezu telepathische Verbundenheit. Als Tuntun weit entfernt in den Tiefen des Aida-Berges umgekommen war, hatten es die Elfen im Nebeltal gespürt. Sie waren eine kleine, eng zusammengehörige Schar, und jeder stand ständig in Verbindung mit den anderen. Wenn ein Elf an einer Stelle vorbeikam, an der einer seiner Brüder kürzlich gewesen war, so merkte er das ganz genau.

Juraviel hatte von Süden her irgendetwas vernommen, und so ging er jetzt einfach dem Sternengesang nach.

14. Der Seelenfänger

»Ich habe da von ein paar Kaufleuten aus dem Norden äußerst beunruhigende Geschichten gehört«, erklärte König Danube Brock Ursal ohne Umschweife, sobald Abt Je'howith eingetroffen war. Untypischerweise fand die Unterhaltung im engsten Kreise statt; es waren lediglich noch drei andere Männer im Raum, ein Leibwächter und ein Berichterstatter von König Danube sowie ein einzelner Mönch, der Je'howith begleitet hatte.

»Es ist eine schwierige Übergangszeit«, erwiderte der Abt. »Da muss Euch die Kirche um ein wenig Geduld bitten.«

»Es gibt Gerüchte, dass Euer Bischof angeordnet hat, alle Edelsteine an die Kirche zurückzugeben«, fuhr der König unbeeindruckt fort. Die Herrscherfamilie des Bärenreichs besaß eine ganze Sammlung solcher Steine, Geschenke von

Äbten aus vergangenen Jahrhunderten und sogar ein paar »Staatspräsente« aus der Zeit, als der König gleichzeitig Kirchenoberhaupt war.

»Ich kann nicht für den ehrwürdigen Vater sprechen«, räumte Je'howith ein. »Denn ehrlich gesagt trifft mich Eure Frage völlig unvorbereitet. Ich vermute, in Palmaris herrscht zur Zeit der Ausnahmezustand, denn dort sollen sich die Anhänger dieses Diebes und Ketzers Avelyn Desbris ja aufhalten.«

König Danube nickte, doch er wirkte nicht besonders überzeugt.

»Ich habe nicht vor, in Ursal ebenso vorzugehen«, erklärte der Abt unumwunden.

»Das würde ich Euch auch nicht raten«, meinte der König, und es war eine deutliche Drohung aus seinen Worten herauszuhören. »Wie weit glaubt Ihr, wird Eure Kirche eigentlich noch gehen in diesen unsicheren Zeiten? Ich zweifle nicht daran, dass der Abellikaner-Orden der Bevölkerung mit Trost und Rat zur Seite stehen kann, besonders nach der Verwüstung unserer nördlichen Landstriche im Krieg, aber ich warne Euch, ich werde mir das nicht mehr lange mitansehen.«

»Ihr habt uns eine lebenswichtige Aufgabe erteilt«, erwiderte Je'howith. »Die Befriedung und Neuordnung von Palmaris ist keine Kleinigkeit. Deshalb bitte ich Euch, habt Geduld, und richtet Euer Augenmerk mehr auf die Endergebnisse als auf das vorübergehende Durcheinander.«

»Soll ich vielleicht die Beschwerden von einigen meiner Lieblingskaufleute ignorieren?«, fragte der König skeptisch. »Männern, die schon meinem Vater gedient haben, und deren Väter wiederum meinem Großvater?«

»Haltet sie noch ein wenig hin«, schlug Je'howith vor. »Erklärt ihnen, dass die Zeiten schwierig sind und alles bald wieder in Ordnung gebracht wird.«

König Danube sah den alten Abt eine ganze Weile

zweifelnd an. »Ihr könnt Euch wahrscheinlich vorstellen, dass es selbst Constance Pemblebury schwerfallen dürfte, Euren Orden in dieser Sache zu unterstützen.« Er kicherte und blickte in dem leeren Raum umher. »Und die Reaktion von Herzog Targon Bree Kalas könnt Ihr Euch ja wohl vorstellen. Ich habe der Kirche die Regentschaft in Palmaris überlassen, aber nur zur Probe. Ich kann den Bischofstitel, den ich verliehen habe, jederzeit wieder zurücknehmen.« Er schnippte mit den Fingern. »Bestellt das Eurem ehrwürdigen Vater, und macht ihm klar, dass Euer Orden in diesem Fall in meinem Reich erheblich an Stellenwert verlieren würde. Haben wir uns verstanden, Abt Je'howith? Ich wäre äußerst verstimmt, wenn ich mir vorstellen müsste, dass Ihr jetzt von hier fortgeht, ohne den Ernst der Lage begriffen zu haben. Ihr habt mich um Geduld gebeten, also werde ich mich gedulden, allerdings nicht sehr lange.«

Dem Abt fielen verschiedene Antworten ein, doch keine erschien ihm passend und zweckmäßig. Der König hatte ihn überrumpelt. Je'howith hatte keine Ahnung gehabt, in welchem Maße der ehrgeizige De'Unnero die Dinge in Palmaris an sich gerissen hatte. Ob Vater Markwart überhaupt etwas von den Machenschaften seines Handlangers wusste?

Doch als er genauer darüber nachdachte, musste er lächeln. Er erinnerte sich nur zu gut an Markwarts unerwarteten spirituellen Besuch und zweifelte nicht daran, dass dieser De'Unnero auf dieselbe Weise im Auge behielt. Nein, das alles konnte sich zu einer ernsthaften Krise zwischen Kirche und Regierung entwickeln, denn wenn Markwart tatsächlich selbst für die Ereignisse in Palmaris verantwortlich war, dann standen sich die beiden auf einem schmalen Grat gegenüber.

Der Abt fragte sich, ob er nicht seine eigenen Konsequenzen ziehen sollte. War es jetzt vielleicht Zeit für ihn, sich von der Kirchenhierarchie zu distanzieren? Wäre es nicht klug, Vater Markwart und seine Politik beim König ein wenig anzuschwärzen und sich damit eine stärkere Ausgangsposition zu verschaffen, für den Fall, dass es zwischen dem König und dem ehrwürdigen Vater zum offenen Streit käme?

Doch da stand Je'howith wieder diese unerfreuliche spirituelle Begegnung mit Markwart vor Augen, und er erinnerte sich an die ungeheure Macht, die jener ausgestrahlt hatte. Ich muss mich in Acht nehmen, sagte er sich, denn wenn Markwart und der König in Streit geraten, wer weiß, wer von beiden am Ende gewinnt. Und er wusste genau, wie gefährlich es werden konnte, dann auf der falschen Seite zu stehen.

»Ich werde mich umhören, so gut es geht, und Euch dann umfassend Bericht erstatten, Majestät«, sagte der Abt mit einer Verbeugung.

»Das will ich meinen«, erwiderte König Danube trocken.

Pony hielt den Kopf über eine Waschschüssel und übergab sich. Sie gab sich zwar alle Mühe, niemanden etwas merken zu lassen, doch Dainsey Aucomb hatte sie bereits argwöhnisch angesehen.

Sie nahm einen Schluck Wasser aus einem Becher und spülte sich den Mund.

Da hörte sie hinter sich Schritte und das Quietschen der Türangeln. »Dainsey«, hob sie an, während sie sich wieder aufrichtete, doch als sie sich umdrehte, sah sie überrascht Belster O'Comely im Eingang stehen und verstummte.

»Dir wird jeden Morgen übel«, stellte der Wirt fest. Pony sah ihn scharf an. »Es ist nichts weiter«, schwindelte sie. »Schon vorbei, ich kann gleich wieder arbeiten.«

»Aber nur, wenn du deine Schürze nicht so fest bindest, dass du dir den Bauch abschnürst«, erwiderte Belster verschmitzt.

Unwillkürlich schaute Pony an sich herab, denn bis jetzt war noch kaum etwas zu sehen.

»Na ja, jetzt vielleicht noch nicht«, sagte Belster.

»Du hast eine blühende Phantasie«, meinte Pony leicht verärgert, ging auf die Tür zu und wollte sich an Belster vorbeischlängeln. Doch er hielt sie fest und drehte sie zu sich um, so dass sie ihn ansehen musste.

»Hab doch selber drei gehabt«, sagte er.

»Du sprichst in Rätseln.«

»Ich bin gut im Rätselraten«, verbesserte er sie und grinste breit. »Ich weiß ja, dass du mit deinem Liebsten beisammen warst, als euch der Krieg endlich eine Verschnaufpause erlaubte. Und ich weiß schließlich, was verliebte junge Leute so machen. Außerdem weiß ich auch, was es zu bedeuten hat, wenn einer Frau jeden Morgen schlecht ist. – Du bekommst ein Kind«, sagte Belster jetzt geradeheraus.

Nun gab Pony ihre Abwehrhaltung auf und nickte gottergeben.

Belster grinste von einem Ohr zum andern. »Warum bist du dann nicht bei Nachtvogel?«, fragte er plötzlich stirnrunzelnd. »Er ist doch bestimmt der Vater.«

Pony musste lauthals lachen.

»Warum bist du hier, Mädchen, und er ist oben im Norden?«, fragte Belster erneut. »Er sollte lieber bei dir sein und sich um dich kümmern.«

»Er weiß es ja noch gar nicht«, gestand Pony und flunkerte dann ein wenig. »Ich wusste es ja selber noch nicht, als wir uns in Caer Tinella getrennt haben.«

»Dann musst du jetzt aber zu ihm gehen.«

»Um in einen Schneesturm zu geraten?«, fragte Pony skeptisch. »Und du gehst einfach so davon aus, dass Elbryan noch in Caer Tinella ist. Vielleicht ist er ja längst auf dem Weg in die Waldlande, wo das Wetter immer noch so mild ist.« Sie hob die Hand, um Belsters sichtlicher Aufregung Einhalt zu gebieten. »Wir sehen uns kurz nach Frühlingsanfang wieder, dann ist immer noch Zeit, es ihm zu sagen«, erklärte Pony. »Keine Sorge, mein Freund, unsere Wege haben sich nicht für immer getrennt, nur für eine kleine Weile.«

Belster überlegte einen Augenblick, dann brach er in schallendes Gelächter aus und nahm Pony stürmisch in den

Arm. »Das muss gefeiert werden!«, brüllte er und wirbelte sie herum. »Heute abend gibt es ein großes Fest.«

Für Pony war dies ein bittersüßer Moment, und das nicht nur, weil sie wusste, dass es nicht in Frage kam, ihren Zustand auf diese Weise öffentlich bekannt werden zu lassen. Vor allem traf sie Belsters Reaktion wie ein Stich ins Herz, denn eigentlich hätte es doch Elbryan sein müssen, der sie vor Freude herumwirbelte und ihr Glück mit ihr teilte. Und es tat ihr nicht zum ersten Mal Leid, dass sie ihm nichts gesagt hatte.

»Kein Fest«, sagte Pony entschieden, als Belster sie sanft wieder auf die Füße stellte. »Das würde nur unnötige Fragen aufwerfen. Es ist mir lieber, die Sache bleibt unter uns, und niemand sonst weiß davon.«

»Nicht mal Dainsey?«, fragte Belster. »Du solltest es ihr ruhig sagen. Sie ist eine treue Freundin, und wenn sie auch manchmal vielleicht nicht die Allerhellste ist – über gewisse Dinge weiß sie jedenfalls gut Bescheid.«

»Ja, vielleicht sag ich's ihr«, meinte Pony. »Aber auf meine Weise und dann, wenn ich es für richtig halte.«

Belster lächelte und nickte zufrieden. Dann fing er wieder an zu lachen und hob Pony noch einmal in die Höhe.

»Höchste Zeit!«, rief jetzt jemand aus dem Hinterzimmer.

»Jaja«, meinte Belster und ließ Pony vorsichtig wieder herunter. »Das hätte ich vor lauter Aufregung fast vergessen«, sagte er finster. »Irgend so ein Mönch aus St. Precious rennt draußen die Straßen auf und ab und ruft alle guten Abellikaner auf, sich auf dem Marktplatz zu versammeln. Es sieht so aus, als wollte unser neuer Bischof eine Rede halten.«

»Ich bin ja nicht so sicher, ob ich als gute Abellikanerin anzusehen bin«, sagte Pony, »aber ich will dieses Spektakel natürlich auf keinen Fall verpassen.«

»Eine gute Gelegenheit, etwas über deine Gegner zu erfahren?«, fragte Belster schmunzelnd.

Pony nickte ernsthaft. »Und über die seltsamen Vorgänge in Palmaris«, sagte sie.

»Lass aber deine Edelsteine hier«, riet ihr Belster.

Pony konnte ihm da nur beipflichten. Nach allem, was sie in den letzten paar Tagen miterlebt hatte, würde es sie nicht wundern, wenn man auf dem Marktplatz erst einmal alle Leute einer Leibesvisitation unterzöge. Das neue Stadtoberhaupt von Palmaris schienen die Rechte seiner Bürger ja ganz und gar nicht zu kümmern.

»Dainsey richtet dich noch ein bisschen her«, meinte Belster. »Es sei denn, du willst dich völlig unmaskiert in die Menge stürzen.«

Pony überlegte einen Moment. »Ein bisschen Verkleidung kann nicht schaden«, sagte sie, denn sie hatte keine Lust, sich der ganzen Prozedur zu unterziehen, die nötig war, um sich in Belsters Frau zu verwandeln, zumal sie keine Schwierigkeiten sah, in der Menschenmenge unterzutauchen.

Bald darauf verließen Pony, Belster und Dainsey das Wirtshaus und verschwanden im Strom vieler hundert anderer, die auf dem Weg zum Marktplatz die Straßen der Stadt überfluteten. Pony hatte Belsters Rat befolgt und die Steine zu Hause gelassen – und als sie sah, dass der ganze Platz mit bewaffneten Soldaten und Mönchen umstellt war, die ein scharfes Auge auf die Menge hatten, war sie heilfroh über diese Entscheidung.

Der neue Bischof stand auf einem Podest, das man vor den mächtigen Toren der Abtei aufgebaut hatte. Pony hatte den Mann vorher erst einmal gesehen, und zwar in der Wagenburg einer Handelskarawane, die von marodierenden Goblins angegriffen worden war. Elbryan und Pony hatten den Kaufleuten damals geholfen, den Überfall abzuwehren. Die Mönche waren allerdings erst aufgetaucht, als der Kampf schon vorbei war, obwohl sie sich ebenfalls nicht weit vom Schlachtfeld entfernt befunden hatten. Schließlich hatte sich allein der freundliche Jojonah um die Verwundeten gekümmert, und Pony und Elbryan konnten deutlich spüren, dass De'Unnero diesem nicht gerade wohlgesonnen war.

Während sie sich ihren Weg durch die Menge bahnte, wurde ihr klar, dass ihr erster Eindruck von diesem Mann, sich mit dem jetzigen deckte. Er hatte sich mit vor der Brust gekreuzten Armen über der Menge aufgebaut wie irgendein gottgesandter Eroberer. Doch Pony war ein scharfer Beobachter, und so konnte sie unschwer erkennen, dass er sich hinter seiner Arroganz verschanzte wie hinter einem Schutzschild. Sein starrer Blick zeigte deutlich, dass er nichts und niemanden neben sich gelten ließ und sich für das Maß aller Dinge hielt, und das machte ihn so gefährlich.

Je näher sie dem Podest kam, desto mehr fand sie diesen Eindruck bestätigt. Die Art, wie De'Unnero mit verschränkten Armen dastand, die Ärmel seines Gewandes gerade so weit zurückgeschoben, dass man seine kräftigen Unterarmmuskeln sehen konnte, seine Raubtieraugen und das kurzgeschorene schwarze Haar – dieser Anblick löste in ihr den gellenden Alarm aus, sich in Acht zu nehmen. Als sein Blick ihren Standort streifte, hatte sie das bestimmte Gefühl, dass er sie ganz allein ansah.

Einen Augenblick lang wurde sie von Panik ergriffen, doch dann merkte Pony, dass es allen anderen, die der bohrende Blick traf, ebenso ging wie ihr selbst.

Es kamen immer noch Leute hinzu, und Pony hörte, wie sich die Umstehenden den neuesten Tratsch zuflüsterten. »Ich hab gehört, er zahlt's jetzt diesen dreckigen Krämern, die uns die ganzen Jahre ausgenommen haben, ordentlich heim«, sagte eine alte Frau. »Und den Heidenpriestern auch«, ereiferte sich ein anderer. »Diesem elenden Pack aus Behren. Ich sag ja immer: allesamt auf einen Kahn und weg mit ihnen!«

Pony war betroffen festzustellen, wie geschickt es De'Unnero verstand, das einfache Volk für sich einzunehmen, indem er Sündenböcke für allen möglichen Unmut der Leute schuf. Auf diese Weise würde er sie in kürzester Zeit um den Finger wickeln, sagte sie sich schaudernd.

Nun trat der Bischof einen Schritt vor und breitete die Arme aus. Dann rief er mit donnernder Stimme zum Gebet auf.

Tausende von Köpfen neigten sich – der von Pony inbegriffen.

»Gelobt sei der Herr, dass der Krieg vorbei ist!«, hob De'Unnero an. »Gelobt sei der Herr, dass Palmaris noch einmal davongekommen ist und den Weg in den Schoß der Kirche zurückgefunden hat!«

Er fuhr fort mit den bei solchen Anlässen üblichen Floskeln wie der Bitte, Gott möge ihnen Wohlstand und gute Ernten bescheren und sie vor Krankheit bewahren. Nach einem perfekten Zeitplan ließ er die Menge an bestimmten Stellen einen kurzen Gesang anstimmen, damit ihre Aufmerksamkeit nicht nachließ. Dann redete er noch eine ganze Weile frei, und Pony fiel auf, dass er zwar immer wieder eindringlich Vater Markwarts Namen heraufbeschwor, hingegen kein Wort über Baron Bildeborough oder König Danube verlor.

Als er fertig war, rief er noch einmal dazu auf, die Arme zu erheben, und die Hände aller streckten sich gen Himmel.

Dann begann das Geflüster von neuem, und viele machten Anstalten zu gehen.

»Ihr seid noch nicht entlassen!«, rief De'Unnero in scharfem Ton, und die Menge verstummte, während sämtliche Köpfe zu dem Bischof herumfuhren.

»Ich habe noch etwas zu sagen«, erklärte De'Unnero. »Es hat nichts mit Beten zu tun, sondern mit praktischem Denken. Ihr in Palmaris habt ja die Schrecken des geflügelten Dämons mehr als alle anderen im Bärenreich vor Augen gehabt, nicht wahr?«

Aus der Menge erhob sich zaghaftes Gemurmel.

»Nicht wahr?«, brüllte De'Unnero jetzt furchterregend.

Und nun kam donnernd die Bestätigung aus unzähligen verängstigten Kehlen.

»Aber wer ist denn schuld daran, dass Bestesbulzibar sich wieder erhoben hatte – doch nur ihr selber!«, schrie

De'Unnero sie an. »Die Finsternis in euren Herzen hat den Geflügelten angespornt, und die Schwäche eures Fleisches öffnete ihm Tür und Tor! Ihr habt es euch selbst zuzuschreiben, jeder Einzelne von euch – du und du und du!« Er rannte an der Vorderkante des Podestes auf und ab und zeigte mit dem Finger auf verschiedene eingeschüchterte Zuhörer.

»Wie armselig waren eure Abgaben an die Kirche! Und wie lange duldet ihr schon die Heiden in euren Mauern! Im Hafen wimmelt es nur so von diesem ungewaschenen Pack. – Und wem seid ihr die ganzen letzten Jahre gefolgt?«, schrie er weiter. »Etwa Abt Dobrinion? Nein, wie so viele andere habt ihr euch den Worten eines weltlichen Oberhauptes gebeugt!«

Er hielt inne. Das Geflüster erhob sich von neuem trotz aller Angst, denn er hatte schließlich soeben den allseits beliebten Baron Bildeborough schlecht gemacht.

»Versteht mich nicht falsch«, fuhr De'Unnero fort. »Euer Baron war ein feiner, gottesfürchtiger Mann. Aber jetzt, meine Freunde«, rief er fanatisch und schüttelte die Faust in der Luft, dass die Muskeln seines Unterarms eisenhart wurden, »jetzt haben wir endlich die Chance, Bestesbulzibar und seine Höllenbrut ein für allemal in den Höllenschlund zurückzuschicken. Und dank der Weisheit des Königs wird Palmaris strahlender sein als je zuvor. Wir sind das Grenzland, der Vorposten des ganzen Königreichs. Das weiß König Danube ganz genau. Und wenn Palmaris erst wieder fest in Gottes Hand ist, werden unsere Stadttore jedem Dämon Einhalt gebieten!«

Der letzte Satz rief großen Beifall hervor. Pony hingegen konnte die Erleichterung der Menge nicht teilen. Sie blickte in die Gesichter um sich herum, von denen viele tränenfeucht waren, und musste zugeben, dass der Mann sein Handwerk verstand. Er wusste genau, wie er mit den Leuten umgehen musste. Zuerst machte er sich beliebt, indem er den Hass des einfachen Volkes auf die beiden unbeliebtesten Bevölkerungsgruppen, die Kaufleute und die Einwanderer aus Behren, schürte. Und nun suggerierte er ihnen auch noch, sie könnten ihrem Elend auf dem Wege des Glaubens entrinnen. Viele von ihnen hatten im Krieg Angehörige verloren, und auch vorher hatten etliche dem Tod tagtäglich ins Auge schauen müssen, so dass diese Aussicht ihnen offenbar sehr verlockend erschien.

»Ihr müsst wieder zu Gott zurückfinden!«, rief De'Unnero. »Ich werde mich um jeden Einzelnen kümmern – um dich und dich und dich auch«, fügte er hinzu und ließ seinen Finger wieder über die Köpfe schnellen. »Die Mönche von St. Precious werden nicht länger mit einigen wenigen vorlieb nehmen. Nein, sage ich, denn Gott hat mir die Wahrheit gezeigt. Und er hat zu eurem König gesprochen und ihn aufgefordert, diese Stadt in die Obhut der Kirche zu geben. Und so werden wir die Wächter der Seele sein und die Saat des Bösen ausrotten. Ich werde euch auch zeigen, wie.«

Die Begeisterung der Menge wuchs mit jedem Satz, und Pony suchte in den Gesichtern der Umstehenden nach dem leisesten Anzeichen von Skepsis. Doch sie sah nur, dass viele in dem verzweifelten Wunsch nach einem inneren Halt dem Bischof die Hände entgegenstreckten; andere wiederum folgten seinen Hetzreden einfach nur aus Angst vor den allgegenwärtigen Mönchen und Soldaten.

Erst als De'Unnero geendet hatte, sah Pony wieder zu dem Podest hinauf, wo er jetzt wie zuvor mit verschränkten Armen dastand. Er war ein mitreißender Redner, der den Nerv des Volkes traf. Doch Pony kannte die Wahrheit und wusste, dass er mit seinem angeblich göttlichen Auftrag in Wirklichkeit einem Sterblichen zu Diensten war.

Doch davon ahnten diese Leute nichts, sagte sie sich, während sie um sich blickte, und diese Einfalt konnte ihnen einmal zum Verhängnis werden. Sie war jedoch felsenfest überzeugt, dass der eine oder andere nur darauf wartete, die Wahrheit zu erfahren.

Nun musste sie nur noch einen Weg finden, den Leuten die Augen zu öffnen.

Während er die Morgenandacht der Novizen anleitete, spürte Vater Markwart plötzlich ein merkwürdiges Kribbeln. Irgendjemand wollte mit Hilfe eines Seelensteins mit ihm Kontakt aufnehmen, aber die telepathische Verbindung war so schwach, dass er den Verursacher nicht ausmachen konnte.

Da entschuldigte sich der ehrwürdige Vater abrupt, übergab den Dienst an Bruder Francis und eilte in seine Privatgemächer. Als er sich in die geheime Kammer begeben wollte, zögerte er plötzlich, denn ihm fiel ein, dass womöglich irgendein Mönch, der mit dem Seelenstein unterwegs war, unerwünschten Einblick nehmen könnte. Selbst wenn er seinen Geist hinausschicken würde, um den anderen abzufangen, konnte dieser unter Umständen an ihm vorbeischlüpfen.

Markwart musste laut lachen. Nein, dieser Mönch, wer immer es auch sein mochte, war ein blutiger Anfänger. Während er den Geist des anderen auf Abstand hielt, holte Markwart seinen Seelenstein und ließ sich mühelos hineinfallen, bis sein Geist aus seinem Körper heraustrat.

Da sah er, dass es Je'howith war, der nach ihm rief, und dass der Mann bereits Zeichen von Ermüdung zeigte. Markwarts Geist machte dem anderen ein Zeichen, dass sie sich in Ursal unterhalten sollten, und schickte ihn fort. Dann kehrte er in seinen Körper zurück und ging in den Raum mit dem Pentagramm, wo er seine Kraft am deutlichsten spürte.

Im nächsten Augenblick stand der Geist des ehrwürdigen Vaters Je'howith in dessen Behausung gegenüber. Markwart konnte deutlich sehen, dass diesen sein spiritueller Ausflug stark mitgenommen hatte. Er beruhigte den Mann und forderte ihn auf, ihm in knappen Worten zu schildern, was vorgefallen war.

»Der König ist verärgert über De'Unneros Vorgehen in

Palmaris«, erklärte ihm der Abt. »Er nimmt den Kaufleuten die Steine wieder weg, die sie uns abgekauft haben. Es ist nicht zu fassen, was sich De'Unnero erlaubt so kurz nach seiner –«

»Bischof De'Unnero hat meinen Segen«, erwiderte Markwart frei heraus.

»A-aber, ehrwürdiger Vater«, stotterte Je'howith, »wir können doch nicht die gesamte Kaufmannsgilde gegen uns aufbringen. Das wird der König ganz sicher nicht –«

»Das geht König Danube nichts an«, erklärte Markwart. »Die Steine sind ein Gottesgeschenk und damit einzig und allein Sache des Abellikaner-Ordens.«

»Aber Ihr habt sie doch selbst an die Kaufleute und Adligen verkauft«, wagte Je'howith einzuwenden. Im selben Augenblick gefror ihm fast das Blut in den Adern, wie er es nie zuvor erlebt hatte.

»Vielleicht war ich früher noch nicht so klug wie heute«, erwiderte Markwart mit scheinbarer Ruhe – und das irritierte den Abt nur umso mehr. »Vielleicht war ich auch nur zu festgefahren in der Tradition.«

Je'howith sah ihn verwundert an – hatte Markwart sich doch immer so viel auf sein Traditionsbewusstsein eingebildet. Und in jeder Auseinandersetzung mit dem Äbtekollegium hatte er stets auf die Tradition verwiesen.

»Wisst Ihr es denn jetzt besser?«, fragte der Abt vorsichtig.

»Wenn du dir meine zunehmende Macht über die Steine vor Augen führst, wirst du begreifen, dass diese ein Zeichen tieferer Erkenntnis des göttlichen Willens ist«, erwiderte Markwart. »Ich habe eingesehen, dass es falsch war, die heiligen Steine zu verkaufen.« Der ehrwürdige Vater hielt inne, denn ihm kamen seine eigenen Worte lächerlich vor. Hatte nicht Avelyn Desbris dieselben Argumente geltend gemacht? Und war der Verkauf einer großen Anzahl der Steine, die Avelyn auf Pimaninicuit eingesammelt hatte, nicht ausschlaggebend gewesen für seine Flucht?

Er fand diese Ironie ungemein amüsant, denn das Vorgehen war in der Tat dasselbe gewesen, nur die Gründe waren ganz und gar unterschiedlicher Art.

»Ehrwürdiger Vater?«, fragte Je'howith, nachdem einige Zeit verstrichen war.

»Bischof De'Unnero handelt mit meinem Einverständnis«, sagte Markwart bestimmt. »Und er wird so weitermachen.«

»Aber er verärgert den König«, protestierte Je'howith. »Und Ihr könnt sicher sein, dass König Danube die Ernennung des Bischofs wieder rückgängig machen und in Palmaris einen Baron einsetzen wird – und der wird der Kirche vermutlich nicht besonders wohlgesonnen sein.«

»König Danube wird feststellen, dass es nicht so einfach ist, einen Titel wieder zurückzunehmen«, entgegnete Markwart.

»Es gibt viele, die glauben, Kirche und Regierung sind zwei verschiedene Dinge.«

»Das sind Dummköpfe«, sagte Markwart. »Wir können die Herrschaft natürlich nicht von heute auf morgen übernehmen«, erklärte er, »denn das würde den verängstigten Pöbel in die Arme des Königs treiben. Nein, wir müssen dabei Schritt für Schritt vorgehen und eine Stadt nach der anderen unter unseren Einfluss bringen.«

Je'howith machte große Augen und wandte dann den Blick von Markwart ab in eine Ecke seines Zimmers. Er hatte noch nie von solchen Absichten gehört und keine Ahnung gehabt, dass Markwarts Ehrgeiz so weit ging. Auch wurde es ihm höchst ungemütlich bei dieser Vorstellung. Abt Je'howith führte am Hofe des Königs in Ursal ein ausgesprochen sicheres und angenehmes Leben, und der Gedanke, dass irgendetwas diese komfortable Existenz in Gefahr bringen könnte, begeisterte ihn gar nicht. Außerdem wurde er das Gefühl nicht los, dass er bei diesem Kampf der Titanen am Ende auf der Verliererseite landen würde.

Er sah Markwarts Geist wieder an und gab sich alle Mühe, seine Angst zu verbergen, denn er hatte die Hoffnung noch nicht aufgegeben, dass es in dieser Sache zu einer Kompromisslösung kommen konnte.

»König Danube wird meine Ansichten verstehen«, versicherte ihm Markwart.

»Und was soll ich jetzt tun?«, fragte der Abt pflichtbewusst.

Markwart lachte in sich hinein. »Du wirst noch feststellen, dass du viel weniger zu tun brauchst, als du dachtest«, sagte er geheimnisvoll. Dann war er verschwunden.

Kurz darauf blinzelte Markwart und öffnete die Augen. Der Raum sah noch genauso aus, wie er ihn verlassen hatte, die Kerzen waren noch nicht einmal merklich heruntergebrannt. Doch noch ehe Markwart über die soeben beendete Unterhaltung nachdenken konnte, überkam ihn das Gefühl, dass sich irgendetwas nicht mehr an seinem Platz befand. Langsam suchte er mit den Augen den Raum ab. Es sah alles aus wie zuvor, und doch spürte er, dass sich irgendetwas verändert hatte. Vielleicht war jemand hier gewesen.

Ja, das musste es sein. Jemand hatte ihn bei seiner Arbeit beobachtet. Er sprang auf und lief eilig in sein Empfangszimmer.

Auch hier schien alles unverändert, aber Markwart spürte wieder die Gegenwart eines anderen, als hätte dieser eine wahrnehmbare Schwingung hinterlassen.

Als nächstes ging Markwart in sein Schlafzimmer, und schon in der Tür spürte er es wieder. Verblüfft stellte er fest, dass er jeden einzelnen Schritt des Eindringlings nachvollziehen konnte. Der andere war durch den Empfangsraum hereingekommen und hatte auf der Schwelle zum Schlafzimmer kehrtgemacht, um dann in die Beschwörungskammer zu gehen. Er sah das alles erstaunlich klar vor sich. Vielleicht hatte er während der Arbeit mit dem Hämatit noch genügend Wahrnehmungskraft zurückgelassen, so dass ihm nicht entgangen war, was sich währenddessen um seinen Körper herum abgespielt hatte.

Er nickte zufrieden, das Rätsel gelöst zu haben – und er

hatte auch schon eine ziemlich genaue Vorstellung, wer der Eindringling gewesen sein mochte.

Als sie wieder im Wirtshaus waren, meinte Belster zu Pony und Dainsey: »Er hat sie vollkommen um den Finger gewickelt. Sie brauchen etwas, woran sie glauben können, das weiß dieser neue Bischof ganz genau.«

»Und er wird es ausnutzen«, fügte Pony hinzu.

»Dann gnade Gott den Behrenesern«, sagte Dainsey und schnaubte verächtlich. »Wenn sie überhaupt Gnade verdient haben!« Sie wollte über den Witz lachen, doch dann merkte sie, dass die anderen keinen Sinn für ihren Humor hatten.

»Die Behreneser sind nicht gerade beliebt in der Stadt«, musste Belster zugeben. »Sie haben ihre eigenen Gewohnheiten – merkwürdige Gewohnheiten, die dem einfachen Volk Angst machen.«

»Eine bequeme Zielscheibe für einen Tyrannen«, überlegte Pony.

»Was wollt ihr damit sagen?«, erkundigte sich Dainsey. »Ich bin beileibe nicht scharf auf die Kirchenmänner, schon gar nicht, seit sie mich neulich mitgenommen und ausgefragt haben. Aber der Mann ist nun mal der Bischof, den der König und die Kirche hier eingesetzt haben.«

»Zwei Punkte gegen ihn«, meinte Pony trocken.

»Und was glaubt ihr nun, was wir tun sollen?«, fragte Dainsey. Pony sah Belster an, und ihr war klar, dass er dasselbe dachte.

»Wir müssen De'Unneros eigenes Vorgehen gegen ihn benutzen«, erklärte Pony aufs Geratewohl. Ihr schwirrte der Kopf – sie wusste nur, dass sie irgendetwas gegen den Bischof unternehmen musste, ehe er Palmaris vollkommen in der Hand hatte. Nur was? »Wir müssen den Leuten Bescheid sagen, Belster«, sagte sie entschlossen.

»Worüber?«, fragte der Wirt skeptisch. »Der Bischof hat ihnen genau gesagt, was er vorhat.«

»Wir müssen ihnen sagen, warum er es tut«, erklärte Pony. »De'Unnero geht es nicht um die Menschen – weder in diesem Leben noch in irgendeinem kommenden. Sein einziges Ziel und das seiner Kirche ist Macht und nichts weiter.«

»Starke Worte«, erwiderte Belster. »Und ich kann dir da nicht widersprechen.«

»Du hast doch ein ausgedehntes Netz von Informanten vor Ort«, überlegte Pony. »Die könnten wir benutzen, um die Leute über De'Unneros Vorgehen auf dem Laufenden zu halten.«

»Du willst ihm also den Kampf ansagen?«, fragte Belster. »Meinst du, du kannst in Palmaris einen Aufstand anzetteln, der De'Unnero, die ganze Kirche und sämtliche Soldaten wegfegt?«

Die Frage dämpfte Ponys Enthusiasmus. Genau das hatte sie sich vorgestellt, aber jetzt, da Belster es ausgesprochen hatte, merkte sie erst, wie lächerlich es klang.

»Ich habe tatsächlich meine Verbindungen«, fuhr Belster fort. »Zum Schutz – um Leute zu verstecken, die in Schwierigkeiten geraten sind, um deine Identität geheimzuhalten. Aber nicht, um Krieg zu führen!«

»Das ist auch besser so«, fügte Dainsey hinzu. »Ach, ich würde diese gottverdammten Mönche am liebsten über den Masurischen Fluss jagen, aber wenn du aus den Bauern eine Armee aufstellen würdest, dann hättest du ziemlich schnell eine Armee von toten Bauern.«

Belster legte ihr die Hand auf die Schulter und nickte finster. »Ein gewaltiges Unterfangen, gegen St. Precious und Chasewind Manor vorzugehen.«

»Nicht gewaltiger als die Unannehmlichkeiten, die wir in Caer Tinella bewältigt haben«, erwiderte Pony, und Belsters Gesicht verzog sich zu einem breiten Grinsen.

»Wir können uns zumindest als Volkes Stimme betätigen«, fuhr Pony fort. »Wir können durch Flüsterpropaganda die Wahrheit verbreiten, und wenn sie sie oft genug gehört haben und mit De'Unneros Machenschaften vergleichen, verstehen sie vielleicht eines Tages, worum es geht.«

»Und dann geht es ihnen genauso dreckig wie Euch«, entgegnete Dainsey. »Und sie können nichts dagegen tun.«

Pony sah sie scharf an, dann nahm sie Belster ins Visier.

»Ich hab ein paar Freunde«, erklärte der Wirt. »Und die haben auch wieder viele Freunde. Vielleicht könnte man ja mal ein Treffen arrangieren und darüber reden.«

Pony nickte. Sie hatte gehofft, dass ihre beiden engsten Freunde in Palmaris ein bisschen mehr Eifer entwickeln würden, aber nun sah sie ein, dass sie sich hiermit zufriedengeben musste.

Und so zog sie sich auf ihr Zimmer zurück, um ein wenig auszuruhen, bevor sich das Gasthaus am Abend füllen würde.

Dainseys Worte gingen ihr nicht aus dem Kopf, und Pony musste sich eingestehen, dass die Einstellung des Mädchens eher realistisch als pessimistisch war. Dieser Gedanke betrübte sie erheblich, denn sie wollte De'Unnero bekämpfen und die Kirche in ihrer ganzen Bösartigkeit entlarven, aber sie konnte nicht bestreiten, dass sie sich selbst und jeden ihrer Mitstreiter damit in große Gefahr brachte. Angenommen, sie konnte das Volk dazu bewegen, aufzustehen und mit erhobenen Fäusten gegen die Abtei und Chasewind Manor zu marschieren …

Doch sie verwarf diese Idee sofort, als sie sich die gut gerüstete Armee vorstellte, der sie dort gegenüberstünden, eine Armee, die außerdem noch von magischen Steinen unterstützt wurde – und in St. Precious gab es zweifellos eine ganze Menge davon.

Wie viele Tausend würden in den Straßen ihr Leben lassen, noch ehe der erste Morgen des Aufstands vergangen war?

Pony schlüpfte ermattet ins Bett und sagte sich wieder einmal, dass sie langsam vorgehen musste. Doch was auch geschah, sie war fest entschlossen, De'Unnero bei seinen üblen Machenschaften nicht untätig zuzusehen.

Bruder Francis kniete mit dem Gesicht zur Wand in einer Ecke seines Zimmers. Er hatte als Demutsgeste die Hände vors Gesicht geschlagen – eine Haltung, die inzwischen im Abelikaner-Orden ziemlich aus der Mode gekommen war. Der Mönch aber versuchte jetzt auf jede erdenkliche Weise, mit seiner inneren Zerrissenheit fertig zu werden, und hoffte inbrünstig, die tiefe Versenkung ins Gebet könne ihm dabei helfen.

Unlängst hatte er es fast schon geschafft, endlich seine Gewissensbisse über den Tod von Grady Chilichunk loszuwerden, denn Francis hatte geglaubt, zumindest einen Teil davon wiedergutgemacht zu haben, indem er Bruder Braumin und den anden zur Flucht verholfen hatte. Doch nun verfolgte ihn das Bild von Grady, den er am Straßenrand verscharrt hatte, von neuem. Er sah wieder den eingestürzten Aida-Berg vor sich und Avelyns Arm, der aus den Trümmern emporragte. Am wenigsten aber konnte er das Bild von Vater Markwart abschütteln, der mit überkreuzten Beinen in einem Pentagramm – man stelle sich vor: einem Pentagramm! – saß, an jeder Spitze eine brennende Kerze und neben sich auf dem Boden ein Teufelswerk, das *Compendium der Geisterbeschwörung.*

Doch so entsetzlich dieses Bild auch war, Francis versuchte verzweifelt, es festzuhalten – einerseits, um sich einen Reim darauf zu machen, und zum andern, um das noch viel grauenvollere Bild des toten Grady zu verdrängen.

Doch das leblose Antlitz des Jungen wollte nicht weichen.

Francis' Schultern zuckten, und er schluchzte – weniger schuldbewusst als vor Angst, er könnte den Verstand verlieren. Seine ganze Welt schien auf dem Kopf zu stehen. Nun schoss ihm ein anderes Bild durch den Kopf – Jojonahs Leib, der durch die Hitze der Flammen aufplatzte. Und in seiner Erinnerung verschmolz alles zu einem einzigen ohnmächtigen Todesschrei.

Dann glitt das Bild von Markwart auf die eine Seite und das

der übrigen drei auf die andere: Avelyn und seine Jünger gegen den ehrwürdigen Vater. Nun sah Francis ganz klar, dass es zwischen diesen beiden Polen keine Versöhnung geben konnte.

Er seufzte, dann erstarrte er plötzlich. Hinter ihm hatte es leise geraschelt. Er hielt den Atem an und lauschte angestrengt. Panik ergriff ihn, denn er wusste genau, wer gekommen war.

Sekunden verstrichen, und auf einmal hatte Francis Todesangst.

»Du bist nicht bei deinem Dienst«, sagte Markwarts Stimme ruhig und freundlich.

Francis wandte sich um und ließ die Hände sinken.

»Was ist mit deinem Dienst?«, wiederholte der Abt.

»Ich –«, begann Francis, doch dann gab er auf, denn er konnte sich nicht einmal mehr besinnen, wo er hätte sein sollen.

»Du scheinst Sorgen zu haben«, stellte Markwart fest und schloss die Tür hinter sich. Dann setzte er sich auf Francis' Bett und fixierte den Mönch mit scheinbarer Gelassenheit.

»Ich – ich hatte nur das Bedürfnis zu beten, ehrwürdiger Vater«, log Francis und raffte sich vom Boden auf.

Markwart sah ihn weiter unverwandt an; er zuckte kaum mit der Wimper, so sehr schien er in sich zu ruhen. Francis sträubten sich die Nackenhaare. »Jemand anders vertritt mich«, versicherte er und wollte zur Tür gehen. »Aber ich werde sofort weitermachen.«

»Beruhige dich, Bruder«, sagte Markwart und hielt ihn zurück, als er an ihm vorbei wollte. Francis versuchte unwillkürlich den Arm wegzuziehen, aber Markwarts Griff war eisern.

»Beruhige dich«, wiederholte der ehrwürdige Vater. »Natürlich machst du dir Sorgen, so wie ich auch und so, wie es in diesen beängstigenden Zeiten jedem guten Abellikaner gehen sollte.« Lächelnd dirigierte Markwart Francis zum Bett und zwang ihn, sich hinzusetzen. »Ja, beängstigend«, fuhr er dann fort und baute sich vor Francis auf. »Aber auch so vielversprechend wie seit Jahrhunderten nicht mehr.«

»Ihr sprecht von Palmaris«, sagte der Mönch und versuchte, die Ruhe zu bewahren; dabei wäre er am liebsten Hals über Kopf davongelaufen bis hin zur Mauer hoch über dem Meer – und vielleicht sogar darüber hinaus!

»Palmaris ist nur ein Experiment«, erwiderte Markwart. »Ein erster Schritt. Ich habe gerade mit Abt Je'howith gesprochen –« Er streckte seinen Arm in Richtung Korridor und wies zu seinen Gemächern hinüber.

Francis dachte, er habe sich nichts anmerken lassen, doch Markwarts Gesichtsausdruck belehrte ihn eines Besseren. »Ich wollte Eure Gemächer nicht unaufgefordert betreten«, sagte er und schlug die Augen nieder. »Aber ich wusste ja, dass Ihr da seid, und trotzdem habt Ihr nicht geantwortet. Da bekam ich es mit der Angst zu tun.«

»Deine Besorgnis ist wirklich rührend, mein Sohn«, sagte Markwart. Francis sah ihn verwundert an.

»Ach, du hast wohl Angst, De'Unnero könnte dich von deinem Platz als mein engster Berater verdrängt haben«, sagte der Abt.

Und obwohl Francis ganz genau wusste, wie lächerlich das war, verfehlten Markwarts salbungsvolle Worte doch nicht ihre Wirkung, und er klammerte sich an jeden einzelnen Satz des ehrwürdigen Vaters, als dieser jetzt fortfuhr.

»De'Unnero – Bischof De'Unnero – ist ein nützliches Werkzeug«, räumte Markwart ein. »Mit seiner Energie und geistigen Überlegenheit ist er der richtige Mann für dieses Experiment in Palmaris. Aber er ist begrenzt durch seinen Ehrgeiz, denn er verfolgt einzig und allein persönliche Ziele. Wir beide sind da ganz anders, mein Sohn. Wir sehen die Welt in einem viel größeren Rahmen und haben den größeren Ruhm vor Augen, der auf unsere Kirche wartet.«

»Ich war es, der Bruder Braumin und den anderen gesagt hat, sie sollen davonlaufen«, brach es aus Francis heraus.

»Ich weiß«, erwiderte Markwart.

»Ich dachte nur …«, hob Francis an.

»Ich weiß«, sagte Markwart noch einmal mit Nachdruck.

»Noch eine Hinrichtung hätte vielen im Orden nicht gefallen«, versuchte Francis zu erklären.

»Bruder Francis inbegriffen«, sagte Markwart ungerührt und brachte den jungen Mönch damit restlos aus dem Konzept, denn Francis konnte nicht leugnen, dass der Abt recht hatte.

»Und dem ehrwürdigen Vater auch nicht«, sagte der alte Mann und nahm neben Francis Platz. »Es macht mir kein Vergnügen, auszuführen, was mir das Schicksal auferlegt hat.«

Francis sah ihn verständnislos an.

»Nach allem, was geschehen ist durch den Krieg gegen den Dämon, und angesichts der Möglichkeiten, die sich jetzt vor uns auftun, bin ich gezwungen, alles über den Orden und die wahre Bedeutung unserer Kirche herauszufinden. Selbst die dunklen Seiten, mein Sohn«, fügte er mit demonstrativem Schaudern hinzu. »Ich habe ein paar unbedeutende Dämonen herbeizitiert, um mich davon zu überzeugen, dass Bestesbulzibar auch wirklich verbannt ist.«

»I-ich habe das Buch gesehen«, gestand Francis betreten.

»Das Buch, mit dessen Hilfe Jojonah Unheil stiften wollte«, fuhr Markwart fort, den es nicht zu kümmern schien, dass Francis ihn beobachtet hatte. »Ja, ein schlimmes Teufelswerk, und ich bin froh, wenn ich es eines Tages wieder in die hinterste Ecke der alten Bibliothek verbannen kann. Das beste wäre, ich könnte es auf der Stelle vernichten.«

»Warum tut Ihr es dann nicht?«

»Du kennst doch die Vorschriften unseres Ordens«, erinnerte ihn Markwart. »Ein einziges Exemplar muss immer aufbewahrt werden, um das Wissen zu bewahren. Aber keine Angst, mein Sohn, das Buch wird schon bald wieder in den Tiefen der Vergessenheit verschwinden.«

»Ich verstehe nur nicht, ehrwürdiger Vater«, sagte Francis zaghaft, »warum Ihr es noch hierbehalten wollt. Was könnt Ihr denn daraus lernen?«

»Mehr als du denkst«, erwiderte Markwart mit einem Stoßseufzer. »Ich habe den leisen Verdacht, dass die Auferstehung des Dämons kein Zufall war, sondern von einem aus St. Mere-Abelle hervorgerufen wurde. Möglicherweise haben Jojonah und Avelyn zusammen heimlich mit diesem Buch herumhantiert. Und dabei sind sie – vielleicht aus Versehen – in Gefilde vorgedrungen, in die sie sich besser nicht hätten vorwagen sollen, und haben eine Kreatur zum Leben erweckt, die man besser nicht aus dem Schlaf gerissen hätte.«

Francis schnappte nach Luft. Der Geflügelte, heraufbeschworen durch den Leichtsinn eines Mönches in St. Mere-Abelle?

»Es ist durchaus möglich, dass Avelyn und Jojonah nicht so abgrundtief schlecht waren, wie ich angenommen habe«, fuhr Markwart fort. »Es kann sein, dass sie in bester Absicht begonnen haben – wir haben ja schon darüber gesprochen, dass Menschlichkeit grundsätzlich eine gute Sache ist. Aber vielleicht sind sie von ihren Entdeckungen auf Abwege geführt worden. – Wie auch immer«, sagte der Abt und tätschelte Francis' Oberschenkel, während er sich erhob. »Egal, was der Grund war, sie sind verantwortlich für ihre Taten und haben ein entsprechendes Ende gefunden. Versteh mich nicht falsch. Ich empfinde Mitleid für unsere verirrten Brüder, aber ich kann ihren Tod nicht betrauern und habe auch kein Verständnis für ihren dummen Stolz.«

»Und was ist mit Bruder Braumin und den anderen?«

Markwart schnaubte verächtlich. »Das ganze Königreich liegt uns zum Greifen nah«, sagte er. »Sie kümmern mich nicht. Es sind verlorene Schäfchen, die herumwandern, bis sie einem hungrigen Wolf begegnen. Vielleicht werde ich dieser Wolf sein, vielleicht auch Bischof De'Unnero oder, was noch wahrscheinlicher ist, irgendein anderer, der nichts mit der

Kirche zu tun hat. Es ist mir gleich. Mein Blick ist auf Palmaris gerichtet, und deiner sollte es ebenfalls sein, Bruder Francis. Ich habe vor, dorthin zu reisen, und du wirst mich begleiten.« Mit diesen Worten ging er zur Tür, aber bevor er Francis allein ließ, legte er noch einen letzten Köder aus. »Mein Gefolge wird klein sein; ich nehme nur einen einzigen Meister mit, und der bist du.« Damit verschwand er.

Francis saß noch lange auf dem Bett und versuchte, das eben Gehörte zu verarbeiten. Markwarts Erklärung für die beunruhigende Entdeckung erschien ihm einleuchtend. Noch immer spukten die schrecklichen Bilder in seinem Kopf herum, doch das des ehrwürdigen Vaters erschien ihm jetzt nicht mehr so beängstigend. Auf einmal war es Francis, als fiele es ihm wie Schuppen von den Augen: Wie unglaublich tapfer und ausdauernd Vater Markwart doch war, dass er diese schwere Last auf sich nahm zum Besten der Kirche und damit der ganzen Welt. Ja, es war schon ein mühseliger Kampf – und so gesehen fiel es Francis schon bedeutend leichter, sich die Sache mit Grady zu verzeihen. Es war ein unvermeidlicher Kampf, und eines Tages würden Theologen und Historiker auf diese entscheidende Zeit zurückblicken und zugeben müssen, dass trotz aller schmerzlichen Begebenheiten die Welt geläutert daraus hervorgegangen war.

Jetzt sah Francis wieder klar.

»Meister Francis –«, sagte er zu sich selbst, und die Worte wollten kaum über seine Lippen kommen.

Vater Markwart kehrte höchst zufrieden in seine Gemächer zurück. Die wahre Macht, so sagte er sich, lag nicht in der Zerstörung, sondern in der Beherrschung seiner Gegner.

Und wie einfach es gewesen war, sich Francis' Schwäche zunutze zu machen. All die Gewissensbisse und Ängste, das immer wieder aufflackernde Mitleid und den verzweifelten Ehrgeiz.

Es war so einfach.

15. Elfenphilosophie

Die Nachtluft war frisch, und der Wind trieb nur ein paar vereinzelte dunkle Wolken über den Himmel. Abermillionen Sterne funkelten, obwohl im Osten gerade hell der Vollmond aufging. Diese Nacht war wie geschaffen für den Halo, dachte Juraviel, doch leider war weit und breit nichts von dem farbenfrohen Naturschauspiel zu sehen.

Der Elf befand sich inzwischen weiter unten im Süden, wo kleine, dicht bewaldete Talmulden zwischen Kornfeldern lagen, die durch Feldsteinmauern voneinander getrennt waren. Beschwingt hüpfte er im Schatten der Bäume dahin, und obwohl er das Gefühl hatte, dass er sich beeilen musste, konnte er der Versuchung nicht widerstehen, hier und da einen kleinen Schlenker zu machen. Und während er immer wieder brennende Kerzen in den Fenstern der wiederbewohnten Bauernhäuser stehen sah, sang er eine leise, betörende Melodie vor sich hin, die ihn an Andur'Blough Inninness erinnerte.

So tief war er in Gedanken versunken, dass eine ganze Weile verging, bevor er die anderen Stimmen bemerkte, deren Klang durch die stille Nachtluft an sein Ohr drang.

Es war ein zauberhafter, anheimelnder Gesang, der den Elfen magisch anzog. Nun wusste er, dass er sich nicht getäuscht hatte, und er lief Hals über Kopf drauflos. Sein Herz machte vor Freude, seine Brüder wiederzusehen, einen Luftsprung. Sie saßen in einem Wäldchen aus Eichen und einzelnen Kiefern beisammen, und als er auftauchte, strahlten ein Dutzend Elfengesichter vor Glück. Er wunderte sich nicht, unter ihnen auch Tallareyish Issinshine zu entdecken, der trotz seines hohen Alters mit Vorliebe auf Reisen ging. Doch dann blieb er plötzlich wie angewurzelt stehen. Zuerst hatte er kaum von ihr Notiz genommen, denn sie hatte die Kapuze ihres Umhangs über den Kopf gezogen, so dass nur ihre funkelnden Augen zu sehen waren.

»Du hast uns gefehlt, Belli'mar Juraviel«, sagte eine wundervolle, zugleich kräftige und melodische Stimme.

»Herrin!«, sagte er atemlos und überwältigt, dass Lady Dasslerond sich höchstselbst aus dem Elfental auf den Weg gemacht hatte. Dann fiel er vor ihr auf die Knie und küsste behutsam ihre weiße Hand.

»Der Gesang von Caer'alfar klingt dünn ohne deine Stimme«, erwiderte Lady Dasslerond, und das war eines der größten Komplimente, die sich Elfen untereinander machen konnten.

»Vergebt mir, Herrin, aber ich verstehe das nicht«, sagte Juraviel. »Ihr seid fortgegangen, obwohl ich weiß, dass Ihr in Andur'Blough Inninness dringend gebraucht werdet. Die Narbe des Dämons –«

»Wird bleiben«, erwiderte die Elfenkönigin. »Ich fürchte, die Spur von Bestesbulzibar in unserem Tal ist tief. Die Auflösung hat begonnen und wird uns vielleicht eines Tages zwingen, aus unserer Heimat, ja, überhaupt aus der Welt zu verschwinden. Aber das kann noch Jahrzehnte, vielleicht sogar Jahrhunderte dauern, und mir scheint, im Moment gibt es dringendere Aufgaben.«

»Der Krieg ist gut ausgegangen. Seid gewiss, dass Nachtvogel an seinem Platz ist – oder es jedenfalls bald wieder sein wird«, sagte Juraviel. »Es wird wieder Friede herrschen im Land, wenn auch um einen hohen Preis.«

»Nein«, erwiderte Lady Dasslerond. »Ich fürchte, so weit ist es noch lange nicht. In der Geschichte der Menschheit war es immer das Nachspiel des Krieges, das die größten Wirren mit sich gebracht hat. Ihr Staatsgefüge ist erschüttert, und irgendeiner wird unweigerlich versuchen, die Herrschaft an sich zu reißen, und das ist häufig der Unwürdigste von ihnen.«

»Hast du schon vom Tode des Barons von Palmaris gehört?«, fragte Tallareyish. »Und von Abt Dobrinion, dem Oberhaupt der Kirche in Palmaris?«

Juraviel nickte. »Wir haben es erfahren, noch bevor Nachtvogel in die Waldlande aufgebrochen ist«, erklärte er.

»Sie waren beide so gut und vertrauenswürdig, wie es Menschen nur sein können«, sagte Lady Dasslerond. »Palmaris ist ein wichtiger Stützpunkt für uns, denn es ist die erste Stadt und Garnison zwischen unserem Tal und den dichter besiedelten menschlichen Gebieten.«

Juraviel war das völlig klar, und doch konnten sie nicht einfach so dorthin marschieren. Noch immer wussten nur wenige Menschen etwas von ihnen, wenn sich auch aufgrund seines Kampfes an der Seite des Nachtvogels die Zahl derer, die behaupten konnten, sie hätten schon einmal einen Elfen gesehen, in den letzten paar Monaten wahrscheinlich mindestens verdoppelt hatte. Doch es war wichtig für die Elfen zu wissen, was bei den Menschen vor sich ging, und so hatte Lady Dasslerond in den letzten Jahrzehnten immer wieder Kundschafter nach Palmaris gesandt.

»Wir sind gar nicht erfreut über das, was man aus der Stadt hört«, meinte Tallareyish. »Es findet da ein Kampf innerhalb der Kirche statt, in dem wir – auch du – unbeabsichtigt eine Rolle gespielt haben.«

»So unbeabsichtigt nun auch wieder nicht«, erwiderte Juraviel, und er war erstaunt über die vorwurfsvollen Blicke, die ihn daraufhin trafen. Er hob abwehrend die Hände. »Hat mich nicht Lady Dasslerond selbst zum Berg Aida geschickt?«, fragte er. »Und ist mir nicht Lady Dasslerond selbst aus Caer'alfar zu Hilfe geeilt, als Bestesbulzibar über mich und die Menschenflüchtlinge herfallen wollte?«

»Du hast recht«, pflichtete die Elfenkönigin ihm bei. »Und es war Tuntun und nicht Juraviel, die unseren rechtmäßigen Platz auf der Reise zum Berg Aida einnahm.«

»Ihr habt den Dämon sogar in unser Tal geholt«, erwiderte Juraviel. »Und ich bin Euch dankbar dafür«, fügte er schnell hinzu, als er sah, wie sie die Stirn runzelte. »Andernfalls wäre ich nördlich von unserem Tal umgekommen.«

»Und damit hätte es genug sein sollen«, erklärte Lady Dasslerond. »Für uns in Andur'Blough Inninness und für Tuntun am Berg Aida. Unsere Rolle in dieser Auseinandersetzung war beendet, als der Dämon besiegt war.«

Ihre Worte trafen Juraviel ins Mark. Tatsächlich hatte es ja so ausgesehen, als hätten die Elfen mit der Angelegenheit abgeschlossen, bis Nachtvogel und Pony am Berghang über dem Nebeltal aufgetaucht waren. Der Zutritt zum Elfenland war durch einen Zauber versperrt, und so war Juraviel ihnen entgegengegangen und schließlich mit zögernder Erlaubnis seiner Herrin mit den beiden losgezogen, um den verstreuten Resten des Dämonenheers den Kampf anzusagen.

»Wenn ihr mich nicht hättet gehen lassen, hätte ich mich gefügt«, sagte Juraviel freundlich. »Ich habe nur den Weg eingeschlagen, den ich für richtig hielt.«

»Bis hinauf nach St. Mere-Abelle?«, meinte Tallareyish, und es klang nicht gerade schmeichelhaft.

Da wurde Juraviel klar, dass er den Bogen überspannt hatte. Lady Dasslerond hatte ihn mit Nachtvogel und Pony fortgehen lassen, um den Verlauf des Krieges gegen die Goblins, Riesen und Pauris im Auge zu behalten, aber er war dem Hüter gefolgt und hatte sich in die Angelegenheiten der Menschen eingemischt.

Juraviel schlug die Augen nieder und sagte bescheiden: »Ich bin mitgegangen nach St. Mere-Abelle, um Bradwarden, den Zentauren, zu retten, der seit vielen, vielen Jahren ein Freund der Elfen ist.«

»Das wissen wir«, erwiderte Lady Dasslerond.

Es verging einige Zeit, dann fingen auf einmal alle Elfen gleichzeitig an zu reden. Der Name des Zentauren machte flüsternd die Runde, und Juraviel hörte wiederholt jemanden sagen »... vollkommen richtig ...«; schließlich fand er den Mut, seiner Herrin wieder in die Augen zu schauen.

Lady Dasslerond sah ihn eine Weile nachdenklich an, dann nickte sie bedächtig. »Ich kann dir guten Gewissens keinen

Vorwurf machen«, gab sie zu, »denn du wusstest nicht, was es bedeutet, dich auf solche Dinge einzulassen. Was gibt es also Neues von Bradwarden?«

»Er ist mit Nachtvogel im Norden«, erwiderte Juraviel. Doch ehe er noch Einzelheiten erzählen konnte, meldete einer der Elfen, die in einem nahe gelegenen Baum hockten, dass jemand im Anmarsch sei, und im Nu waren alle in den Büschen verschwunden.

Bald darauf sah man den Lichtschein einer Fackel, der durch das Blattwerk fiel, und Juraviel lachte erleichtert, als er im nächsten Moment den einen der beiden Männer erkannte.

»Den da kennst du also«, stellte Lady Dasslerond fest und zeigte auf Roger. Inzwischen stimmten die anderen wieder ihre zarte Weise an, und ihre Stimmen verschmolzen mit den Geräuschen des nächtlichen Waldes. Mit Hilfe des Sternengesangs woben sie eine dichte magische Wand, durch die kein Laut nach außen dringen konnte.

»Roger Billingsbury«, bestätigte Juraviel. »Allerdings besser bekannt als Roger Flinkfinger – den Spitznamen hat er sich redlich verdient.«

Ihr Kopfnicken zeigte, dass ihr Roger ebenfalls nicht fremd war. »Und der andere?«, fragte sie. »Kennst du den auch?«

Juraviel sah sich den Mann genau an und versuchte sich zu erinnern, ob er ihn schon einmal gesehen hatte, als er mit seinen beiden Gefährten auf dem Weg nach St. Mere-Abelle irgendwelchen Mönchen begegnet war. »Nein«, erwiderte er. »Ich glaube nicht, dass ich ihn schon mal gesehen habe.«

»Er heißt Braumin Herde«, erklärte Lady Dasslerond, »und ist ein Jünger von Bruder Avelyn.«

»Wirklich?«, fragte Juraviel zweifelnd.

»Es sind insgesamt fünf«, erklärte die Lady. »Alles Abellikaner-Brüder und alle deinem alten Freund Avelyn treu ergeben. Roger begleitet sie in den Norden, um Nachtvogel zu suchen, denn sie sind jetzt allesamt Geächtete der Kirche und damit heimatlos.«

Juraviel sah sie skeptisch an. »Vielleicht sind es Brüder Richter«, meinte er, »die sich als vermeintliche Freunde bei ihm eingeschlichen haben, damit er sie zu Jilseponie und den Steinen führt?«

»Sie sind ehrlich«, beruhigte ihn die Elfenkönigin. »Wir beobachten sie schon seit Tagen und haben alle ihre Gespräche belauscht.«

»Wissen sie denn von euch?«

»Nur Roger«, sagte sie. »Er hat den anderen von uns erzählt, aber sie glauben ihm nicht.« Sie sah erst Juraviel und dann wieder die beiden Männer an, die immer näher kamen. »Vielleicht wird es langsam Zeit, sich ihnen vorzustellen.« Entschlossen trat sie hinaus auf den vom Licht der Fackel erhellten Pfad. Da riss Braumin Herde erschrocken die Augen auf, und Roger grinste von einem Ohr zum andern, als Belli'mar Juraviel jetzt neben die Herrin von Andur'Blough Inninness trat.

»Juraviel!«, rief Roger und ging auf seinen Freund zu, um ihn zu begrüßen. »Es ist schon viel zu lange her.« Doch seine Begeisterung legte sich sofort wieder, als er seinen Begleiter ansah, der am ganzen Leibe zitterte und mit kreideweißem Gesicht zurückwich.

»Ruhig, Bruder Braumin«, sagte Lady Dasslerond, und ihre Stimme klang gebieterischer als alles, was der Mönch je zuvor gehört hatte – selbst Markwarts strenger Tonfall war nicht damit zu vergleichen. Er blieb wie angewurzelt stehen.

»Roger Flinkfinger hat dir doch von uns erzählt, nicht wahr?«, fragte sie ihn. »Hat er dir nicht gesagt, dass sich der Mann, den ihr sucht, höchstwahrscheinlich in Begleitung von Belli'mar Juraviel von den Touel'alfar befindet?«

»I-ich dachte –«, stotterte Braumin.

»Wir sind genau so, wie uns Roger Flinkfinger beschrieben hat«, fuhr Lady Dasslerond fort.

»Flinkfinger?«, wiederholte der Mönch und sah seinen Freund an.

»Eher ein Titel als ein Name«, erwiderte Roger.

»Wir wissen das alles, weil wir immer noch in den Bäumen saßen und zuhörten, als er euch von uns erzählt hat«, fuhr Lady Dasslerond fort. »Fasse dich also, denn wir haben eine Menge zu bereden.«

Bruder Braumin holte tief Luft und nahm sich zusammen, so gut er eben konnte.

Roger sah Juraviel fragend an. Er wollte wieder auf ihn zugehen, doch der Elf, der den Unmut seiner Herrin fürchtete, hielt ihn davon ab.

»Lasst uns zu eurem Lager gehen, damit uns eure Freunde kennenlernen«, befahl Lady Dasslerond jetzt. »Ich möchte nicht alle Fragen zweimal beantworten.«

Der Empfang fiel erwartungsgemäß aus, denn auch die vier anderen Mönche waren sichtlich erschrocken festzustellen, dass Rogers verrückte Geschichte kein Märchen war. Bruder Castinagis und Bruder Dellman gelang es noch einigermaßen, sich zusammenzureißen, Mullahy hingegen setzte sich vor Schreck auf den Hosenboden und starrte die Neuankömmlinge nur wortlos an, während Viscenti vor Aufregung förmlich über die eigenen Füße stolperte und um ein Haar hingefallen wäre.

»Belli'mar Juraviel bringt gute Nachrichten«, hob Lady Dasslerond an, als die Mönche sich endlich beruhigt hatten. »Der Nachtvogel ist noch nicht allzuweit voraus, auch wenn ihn sein Weg, ebenso wie der unsrige, nach Norden führt. Wir werden ihn in Dundalis treffen, in den Waldlanden.«

»Und was den Zentauren betrifft«, meinte Roger. »Ihr würdet euch wundern, wie der schon wieder bei Kräften ist.«

»Das haben sie bereits getan«, sagte Juraviel augenzwinkernd, denn die beiden waren Bradwarden ja schon über den Weg gelaufen.

»Und Pony«, sagte Roger, den schon das Aussprechen dieses Namens zu verzaubern schien, »Jilseponie Ault«, erklärte er, »Bruder Avelyns beste Freundin und Schülerin.«

Juraviel sagte nichts, doch Lady Dasslerond entging nicht, dass sekundenlang ein Schatten über das Gesicht des Elfen huschte.

»Sie hat eure Edelsteine«, fuhr Roger fort, und die Elfenkönigin beobachtete scharf die Reaktion der fünf Mönche auf diese überraschende Enthüllung. Doch sie konnte keinerlei Hintergedanken in den Gesichtern erkennen, und das beruhigte sie, denn sie konnte für gewöhnlich mühelos in den Herzen der Menschen lesen.

»Vielleicht ist Jilseponie Ault imstande und gibt uns die Steine zurück, wenn wir eine eigene Kirche gründen«, meinte Bruder Castinagis.

Roger musste lachen bei der Vorstellung. »Wenn ihr selber eine Kirche nach den Überzeugungen von Avelyn Desbris gründen wollt, solltet ihr Pony zu eurer Mutter Äbtissin machen«, sagte er.

»Die Idee fände sie zweifellos sehr schmeichelhaft«, warf Lady Dasslerond ein. »Aber lasst uns lieber über den Weg reden, der unmittelbar vor uns liegt, und nicht über Zukunftsmusik.«

»Ein Weg, der schon viel weniger finster aussieht, seit wir solche Verbündeten gefunden haben«, erwiderte Braumin Herde mit einer tiefen Verbeugung.

»Reisebegleiter«, verbesserte ihn Lady Dasslerond streng. »Mach dir keine falschen Vorstellungen. Es sieht so aus, als hätten wir fürs erste denselben Weg wie ihr, deshalb kommt es uns beiden zugute, wenn wir uns zusammentun. Wir können euch im Wald unsere scharfen Augen leihen, und ihr könnt jedesmal neue Informationen einholen, wenn uns unterwegs Menschen begegnen. Aber Zweckmäßigkeit bringt nicht zwangsläufig eine Verbrüderung mit sich. Wenn wir allerdings auf einen gemeinsamen Feind stoßen – ob Goblin, Pauri oder Riese –, so werden wir ihn vernichten, und in dieser Hinsicht kannst du uns als Verbündete betrachten.«

Roger sah Juraviel an, während sie sprach, verblüfft über

ihren ungerührten, fast herzlosen Ton, doch dessen Gesichtsausdruck gab ihm auch keinen Aufschluss. Der Elf hingegen konnte Rogers Befremden durchaus verstehen. Juraviel war ja bisher der einzige Elf, den Roger kannte. Lady Dasslerond aber trug die Verantwortung für das Schicksal der Touel'alfar auf ihren Schultern, und Juraviel wusste, dass ihre Einstellung den Menschen gegenüber nicht ungewöhnlich war.

»Wie auch immer«, fuhr die Elfenkönigin fort und sah die sechs Männer der Reihe nach an. »Sollten wir auf irgendwelche Feinde treffen, die ihr selbst hervorgebracht habt – Soldaten des Königs zum Beispiel oder Männer Eures Ordens –, dann müsst ihr allein mit ihnen fertig werden. Die Touel'alfar kümmern sich nicht um die Angelegenheiten der Menschen.«

Juraviel zuckte zusammen, denn ihm war klar, dass sich diese letzte Feststellung direkt an ihn richtete.

»Ich wollte nur –«, versuchte der arme Braumin zu erklären.

»Ich weiß, was du wolltest«, versicherte ihm Lady Dasslerond. »Und ich weiß auch, was du angenommen hast.«

»Ich wollte Euch nicht verärgern.«

Die Elfenkönigin lachte mit unüberhörbarer Herablassung. »Ich zeige euch lediglich, worum es geht«, sagte sie nüchtern. »Denn es könnte sich als verhängnisvoll erweisen, wenn ihr unser Verhältnis falsch einschätzt.« Dann machte sie eine Handbewegung in Richtung der Bäume, und es raschelte in den Ästen, während die anderen Elfen in den finsteren Wald ausschwärmten. »Ihr solltet heute und in allen kommenden Nächten Wachen aufstellen«, empfahl Lady Dasslerond den Männern. »Wir sind in der Nähe und schlagen Alarm, wenn irgendein Ungeheuer auftaucht, aber wenn der Eindringling ein Mensch ist, so schützt euch nur eure eigene Wachsamkeit.«

Damit drehte sie sich um und entfernte sich langsam, Juraviel im Schlepptau. Dabei verschwand sie nicht so plötzlich im Dunkel, wie es die Elfen häufig taten, sondern ließ sich Zeit, damit die sechs ihr so lange wie möglich nachschauen und ihr Bild in sich aufnehmen konnten.

Auch Juraviel ließ dies nicht unbeeindruckt, und ihm wurde einmal mehr die Verschiedenheit der beiden Völker bewusst. Er selbst hatte mit einigen Menschen enge Freundschaft geschlossen, doch das war nicht die Regel, das wurde ihm jetzt wieder einmal deutlich klar.

Als sie alle im Wald waren, befahl Lady Dasslerond Tallareyish, die Wachtposten so aufzustellen, dass die Elfen auch das Menschenlager im Auge behielten. Juraviel wollte sich freiwillig zur Verfügung stellen, doch die Herrin nahm ihn beiseite.

»Du meinst also, dass wir keine Schwierigkeiten haben werden, Nachtvogel zu finden?«, fragte sie ihn, als Tallareyish und die anderen fort waren.

»Er wird sich nicht verstecken«, erwiderte Juraviel. »Und selbst wenn, der Wald ist sein Lieblingsversteck.«

»Wir brauchen den Hüter jetzt dringend«, sagte Lady Dasslerond. »Ich hatte ein paar meiner Leute, unter ihnen Tallareyish, in Palmaris abgestellt, als du unterwegs warst. Wir haben vor allem die Kirche beobachtet, und was wir zu sehen bekamen, ist ganz und gar nicht ermutigend.«

Juraviel nickte.

»Nachtvogel könnte eine wichtige Rolle dabei spielen«, erklärte Lady Dasslerond, »dass alles so ausgeht, wie wir es uns wünschen.«

»Und Pony ebenfalls«, meinte Juraviel.

»Ach ja, das Mädchen«, sagte Lady Dasslerond. »Erzähl mir etwas über sie. Sie ist nicht bei Nachtvogel – nach deiner Reaktion auf Roger Flinkfingers Schwärmerei zu schließen.«

»Sie ist in Palmaris«, erklärte Juraviel. »Das hoffe ich jedenfalls.«

»Hast du Angst um sie?«

»Die Abellikaner sind hinter ihr her«, erwiderte der Elf. »Aber Pony ist eine geübte Kämpferin, und sie kann wirklich ausgezeichnet mit den Edelsteinen umgehen.«

»Sie geht uns nichts an«, wehrte Lady Dasslerond ab.

»Nachtvogel hat ihr den Schwerttanz beigebracht«, gestand Juraviel. »Und sie ist wunderbar.«

Lady Dassleronds Gesicht verfinsterte sich, und sie stand kerzengerade da. In den Bäumen um sie herum keuchte und wisperte es aufgeregt. Juraviel wunderte das nicht im mindesten, denn er selbst war ja zuerst genauso aufgebracht gewesen, als er herausgefunden hatte, dass Nachtvogel dieses Geschenk der Elfen weitergegeben hatte. Doch dann hatte er die beiden in vollkommener Ergänzung Seite an Seite gegen einen ganzen Haufen Goblins kämpfen sehen und zugeben müssen, dass Pony dieses Geschenkes würdig und Nachtvogel ein guter Lehrer gewesen war.

»Ich bitte Euch, Herrin, urteilt nicht eher, als bis Ihr Jilseponie tanzen gesehen habt«, bettelte er. »Oder noch besser: Beobachtet sie beim gemeinsamen Tanz mit Nachtvogel. Die Harmonie ihrer Schritte ist –«

»Genug, Belli'mar Juraviel!«, unterbrach sie ihn kühl. »Darüber können wir uns ein andermal unterhalten. Jetzt müssen wir uns auf den Hüter konzentrieren und dafür sorgen, dass er die Fertigkeiten, die wir ihm mit auf den Weg gegeben haben, zum Wohle der Touel'alfar anwendet.«

»Wir müssen uns auch um Jilseponie kümmern«, wagte Juraviel zu widersprechen.

»Wegen der Edelsteine?«, fragte die Herrin. »Oder weil sie *Bi'nelle dasada* gelernt hat? Das allein verbindet sie noch nicht mit den Touel –«

»Weil sie ein Kind erwartet«, fiel ihr Juraviel ins Wort. »Nachtvogels Kind.«

Lady Dasslerond war verblüfft. Das Kind eines Hüters! Das hatte es bisher nur sehr selten gegeben.

»Dann wird Mathers Linie nicht aussterben«, erschallte die Stimme von Tallareyish aus dem Blätterdach. »Das ist gut.«

»Vorausgesetzt, dass Jilseponie sich als würdig erweist«, erwiderte Lady Dasslerond und sah Juraviel scharf an.

»Sie wird all Eure Hoffnungen übertreffen«, versicherte ihr

der Elf. »Es haben selten zwei so wunderbare Menschen ein Kind gezeugt.« Die Herrin von Andur'Blough Inninness ließ keine Gefühlsregung erkennen.

»Wolltest du nach Palmaris, um nach ihr zu sehen?«, fragte sie.

»Daran hatte ich zwar auch gedacht«, musste Juraviel zugeben. »Aber ich wollte heimkommen nach Caer'alfar, denn ich hatte Sehnsucht nach meinen Freunden und Verwandten.«

»Die hast du ja nun gefunden«, sagte Lady Dasslerond. »Bist du jetzt zufrieden?«

Juraviel war klar, welch große Ehre die Herrin ihm eben erwiesen hatte, indem sie ihm die Wahl ließ. »Ja, ich bin zufrieden«, sagte er. »Und so werde ich mit Eurer Erlaubnis mit Euch nach Norden gehen und den Nachtvogel suchen.«

»Nein«, sagte Lady Dasslerond zu seiner großen Überraschung. »Zwei von uns begleiten die Menschen in den Norden, aber dich und mich führt der Weg nach Süden.«

»Zu Jilseponie?«, fragte Juraviel.

»Ich will mir dieses Mädchen einmal ansehen, das Nachtvogels Kind zur Welt bringen wird«, erklärte sie bestimmt. »Und die so fabelhaft *Bi'nelle dasada* tanzen kann, auch wenn sie es nicht bei den Touel'alfar gelernt hat.«

Juraviel schmunzelte. Er war fest davon überzeugt, dass seine Herrin entzückt sein würde.

Während nur zwei der Elfen im Morgengrauen Roger und den Mönchen Geleitschutz gaben, machten sich alle anderen hüpfend und springend nach Süden auf.

»Erst bauen wir's auf, und sie machen es uns kaputt. Also bauen wir's wieder auf, und sie machen's uns wieder kaputt!«, lamentierte Tomas Gingerwart, die ausgebrannten Ruinen von Dundalis vor Augen. Die Stadt war vollständig zerstört, kein einziges Brett war heil geblieben. »Und jetzt stehen wir unverbesserlichen Trottel hier und wollen noch mal von vorn anfangen.« Er kicherte, doch dann sah er Elbryans tieftrauriges Gesicht.

»Ich war noch ein kleiner Junge, als sie Dundalis das erste Mal in Schutt und Asche legten«, erzählte der Hüter. Dann zeigte er auf die verkohlten Überreste eines Gebäudes mitten in der Stadt. »Das war Belster O'Comelys Wirtshaus: Zur Heulenden Sheila. Aber lange bevor Belster und die anderen hierher in den Norden kamen, war es mein Zuhause.«

»Ach ja, es war ein hübsches Städtchen damals ganz zu Anfang«, ließ sich Bradwarden vernehmen und kam zur Überraschung der beiden aus den Büschen hervorgeschlendert, so dass ihn alle sehen konnten. Tomas hatte ihnen schon von dem Zentauren erzählt, und etliche hatten einen flüchtigen Blick auf ihn erhascht, und doch schnappte man jetzt allgemein nach Luft.

»Mir hat das erste Dundalis besser gefallen als das zweite«, sagte Bradwarden. »Damals hallte es wider von Kinderstimmen. So wie deine und Ponys.«

»Pony ist auch aus dem ursprünglichen Dundalis?«, fragte Tomas. »Das wusste ich gar nicht.«

»Aber jetzt haben wir keine Zeit für diese Geschichte«, erwiderte Elbryan. »Heute abend vielleicht, wenn wir uns nach getaner Arbeit ans Lagerfeuer setzen.«

»Aber warum war die Stadt zuerst voll von Kindern und nachher nicht mehr?«, wollte einer der Männer wissen.

»Belster und seine Leute kamen in eine zerstörte Stadt«, erklärte Elbryan. »Und genau wie wir wussten sie auch, was sie hier erwartete, und so brachten sie keine Kinder mit. Es waren härtere Burschen als die ersten Bewohner.«

»Und doch wären sie bis auf den letzten Mann getötet worden, hätten sie nicht einen Hüter gehabt, der auf sie aufpasste«, meinte der Zentaur.

Elbryan überging das Kompliment, doch in Wirklichkeit war es sein ganzer Stolz, dass er es geschafft hatte, den größten Teil der Einwohner in Sicherheit zu bringen, bevor das

Dämonenheer in die Stadt eingefallen war. Er hatte Leute erlebt, die in genau derselben Lage waren, die seine Familie und seine Freunde damals das Leben gekostet hatte, und mit Hilfe der Fertigkeiten, die ihm die Touel'alfar vermittelt hatten, war es ihm gelungen, sie zu retten.

»Und da wollen wir jetzt mit dem Ganzen noch mal von vorn anfangen«, maulte Tomas.

»Ihr kriegt ja auch euren Hüter«, sagte der Zentaur.

Tomas musterte Elbryan aufmerksam und sah noch immer den gequälten Blick in seinen olivgrünen Augen. »Wir müssen ja unsere Stadt nicht unbedingt hier aufbauen«, sagte er und legte dem Hüter tröstend die Hand auf die Schulter. »Es gibt doch noch andere geeignete Stellen.

Elbryan sah den Mann an, tief gerührt von dessen Einfühlungsvermögen. »Hier und nirgendwo sonst«, erwiderte er. »Dundalis wird wieder auferstehen, den Goblins, dem Dämon und allen andern zum Trotz, die uns daran zu hindern versuchen. Genau an dieser Stelle wird wieder eine Stadt entstehen. Und wenn die ganze Gegend erst wieder sicher ist, dann holen wir noch mehr Leute her – damit die Luft wieder von Kinderstimmen erfüllt ist.«

Beifallsgemurmel quittierte diese Aussicht. »Aber wo sollen wir anfangen?«, fragte eine Frau.

»Da oben am Berg«, antwortete Elbryan, ohne zu zögern, und zeigte zum Nordhang hinauf. »Von einem Turm an dieser Stelle kann man sämtliche Zufahrtswege aus dem Norden überblicken. Und hier unten bauen wir zuerst ein stabiles Gemeinschaftshaus, wo wir in Friedenszeiten bei Speis und Trank und fröhlichen Liedern zusammenkommen, das uns eine sichere Unterkunft bietet, falls der Winter doch noch über uns hereinbricht, und Schutz für den Fall, dass der Krieg noch einmal bis hierher vordringt.«

»Das hört sich ja an, als ob du das alles schon ganz genau im Kopf hast«, meinte Tomas.

»Schon lange«, erwiderte Elbryan. »An dem Tage, an dem

ich in den Wald fliehen musste, habe ich mir geschworen, dass sich Dundalis eines Tages wieder aus der Asche erheben wird – und diesmal für immer.«

Für diese Erklärung erntete er lebhaften Beifall, es wurde gelacht und gescherzt.

»Und was ist mit den anderen beiden Städten?«, fragte Tomas.

»Vorläufig haben wir nicht genug Arbeitskräfte, um uns auch noch um Weedy Meadow und Weltenend zu kümmern«, erklärte Elbryan. »Ich werde mit Bradwarden nach ihnen sehen, aber fürs erste lassen wir sie außer Acht. Wenn Dundalis erst wieder eine blühende Stadt ist, werden noch mehr Siedler in den Norden kommen, und dann helfen wir ihnen, die anderen beiden Städte wieder aufzubauen.«

»Und jede bekommt ein Gemeinschaftshaus?«, fragte Tomas und grinste von einem Ohr zum anderen.

»Und einen Wachturm«, ergänzte Elbryan.

»Und einen Hüter«, meinte Bradwarden lachend. »Da wirst du aber ganz schön zu tun haben, Nachtvogel!«

Und so machten sie sich noch am selben Tag an die Arbeit, räumten die Trümmer beiseite und steckten den Grundriss für ein paar neue Häuser ab. Man hob das Fundament für das Gemeinschaftshaus aus, markierte die Wände und trieb noch am selben Nachmittag die ersten Pfosten für den Turm, den Elbryan über dem Tal errichten wollte, in die Erde.

Dort oben auf der Spitze des nördlichen Berghangs erlebte der Hüter in der Erinnerung noch einmal die stärksten Augenblicke seiner Jugend: wie sein Vater als Vorzeichen des kommenden Unheils mit den Jägern und dem toten Goblin aus dem Wald zurückgekehrt war, die vielen Tage, die er hier oben mit Pony verbracht hatte, während sie gemeinsam auf den hübschen weißen Teppich aus Karibu-Moos herabschauten, der sich zwischen den Tannen ausbreitete. Die Nacht, in der er mit Pony hier heraufklettern wollte und sie wie angewurzelt stehen blieben beim Anblick des atemberaubenden Himmelsschauspiels, das ihnen der farbenfrohe Halo von Korona geboten hatte, als er im Süden leuchtete wie ein Himmelsregenbogen.

Und dann die vielleicht lebhafteste und zugleich schmerzlichste Erinnerung: als er Pony zum ersten Mal geküsst hatte und dieses köstliche, warme und weiche Gefühl jäh von den Schreien der Menschen in der sterbenden Stadt zerrissen wurde.

Das alles erzählte er Tomas und den anderen an diesem Abend am Lagerfeuer. Sie waren alle müde von der harten Arbeit und wussten, dass morgen ein ebenso anstrengender Tag auf sie wartete, und doch schlief kein einziger von ihnen ein, denn sie waren alle restlos gefangen von der Geschichte des Hüters. Als er geendet hatte, war der Mond bereits untergegangen, und nun gingen sie alle schlafen mit dem umso festeren Vorsatz, Dundalis wieder zu neuem Leben zu erwecken.

Teil drei

Hohe Politik

Dieses Leben unter den allgegenwärtigen Gefahren der Länder an der Grenze der sogenannten Zivilisation hat etwas Befreiendes, Ehrliches, Onkel Mather. Und wenn ich mir Tomas und seine Freunde so ansehe, die alle den größten Teil ihres Lebens in Palmaris verbracht haben, dann fällt mir auf, dass eine allmähliche Veränderung in ihnen vorgeht, die nicht unwesentlich ist, wenn ich daran denke, wie ich sie damals in Caer Tinella kennengelernt habe. Sie haben langsam, aber sicher alle ihre Maske fallen lassen und zeigen nun ihr wahres Gesicht. Und ich, der ich in Dundalis und später bei den häufig schonungslos ehrlichen Elfen aufgewachsen bin, ziehe diese offenen Gesichter bei weitem vor.

Man muss sich gegenseitig vertrauen, um hier draußen zu überleben, und Vertrauen setzt Ehrlichkeit voraus. Ohne Ehrlichkeit funktioniert der Zusammenhalt nicht, der ausschlaggebend ist, um gemeinsam Gefahren abzuwenden, Onkel Mather. Ich kenne meine Freunde genau und weiß, dass jeder von ihnen sich dem für mich bestimmten Pfeil ebenso bereitwillig in den Weg stellen würde, wie ich es auch jederzeit für sie täte. Dieses Bewusstsein, dass man sich aufeinander verlassen kann, ist dort längst verlorengegangen, wo anstelle des nackten Überlebenskampfes nur noch Intrigen und

Vetternwirtschaft stattfinden. Es sieht ganz so aus, als ob ein sicheres, bequemes Leben unweigerlich die dunklen Seiten der menschlichen Natur zum Vorschein brächte.

Seit ich in Palmaris und St. Mere-Abelle war, habe ich immer wieder über dieses Phänomen nachgedacht. Vielleicht langweilen sich die Leute dort so sehr, dass sie nach Ersatzabenteuern suchen. Das Maß der Intrigenwirtschaft dort unten im Süden, besonders in den Reihen der Kirche, hat mich wirklich erschüttert. Es kommt mir beinahe so vor, als wenn diese Leute einfach zuviel Zeit haben, so dass sie den ganzen Tag herumsitzen und die abwegigsten Ideen ausbrüten.

Das ist ganz und gar nicht meine Welt. Meine Tage folgen dem Lauf der Sonne und des Mondes, und mein Handeln wird bestimmt von den Naturgewalten. Ich esse nicht mehr und nicht weniger, als ich brauche. Der Pflanze und dem Tier, die für meine Nahrung sorgen, werde ich stets die gebührende Achtung entgegenbringen, so wie ich die gesamte Natur heilig halte und ihr in Demut begegne, denn ich weiß ja, dass sie mich im Nu vernichten könnte. Eingedenk meiner eigenen Unzulänglichkeiten akzeptiere ich auch die Schwächen anderer, und wenn ich mein Schwert oder meinen Bogen erhebe, dann ausschließlich zu meiner Verteidigung und niemals aus persönlichem Gewinnstreben.

Dies habe ich mir nach reiflichem Nachdenken geschworen, Onkel Mather, und ich weiß, dass solches einem Hüter wohl ansteht. Ich habe mich für ein einfaches, ehrliches Leben entschieden, wie es mein Vater geführt hat und du auch, Onkel Mather, und wie es mir die Touel'alfar vorgemacht haben. Ein Leben, das die Menschen in den zivilisierten Königreichen anscheinend vergessen haben.

Mich schaudert bei der Vorstellung, dass die ganze Welt eines Tages so selbstzufrieden sein könnte.

ELBRYAN WYNDON

16. Eine drastische Lektion

In den zwei Wochen nach der Ansprache des neuen Bischofs hatte sich in Palmaris vieles verändert. An jedem vierten Tage platzte die Kapelle von St. Precious aus allen Nähten vor Menschen, die dem Gottesdienst beiwohnen wollten, und nur wenige wagten es, sich zu fragen, warum dabei regelmäßig eine Sammlung der mit dem Bärenemblem des Königreichs geprägten Gold- und Silbermünzen stattfand. Hatte jemand kein Geld, so wurde er aufgefordert, ein Schmuck- oder Kleidungsstück herzugeben.

Nach außen hin gab es kaum Unmutsäußerungen, denn der Bischof sorgte durch unablässige Demonstrationen seiner Macht – jeden Tag ließ er Mönche und Soldaten in den Straßen aufmarschieren – dafür, dass seine Gemeindemitglieder stets ein krampfhaftes Lächeln zur Schau trugen. Einschüchterungstaktik nannte Pony dieses Vorgehen.

Für die Behreneser im benachbarten Hafenbezirk wurde die Lage immer unerträglicher. Seit De'Unnero die Sache in die Hand genommen hatte, konnten Soldaten und Mönche die Einwanderer hemmungslos schikanieren, aber inzwischen dachten sich selbst die einfachen Leute von Palmaris nichts mehr dabei, die »Fremdlinge« anzupöbeln, zu bespucken oder gelegentlich sogar mit Steinen zu bewerfen. Diese Menschen mit ihrer dunklen Haut und ihren fremdartigen Lebensgewohnheiten kamen De'Unnero als Zielscheibe gerade recht, sagte sich Pony. Sie hielt sich jetzt oft bei den Docks auf und beobachtete, was sich dort abspielte, und obwohl äußerlich nichts zu sehen war, kam es ihr so vor, als hätten die Behreneser sich eine Art Sicherheitssystem zugelegt, denn obwohl die Mönche mit den Soldaten keineswegs jeden Tag zur selben Zeit auftauchten, waren die schwächeren von ihnen – wie die Alten, die Gebrechlichen, eine hochschwangere Frau – dann jedesmal wie vom Erdboden verschwunden.

Und immer waren es dieselben paar Männer und Frauen, die auf der Straße blieben und sich die Beschimpfungen gefallen ließen.

Aber da war noch ein anderer Mann, der Pony auffiel, und den sah sie sich etwas genauer an. Es war ein hochgewachsener, dunkelhäutiger Seemann, der Kapitän eines Schiffes namens *Saudi Jacintha* – ein Mann, der augenscheinlich ein gewisses Ansehen genoß, so dass ihn die Mönche in Ruhe ließen. Pony kannte seinen Namen, denn Kapitän Al'u'met hatte sie mit Elbryan, Bradwarden und Juraviel auf dem Rückweg von St. Mere-Abelle übergesetzt. Sie hatten sich auf Empfehlung von Meister Jojonah an ihn gewandt, und er hatte sie auf seinem Schiff mitgenommen, ohne Fragen zu stellen.

Sie hatten bald festgestellt, dass Al'u'met viel mehr war als ein Pirat und ein Schiffskapitän. Er war Jojonahs Freund, und dessen Empfehlung war von allergrößter Hochachtung getragen. Und jetzt schien der Mann diese einmal mehr zu rechtfertigen. Nach außen hin schien er mit den Vorgängen im Hafen nichts zu tun zu haben, wie er da so auf dem Deck auf und ab ging, aber Pony sah ein paarmal, wie er dem Anführer der Behreneser in stillschweigender Übereinkunft zunickte.

Ihre Zusammenarbeit mit Belster funktionierte ziemlich gut – zu Ponys großer Erleichterung waren die meisten seiner Verbindungsleute alles andere als begeistert von dem neuen Bischof. Nun schwebte ihr vor, diese Gruppe irgendwie mit den Behrenesern zu verknüpfen, aber sie wusste genau, dass sie das vor eine schwierige Aufgabe stellte.

Vielleicht wäre der Kapitän der *Saudi Jacintha* ja die Lösung.

»Ich werde euch heute persönlich begleiten«, sagte De'Unnero aufgebracht zu Bruder Jollenue und ein paar Soldaten, die sich gerade anschickten, die Abtei zu verlassen und ihre täglichen Rundgänge im Kaufmannsbezirk anzutreten – auf der unermüdlichen Suche nach Edelsteinen. In der vorangegangenen Nacht hatte der Bischof mit seinem Granat in einem bestimmten Haus, das die Mönche bereits aufgesucht hatten, ziemlich starke magische Schwingungen wahrgenommen, obwohl der betreffende Kaufmann geschworen hatte, er besitze keine Steine mehr.

Bruder Jollenue sah De'Unnero misstrauisch und ängstlich an. Er führte das Einsammeln der Steine für ihn durch, und in der Abtei hatte es Gerüchte gegeben – wenn auch vorwiegend von Brüdern, die ihm die Aufmerksamkeit neideten, die ihm der neue Bischof entgegenbrachte –, die besagten, dass Jollenue mit den Kaufleuten eine Vereinbarung habe, durch die sie die wertvolleren Steine behalten konnten und nur die weniger wirksamen abliefern mussten.

»Ich werde keinen übersehen, Ehrwürden«, meinte der Mönch, ein Bruder im fünften Jahr. »Ich gehe äußerst gründlich vor.«

De'Unnero sah ihn ungläubig an.

»Ich möchte einen so wichtigen und vielbeschäftigten Mann wie Euch nicht unnötig bemühen«, stotterte Bruder Jollenue, den der Blick des anderen förmlich zusammenschrumpfen ließ. »Ich erfülle gewissenhaft meine Pflicht.«

De'Unnero sah den Mann weiterhin an und weidete sich daran, wie sich dieser drehte und wand. Sein Entschluss, den Mönch zu begleiten, hatte nichts damit zu tun, dass er ihm misstraute, vielmehr wollte er aus Langeweile an diesem Kaufmann ein Exempel statuieren.

»Solltet Ihr etwa irgendetwas Nachteiliges über mich gehört haben, was mein Vorgehen in dieser lebenswichtigen Angelegenheit betrifft –«, hob Jollenue nervös an.

»Sollte ich das?« De'Unnero konnte es sich nicht verkneifen, den zitternden jungen Mönch, dem jetzt Schweißperlen auf der Stirn standen, zappeln zu lassen.

»Nein, nein, Ehrwürden«, wehrte dieser sofort ab. »Ich meine – es sind ja nur Verleumdungen neidischer Brüder.«

De'Unnero machte das Ganze großes Vergnügen. Tatsächlich hatte sich kein einziger bei ihm über Jollenue beschwert.

»Jeder einzelne Stein wird abgeliefert«, fuhr Jollenue fort, und es schwang ein Hauch von Verzweiflung in seiner Stimme mit. Er gestikulierte lebhaft bei jedem Wort. »Nie im Leben würde ich einem, der kein Kirchenmann ist, gestatten, auch nur den winzigsten Diamanten zu behalten, und wenn es in seinem Haus auch keine einzige Kerze gäbe«, erklärte Jollenue. »Dann betet eben im Dunkeln, würde ich ihm sagen. Gesteht Euch Eure Sünden selbst ein. Lasst Gott –«

Die Worte des Mannes erstarben in einem Stöhnen, als De'Unnero nach einer seiner herumfuchtelnden Hände griff und ihm den Daumen zurückbog. Dann trat der Bischof blitzschnell neben Jollenue und bohrte ihm seinen Zeigefinger in den Druckpunkt unterhalb des Ohrs.

Halb gelähmt vor Schmerz konnte der Mönch nur noch wimmernd um Gnade flehen.

»Na so was, Bruder Jollenue«, meinte De'Unnero. »Es wäre mir nie in den Sinn gekommen, dass du mich und die Kirche betrügen könntest.«

»Bitte, Ehrwürden«, keuchte Jollenue, »das habe ich doch gar nicht.«

»Lügst du auch nicht?«, fragte De'Unnero ungerührt und drückte so stark mit dem Finger, dass Jollenue in die Knie ging.

»Nein, Ehrwürden!«

»Mir macht man nichts vor«, erklärte De'Unnero. »Ich gebe dir eine letzte Chance, die Wahrheit zu sagen. Wenn du lügst, bohre ich dir den Finger geradewegs ins Hirn, ein ausgesprochen qualvoller Tod, das kann ich dir sagen.« Jollenue wollte antworten, doch De'Unnero drückte noch kräftiger. »Deine letzte Chance«, wiederholte er. »Hast du mich betrogen?«

»Nein«, brachte der Mönch mühsam heraus, und De'Unnero ließ ihn los. Jollenue fiel vornüber und krümmte sich stöhnend am Boden, während er sich mit der Hand den Kopf hielt.

De'Unnero ließ den Blick über die Soldaten gleiten, und diese wichen ehrfurchtsvoll zurück.

Das gefiel dem neuen Bischof ungemein.

Als sich Jollenue wieder erholt hatte, brachen sie auf – ein halbes Dutzend Soldaten und die beiden Mönche. Zuerst blieb Bruder Jollenue respektvoll einen Schritt hinter De'Unnero zurück, doch der Bischof winkte ihn zu sich heran.

»Du warst schon einmal in diesem Haus – oder vielleicht war es eine der anderen Gruppen«, erklärte De'Unnero. »Das spielt keine Rolle«, fügte er schnell hinzu, als er merkte, wie der andere nervös wurde und nach einer Entschuldigung suchte. »Dieser Kaufmann ist gerissen, scheint mir. Ich bin nicht sicher, ob er ein paar Steine abgeliefert und die wertvolleren für sich behalten oder ob er es irgendwie geschafft hat, uns alle vorzuenthalten.«

»Aber nicht mehr lange«, sagte Jollenue beflissen.

De'Unneros Mund verzog sich zu einem Grinsen, und er sah Jollenue verächtlich an. Dann marschierte er entschlossen los. Bald darauf kamen sie in das Kaufmannsviertel und liefen eine Kopfsteinpflasterstraße entlang, die auf beiden Seiten von säuberlich gestutzten Hecken gesäumt wurde. Dahinter lagen weit auseinanderstehende mächtige Steinhäuser, jedes einzelne eine Trutzburg, rundherum umgeben von einer Mauer.

»Das da«, sagte De'Unnero und zeigte auf ein ziemlich flaches Sandsteingebäude.

Bruder Jollenue nickte und schlug die Augen nieder.

»Warst du schon dort?«, fragte De'Unnero.

»Aloysius Crump«, erwiderte der Mönch. »Ein verwegener Bursche mit scharfem Verstand und kräftigen Muskeln. Er handelt mit erlesenen Stoffen und Pelzen.«

»Hat er sich der Hausdurchsuchung widersetzt?«

»Er hat uns hereingelassen«, erklärte einer der Soldaten. »Und sich diese Zumutung so bereitwillig gefallen lassen, wie man es von einem stolzen Mann wie Master Crump nur irgend erwarten kann.«

»Du scheinst den Mann ja ganz gut zu kennen«, sagte De' Unnero vorwurfsvoll.

»Ich habe einmal eine seiner Karawanen bewacht«, gab der Soldat zu. »Auf einer Reise in die Waldlande.«

»Ach ja?«, meinte der Bischof. »Dann erzähl mir etwas über Master Crump.«

»Ein richtiger Kämpfer«, sagte der Soldat, den der Kaufmann sichtlich beeindruckt hatte. »War schon überall und hat sich noch nie kleinkriegen lassen. Zweimal haben sie ihn schon für tot erklärt und auf dem Schlachtfeld liegenlassen, und jedesmal ist er ein paar Stunden später wieder quicklebendig drauflosgezogen, um es ihnen heimzuzahlen. Man nennt ihn den Springteufel, und ich kann Euch sagen, den Spitznamen hat er sich redlich verdient.«

»Tatsächlich«, sagte der Bischof unbeeindruckt. »Du bist ja sehr von diesem Mann eingenommen.«

»Jawohl«, bestätigte der Soldat.

»Dann hat sich deine Meinung möglicherweise hinderlich auf Bruder Jollenues Untersuchung ausgewirkt.« Der Soldat, durch diese Unterstellung in die Defensive gedrängt, wollte protestieren, doch De'Unneros erhobene Hand ließ ihn verstummen. »Darüber unterhalten wir uns zu einem passenderen Zeitpunkt«, sagte er. »Aber ich warne dich, komm mir ja nicht in die Quere. Am besten bleibst du gleich hier draußen auf der Straße stehen!«

Der Mann baute sich breitbeinig vor ihm auf und war sichtlich empört. De'Unnero, dem die auftrumpfende Haltung des Soldaten nicht entgangen war, nahm sich vor, diesem seinen Stolz bei Gelegenheit genüsslich auszutreiben.

»Beeilt euch!«, befahl der Bischof den anderen. »Wir wollen

diesem Burschen einen Besuch abstatten, bevor er dazu kommt, seine Edelsteine zu verstecken.«

»Master Crump hat Hunde«, sagte Bruder Jollenue warnend, doch De'Unnero konnte dieser Hinweis kaum aufhalten. Er nahm Anlauf und zog sich dann mit einem geschmeidigen Klimmzug am Tor hoch, um mit einem Satz dahinter zu verschwinden. Ein paar Sekunden später hörte man das Gebell der Hunde, und die Torflügel schwangen weit auf. Jollenue beeilte sich, dem Bischof mit den Soldaten zu folgen, doch De'Unnero wartete gar nicht erst ab, sondern stürzte in den Hof, ohne sich um die Rufe des Wachtpostens und die zähnefletschenden Hunde zu kümmern.

Der erste schoss auf ihn zu und sprang ihm aus knapp zehn Fuß Entfernung an die Kehle.

Blitzschnell duckte sich De'Unnero und griff im nächsten Moment nach den Hinterbeinen des ins Leere springenden Hundes und hielt sie fest. Als er das Tier vor sich zu Boden gleiten ließ, versuchte es sich umzudrehen und ihn zu beißen.

Doch nun riss ihm De'Unnero die Beine auseinander, bis die Beckenknochen nachgaben. Als er ein knackendes Geräusch hörte, ließ er die jaulende Kreatur fallen und fuhr gerade noch rechtzeitig zu dem zweiten Hund herum, der ihm jetzt wie ein Pfeil entgegenschoss.

De'Unneros Vorderarm schnellte nach vorn unter die aufgerissene Schnauze des Hundes und drehte diesen in der Luft herum. Das Tier prallte gegen ihn und streifte dabei seinen Unterarm, doch da packte De'Unnero mit der freien Hand den Hals des Hundes.

Unter furchterregendem Knurren hielt der Bischof das kräftige Tier mit ausgestrecktem Arm scheinbar mühelos vor sich hin.

Hinter seinem Rücken schnappten Bruder Jollenue und die Soldaten nach Luft, und der Wachtposten vor ihm verlangsamte seinen Schritt und kam mit offenem Mund auf ihn zugelaufen.

De'Unnero verharrte einen Augenblick in seiner Position, dann zerquetschte er die Luftröhre des Hundes langsam unter seinen Fingern und warf Crumps Wachtposten das leblose Bündel vor die Füße.

Der Mann stieß eine leise Drohung aus und näherte sich vorsichtig mit gezücktem Schwert.

»Halt!«, rief Bruder Jollenue. »Das ist Marcalo De'Unnero, der Bischof von Palmaris.«

Der Posten starrte den Mann an, sichtlich unsicher, wie er sich verhalten sollte. Doch De'Unnero nahm ihm die Entscheidung ab, indem er breitbeinig auf den Mann zuging und ihn einfach beiseite schob. »Nicht nötig, mich zu melden«, erklärte der Bischof. »Master Crump wird mich noch früh genug kennenlernen.«

Damit ging er auf den Eingang zu, und Bruder Jollenue folgte ihm mit den Soldaten, während der Posten noch immer mitten auf dem Hof stand und fassungslos hinter den Eindringlingen herstarrte.

Ein Fußtritt, und die Tür sprang auf. Dann marschierte der Bischof schnurstracks ins Haus.

Ein paar Bedienstete, die zusammengelaufen waren, um nachzusehen, was das für ein Getöse war, sprangen beiseite, um dem gefährlichen Mann nicht in die Quere zu kommen. Dann tauchte aus einer Tür gegenüber ein hünenhafter, wohlgenährter Bursche auf, dessen kräftiges schwarzes Kraushaar schon von einzelnen grauen Strähnen durchzogen war. Sein Gesicht spiegelte blanke Wut.

»Was hat das zu bedeuten?«, wollte er wissen.

De'Unnero sah über die Schulter Bruder Jollenue an.

»Aloysius Crump«, bestätigte der junge Mönch.

Nun drehte sich De'Unnero langsam um und begrüßte den Mann, der auf ihn zuging, als wolle er ihn auf der Stelle beim Kragen packen und hinauswerfen, mit einem breiten Lächeln. Dieser Crump war wirklich ein beeindruckendes Exemplar, dachte De'Unnero. Er musste schätzungsweise dreihundert

Pfund auf die Waage bringen und hatte etliche deutlich sichtbare Narben, unter anderem eine relativ frische Wunde seitlich am Hals.

»Bedeuten?«, wiederholte De'Unnero sanftmütig und lachte in sich hinein. »Was für ein schwerwiegendes Wort: *Bedeutung*. Ihr meint wohl eher *Absicht*.«

»Was redet Ihr da für einen Blödsinn!«, entgegnete Crump.

»Liegt nicht die wahre Bedeutung in dem, was heilig ist?«, fragte De'Unnero.

In diesem Moment kam der Wachtposten von draußen hereingerannt, stürzte an De'Unnero und seinem Tross vorbei und flüsterte seinem Herrn etwas zu – dem Bischof war klar, dass er ihm sagte, wer der Eindringling war.

»Ehrwürden«, sagte Crump daraufhin und verbeugte sich. »Ihr hättet mir Euren Besuch vorher ankündigen sollen, dann hätte ich rechtzeitig –«

»Die Edelsteine verstecken können?«, beendete De'Unnero den Satz.

Aloysius Crump blieb beinahe die Luft weg bei diesen Worten. Er war ein harter Bursche, der sich in den rauhesten Gegenden der Waldlande und der Wilderlande durchgeschlagen hatte. Früher war er Fallensteller gewesen, bis er gemerkt hatte, dass es viel einträglicher war, sich als Mittelsmann zwischen den anderen Trappern und den Märkten in Palmaris und anderswo zu betätigen.

»Ich habe Eurem Orden bereits alle Fragen beantwortet«, sagte er mit Nachdruck.

»Worte«, meinte De'Unnero mit einer wegwerfenden Handbewegung. »Was für nützliche Werkzeuge. Worte können etwas bedeuten oder lügen.«

Crumps Gesicht verfärbte sich. Er verstand nicht allzuviel von solchen Spitzfindigkeiten, doch ihm war klar, dass man sich über ihn lustig machte. Er ballte die riesigen Fäuste.

Auf einmal stand De'Unnero ohne Vorwarnung neben ihm und bohrte ihm die Spitze seines Zeigefingers in den

Unterkiefer. »Ich war letzte Nacht hier, du Dummkopf«, knurrte er Crump ins Gesicht.

Dieser packte De'Unneros Handgelenk, musste aber feststellen, dass der Finger sich nicht so leicht von der Stelle bewegen ließ.

»Worte«, sagte der Bischof noch einmal. »›So wisset also, dass diese Steine, herniedergefallen auf den heiligen Boden von Pimaninicuit, Gaben des einen heiligen Gottes an seine auserwählten Schäfchen seien.‹ Kennst du diese Worte, Kaufmann Crump?« Er stieß ihn mit dem Finger, so dass Crump ein paar Schritte rückwärts taumelte.

»Sie stammen aus dem Buch Abelle, dem Psalm von den Edelsteinen«, erklärte De'Unnero. »›Und also gab der Herr seinen Auserwählten kund und zu wissen, dass sie die Steine zum Wohle der Menschen verwenden mögen, und alle Welt frohlockte, denn sie sahen, dass es gut war.‹« Der Bischof hielt lange genug inne, um festzustellen, dass der andere jetzt nicht mehr die Fäuste ballte.

»Kennst du diese Worte?«, fragte er.

Crump schüttelte den Kopf.

»Bruder Jollenue?«, fragte De'Unnero.

»Das Buch der guten Taten«, sagte der junge Mönch. »Niedergeschrieben von Bruder Yensis im fünften Jahr der Kirche.«

»Worte!«, schrie De'Unnero in Crumps bärtiges Gesicht. »Die Worte der Kirche – *deiner* Kirche! Und doch bildest du dir ein, sie besser zu verstehen als jene, die das Wort Gottes verbreiten.«

Crump schüttelte sichtlich verstört und eingeschüchtert den Kopf.

»Meine Anordnung war eindeutig«, erklärte De'Unnero. »Das heißt, eigentlich sind es ja die Worte des ehrwürdigen Vaters höchstselbst. Niemandem außerhalb der Kirche ist der Besitz der verzauberten Steine gestattet.«

»Nicht einmal, wenn sie ihm die Kirche selbst verkauft –«

»Niemandem!«, brüllte De'Unnero. »Ohne Ausnahme. Das wusstet Ihr genau, Master Crump, und trotzdem habt Ihr Eure Steine nicht herausgegeben.«

»Ich habe keine –«

Wieder schnitt ihm De'Unnero jäh das Wort ab. »Ich war letzte Nacht hier«, sagte er, »und habe magische Schwingungen wahrgenommen. Da könnt Ihr noch so viel leugnen.«

Eine ganze Weile sah es so aus, als würde Crump jeden Augenblick auf den Bischof losgehen. Der Mann starrte De'Unnero finster an, ohne mit der Wimper zu zucken, doch dieser hatte seinen stählernen Blick ebenfalls auf den anderen geheftet, als warte er nur auf dessen Angriff.

»Wenn ich will, brenne ich Euer Haus nieder und siebe die Asche durch«, drohte De'Unnero.

Aloysius Crump fuhr sich mit der Zunge über die Lippen.

»Wenn Ihr nicht spurt, landet Ihr als Ketzer auf dem Scheiterhaufen.«

»Ihr hattet kein Recht, in mein Haus einzufallen«, sagte der Mann entschieden. »Ich war ein persönlicher Freund des Barons Bildeborough.«

»Und der ist tot.« De'Unnero lachte spöttisch – was den neben ihm stehenden Soldaten gar nicht gefiel.

Und wieder bohrten die beiden ihre Blicke ineinander. Dann drehte sich Crump um und nickte seinem Leibwächter zu. Dieser sah ihn skeptisch an.

»Geh schon!«, schrie Crump, und der Mann rannte davon.

»Eine kluge Entscheidung, Master Crump«, hob Bruder Jollenue an, doch der strenge Blick des Bischofs ließ ihn verstummen.

Kurz darauf kehrte der Leibwächter mit einem kleinen Seidenbeutel zurück und händigte ihn Crump aus, der ihn De'Unnero zuwarf. Der Bischof fing ihn in der Luft auf und reichte ihn an Jollenue weiter. »Ich verlasse mich darauf, dass Ihr nicht so dumm seid, dass ich oder einer meiner

Beauftragten noch ein drittes Mal hierher kommen muss«, sagte er.

Crump starrte ihn hasserfüllt an.

»Nun sagt einmal«, fragte De'Unnero plötzlich in völlig verändertem Tonfall. »Welchen Stein habt Ihr eigentlich letzte Nacht benutzt?«

Der Mann zuckte ungeduldig die Achseln. »Gar keinen«, sagte er missmutig. »Ich weiß nicht, wovon Ihr redet.«

»Es hat aber ganz den Anschein, als hättet Ihr heute Nacht eine kleine Auseinandersetzung gehabt«, meinte De'Unnero und zeigte auf die frische Wunde.

»Das passiert mir öfter mal«, erwiderte Crump und gab sich alle Mühe, gelassen zu klingen, während De'Unnero hinter sich griff und nach dem Säckchen verlangte. »Dabei bleib ich in Übung für die Reisen in den Norden.«

De'Unnero öffnete das Säckchen und leerte den Inhalt – einen Bernstein, einen Diamanten, einen Katzenaugenachat und zwei winzige Zölestine – in seine Hand. Er betrachtete sie einen Moment lang prüfend, dann sah er wieder argwöhnisch auf den Hals des Kaufmanns. »Wenn du irgendwo noch welche versteckt hast, dann hast du dein Leben verwirkt«, erklärte er so schneidend, dass die hinter ihm stehenden Soldaten und Crumps Leibwächter nach Luft schnappten.

»Ihr habt meine Edelsteine verlangt – Steine, die ich redlich erworben habe –, und ich habe sie Euch gegeben«, erwiderte Crump. »Wollt Ihr mir etwa unterstellen, ich sei kein Ehrenmann?«

»Ich unterstelle gar nichts«, antwortete der Bischof. »Ich nenne Euch ganz offen einen Lügner.«

Erwartungsgemäß ging Crump jetzt auf ihn los, doch De'Unnero machte eine blitzschnelle Drehung und trat den Mann so, dass dieser rücklings in den Armen seines verdutzten Leibwächters landete.

Dann stopfte De'Unnero das Säckchen mit den Steinen in eine Tasche seines Gewandes, machte auf dem Absatz kehrt und stürmte, dicht gefolgt von seinen Leuten, zur Tür hinaus. Als sie auf der Straße angekommen waren, blieb der Bischof abrupt stehen.

»Haben wir heute in diesem Viertel noch mehr zu erledigen?«, fragte Bruder Jollenue, nachdem etliche Minuten verstrichen waren.

»Verstehst du denn nicht?«, erwiderte De'Unnero. »Master Crump hat uns belogen.«

»Dann durchsuchen wir also sein Haus?«, fragte einer der Soldaten.

»Schon eher die Ruinen«, erwiderte De'Unnero, und allen war klar, dass er es ernst meinte. »Aber vielleicht lässt er es ja gar nicht erst soweit kommen.« De'Unnero wusste, wovon er sprach, denn seine scharfe Beobachtungsgabe hatte ihm mehr über Aloysius Crump verraten, als dieser beabsichtigt hatte. Der Mann hatte letzte Nacht mit jemandem gekämpft – das zeigte die Verletzung an seinem Hals. Und De'Unnero hatte auch nicht übersehen, dass die Wunde entweder mit äußerst wirksamen Kräutern oder mit Magie behandelt worden war. Ein Seelenstein hätte keine Spuren hinterlassen, denn es gehörte nicht viel magische Energie dazu, so einen Kratzer zu heilen.

Also war es möglicherweise ein Kräuteraufguß gewesen.

»Kommt mit!«, befahl De'Unnero und marschierte wieder auf das Haus zu, wobei er aus einer anderen Tasche einen Granat hervorholte. »Und passt genau auf.« Er blieb vor dem Tor stehen, das ein Diener soeben hinter ihm geschlossen hatte, gerade lange genug, um sich auf den Stein zu konzentrieren, während sich sein Gesicht zu einem Grinsen verzog. Noch ehe die anderen ihn eingeholt hatten, war er drüben, und diesmal machte er sich gar nicht erst die Mühe, das Tor aufzustoßen.

Er spurtete quer über den Hof, ungeachtet der Rufe des Wächters, der inzwischen wieder auf seinem Posten war. Dann stürzte er die Stufen hinauf und schnurstracks durch die Tür in den Korridor. Dort fand er einen völlig verblüfften Aloysius Crump vor, umgeben von etlichen Hausmägden, die sich an der Verletzung zu schaffen machten, welche De'Unnero ihm eben zugefügt hatte – und die, wie der Bischof bemerkte, bereits im Abheilen begriffen war.

De'Unnero blieb wie angewurzelt stehen und atmete tief ein. Es roch nicht nach Kräutern. Doch er brauchte nicht erst den Granat, um des Rätsels Lösung zu finden, denn er kannte die Spielchen der Kaufleute.

»Zieh die Stiefel aus!«, herrschte er Crump an.

Der Mann sah ihn stirnrunzelnd an. »In Gegenwart von Damen?«, fragte er spöttisch und zog mit einem Blick über De'Unneros Schulter leicht die Augenbraue hoch.

Diesem entging das heimliche Zeichen nicht. Er wirbelte herum und schlug mit dem Arm seitlich gegen die Klinge des Schwertes, das ihm der Leibwächter entgegenhielt. Die scharfe Kante schlitzte den Ärmel seines Gewandes auf und hinterließ eine feine Blutspur auf De'Unneros Unterarm. Jetzt hatte er den anderen aus dem Konzept gebracht. Seine Hand schoss nach vorn und packte den Schwertarm des Angreifers, dann riss er ihm den Arm nach hinten und rammte dem Mann seine Schulter in die Rippen.

Doch anstatt jetzt Schläge auf Gesicht und Brustkorb des Mannes niederprasseln zu lassen, konzentrierte er sich lieber auf dessen Schwerthand. Mit der andern Hand packte er sein Handgelenk und bog es so weit nach hinten, bis er merkte, wie die Kraft des Mannes nachließ, und fing dann den Griff des Schwertes genau im richtigen Moment auf. Eine flinke Drehung seiner Hand, ein Schritt zurück, dann ein Ausfallschritt, und er trieb dem Leibwächter sein Schwert tief in die Eingeweide.

Ein beiläufiger Stoß beförderte den Sterbenden zu Boden, dann ließ De'Unnero den Schwertgriff los und wandte sich wieder Crump zu, der sich nicht vom Fleck gerührt hatte.

De'Unnero lachte hämisch. Als er hörte, wie die anderen in

die Eingangshalle polterten, hob er die Hand, um sie zurückzuhalten.

»Aber Ehrwürden!«, protestierte Bruder Jollenue, und etliche der Soldaten hielten die Luft an beim Anblick des Mannes, der sich stöhnend in einer Blutlache am Boden wälzte.

»Das ist meine Angelegenheit!«, knurrte De'Unnero, und sein eiskalter Tonfall ließ den jungen Mönch verstummen.

»Ich fordere dich noch einmal auf«, sagte De'Unnero zu Crump. »Um deiner Stellung willen. Zieh die Stiefel aus!«

»Elender Hund!«, entgegnete der Kaufmann und riss einen alten Jagdspeer von der Wand hinter sich. »Dir sollten sie die Stiefel von deinen stinkenden Füßen ziehen, wär ja schade um die piekfeinen Dinger an deinem elenden Kadaver!«

»Bischof De'Unnero«, sagte einer der Soldaten.

»Bleibt, wo ihr seid!«, rief De'Unnero den anderen zu. »Ich werde dem da eine Lektion erteilen.«

»Geht und holt Euch sein Schwert zurück«, sagte Crump und zeigte mit dem Speer – einem hässlichen schwarzen Metallding, an dem unter der Spitze eine zweite mit Widerhaken angebracht war, um das aufgespießte Wild festzuhalten. »Es soll keiner sagen, Aloysius Crump hätte einen unbewaffneten Mann getötet.«

De'Unnero lachte. »Unbewaffnet?«, wiederholte er. »Es sieht ganz so aus, als ob dein Soldat das auch gedacht hat.«

Crump machte mit gesenkter Speerspitze ein paar vorsichtige Schritte auf den gefährlichen Gegner zu. Dabei wog er den Speer sprungbereit in der Hand und ließ den Bischof nicht aus den Augen.

Dieser rannte plötzlich auf ihn zu, machte jedoch blitzschnell einen Rückzieher, als Crump unter wildem Geheul zustoßen wollte, so dass ihn die Speerspitze nicht mehr erreichte. Wütend nahm der Kaufmann erneut Anlauf.

Doch De'Unnero duckte sich blitzartig und wich dem Angriff mit einer kurzen Drehung und einer Vorwärtsrolle geschickt aus. Crump, der sich im Vorteil glaubte, setzte ihm nach und wollte erneut zustoßen.

Mit einer schnellen Seitendrehung ließ De'Unnero den Speer an seinem Unterarm abprallen. Der kampferprobte Crump war jedoch geistesgegenwärtig genug, den Schwung im Handumdrehen auszunutzen, und schon zischte der Speer durch die Luft.

Von der Taille aufwärts schien sich De'Unnero kaum zu bewegen. Er zog lediglich kurz die Beine an, so dass der Speer ungehindert unter seinen Füßen hindurchfuhr, noch ehe Crump oder irgendeiner der verdutzten Zuschauer merkte, was geschah. Als dem Kaufmann schließlich seine aussichtslose Lage klar wurde, stieß er einen spitzen Schrei aus und wich zurück. Zu seiner Überraschung machte der Bischof keinerlei Anstalten, sich die Waffe zu greifen, sondern hüpfte wehleidig auf einem Bein herum, als hätte er sich verletzt.

Mit einen Siegesschrei stürzte sich der Kaufmann jetzt erneut auf den vermeintlich angeschlagenen Gegner. De'Unnero krümmte sich, und hinter ihm schrie Bruder Jollenue erschrocken auf.

Doch bevor ihn die Speerspitze überhaupt berühren konnte, machte De'Unnero einen Hechtsprung, drückte die Waffe mit einer Hand nach unten und packte den Schaft. Dann nutzte er Crumps Schwung und trat ihm mit einem Fuß ins Gesicht, während der andere gegen seinen Brustkorb krachte.

Der Kaufmann stand völlig überrumpelt da, und die Arme hingen kraftlos an seinem Körper herab. Der Speer wäre jetzt einfach zu Boden gefallen, hätte De'Unnero ihn nicht festgehalten. Mit einer behenden Kehrtwendung landete der Bischof jetzt wieder auf den Füßen, genau in dem Moment, als Crump benommen in die Knie ging.

Nun warf De'Unnero den Speer beiseite, packte Crumps Haarschopf und riss ihm den Kopf nach hinten, um seinen Hals freizulegen. Schon hatte er die Finger der anderen Hand gespreizt und hätte ihm damit ohne weiteres durch die Kehle fahren können, doch er hatte eine viel bessere Idee.

Er blickte triumphierend in die Runde, dann setzte er Crump einen Fuß auf die Schulter und gab ihm einen kräftigen Stoß. Anschließend ging er hin und kniete sich auf den Mann.

»Ich hab dir ja gesagt, du solltest mich nicht zwingen, noch mal herzukommen«, sagte er zu dem keuchenden Crump. »Die Warnung war ja wohl deutlich genug. Aber das waren ja nur leere Worte, was?«

Dann wollte er nach Crumps Stiefel greifen, doch der Kaufmann hatte noch nicht aufgegeben und trat nach ihm. Da stand der Bischof auf und rammte ihm den Fuß in die Leistengegend.

Crump jaulte auf und krümmte sich vor Schmerz.

»Wenn du mich noch mal trittst, wirst du auf der Stelle entmannt«, versprach ihm De'Unnero ungerührt. Crump wehrte sich nicht mehr, als der Bischof ihm jetzt die Stiefel auszog. Und siehe da, am zweiten Zeh des linken Fußes kam, wie er vermutet hatte, ein goldener Ring mit einem kleinen Hämatit zum Vorschein.

»Da hast du das Geheimnis seiner Unverwüstlichkeit«, sagte er zu Jollenue, bückte sich und zog Crump den Ring mit einem Ruck vom Zeh. »Einst nur ein einfacher Seelenstein, wie es allein in St. Precious Dutzende gibt. Doch durch die Klugheit eines Alchimisten und mächtigen Mönches aus einem längst vergangenen Jahrhundert wird das hier daraus: ein Ring, der jede Verletzung seines Trägers langsam, aber sicher heilen lässt. Und dieses nette kleine Ding hat Master Crump seinen beeindruckenden Ruf eines unsterblichen Kriegers eingebracht. – Und damit ist das Geheimnis gelüftet und das Märchen beendet«, sagte er zu dem Soldaten, der ihm eben noch von Crumps Heldentaten erzählt hatte und mit den anderen ins Haus gekommen war.

Der Soldat und seine Kameraden warfen sich ängstliche Blicke zu, unsicher, was der unberechenbare Bischof als nächstes tun würde.

De'Unnero ließ sie eine ganze Weile in dieser Ungewissheit, dann sagte er unvermittelt: »Bringt ihn nach St. Precious. In dasselbe Verlies, in dem der verbrecherische Zentaur gesessen hat!«

Nun sprangen zwei Soldaten herbei und griffen Crump unter die breiten Schultern und zerrten ihn auf die Füße. De'Unnero stand sofort neben ihnen. »Beim geringsten Widerstand«, sagte er drohend und hielt die Hand ausgestreckt vor sich hin, jetzt eine Tigerpranke mit gespreizten Klauen, »wirst du kastriert.«

Crump fiel bei diesem Anblick fast in Ohnmacht, dann ließ er sich humpelnd von den Wachen abführen.

De'Unnero warf einen kurzen Blick auf den toten Leibwächter, der am Boden lag. »Begrabt ihn«, befahl er den Dienstmägden, »mit dem Gesicht nach unten in ungeweihter Erde.«

Eine der Frauen schrie auf. Nach Auffassung eines Gläubigen war das die größte Schande, die einem Mann und seinen Hinterbliebenen widerfahren konnte.

»Und bedeckt die Stelle mit einem großen Steinbrocken.« Der Bischof trieb es jetzt bis zum Äußersten. »Damit sein vom Dämon besessener Geist nicht aus der Hölle entkommen kann.«

Mit zusammengekniffenen Augen sah er jede einzelne der Frauen an und gab ihnen unmissverständlich zu verstehen, dass sie dasselbe grausame Schicksal treffen würde, sollten sie seiner Anordnung nicht Folge leisten.

Dann rauschte der Bischof hinaus, Bruder Jollenue und die restlichen Soldaten im Schlepptau.

Diese Lektion, sagte er sich, würde keiner von ihnen so bald vergessen.

17. Vertrauenssache

»Und du bist sicher, dass sie da draußen sind?«, fragte Bruder Viscenti schon zum dritten Mal. Dabei spähte er nervös in die Dunkelheit und schüttelte sich, denn von Norden blies ein kalter Nachtwind.

»Hab Vertrauen«, erwiderte Roger. »Wenn die Touel'alfar gesagt haben, sie begleiten uns in den Norden, dann tun sie es auch.«

»Wir haben sie aber nicht mehr gesehen, seid wir Caer Tinella hinter uns gelassen haben«, meinte Bruder Castinagis. »Vielleicht wollten sie nicht weiter fort auf ihrer Suche nach dem Nachtvogel.«

»Die Touel'alfar haben uns selber gesagt, dass wir ihn vermutlich in Dundalis finden, als sie versprachen, uns zu begleiten«, erinnerte Roger die anderen schnell. »Und vielleicht ist es ja morgen schon soweit.«

»Sind wir bereits so nah?«, fragte Braumin Herde. »Kommt dir hier schon irgendetwas bekannt vor?«

»Ich war noch nie in Dundalis«, musste Roger zugeben. »Aber es führt nur eine einzige Straße nach Norden in die Waldlande, und da die Bäume um uns herum immer höher werden, sind wir offensichtlich nicht mehr weit von unserem Ziel entfernt.«

Die fünf Mönche sahen sich erschrocken an.

»Der Weg ist ziemlich einfach«, sagte Roger zuversichtlich. »Und die Touel'alfar sind da, keine Angst. Dass wir sie nicht sehen, hat nichts zu bedeuten. Es könnten uns Hunderte von ihnen auf den Fersen sein, und wir würden doch keinen Zipfel von ihnen zu Gesicht bekommen, wenn sie sich nicht sehen lassen wollen. Und wenn sie nicht bei uns wären, würde ich mir auch keine Sorgen machen«, fügte er noch hinzu. »Denn solange wir uns in der Nähe von Dundalis aufhalten – selbst wenn wir ein paar Meilen daran vorbeilaufen –, wird Nachtvogel uns finden. Oder Bradwarden. Das hier ist ihr Wald, und nichts bewegt sich darin, ohne dass sie es merken.«

»Mit Ausnahme der Touel'alfar«, sagte Bruder Braumin grinsend, und die anderen Mönche schmunzelten ebenfalls.

»Nicht mal die Touel'alfar«, sagte Roger mit Nachdruck, denn er wollte seinen zu Recht besorgten Begleitern zeigen, wie viel Vertrauen er dem Hüter entgegenbrachte.

»Je eher wir schlafen gehen, desto eher können wir aufbrechen«, meinte Bruder Braumin und gab Bruder Dellman ein Zeichen, der wie üblich mit Roger die erste Wache übernahm – auf der Hut vor menschlichen Angreifern und nicht vor Ungeheuern, wie Lady Dasslerond es ihnen empfohlen hatte. Die vier anderen breiteten ihre Decken so nah wie möglich am Feuer aus, denn es schien jetzt von Minute zu Minute kälter zu werden. Roger setzte sich mit Dellman ebenfalls dicht ans Feuer, und beide waren eine ganze Weile mucksmäuschenstill, bis Roger merkte, wie der gleichmäßige Atem seiner schlafenden Gefährten ihn in einen gefährlichen Dämmerzustand versetzte.

Ruckartig stand er auf und fing an, hin und her zu laufen; dabei rieb er sich kräftig die Arme gegen die Kälte.

»Willst du heute wieder in den Wald?«, fragte Bruder Dellman gähnend.

Roger sah ihn lächelnd an und schüttelte den Kopf, als hielte er es für eine absurde Idee, sich so weit oben im Norden in den Wald zu wagen.

»Dann hast du mehr Angst, als du zugeben wolltest«, meinte Dellman.

»Angst?«, wiederholte Roger leichthin. »Vielleicht ist mir ja einfach nur kalt. Im Wald würde ich sicher erfrieren, ohne das Feuerchen hier.«

»Du hast Angst«, sagte Dellman todernst. »Es ist kalt, aber bei dem Wind bietet selbst das Feuer wenig Schutz. Trotzdem traust du dich nachts nicht allein in den Wald hinaus. Seit über einer Woche bist du schon nicht mehr losgezogen.«

Roger sah ihn nicht an. Er ließ seinen Blick in die Dunkelheit schweifen. Monatelang war er nach dem Pauri-Überfall in den Wäldern zu Hause gewesen und hatte sich dort selbst in tiefster Nacht niemals gefürchtet. Aber Dellman war ein scharfer Beobachter, das musste er zugeben. Diese Wälder hier oben flößten ihm Respekt ein. Es war kaum zu fassen, wie viel finsterer dieser Wald war als jener vierzig Meilen weiter im Süden. Er war dichter und höher und voller seltsamer Geräusche! Nein, sagte sich Roger, er hatte keine Angst, sondern brachte diesem Wald nur den ihm gebührenden Respekt entgegen. Selbst wenn sie sämtliche Pauris, Riesen und Goblins ans andere Ende der Welt gescheucht hätten, die Waldlande waren nicht auf die leichte Schulter zu nehmen.

Diese Erkenntnis ließ Rogers Hochachtung für Elbryan und Pony noch weiter wachsen. Verglichen mit den Wäldern rund um Caer Tinella herrschte hier die Wildnis.

»Meinst du wirklich, dass wir schon so nah sind?«, fragte Dellman.

»Ja«, erwiderte Roger. »Ich weiß, dass Dundalis von Caer Tinella ungefähr genausoweit entfernt ist wie Caer Tinella von Palmaris, und diese Strecke haben wir schon beinahe hinter uns gelegt. Und wir können nicht vom Weg abgekommen sein, dazu ist die Straße zu gut erkennbar. Wir haben ja sogar Spuren der Karawane gesehen – diese tiefen Furchen können nur von den schwer beladenen Wagen stammen, die Nachtvogel hierher begleiten sollte.«

»Gut beobachtet, Roger Flinkfinger!«, ertönte eine wohlbekannte Stimme neben ihm.

»Nachtvogel!«, rief der junge Mann und machte einen Satz an den Rand des Feuerscheins. Dort wartete er, bis sich seine Augen an die Dunkelheit gewöhnt hatten, und allmählich konnte er die Gestalt eines kräftigen Mannes ausmachen, der gemütlich auf dem untersten Ast eines ausladenden Baumes hockte, kaum fünfzehn Fuß von ihrem Lager entfernt. Roger war klar, dass er dort schon eine ganze Weile sitzen musste.

Hinter Rogers Rücken rappelte sich Bruder Dellman auf, weckte seine Brüder und flüsterte ihnen aufgeregt zu, dass Nachtvogel gekommen sei. Im Nu hatten sie sich erhoben und kamen mit weit aufgerissenen Augen vorsichtig näher.

»Er hat ja gesagt, dass wir euch finden würden«, erklärte der Hüter. In diesem Augenblick tauchte der Zentaur aus dem Dunkel auf und bezog neben dem Baum Posten. Die Mönche hatten Bradwarden zwar schon einmal gesehen, als er nach St. Mere-Abelle verschleppt worden war, doch damals war er nur ein Schatten dessen gewesen, was sie hier vor sich sahen – dieses herrliche, muskelstrotzende Geschöpf mit seinem lebenssprühenden, durchdringenden Blick.

Und Roger, der damals nur einen kurzen Blick auf Bradwarden geworfen hatte, war natürlich völlig perplex. Zwar hatte er den Mönchen immer in höchsten Tönen von Bradwarden vorgeschwärmt, doch beruhten seine Ausführungen lediglich auf den Geschichten, die ihm Elbryan, Pony und Juraviel erzählt hatten. Und nun stand Bradwarden zum ersten Mal leibhaftig vor ihm, und dieses Bild stellte alles in den Schatten, was Roger bisher über ihn gehört hatte.

Nachtvogel sprang von seinem Ausguck herunter und streckte dem Jungen die Hand entgegen, doch dieser rannte auf ihn zu und umarmte ihn stürmisch. Der Hüter schloss ihn seinerseits in die Arme, während er Braumin Herde über Rogers Schulter hinweg zulächelte.

»Ein munteres Bürschchen!«, meinte Bradwarden zu Elbryan.

»Ich habe einen langen Weg voller schlimmer Erlebnisse hinter mir«, sagte Roger ernst. »Wir sind hierher in den Norden gekommen, um dich zu suchen, und erst jetzt, wo wir dich gefunden haben, kann ich vielleicht wieder ein wenig aufatmen.«

»Wir beobachten euch schon seit zwei Tagen«, sagte der Hüter.

Roger riss erstaunt die Augen auf. »Was? Ganze zwei Tage?«, fragte er empört. »Und da kommt ihr erst jetzt zu mir?«

»Weil deine Begleiter Mönche sind, egal, was für Kleider sie jetzt tragen«, meinte der Zentaur. »Und mit den Mönchen steh ich ja schließlich ausgesprochen auf Kriegsfuß.«

»Woher wusstet ihr denn, wer wir sind?«, wunderte sich Bruder Braumin und schaute ungläubig an seiner einfachen Bauerntracht herab, die keinerlei Rückschlüsse auf seine wahre Identität zuließ. Allmählich waren sie es leid, unentwegt Leuten zu begegnen, die offensichtlich schon genauestens über sie Bescheid wussten, bevor man einander überhaupt vorgestellt wurde.

»Wir haben doch gesagt, wir haben euch beobachtet«, erwiderte Bradwarden. »Und das heißt auch, dass wir euch zugehört haben, Bruder Braumin Herde.«

Der Mönch sah ihn verblüfft an.

»Ja, ich kenn dich noch von damals, auf dem Rückweg vom Berg Aida«, sagte der Zentaur.

Das brachte Braumin, der sich noch gut daran erinnerte, wie seine Brüder mit dem Zentauren umgegangen waren, sichtlich in Verlegenheit.

»Aber ich bin doch bei ihnen«, protestierte Roger. »Glaubt ihr etwa, ich würde euch Feinde mitbringen?«

»Wir mussten ganz sicher sein«, erklärte Elbryan. »Denk bitte nicht, wir würden dir nicht vertrauen! Aber wir haben lange genug mit den Abellikanern zu tun gehabt und kennen ihre Methoden, sich ihre Gegner gefügig zu machen.«

»Ich schwöre euch –«, wollte Bruder Castinagis protestieren.

»Nicht nötig«, erwiderte der Hüter. »Bradwarden hat mit großem Respekt über Bruder Braumin gesprochen, an den er sich von der Reise her noch gut erinnert. Er hat ihn als Freund Jojonahs bezeichnet, der wiederum ein Freund von Avelyn, dem Freund von Elbryan und Bradwarden, war. Wir wissen auch, dass ihr euch verkleidet habt – auf der Flucht vor euren Abellikaner-Brüdern.«

»So etwas habt ihr schon einmal erlebt«, meinte Bruder Braumin. »Mit Avelyn Desbris, meine ich.«

»Ho, ho, hoppla!«, röhrte Bradwarden und machte täuschend echt Avelyns nörgelnden Tonfall nach.

Elbryan sah ihn von oben bis unten an und schien alles andere als belustigt.

»Musste jetzt sein«, sagte der Zentaur trocken.

Der Hüter seufzte nur und schickte ein Stoßgebet zum Himmel, dass er sich das nicht zur Gewohnheit machte. Dann nickte er Braumin bestätigend zu. »Allerdings hat Avelyn nie seine braune Mönchskutte abgelegt«, erwiderte er. »Nicht einmal, als euer gesamter Orden hinter ihm her war.«

Braumin schmunzelte, doch Castinagis warf sich empört in die Brust, als hätte ihn der Hüter mit seiner letzten Bemerkung beleidigt. Übertriebener Stolz, sagte sich Elbryan – ein sehr gefährlicher Zug. Er ging auf den Mönch zu und reichte ihm zur Begrüßung die Hand.

Da fiel Roger wieder ein, was sich gehörte, und er stellte seinen Freunden die anderen vier Mönche vor.

»Noch ein Freund von Jojonah«, meinte Bradwarden, als sie bei Dellman angelangt waren, denn diesen kannte er ebenfalls von der Karawane. »Und keiner von dem, den sie Francis nennen, diesem Speichellecker von Markwart.«

»Und doch war es Bruder Francis, der uns aus St. Mere-Abelle hinausgeschmuggelt hat«, meinte Bruder Braumin und erntete dafür erstaunte Blicke von Elbryan und Bradwarden.

»Ich glaube, es wird höchste Zeit, dass du uns die ganze Geschichte erzählst«, sagte der Zentaur. Und mit einem Blick auf die Reste des Abendessens, die noch am Feuer herumlagen, fügte er hinzu: »Aber erst essen wir mal einen Happen«, und trottete ins Lager.

Die anderen beeilten sich, ihm Gesellschaft zu leisten, sonst hätte er ihnen sicher keinen Krümel übriggelassen. Als sie aufgegessen hatten, lehnten sie sich bequem zurück und ließen Bruder Braumin und Roger ihre Geschichte erzählen. Letzterer fing mit dem Mord an Baron Bildeborough an, und Bruder Viscenti, der vor Aufregung kaum einen Ton herausbrachte, erklärte, dass sie den Verdacht hegten, Marcalo De'Unnero habe dabei seine Hand im Spiel gehabt.

Dann erzählte ihnen Roger betrübt von Meister Jojonahs Ende, und Elbryan und der Zentaur waren von seiner Schilderung ebenso erschüttert wie die Mönche. Nachdem sie mit Bradwarden aus St. Mere-Abelle geflohen waren, hatte Elbryan Jojonah als größte Hoffnung angesehen, innerhalb des Ordens wieder für Gerechtigkeit zu sorgen. Der Ausgang der Sache überraschte ihn zwar ganz und gar nicht, trotzdem war er tieftraurig darüber.

Dann kamen sie zu den jüngsten – und entscheidensten – Ereignissen, als Bruder Braumin berichtete, was sie zur Flucht getrieben und wie Francis sie vor Markwarts Jähzorn bewahrt hatte. Was jenen dazu veranlasst hatte, konnte er sich allerdings nicht erklären.

Nun erzählten die anderen Mönche ihrerseits, was sie unterwegs erlebt hatten, und Elbryan und der Zentaur hörten sich die belanglosen Episoden höflich an, obgleich sie alle beide mehr als beunruhigt waren über die Vorgänge in Palmaris und es sie überraschte zu hören, dass die Touel'alfar, Lady Dasslerond höchstselbst inbegriffen, die Flüchtlinge bewacht hatten. Die beiden sahen sich verblüfft an; sie fanden es seltsam, dass eine so große Elfenschar in diese Gegend gekommen war, ohne mit einem von ihnen Verbindung aufzunehmen. Mehr als ein Dutzend Elfen, die gemeinsam Andur'Blough Inninness verließen, das war wirklich allerhand!

»Und nun sind wir hier, Nachtvogel«, schloss Bruder Braumin, »und hoffen, dass du uns Unterschlupf und Freundschaft gewährst, so wie du es damals mit unserem verlorenen Bruder Avelyn getan hast, als er in Not war.«

Elbryan lehnte sich zurück und überlegte. »Wir sind hier in den Waldlanden«, sagte er schließlich. »Ein rauhes Land, wo die Menschen zusammenhalten müssen, um zu überleben. Wir begrüßen hier jeden, der guten Willens ist.«

»Und den anderen bereiten wir einen gebührenden Empfang«, fügte der Zentaur hinzu, und sein dröhnendes Gelächter brach das letzte Eis.

»Morgen früh nehme ich euch mit nach Dundalis«, versprach ihnen Elbryan. »Tomas Gingerwart, der die Siedler anführt, wird dankbar sein, wenn noch sechs Paar kräftige Hände mehr zupacken.«

»Fünf«, verbesserte Roger verschmitzt, »und ein neuer Kundschafter für Nachtvogel und Bradwarden.«

»Und dann können wir uns vielleicht einmal unter vier Augen unterhalten«, sagte Bruder Braumin zu dem Hüter, ohne auf Roger zu achten, und zog damit die erstaunten Blicke seiner Gefährten auf sich, ganz besonders den von Roger.

Elbryan erkannte, wie ernst es dem Mann mit seiner Bitte war, und sagte bereitwillig zu.

Es lief alles ab wie das Räderwerk einer feinen Präzisionsuhr. So kam es Pony jedenfalls immer vor, wenn sie zusah, was sich im Behreneser-Viertel abspielte, sobald die Späher die Stadtwache um die Ecke der Hauptstraße biegen sahen, die zum Hafen hinunterführte. Sie beobachtete diese Leute seit einigen Tagen sehr genau. Die Behreneser waren es schon seit langem gewöhnt, dass man sie unterdrückte, doch unter Bischof De'Unneros Gewaltherrschaft schienen sie ihre Fertigkeiten des passiven Widerstands zu höchster Vollkommenheit entwickelt zu haben.

Pony gewahrte voller Bewunderung, wie die Nachricht in Windeseile von Mund zu Mund ging und durch Klopfzeichen oder auch durch geringfügiges Einholen der Flagge auf einem benachbarten Schiff verbreitet wurde, und ihr Respekt vor diesem Volk wuchs von Mal zu Mal.

Eben verschwand wieder eine ganze Gruppe – bestehend aus Kindern, Alten, einer hochschwangeren Frau und einem Mann, der beide Arme verloren hatte – in südlicher Richtung.

Pony hatte diesen Exodus schon viele Male beobachtet, es war ihr jedoch nie gelungen herauszufinden, wohin sie gingen. Die Soldaten fanden dann jedesmal nur noch wenige Zielscheiben für ihre Schikane. Einmal hatten sie sogar jedes einzelne Schiff im Hafen durchsucht, jedoch nichts finden können.

Und jetzt, nach vielen Stunden vergeblicher Suche, glaubte Pony, endlich des Rätsels Lösung gefunden zu haben. Langsam und vorsichtig arbeitete sie sich durch die Gassen und über die Dächer vorwärts in Richtung Süden, immer ein Stück hinter den im Gänsemarsch vorauseilenden Behrenesern. Lautlos bewegte sich die Prozession im Schatten der Häuserwände aus dem Hafenviertel hinaus und am Flussufer entlang, vorbei an langgestreckten, niedrigen Lagerhäusern und um eine Flussbiegung oberhalb des südlichsten Teils der Stadtmauer herum. An dieser Stelle bestand das Ufer aus weißen Kalksteinklippen. Dort befanden sich ein paar Gebäude, die jedoch nicht zu sehen waren, wenn man unten am Wasser stand, zumal die Felskante mit einem langen Holzzaun gesichert war, wahrscheinlich um zu verhindern, dass Kinder in den Abgrund stürzten. An diesem Zaun tastete sich Pony jetzt entlang, und ein Blick in die Tiefe bestätigte ihre Vermutung.

So nah am Golf von Korona gelegen, unterlag der Fluss hier dem Strom der Gezeiten, und der Wasserstand veränderte sich um bis zu zehn Fuß. Bei Ebbe kamen unmittelbar über der Wasseroberfläche dunkle Felsspalten zum Vorschein, die sonst überfluteten Eingänge zu mehreren Höhlen.

Pony nickte, als die Behreneser nun an die Wasserkante traten, sich einer nach dem andern an einem Handseil ins kalte Wasser gleiten ließen und sich den Blicken entzogen.

Offensichtlich befanden sich die Höhlen hinter den Eingängen nicht unter Wasser.

»Sehr schön!«, sagte sie voller Hochachtung. Sie war verblüfft vom Einfallsreichtum dieser Leute, die eine Möglichkeit gefunden hatten, der Verfolgung lautlos und sicher zu entgehen, und alles um den Preis eines kalten Tauchbades und einiger Stunden in einer unbequemen Höhle.

Oder war es dort vielleicht gar nicht so unbequem? fragte sich Pony. Vielleicht hatten es sich die Behreneser in ihrem Versteck ja richtig gemütlich gemacht.

Am liebsten wäre sie hinuntergestiegen, um nachzusehen. Die Vorstellung, was diese Leute auf die Beine gestellt hatten, machte ihr Hoffnung, dass die ganze Stadt vielleicht noch eine Chance hatte, mit Bischof De'Unnero und seinem mörderischen Orden fertig zu werden. Wenn diese ein- oder zweihundert Menschen, noch dazu deutlich gezeichnet durch ihre Hautfarbe, sich der Gefahr so einfach entziehen konnten, was konnten dann erst fünftausend ausrichten, die hinter ihr standen gegen De'Unnero? Es machte sie wirklich zuversichtlich, wie sie da so hundert Meter in die Tiefe schaute, wo der letzte jetzt gerade verschwand.

Das Rascheln im Gras hinter ihr ließ sie aufhorchen. Als sie sich umwandte, sah sie einen Behreneser-Krieger auf sich zukommen. Es war ein drahtiger Mann mit einem Krummschwert in der Hand, wie es die Stämme im Süden benutzten. Wortlos und ohne die mindeste Verhandlungsbereitschaft ging er schnurstracks mit der Waffe auf Pony los.

Sie umklammerte ihren Schwertgriff, zog den Kopf ein und machte eine Rolle vorwärts. Während sie zu Füßen des anderen landete, zog sie das Schwert und hielt es in die Höhe. Dann konzentrierte sie sich auf die Magnetite, mit denen das Heft der prächtigen Waffe besetzt war, und zog damit die Klinge ihres Gegners zu sich heran.

Verdutzt sah der Mann zu, wie die Spitze seines Krummschwerts wie von Geisterhand gezogen nach unten klappte und an Ponys Waffe kleben blieb. Und dieser kurze Augenblick der Verwirrung verschaffte Pony die Zeit, wieder aufzuspringen und ihrem Angreifer gegenüber Aufstellung zu nehmen.

Der Behreneser riss sein Schwert los, machte einen Satz rückwärts und duckte sich abwartend. Als Pony keine Anstalten machte, ihn anzugreifen, richtete er sich langsam wieder auf, und ein triumphierendes Grinsen breitete sich auf seinem dunklen Gesicht aus. Dann begann er die gebogene Klinge mit gleichmäßig kreisenden Bewegungen hin und her zu schwenken, wobei seine Arme die geschwungene Form des Krummschwerts perfekt nachzogen.

Plötzlich nahm er gekonnt Anlauf und zielte aus verschiedenen Winkeln, erst von unten, dann von oben, dann diagonal auf Ponys Hals.

Das hier war beileibe kein Anfänger, dachte sie. Er war schlau, und ihr wurde klar, dass die üblichen Abwehrmanöver hier nichts nützen würden, da die gebogene Klinge sich in ihrer eigenen verfangen und diese außer Gefecht setzen konnte, um dann ungehindert zuzuschlagen.

Also fuhr Pony dem Krummschwert so schnell von unten in die Parade, dass es von ihrem Heft blockiert wurde, noch ehe es die Klinge ablenken konnte. Eine ruckartige Drehung des Handgelenks ließ die gebogene Klinge gefahrlos über sie hinwegsausen.

Nun ließ der Behreneser das Krummschwert in die linke Hand gleiten, wendete die Klinge und führte einen Hieb gegen Ponys Körpermitte.

Zu Tode erschrocken zog sie den Bauch ein, wich der Klinge aus und gab der Außenkante des Krummschwerts einen kräftigen Stoß. Dann machte sie schnell einen Schritt zurück. In ihrem Kopf drehte sich alles, und sie versuchte krampfhaft, den Kampfstil ihres Gegners abzuschätzen und seine Schwachpunkte herauszufinden. Der Behreneser ließ sein Schwert auf und ab durch die Luft sausen und sogar hinter seinem Rücken wieder in die rechte Hand gleiten, um es gleich darauf auf der anderen Seite wieder zum Vorschein zu bringen. Mit dieser Taktik wollte er seine Gegnerin beeindrucken und einschüchtern, doch der kampferfahrenen Pony lieferte sie nur die nötigen Hinweise.

Nun war ihr alles klar. Die Technik dieses Mannes war unschlagbar gegen die in diesem Land übliche Art, mit Schwert und Schild zu kämpfen. Aber Ponys Kampfstil war ein anderer.

Sie kämpfte inzwischen auf die Weise, wie Elbryan und die Elfen es taten, und ihre Zuversicht wuchs, als sie sich klar machte, dass ihr Kampfstil, *Bi'nelle dasada,* es viel eher mit einem Krummschwert aufnehmen konnte. Sie ging in Kampfstellung, den linken Fuß nach hinten, den rechten nach vorn, und verteilte mit leicht gebeugten Knien ihr Körpergewicht gleichmäßig auf beide Beine. Mit abgewinkeltem Ellbogen richtete sie ihr Schwert auf ihren Gegner, während sie den anderen Arm als Gegengewicht nach hinten ausstreckte.

Ihr größtes Problem war jetzt, wie sie den Mann außer Gefecht setzen konnte, ohne ihn zu töten – keine leichtes Unterfangen angesichts des unsicheren Standorts der beiden am Rande der Klippe.

Da ging der dunkelhäutige Krieger erneut mit wütenden Schwerthieben auf sie los.

Jetzt fuhr Pony mit ihrer Klinge über die des anderen hinweg, während sie gleichzeitig einen mustergültigen Rückzieher vollführte. Das war der Unterschied zwischen ihnen beiden: Hier kämpfte man, genau wie der Behreneser, ausschließlich mit fließenden Hin- und Herbewegungen, die Technik des *Bi'nelle dasada* aber war mit ihrer Angriffs- und Rückzugsstrategie entschieden wirkungsvoller.

Der Behreneser wich ein paar Schritte zurück und hielt sich sein Schwert seitlich neben das Gesicht. Dabei beobachtete er Pony lauernd, als wolle er sie in neugewonnenem Respekt abschätzen.

Doch er kam gar nicht dazu, denn in diesem Moment machte sie einen gewaltigen Satz nach vorn. Abwehrend schoss das Krummschwert vor, doch da stand sie schon viel zu dicht vor ihm.

Ihr Schwert hätte ihn jetzt überall treffen können, in die Kehle, ins Herz oder sogar ins Auge. Sie aber stach dem Mann nur in die Schulter und nahm seinem Schwertarm damit die Kraft. Ohne ihn ernsthaft zu verletzen, machte sie gleich wieder einen Rückzieher. Der Streich des Krummschwerts war jetzt so harmlos, dass Pony dem Krieger mit wenigen Handbewegungen die Waffe entreißen konnte.

Dieser starrte sie entgeistert an und hielt sich die blutende Schulter.

Pony entbot ihm einen kurzen Gruß, machte kehrt und lief davon.

Doch sie kam nicht weit, denn von der anderen Seite kam jetzt ein weiterer Behreneser angerannt. Pony blieb abrupt stehen und sah sich nervös nach allen Seiten um. Hinter ihr hatte der erste Angreifer unbeirrt sein Krummschwert mit der linken Hand wieder aufgehoben. Sie machte sich keine Sorgen, dass sie nicht mit dem neuen Angreifer fertig werden würde oder den anderen erledigen könnte, aber den Kampf beizulegen, ohne einen von beiden über die Klippe in den Tod zu schicken, war nicht einfach. Und was auch hier oben geschehen mochte, sie hatte nicht vor, einen dieser Männer umzubringen, die lediglich ihre Familien verteidigen wollten.

Sie machte einen Sprung zur Seite und griff nach dem Zaun, der gefährlich knarrte, als wolle er gleich mit ihr in den Abgrund stürzen. Schnell zog sie sich an ihm empor auf die andere Seite, bevor das Krummschwert des Angreifers sie erreichen konnte. Jetzt war sie im Freien. Sie dachte, das allein würde sie vor den Behrenesern schützen, aber diese Gegend von Palmaris war nur wenig bewohnt, und die meisten Gebäude, die hier standen, waren leer. Die Südländer schienen alles dafür zu tun, nicht aufzufallen. Jetzt tauchte ein dritter Krieger auf und nahm blitzschnell Deckung hinter einem nahe gelegenen Gebäude, und dann entdeckte sie noch einen, der aus südlicher Richtung kam und vorsichtig, aber zielstrebig im Schatten der Stadtmauer entlangschlich.

Pony fluchte leise vor sich hin, während sie mit der freien Hand nach der verborgenen Tasche mit den Steinen tastete. Sie wusste, dass sie sich mit Hilfe der Steine aus dieser Zwangslage befreien konnte. Sie konnte den Hämatit nehmen und sich einen der Angreifer gefügig machen, ihn beispielsweise zu ihrem Sprachrohr machen, um die anderen fortzuschicken. Oder sie konnte mit dem Graphit einen überraschenden Blitzschlag auf die vier loslassen, die sie langsam umzingelten, und ihnen dadurch entkommen. Oder sich mit dem Malachit in die Luft erheben und über die Dächer davonlaufen.

Aber Pony war klar, dass es eine gefährliche Sache war, die Steine zu benutzen, und sie sagte sich, dass diese Männer hier nicht ihre Feinde waren, ganz im Gegensatz zu jenen, die sie damit möglicherweise auf sich aufmerksam machen würde.

Jetzt war sie an einer Gasse angelangt, und als sie kurz zurückschaute, sah sie gerade noch ihre beiden Angreifer über den Zaun klettern. Unter neuerlichem Fluchen setzte sie vorsichtig einen Fuß vor den andern, aber sie spürte, dass sie nicht mehr weit kommen würde, denn sie war inzwischen von allen Seiten umzingelt.

Am anderen Ende der Gasse tauchten zwei Behreneser auf, zwei andere blockierten die einzige seitliche Abzweigung. Dann hörte sie über sich Füßescharren, und drei weitere schauten vom Dach auf sie herab. Ohne ein Wort zu sagen, gingen die vier am Boden auf sie zu. Der eine auf dem Dach sprang kaum zehn Fuß hinter ihr leichtfüßig herab.

Ponys Hand umklammerte den Graphit. Es war so einfach, dachte sie, doch gleichzeitig war ihr klar, was es für eine Gratwanderung sein würde, genau soviel Energie freizusetzen, dass sie die Männer betäuben, aber nicht umbringen konnte. Es war äußerst riskant.

»Ich bin nicht euer Feind«, hob sie an, doch sie verstummte, als der Mann hinter ihr plötzlich zum Angriff überging.

Pony wich dem Hieb aus, dann parierte sie ihn, indem sie die Klinge des Mannes gegen die Hauswand schmetterte. Nun drehte sie sich um und schlug dem Mann zweimal hintereinander mit dem Ellbogen ins Gesicht. Als er rückwärts taumelte, drückte sie ihr Knie gegen seinen Ellbogen und nagelte ihn mitsamt seiner Waffe an die Wand. Ein Stoß von oben mit dem Schwertknauf, und das Krummschwert fiel ihm aus der Hand.

Flink packte sie mit der freien Hand das Kinn des Mannes und drückte ihm den Kopf nach hinten, um ihm dann die Schwertspitze an die Kehle zu setzen. Indem sie ihn so in seiner Hilflosigkeit zur Schau stellte, hoffte sie, seine herbeieilenden Kameraden abzuschrecken.

Einen Augenblick lang hielten sie inne, dann begannen sie, sich in ihrer Sprache etwas zuzurufen. Schließlich setzten sie sich wieder in Bewegung, offensichtlich bereit, einen der ihren zu opfern.

Tausend Dinge gingen Pony jetzt durch den Kopf. Sie hatte Angst, dass sie diese Männer womöglich doch töten musste, hatte Angst um ihr ungeborenes Kind. Konnte sie zulassen, dass diese Männer sie umbrachten, während das Leben von Elbryans Kind auf dem Spiel stand? Angst, dass sie am Ende keine andere Wahl haben könnte, als nach den Steinen zu greifen, und dass sie damit noch mehr Unheil über sie alle bringen könnte – über sich selbst, ihr ungeborenes Kind und über diese unschuldigen Behreneser, die lediglich zu überleben versuchten.

Es war ein langer, schrecklicher Alptraum. Dann sagte sie sich, während die Krieger immer näher kamen, dass es schließlich keine schlechten Menschen waren.

Sie ließ ihre Geisel los, sah in beide Richtungen und warf ihr Schwert zu Boden. »Ich bin nicht euer Feind!«, erklärte Pony bestimmt.

Der Mann, den sie auf den Klippen verwundet hatte, rief den anderen etwas zu, und nun stürzte sich einer der Krieger vom Dach herab auf sie und riss sie zu Boden. Sie schlug hart auf und rang nach Luft. Als sie sich mühsam herumwälzte, sah sie gerade noch ein Krummschwert auf sich zukommen.

Ihr letzter Gedanke galt ihrem ungeborenen Kind.

18. In Königin Vivians Garten

Der hochaufgeschossene, dunkelhäutige Mann, der jetzt mit König Danube hinter einem blühenden Busch des prächtigen Schlossgartens zum Vorschein kam, war außer sich vor Wut.

Schlechte Aussichten, sagte sich Abt Je'howith, denn wenn König Danube sich in dieser Weise von dem behrenesischen Botschafter anschreien ließ, musste ihm dessen Beschwerde einleuchten.

Herzog Targon Bree Kalas beugte sich zu dem Abt hinüber und flüsterte ihm zu: »Ich suche mir einen Baron, der Eure ganze Kirche zum Teufel jagt!«

»Ihr werdet noch einmal an Eure Worte denken, wenn Eure sterblichen Überreste erst in der Erde vermodern und Ihr vor dem Antlitz Gottes steht«, erwiderte der alte Abt ruhig.

Darüber konnte der junge, lebenssprühende Kalas nur lachen, doch das brachte den betagten Priester nicht aus der Ruhe. Er betrachtete den jungen Mann ganz gelassen und sagte sich im stillen, dass dieser im Laufe der Jahre schon noch dahinterkäme, wenn er erst kurzatmig werden würde und ihm jeder heraufziehende Sturm in die Knochen fuhr.

Kalas, der die Gedanken des Abtes erriet, hörte unvermittelt auf zu lachen und legte nachdenklich die Stirn in Falten. »Ach ja, Gott«, sagte er. »Euer Gott – dieses allmächtige Wesen, das es nicht einmal fertiggebracht hat, Königin Vivian zu retten. Oder lag es vielleicht an dem klapprigen Kahn, den sich Euer Gott für diesen erbärmlichen Versuch ausgesucht hat?«

Nun war es an Je'howith, die Stirn zu runzeln, denn der Vorwurf des anderen traf ihn empfindlich, ganz besonders hier in Königin Vivians Garten, in dem der König jeden Morgen spazierenging und seiner verlorenen Frau gedachte. Sie waren damals so jung und unternehmungslustig gewesen, das Königspaar des Bärenreichs: Danube gerade in den Zwanzigern, ein kühner Draufgänger, und Vivian erst siebzehn Jahre alt, noch kaum erblüht, mit rabenschwarzem Haar, das ihr bis zur Taille herabfiel, geheimnisvollen grauen Augen, die jeden betörten, der sie ansah, und einer Haut so weiß wie die Blütenblätter der Rosen, die sich um das Gartentor rankten. Jeder im Königreich liebte die beiden, und die ganze Welt schien ihnen zu Füßen zu liegen.

Doch dann hatte Vivian plötzlich das Schweißfieber befallen, eine heimtückische, schnell zum Tode führende Krankheit. Am Morgen dieses schicksalhaften Tages hatte sie sich noch hier im Garten ergangen und über Kopfschmerzen geklagt. Gegen Mittag hatte sie sich mit leichtem Fieber zu Bett gelegt, und als Je'howith abends endlich herbeigeeilt war, um ihr Unwohlsein zu lindern, hatte sie bereits totenbleich und schweißgebadet phantasiert. Der Abt hatte sein Möglichstes getan und nach den fähigsten Steinmagiern seiner Abtei geschickt, doch die Königin war gestorben, noch ehe die Mönche zur Stelle waren.

Doch König Danube hatte ihm keinen Vorwurf gemacht, hatte dem alten Abt sogar immer wieder für seine heldenhaften Bemühungen gedankt. Und tatsächlich hatten auch viele seiner Berater mehr als einmal davon gesprochen, wie dankbar sich der König in den Tagen nach Königin Vivians Tod gezeigt hatte. Je'howith aber, der schon viele Stunden mit den beiden verbracht und die Trauungszeremonie vorgenommen hatte, war nie ganz überzeugt gewesen, dass dessen Liebe zu seiner Frau wirklich so tief ging, wie immer behauptet wurde. Er glaubte vielmehr, dass König Danube seine täglichen Spaziergänge im Garten einfach zu seinem Vergnügen unternahm. Nach außen hin war das Königspaar glücklich gewesen, doch es war kein Geheimnis, dass König Danube sich all die Jahre eine ganze Reihe von Geliebten gehalten hatte, was auch erklärte, wie Constance Pemblebury es trotz ihrer bürgerlichen Abstammung bis zur Ratgeberin bei Hofe gebracht hatte. Man munkelte sogar, dass sie zu den Anwärtern auf das Herzogtum Entel gehörte, wenn Herzog Prescott, der – nach seinen eigenen Worten – das große Pech hatte, sechs unfruchtbare Frauen hintereinander zu heiraten, einmal sterben würde.

Es wurde außerdem gemunkelt, und Je'howith wusste, dass dies kein leeres Gerede war, Vivian habe sich ebenfalls einen anderen Bettgenossen gesucht.

Dieser Mann, Herzog Targon Bree Kalas, hatte nie viel von den Abellikanern gehalten, doch in der Nacht, in der Vivian ihr Leben ausgehaucht hatte, war seine Ablehnung in offenen Hass gegen den Orden umgeschlagen.

»Schluss jetzt mit eurer Privatfehde!«, sagte Constance Pemblebury, die sich nun zu ihnen gesellte. »Der Yatol Rahib Daibe ist heute morgen selbst beim König gewesen, und sein Benehmen ist neuerdings äußerst ungehörig.«

»Das kommt nur von den Vorgängen in Palmaris«, sagte Targon Bree Kalas; dann fügte er spitz hinzu: »Davon, wie die Kirche Palmaris misshandelt.«

»Genug!«, verlangte Constance. »Das könnt Ihr gar nicht so genau wissen. Und selbst wenn sich Euer Verdacht bestätigen sollte, habt Ihr immer noch die Pflicht, unverbrüchlich hinter König Danube zu stehen und ihn gegen den behrenesischen Botschafter in Schutz zu nehmen.«

»Ja, ja«, sagte Kalas und sah Je'howith mit zusammengekniffenen Augen an, »immer eins nach dem andern.«

Sie verstummten, als der Yatol jetzt hocherhobenen Hauptes an ihnen vorbeistolzierte, wobei er dem Abt in seiner Abellikaner-Tracht einen besonders bösen Blick zuwarf.

»Das bestätigt meinen Verdacht«, murmelte Targon Bree Kalas, ehe er sich umdrehte, um König Danube zu begrüßen, der ihnen kopfschüttelnd entgegenkam.

»Unsere Freunde aus dem Königreich im Süden sind außerordentlich verärgert«, sagte er zu den dreien.

»Über die Machenschaften der Kirche in Palmaris«, sagte Kalas frohlockend.

»Was soll diese Verfolgung der Behreneser?«, wollte König Danube von Je'howith wissen. »Liegen wir neuerdings mit Behren im Krieg, und wenn ja, warum werde ich darüber nicht informiert?«

»Ich weiß von keinen Verfolgungen«, erwiderte Je'howith und schlug ehrerbietig die Augen nieder.

»Jetzt wisst Ihr es«, erwiderte der König vernehmlich. »Euer neuer Bischof scheint nicht viel für unsere dunkelhäutigen Nachbarn übrig zu haben, jedenfalls lässt er sie in Palmaris systematisch verfolgen.«

»Es sind keine Abellikaner«, sagte Je'howith, als wäre das eine Entschuldigung.

König Danube stöhnte. »Aber sie sind ziemlich stark«, erwiderte er. »Wollt Ihr etwa einen Krieg gegen Behren vom Zaun brechen, nur weil sie keine Abellikaner sind?«

»Natürlich nicht«, sagte Je'howith.

»Vielleicht seid ihr ja einfach nur zu dumm, um zu begreifen, dass jede Sache eine andere nach sich zieht«, mischte sich Targon Bree Kalas ein. »Vielleicht –«

Constance Pemblebury griff nach dem Arm des Herzogs und durchbohrte ihn mit einem so grimmigen Blick, dass er es aufgab und mit einer wegwerfenden Handbewegung zu Je'howith das Feld räumte.

»Behren würde es nicht wagen, uns den Krieg zu erklären, ganz gleich, was geschieht«, erklärte Je'howith. Auf diese Diskussion mochte er sich nicht einlassen. Er wollte gar nicht erst darüber nachdenken, dass De'Unneros überstürztes Vorgehen dem König womöglich noch mehr Ärger einbringen könnte. Selbst wenn es keinen Krieg gäbe, so konnten die Vorgänge in Palmaris doch allerhand andere Probleme mit sich bringen.

König Danube hatte Je'howith anvertraut, dass er Herzog Tetrafel zum Herzog der Wilderlande ernannt hatte. Normalerweise war so etwas nichts weiter als ein schmückender Titel, mit dessen Hilfe sich die Krone die Ergebenheit und Unterstützung wohlhabender Familien sicherte. Doch in diesem Falle hatte König Danube etwas Bestimmtes vor. Der König hatte nämlich eine Vorliebe für die widerstandsfähigen Pinto-Ponys der To-gai in West-Behren. Einstmals ein unabhängiges Königreich, war To-gai-ru vor hundert Jahren von den Yatols erobert worden, und seither lief der Handel mit den zottigen To-gai-Pintos ausschließlich über den Hof des Chezru-Häuptlings in Jacintha. Danube stellte sich nun vor, dass sie viel günstiger an die begehrten Pferde herankommen konnten, wenn es Tetrafel irgendwie gelänge, einen Pass über den Großen Gürtel in die To-gai-Steppe ausfindig zu machen.

Natürlich würden solche heimlichen Geschäfte erhebliche Bestechungsgelder an den stets wachsamen Yatol Rahib Daibe erforderlich machen.

Trotzdem musste Je'howith seine Kirche in Schutz nehmen und den König daran erinnern, dass die Behreneser nicht den gleichen Gott hatten wie er. Und er musste den König beruhigen, dass der Bischof von Palmaris mit seinem Vorgehen keine ernsthaften Folgen heraufbeschwören würde, denn ein Krieg mit den grimmigen Behrenesern konnte sich verheerend für das Bärenreich auswirken, noch dazu so kurz nach den Auseinandersetzungen mit den Anhängern des Geflügelten.

»Nein, aber sie werden unseren Handelsschiffen wahrscheinlich das Leben schwer machen«, erwiderte König Danube. »Der Yatol Daibe hat so etwas angedeutet, indem er meinte, er wäre gespannt, wie unsere Schiffe ohne den Schutz der Flotte des Chezru-Häuptlings mit den zahlreichen Piraten an der Küste von Behren fertig würden. Außerdem sprach er noch von Zöllen und anderen Unannehmlichkeiten bis hin zu einem Ausfuhrverbot für To-gai-Pintos. Hat sich deine Kirche gegen die Kaufleute dieses Landes verschworen? Erst die Requirierung der Edelsteine – für die sie deiner Kirche reichlich Geld bezahlt haben – und jetzt auch noch das.«

»Was ist mit den Edelsteinen?«, fragte Targon Bree Kalas, der gerade zurückkam, sichtlich betroffen.

Doch König Danube verscheuchte ihn wieder. »Ich fürchte, die Probezeit bringt ein verheerendes Ergebnis, Abt Je'howith«, sagte er.

»Gebt ihm noch ein wenig Zeit, Majestät«, erwiderte der Abt, doch seine Worte klangen halbherzig, als spräche er mehr für seinen Orden als aus eigener Überzeugung. »Die Stadt muss zuerst wieder unter Kontrolle gebracht werden, ein notwendiger erster Schritt nach einem so umfassenden Krieg.«

König Danube schüttelte den Kopf. »Das Bärenreich kann es sich nicht leisten, Bischof De'Unnero noch mehr Zeit einzuräumen«, sagte er.

Je'howith wollte protestieren, doch der König hob gebieterisch die Hand und machte sich wieder zu dem rosenumrankten Gartentor auf. Constance Pemblebury und Targon Bree Kalas folgten ihm auf dem Fuße.

»Einen Baron, der die Kirche zum Teufel jagt«, flüsterte der Herzog Je'howith im Vorbeigehen zu, »das schwör ich Euch!« Und dem Abt war völlig klar, dass er keine leeren Drohungen ausstieß, denn Palmaris gehörte zu Kalas' Hoheitsgebiet.

Der Anblick des alten Abtes, der da bleich und mit zitternden Händen auf der Bettkante saß, führte Vater Markwart einmal mehr vor Augen, welche Macht er ausstrahlte. Er hatte lediglich seinen Geist nach Ursal entsandt, und doch war diese ungreifbare Nebelerscheinung imstande, einen so altgedienten, erfahrenen Mann wie Je'howith in Angst und Schrecken zu versetzen.

Was würde wohl so ein Auftritt bei einem auslösen, der nichts von der Magie der Steine verstand? Es war höchste Zeit, den König des Bärenreichs seine wahre Macht spüren zu lassen.

Markwart machte sich auf den Weg, den ihm Je'howith beschrieben hatte, durch Wände hindurch und an ahnungslosen Wachtposten vorbei, denen er keinerlei Beachtung schenkte, dann durch die weitläufigen Privatgemächer des Königs, durch die riesige Empfangshalle, den Thronsaal und das Speisezimmer bis in König Danubes Schlafgemächer.

Da lag der mächtige Mann in tiefem Schlummer in einem Bett, das bequem fünf erwachsene Männer hätte aufnehmen können. Markwart konnte dieser Überfluss nicht empören, im Gegenteil, der Anblick machte ihm Appetit auf solchen Reichtum. Und der war zum Greifen nah, sagte er sich, als er jetzt seine kalte Geisterhand nach König Danubes Gesicht ausstreckte und leise dessen Namen rief. Der andere bewegte sich, murmelte etwas Unverständliches vor sich hin und wollte sich auf die andere Seite drehen.

Doch da drängte sich plötzlich Markwarts verzerrtes Gesicht in seine Träume, so dass er mit einem Ruck hochfuhr und um sich blickte, kalte Schweißperlen auf der Stirn.

»Wer ist da?«, fragte er.

Markwart konzentrierte sich, um seine Gestalt in dem schummrigen Raum deutlicher sichtbar zu machen. »Ihr kennt mich nicht, König Danube Brock Ursal«, sagte der Abt mit einer Stimme, die so kräftig klang, als wäre er körperlich anwesend. »Aber Ihr habt schon von mir gehört. Ich bin Vater Markwart, der ehrwürdige Vater des Abellikaner-Ordens.«

»W-wie ist das möglich?«, stammelte der König. »Wie seid Ihr an meinen Wachen vorbeigekommen?«

Markwart lachte, noch ehe der König den Satz beendet hatte. Als dieser langsam zu sich kam und den Geist erblickte, wurde auch ihm klar, wie absurd seine Frage war, und er ließ sich wieder in die Kissen fallen und zog sich die Bettdecke bis zum Kinn hinauf.

Doch gegen diese Art der Kälte half auch eine dicke Bettdecke nicht viel.

»Warum seid Ihr so überrascht, Majestät?«, fragte der Abt ruhig. »Ihr habt doch gesehen, was die Edelsteine vermögen, und kennt ihre Wirkung. Wundert es Euch da, dass ich, das Oberhaupt der Kirche, so damit umgehen kann?«

»So etwas habe ich noch nie gehört«, erwiderte der König zitternd. »Wenn Ihr mich zu sprechen wünschtet, hättet Ihr Euch an Abt Je'howith wenden können –«

»Ich habe keine Zeit für solche überflüssigen Formalitäten«, unterbrach ihn Markwart. »Ich wollte Euch sprechen, und hier bin ich.«

Der König wollte protestieren und ihm einen Vortrag über Anstandsregeln halten; als Markwarts Geist davon unbeeindruckt blieb, versuchte er es mit einer anderen Taktik und drohte, die Wachen zu rufen.

Doch Markwart lachte ihn nur aus. »Ich bin doch gar nicht hier, Majestät«, sagte er. »Was könnten sämtliche Waffen von Ursal gegen einen Geist ausrichten?«

Da nahm der König all seinen Mut zusammen, schlug die Bettdecke zurück, sprang aus dem Bett und knurrte Markwart grimmig an: »Das werden wir ja sehen!«

Der Geist streckte den Arm aus, und Markwart konzentrierte seine ganze Willenskraft darauf, den König zum Umkehren zu bewegen. Der König schwankte und machte zitternd einen weiteren Schritt auf die Tür zu.

Erneut griff Markwarts Geisterhand nach ihm, und der Befehl »Zurück!« dröhnte in Danubes Kopf. Vergeblich sträubte er sich gegen Markwarts spürbaren Widerstand, doch schließlich machte er erst einen Schritt rückwärts, dann noch einen, dann machte er schwankend kehrt und fiel der Länge nach auf sein Bett.

»Ich warne Euch!«, keuchte er.

»Nein, Majestät, ich bin derjenige, der hier die Warnungen ausspricht«, erklärte Markwart in eiskaltem Tonfall. »In Palmaris ist alles in bester Ordnung. Bischof De'Unnero arbeitet hervorragend, und der Stadt geht es sogar noch besser als vor dem Krieg. Ganz egal, was für Drohungen die Behreneser ausstoßen und welche Beschwerden die dummen Kaufleute auch vorbringen, der Weg ist abgesteckt, und Ihr werdet nichts dagegen unternehmen. – Im übrigen, Majestät«, fuhr er fort, und sein Tonfall war plötzlich wieder ehrerbietig, »lade ich Euch herzlich ein, mich einmal in Palmaris zu besuchen, damit Ihr Euch selbst davon überzeugen könnt, dass dort alles seine Ordnung hat, anstatt auf diese lächerlichen Gerüchte zu hören.«

König Danube rappelte sich standhaft wieder auf und drehte sich zu dem ehrwürdigen Vater um, wild entschlossen, diesem klarzumachen, wer hier der Herrscher war, doch es war niemand mehr da. Verdutzt blickte er um sich und sah in jede Ecke, doch der ehrwürdige Vater war spurlos verschwunden. War er überhaupt hier gewesen?

Der König versuchte sich einzureden, dass alles nur ein Traum gewesen sei. Schließlich war er an diesem Abend stark beunruhigt zu Bett gegangen.

Erleichtert schlüpfte er wieder unter die Decke, doch das gräßliche Gefühl von Markwart, der ihm seinen Willen aufzwang, war nicht so leicht abzuschütteln, und es dauerte lange, bis der König es wagte, die Augen zu schließen und sich erneut dem Schlaf hinzugeben.

Als Markwart den geheimen Raum verließ, war er erschöpft, aber sehr zufrieden mit sich. Als nächstes wollte er De'Unnero aufsuchen und ihn noch einmal auffordern, sich zurückzuhalten. Er würde sich mit dem König in Palmaris treffen, und es war wichtig, dass die Stadt dann einen guten Eindruck machte.

Aber war es das wirklich? Als er an die Worte dieser inneren Stimme dachte, dass die Sonne nach der Finsternis der Nacht umso heller erstrahle, war sich Markwart dessen nicht mehr so sicher. Vielleicht sollte er De'Unnero noch mehr aufstacheln und ihm dann seinen Wunsch erfüllen und ihn auf Nachtvogel und Pony ansetzen.

Das würde dann hinterher sein eigenes Licht umso heller strahlen lassen!

Mühsam kletterte er in sein Bett und drehte sich stöhnend auf die Seite. Seine Exkursion hatte ihn beträchtlich angestrengt. Es erforderte ungeheure Kraft, eine so vollständige Verbindung zu jemandem aufzubauen, der ihm nicht mit einem Seelenstein entgegenkommen konnte und nicht einmal etwas von Magie oder geistiger Versenkung verstand. Er hätte jetzt gar nicht zu De'Unnero gehen können, selbst wenn er es gewollt hätte. Aber das war auch nicht nötig, sagte sich der ehrwürdige Vater; so wie er König Danube in Angst und Schrecken versetzt hatte, würde dieser es ohnehin nicht wagen, sich ihm zu widersetzen, ganz gleich, wie es in Palmaris zuging.

Die Sonne schien, als König Danube am nächsten Morgen die tägliche Audienz mit seinen drei wichtigsten Beratern von Staat und Kirche im kleinen Garten auf der Ostseite des Schlosses von Ursal abhielt. Dieser Garten befand sich am Fuße der Schlossmauer in sicherer Lage auf der steilsten Klippe zweihundert Fuß hoch über der großen Stadt und war nach vorn hin selbst von einer Mauer umgeben.

Abt Je'howith trat unbehaglich von einem Fuß auf den anderen, während er die herrliche Aussicht genoss, und sah Targon Bree Kalas vorsichtshalber nicht an. Der Herzog wirkte heute morgen ausgesprochen aufgekratzt, denn er war überzeugt, den Kampf mit Je'howith endlich gewonnen zu haben, und trotz der Visite des ehrwürdigen Vaters am vorhergehenden Abend war der Abt nicht sicher, ob diese

Annahme völlig aus der Luft gegriffen war. König Danube war noch nicht erschienen, und Je'howith hatte Angst, was passieren würde, wenn er erst da wäre.

»Nun hat der Krieg also etwas länger gedauert, als wir angenommen hatten«, sagte Kalas zu Constance Pemblebury. »Aber wie sollten wir auch ahnen, dass unsere Feinde aus den eigenen Reihen kamen.«

»Ihr übertreibt, lieber Freund«, erwiderte die Frau ruhig. »Das war kein Krieg, nur eine kleine Meinungsverschiedenheit zwischen zwei großen Anführern.«

Kalas schnaubte verächtlich. »Wenn wir diesen Dummkopf De'Unnero in Palmaris so weitermachen lassen, haben wir einen richtigen Krieg, und zwar bald, darauf könnt Ihr Euch verlassen«, sagte er. »Das waren Yatol Rahib Daibes eigene Worte.«

»Ihr verdreht seine Worte, um Eure eigenen Ziele zu verfolgen, Herzog Kalas«, konnte Je'howith nicht umhin zu bemerken, und jetzt sah er den anderen direkt an.

»Ich kann nur die logischen Folgen absehen«, erwiderte Kalas, doch da knarrte die Pforte, und König Danube trat in den Garten, begleitet von zwei Leibwächtern. Er nahm an dem schattigen Gartentisch Platz und wartete, bis die drei anderen sich ebenfalls gesetzt hatten.

»Wir müssen sehr genau über das Vorgehen von Bischof De'Unnero nachdenken«, sagte er ohne Umschweife. »Die Übergangsphase in Palmaris ist nicht ungefährlich.«

»Ich habe Euch eine Liste von Kandidaten zusammengestellt, Majestät«, sagte Herzog Kalas. »Mit genauer Beschreibung der Vorzüge jedes Einzelnen.«

»Kandidaten?« König Danube schien völlig überrascht.

»Anwärter auf die Baronie«, erklärte Kalas.

König Danube wirkte alles andere als begeistert, was Kalas und Constance verwunderte, nicht aber Je'howith, der sich lediglich fragte, was wohl geschehen war, nachdem Markwart von ihm fortgegangen war.

»Reichlich voreilig«, wies ihn der König zurecht und winkte kategorisch ab, bevor Kalas überhaupt weiterreden konnte. »Nein, zuerst müssen wir uns ganz genau ansehen, was Bischof De'Unnero geleistet hat.«

»Ihr habt doch die Berichte gehört«, stotterte Kalas.

»Ich habe gehört, was andere davon halten«, erwiderte König Danube kühl, »die in Palmaris ihre eigenen Absichten verfolgen. Nein, diese Angelegenheit ist zu wichtig. Ich werde persönlich nach Palmaris fahren und mir einen Eindruck verschaffen. Und erst dann«, sagte er scharf und erstickte den aufflammenden Protest des anderen, »und nur wenn ich nicht damit zufrieden bin, werde ich mögliche Änderungen ins Auge fassen.«

Kalas zischte durch die Zähne und machte auf dem Absatz kehrt. Diese Entscheidung widersprach völlig dem, was der König noch am Vortag geäußert hatte.

Aber er war nun mal der König und konnte im Handumdrehen seine Meinung ändern, wenn es ihm beliebte.

Aber vielleicht, dachte Je'howith, konnte auch Vater Markwart so einfach die Meinung des Königs ändern.

19. Zweierlei Sorten Verbündete

Elbryan hielt schützend die Hand über die Augen. Er stand mit Symphony oben am Hang eines ausgedehnten Feldes, eine Baumreihe im Rücken, und ließ den Blick über das blendende Grau zu seinen Füßen schweifen. In der Nacht hatte es einen heftigen Wintersturm gegeben, der den Schnee an manchen Stellen mannshoch aufgetürmt hatte. Die Leute in Dundalis hatten das Unwetter jedoch gut überstanden, denn inzwischen war für eine geeignete Unterkunft gesorgt, und das Gebäude hatte glücklicherweise dem enormen Gewicht der Schneemassen und dem Wind standgehalten.

Doch es gab noch ein anderes Problem, wie Elbryan und Bradwarden am Vortag, unmittelbar bevor der Sturm ausgebrochen war, hatten feststellen müssen. Es hielten sich nämlich noch eine ganze Menge Goblins in der Gegend auf, die in den Ruinen von Weedy Meadow, nur einen Tagesmarsch nach Westen, hausten.

»Ich bin froh, wenn Lady Dasslerond endlich mit den Elfen auftaucht«, meinte der Hüter. Er konnte es noch immer nicht fassen, dass ein so großer Trupp hier in der Nähe unterwegs war, ohne sich mit ihm in Verbindung zu setzen.

»Einfach unsichtbar, dieses Völkchen«, erwiderte Bradwarden. »Könnten glatt vor unsrer Nase da oben auf'nem Ast hocken, und kein Mensch würd's merken.«

Der Hüter sah den Zentauren, der jetzt schelmisch grinste, von oben bis unten an, dann begriff er endlich und richtete seinen Blick in die Bäume. Dort oben, auf einem Ast ungefähr zwanzig Fuß über seinem Kopf, entdeckte er den unverwechselbaren Umriss eines Elfen.

»Sei gegrüßt, Hüter! Viel zu lange ist es her, seit wir gemeinsam ein Lied angestimmt haben«, rief ihm der Elf zu.

»Ni'estiel!«, rief Elbryan, der die Stimme erkannte, zurück, obwohl er im Schneegestöber noch immer kaum mehr als eine Silhouette sehen konnte, die sich gegen den grauen Himmel abhob. »Wo sind eure Herrin und Juraviel und die anderen?«

»Auch hier«, flunkerte der Elf. »Ich bin gekommen, um dir zu sagen, dass die Goblins auf den Beinen sind.«

»In welche Richtung?«, fragte der Hüter. »Weiter nach Westen, nach Weltenend vielleicht? Oder nach Osten?«

Der Elf zuckte die Achseln. »Sie sind nicht mehr da, mehr hab ich – haben wir bis jetzt nicht festgestellt.«

»Roger ist auf Erkundungstour«, sagte Bradwarden, und es hörte sich ziemlich besorgt an.

Der Hüter teilte seine Sorge. Roger war ein erfahrener Späher, der sich bestens darauf verstand, in Deckung zu gehen oder Fersengeld zu geben. Aber der tiefe Schnee konnte alles verändern und ihn zu einer leichten Beute machen.

»Und es ist noch eine andere Truppe aus südlicher Richtung hierher im Anmarsch«, rief Ni'estiel jetzt von oben.

Der Hüter wollte gerade nach näheren Einzelheiten fragen, aber da war der Elf schon auf und davon.

»Dreimal darfst du raten, wer das nun wieder ist«, meinte Bradwarden.

Elbryan gab Symphony die Sporen und lenkte das Pferd im Trab das vom Wind freigefegte Plateau entlang, dann pflügte er mühsam durch den Schnee, bis sie ein weiteres Plateau erreichten, von dem aus man einen besseren Überblick über die Straßen nach Süden hatte. Sowie sie dort angelangt waren, entdeckten er und Bradwarden die Soldaten, die ihre funkelnden Helme und Speerspitzen unverkennbar als Kingsmen auswiesen. Langsam und sichtlich erschöpft bewegten sie sich durch den Schnee.

»Die hat heute nacht der Sturm erwischt«, meinte Bradwarden. »Na, ich wette, die sind heute nicht mehr zu gebrauchen!«

Der Hüter lachte in sich hinein, doch sein Schmunzeln machte großer Erleichterung Platz, als die Gruppe näher kam. »Shamus Kilronney!«, sagte Elbryan begeistert. »Ich erkenne seine Haltung und den Gang seines Pferdes. Es ist Shamus mit seinen Leuten.«

»Na, wir sind vielleicht Glückspilze«, murmelte Bradwarden vor sich hin, laut genug, dass Elbryan es hören konnte.

»Ein guter Mann«, erwiderte der Hüter.

»Und vielleicht auf der Suche nach deinen Mönchen«, erinnerte ihn der Zentaur.

Elbryans Gesicht verfinsterte sich, allerdings nur einen Moment. Shamus und seine Soldaten würden ihnen sicher eine große Hilfe beim Kampf gegen die riesige Goblin-Horde sein, die sie in Weedy Meadow entdeckt hatten.

»Ich glaube nicht, dass er hinter ihnen her ist«, sagte er schließlich. »Und wenn doch, dann werden wir das bald herausfinden und die Mönche rechtzeitig wieder in den Wald schicken.«

»Ich freu mich schon auf ihre Gesellschaft«, sagte der Zentaur trocken, und Elbryan wurde klar, dass Bradwardens schlechte Laune weniger mit seiner Sorge um die Mönche zu tun hatte. Die Leute um Tomas Gingerwart hatten ihn inzwischen alle kennengelernt und akzeptierten ihn, ohne viel zu fragen. Es würde aber viel schwieriger sein, ihn den Soldaten des Königs begreiflich zu machen, die höchstwahrscheinlich, zumindest lose, mit den Abellikanern in Verbindung standen. Bradwarden machte sich ohnehin nicht viel aus der Gesellschaft von Menschen, mit Ausnahme von Elbryan und Pony versteht sich, aber er war es längst müde, sich vor ihnen verstecken zu müssen.

»Sie werden uns bald entdeckt haben«, meinte der Zentaur. »Da verkrümel ich mich jetzt lieber.« Damit machte er kehrt und wollte in Richtung Wald davonpreschen.

»Shamus ist ein guter Mensch«, sagte Elbryan, noch ehe er den ersten Schritt getan hatte.

Bradwarden blieb stehen und sah den Freund über seine breite Schulter hinweg an.

»Er wird dich akzeptieren und nicht verurteilen«, erklärte der Hüter treuherzig.

»Du wärst ein Dummkopf, ihm von mir zu erzählen«, erwiderte der Zentaur. »Damit würdest du dich als mein Retter zu erkennen geben. Mach, was du willst, mein Junge, ich habe jedenfalls keine Lust, St. Mere-Abelle noch mal von innen zu sehen.«

Dazu fiel Elbryan nichts mehr ein.

»Dann sieh mal zu, was du mit den Goblins anfängst«, fuhr Bradwarden fort. »Aber beeil dich, wenn du noch einen abkriegen willst. Ich geh jetzt wieder auf eigene Faust auf die Jagd, und mir knurrt schon richtig der Magen nach Goblin-

Fleisch.« Er lachte gutmütig und verschwand im Dunkel des Waldes.

Für den Hüter war es ein vielsagendes Lachen. Die ursprünglichen Bewohner von Dundalis hatten Bradwarden sehr zutreffend den Waldgeist genannt, und bis zur Rückkehr des Nachtvogels aus dem Elfenland hatte der Zentaur als Einzelgänger gelebt. In den vergangenen Monaten aber hatte er das Zusammensein mit Elbryan und den anderen genossen, davon zeugte dieses gutmütige Lachen trotz der mürrischen Reaktion auf Shamus und seine Leute.

Elbryan seufzte und versetzte Symphony in einen gleichmäßigen Trab, um seinem Freund von den Kingsmen entgegenzureiten. Er freute sich darauf, wieder einmal Seite an Seite mit Shamus und seinen gut ausgebildeten Soldaten zu kämpfen, wenn er sich auch gewünscht hätte, die Lage wäre nicht ganz so verzwickt.

Pony schlug die Augen auf; um sie herum herrschte völlige Dunkelheit. Als sie sich aufrichten wollte, schlug ihr Kopf gegen ein hartes Holzbrett dicht über ihr. Erschrocken tastete sie mit der Hand nach oben und fuhr an massivem Holz entlang, das keinerlei Griffe aufwies.

Ein Schrei stieg in ihrer Kehle hoch. Sie trat gegen das Brett und stieß sich schmerzhaft Knie und Zehen.

Das Holzbrett schien sie niederzudrücken.

Sie war eingesperrt, bei lebendigem Leibe begraben! Verzweifelt griff sie nach ihrem Säckchen, doch man hatte ihr die Steine weggenommen, und auch ihre Waffe war verschwunden. Sie lag hilflos im Finstern, in einem Sarg.

Pony trommelte aus Leibeskräften gegen das Holz und schrie, so laut sie konnte. Ohne den Schmerz wahrzunehmen, schlug und trat sie immer wieder gegen ihr Gefängnis und krallte die Fingernägel in das rohe Holz. Vielleicht würde sie hindurchbrechen und unter den herabfallenden Erdbrocken ersticken, aber lieber ein letzter Versuch als ein langer, qualvoller Tod. Sie schrie erneut, obwohl ihr klar war, dass sie kaum erwarten konnte, von irgendjemandem gehört zu werden.

Doch dann, auf einmal – eine Antwort. Nicht von oben, sondern von der Seite. Und plötzlich war es nicht mehr finster, sondern sie wurde ins sanfte Licht einer Laterne getaucht, die jemand in ihrer Nähe hochhielt. Sie lag nicht in einem Sarg, sondern in der obersten Koje einer Schiffskajüte!

Pony schloss die Augen und atmete tief durch. Nun merkte sie auch an dem leichten Schaukeln, dass sie sich auf einem Schiff befand und nicht auf festem Boden.

Sie schaute zu dem Mann hinüber, einem Mann, den sie kannte, denn er hatte ihr mit Elbryan, Bradwarden und Juraviel einmal die Überfahrt gewährt, ohne viel zu fragen.

»Kapitän Al'u'met«, sagte sie. »Es sieht ganz so aus, als hätte uns das Schicksal noch einmal zusammengeführt.«

Al'u'met sah sie einen Moment lang nachdenklich an, dann flackerte Erkennen in seinen dunklen Augen auf. »Jojonahs Freundin«, sagte er ruhig. »Das erklärt natürlich alles.«

»Ich bin kein Feind der Behreneser«, erklärte Pony. »Und schon gar kein Freund der Abellikaner.«

»Und wohl auch keiner der Stadtverwaltung, seit sie und die Kirche ein und dasselbe sind.«

Pony nickte vorsichtig – denn ihr tat noch alles weh von den Schlägen, die sie eingesteckt hatte –, dann wälzte sie sich mühsam aus der Koje und ließ sich mit zitternden Knien auf den Boden herab. Im Nu war Al'u'met bei ihr und hielt sie mit seinem kräftigen Arm fest.

»Ihr seid nicht gut auf diese Verbindung zu sprechen«, stellte Pony fest. »Und dennoch seid Ihr ein Freund von Meister Jojonah.«

Al'u'mets Lächeln konnte kaum über seine Betroffenheit hinwegtäuschen, und Pony dachte schon, er habe ihre Fangfrage ernst genommen. Erst seine Antwort machte ihr klar, dass dem Mann noch etwas ganz anderes auf der Seele lag.

»Jojonah hatte dieser Kirche den Rücken gekehrt«, sagte er bestimmt.

Pony wollte nicken, aber auf einmal machte sie die Vergangenheitsform stutzig, in der Al'u'met gesprochen hatte. Sollte Jojonah seine Meinung geändert haben?

»Ich bin ihm nur einmal begegnet«, erklärte Al'u'met und hängte die Laterne an einen Haken an der Wand. »Bei einer Überfahrt den Fluss hinauf nach Amvoy, als er auf dem Heimweg nach St. Mere-Abelle war. Damals hat er mir gesagt, ich soll mir den Namen Avelyn Desbris merken, und das habe ich auch getan. Und jetzt, wo dieser Name von der Kirche in Palmaris öffentlich verunglimpft wird, verstehe ich Jojonahs Anliegen. Er hat Avelyn von Herzen geliebt und hatte Angst um sein Vermächtnis.«

Wieder hatte er in der Vergangenheit geredet, und Ponys Gesichtsausdruck spiegelte ihre wachsenden Befürchtungen.

»Meister Jojonah ist als Ketzer verbrannt worden«, erklärte Al'u'met, »weil er den Eindringlingen geholfen hat, die dem ehrwürdigen Vater seinen kostbarsten Gefangenen entrissen haben, einen Zentauren, der angeblich die Zerstörung des Berges Aida und die Vernichtung des Dämons miterlebt hat.«

Pony fuhr unwillkürlich zwei Schritte zurück und ließ sich auf die Kante der unteren Koje fallen.

»Ihr wisst wohl nicht zufällig irgendetwas von einer solchen Verschwörung?«, fragte Al'u'met vorsichtig.

Pony sah ihn abweisend an.

Al'u'met machte eine leichte Verbeugung. »Man darf Schmerz und Schuld nicht durcheinanderbringen«, sagte er freundlich.

»Ihr habt meine Begleiter gesehen, als wir den Fluss überquert haben.«

»Allerdings«, sagte der Kapitän. »Und ich hege keine Zweifel, dass der Vorwurf der Verschwörung gegen Meister Jojonah zutreffend war. Was hingegen die Ketzerei betrifft ...«

»Ich habe nie einen Menschen gesehen, der den wahren

Grundsätzen der Kirche so treu war wie Meister Jojonah«, sagte Pony überzeugt. »Bruder Avelyn einmal ausgenommen.«

Al'u'met nickte bestätigend. »Und was ist aus dem Zentauren geworden?«

Pony musterte ihn einen Moment lang eingehend und versuchte herauszufinden, ob sie ihm trauen konnte. War er womöglich ein Spion der Kirche? Dann dachte sie an die Umstände, unter denen sie hierher gekommen war, und verwarf diesen Gedanken. Al'u'met und seine dunkelhäutigen Brüder aus dem Süden waren offensichtlich nicht ihre Feinde.

»Bradwarden erfreut sich seiner Freiheit oben im Norden«, sagte sie offen und vertrauensvoll. »Das hat er wahrhaftig verdient.«

»Und er war wirklich am Berg Aida, als der Dämon angeblich geschlagen wurde?«

»Nicht nur angeblich«, erwiderte Pony und lächelte. Dann fuhr sie sich mit einer Hand durch ihr dickes blondes Haar und schüttelte den letzten Rest Benommenheit ab. »Ich war dort, als Bruder Avelyn den Dämon und seine Behausung zerstört hat, ebenso wie mein Begleiter von der Überfahrt mit Euch über den Fluss.« Sie zögerte einen Augenblick und fragte sich, ob sie nicht schon zuviel gesagt hatte, doch dann beschloss sie instinktiv, dass zuviel auf dem Spiel stand und die Zeit drängte. Wenn sie gegen Bischof De'Unnero etwas ausrichten wollte, musste sie diesen Mann ins Vertrauen ziehen. »Wir dachten, Bradwarden hätte sein Leben gelassen, um uns zu retten, aber durch einen glücklichen Zufall und ein bisschen Elfenzauber hat er überlebt – nur um dann als Gefangener in den Verliesen von St. Mere-Abelle zu landen.«

»Weil der ehrwürdige Vater seine Geschichte über den Dämon nicht glauben wollte?«

»Weil der ehrwürdige Vater die Wahrheit über Avelyn Desbris fürchtet«, verbesserte Pony.

Al'u'met dachte eine Weile über ihre Worte nach, dann

setzte er sich neben sie aufs Bett. »Und deshalb hat er den armen Jojonah beseitigt«, meinte er.

»Und deshalb hat er De'Unnero zum Bischof von Palmaris gemacht«, erwiderte Pony. Sie sah Al'u'met eindringlich an und fügte hinzu: »Und was sollen wir beide nun tun?«

Das verschwörerische Lächeln des Kapitäns zeigte ihr, dass er dasselbe dachte wie sie.

Dann gab er ihr das Säckchen mit den Steinen zurück.

Verborgen im Halbdunkel dicker Äste sah Bradwarden zu, wie Elbryan den Soldaten entgegenritt. Sie waren gut ausgebildet, stellte er fest, denn beim Klang der Hufe gingen sie sofort in Verteidigungsstellung. Als sie den Reiter erkannten, löste sich die Formation wieder auf, und Bradwarden sah, wie Elbryan auf den Anführer zuritt – es war tatsächlich Hauptmann Kilronney –, ihm herzlich die Hand schüttelte und auf die Schulter klopfte.

Mit zusammengekniffenen Augen fluchte der Zentaur leise vor sich hin. Er hatte kein gutes Gefühl beim Anblick dieser Krieger, doch er versuchte sich einzureden, dass es wohl nur sein Zorn über die neuerliche Verbannung war.

Und so machte er kehrt und trottete murrend davon.

Er merkte sofort, dass er nicht allein war. Irgendetwas kroch da unten im Schnee auf ihn zu. Schnell machte er die Richtung und Entfernung des Angreifers aus und verglich sie mit der Sichtweite im düsteren Wald.

Dann machte er wieder kehrt und versteckte seinen menschlichen Oberkörper hinter einem Baum, so dass der andere lediglich das Hinterteil eines Pferdes zu sehen bekam.

»Hey, Pferdchen!«, hörte man jetzt die krächzende Stimme eines Goblin. »Bist ja ein feiner Leckerbissen, bevor wir an den Menschenknochen herumnagen müssen.«

Bradwarden bezwang sein Bedürfnis, sich umzudrehen und den Kerl niederzutrampeln. Geduldig wartete er ab, bis der Goblin bei ihm angekommen war.

»Rühr dich bloß nicht, dann geht's schneller!«, sagte er schmeichelnd, als er vor dem Zentauren stand.

Doch im nächsten Moment riss er vor Schreck die Augen auf, als Bradwaren einen Schritt zurücktrat und sich ganz zeigte. Der Goblin war so verdattert und entsetzt, dass er seinen Speer – eigentlich nur ein angespitzter Stecken – einfach fallen ließ und in wilder Panik Reißaus nehmen wollte. Doch der Zentaur erwischte ihn am Hals und hielt ihn mit der einen Hand fest, während die andere mit dem schweren Knüppel durch die Luft sauste.

Mit gewaltigem Schwung ließ er ihn auf den Kopf des zappelnden Goblin herabfahren, und nur Bradwardens eiserner Griff hielt das leblose Bündel noch aufrecht.

»Seid also wieder aus euren Löchern gekrochen«, sagte der Zentaur gelassen. Es wunderte ihn, denn seit sie die Ungeheuer in die Flucht geschlagen hatten, waren die meisten nur noch darauf aus gewesen, so schnell wie möglich das Weite zu suchen. Bei Ni'estiels Warnung, dass die Goblins wieder unterwegs seien, hatte er nur gedacht, dass sie von den menschlichen Siedlern gehört und beschlossen hätten, in die andere Richtung zu laufen, nämlich nach Westen zu der Stadt, die am weitesten entfernt lag. Doch als er jetzt darüber nachdachte, erschien ihm ihr Marsch nach Osten auch ganz logisch. Die Goblins hatten sich lange genug in Weedy Meadow eingenistet, um wieder Kräfte zu schöpfen. Die Pauris und Riesen waren wahrscheinlich schon lange fort, und so hatten sich die Goblins vermutlich wieder um einen oder zwei starke Anführer geschart.

Und jetzt war der Winter hereingebrochen, und sie wollten über die ahnungslosen Menschen herfallen, vielleicht, weil sie dringend Proviant brauchten.

Der Zentaur stand mucksmäuschenstill da und richtete all seine Sinne auf den Wald um sich herum. Nach und nach hörte er die typischen Geräusche: hier ein leises Rascheln, dort das Knacken eines Zweiges. Ja, sie waren aus Weedy Meadow nach Osten gekommen, auf dem Weg nach Dundalis, offensichtlich mit der Absicht, die neuen Siedler zu überfallen.

Und jetzt hatten sie ebenso wie die Elfen und wie er und Elbryan die anrückenden Soldaten entdeckt.

Der Zentaur schaute über die Schulter nach hinten. Wenn er die Zahl der Goblins in Weedy Meadow richtig geschätzt hatte, konnten sich Elbryan und die Kingsmen auf einen ungemütlichen Vormittag gefaßt machen.

»Dundalis ist wieder in unserer Hand«, sagte Elbryan zu Shamus Kilronney, als sie ihre Begrüßung beendet hatten. Der Hüter kannte die Soldaten des Hauptmanns alle und sie ihn ebenfalls, so dass man einander nicht erst vorstellen musste. »Und demnächst könnt Ihr Eurem König melden, dass die Waldlande wieder sicher sind.«

»*Meinem* König?«, erwiderte Shamus leichthin, doch mit hörbarem Unterton. »Ist Danube Brock Ursal nicht auch Nachtvogels König?«

Es war das erste Mal, dass ihm jemand diese Frage stellte, und er musste sich eingestehen, dass er keine Ahnung hatte, wie er reagieren sollte. »Meine Wurzeln liegen zwar im Bärenreich«, räumte er ein und achtete genau darauf, wie die Soldaten seine Worte aufnahmen, »aber geboren bin ich nicht dort, und ich habe auch mein ganzes Leben außerhalb seiner Grenzen zugebracht.«

Er hielt inne und dachte darüber nach, wie er das Ganze eigentlich empfand. War er tatsächlich ein Bürger des Bärenreichs – oder was? Ein heimatloser Landstreicher? Wohl kaum. Doch er hatte König Danube nie als seinen König angesehen, ebenso wenig wie er Lady Dasslerond als seine Königin empfand. Er zuckte die Achseln und sah den anderen ratlos an. »Wie man es auch betrachtet, es sieht jedenfalls so aus, als wären König Danube und ich in dieser Sache auf derselben Seite«, fügte er lachend hinzu, und der Hauptmann stimmte, wenn auch etwas gequält, mit ein.

»Und nun?«, fragte der Hauptmann. »Dundalis ist zurückerobert, aber da ist doch noch eine Stadt, nicht wahr?«

»Zwei sogar«, korrigierte ihn Elbryan. »Weedy Meadow ist zur Zeit in den Händen einer Goblin-Horde, ein ziemlich großer Haufen, wie uns scheint, aber Weltenend, die dritte und westlichste der drei, ist immer noch verlassen.«

Wie aufs Stichwort fuhr in diesem Augenblick ein riesiger Pfeil zwischen den beiden in die Erde, und die Pferde zuckten zusammen und wieherten. Sofort verfiel die Truppe in hektische Betriebsamkeit; man hörte wiederholt Rufe wie »Zu den Waffen!« und »Aufstellung nehmen!«, und die Soldaten mühten sich ab, ihre Pferde zu wenden und eine Verteidigungslinie zu bilden.

Und keine Sekunde zu früh, denn noch ehe sie sich richtig in Stellung gebracht hatten, brachen die Goblins auch schon über sie herein, und Dutzende der häßlichen Gestalten schienen plötzlich aus dem Nichts aufzutauchen und stürzten sich Speere schleudernd mit wildem Kriegsgeschrei auf sie. Eine solche Aggressivität hatte Elbryan nicht mehr erlebt, seit er mit Pony auf dem Weg nach St. Mere-Abelle am östlichen Ufer des Masurischen Flusses eine Kaufmannskarawane vor einem Goblin-Überfall gerettet hatte.

Noch ehe Kilronney seine Leute in Reih und Glied gebracht hatte, ging einer unter zwei Speeren zu Boden, und ein anderer verlor sein Pferd, das mehrfach getroffen worden war. Ein weiterer erlitt einen Streifschuss, und Nachtvogel entging nur mit knapper Not einem Speer, der auf sein Gesicht gezielt war, indem er ihn im allerletzten Moment mit seinem Schwert ablenkte.

Shamus Kilronney merkte, dass es das beste gewesen wäre, in einem geballten Angriff den schwächsten Abschnitt des Goblin-Kreises zu überrennen. Doch sie hatten gar keine Zeit, in dem tiefen Schnee Schwung zu holen, denn die Goblins waren schon mitten unter ihnen, bevor sie sich von dem unerwarteten Schlag erholt hatten.

Nachtvogel gab Symphony kurz die Sporen, und der mächtige Hengst begrub den nächstbesten Goblin unter seinen dröhnenden Hufen, während der Hüter einen anderen im fliegenden Galopp niedermähte. Shamus wollte schon hinter ihm herschreien in der Annahme, der Hüter wolle sich in Sicherheit bringen, doch sobald er die erste Reihe der Goblins erledigt hatte, drehte er mit Symphony bei und sah sich um, wo er sonst noch einspringen konnte.

Shamus fiel ein Stein vom Herzen, und er musste sich eingestehen, dass er sich von De'Unnero einen Floh ins Ohr hatte setzen lassen, obwohl er den Nachtvogel doch eigentlich besser kannte. Doch für solche Überlegungen war jetzt keine Zeit, sagte er sich, als der nächste Goblin-Speer angeflogen kam. Er ließ ihn von seinem Schwert abprallen und wollte gerade zum Schlag ausholen, da musste er sein Schwert wieder zurückziehen, um eine mit Nägeln gespickte Keule abzuwehren. Er erwischte sie zwischen zwei Stacheln und drehte sie zur Seite; da merkte er, dass er ein Problem hatte: Der Goblin verkantete die Keule so, dass er seine Klinge nicht mehr freibekam und sich ungeschützt dem erneuten Angriff des Speerwerfers ausgesetzt sah.

Shamus stieß einen gellenden Schrei aus und schloss die Augen –

Doch nichts geschah.

Als er die Augen wieder aufmachte, sah er, wie sich sein Angreifer unter dem Schwerthieb eines seiner Soldaten zusammenkrümmte, der ihm den Schädel spaltete, so dass sich ein roter Sprühnebel über den Schnee ergoss. Den Soldaten brachte dies allerdings in arge Bedrängnis, denn jetzt sprangen zwei andere Goblins von der Seite herbei und zerrten ihn mit ihren Krallenfingern aus dem Sattel.

Shamus riss sein Schwert an sich und stürmte an dem Keulenschwinger vorbei. Der Goblin verpasste dem Pferd eine tiefe Wunde am Hinterteil, als er ihn überholte, doch das Tier revanchierte sich mit einem heftigen Tritt gegen den

Brustkorb seines Peinigers, der diesen in hohem Bogen zu Boden schickte.

Kilronney bemühte sich verzweifelt, zu seinem Retter zu gelangen, doch die Goblins umringten sie mittlerweile in so dicken Trauben, dass er alle Hände voll zu tun hatte, sich die grapschenden Hände und die auf sie gerichteten Waffen vom Leib zu halten.

Symphonys Hufe zogen tiefe Furchen in den Schnee, als der Hüter das Pferd mit meisterhafter Geschicklichkeit wendete. Er erspähte sofort einen Soldaten, der sich in Bedrängnis befand und wollte ihm zu Hilfe eilen, doch noch ehe Symphony den ersten Schritt gemacht hatte, hielt er ihn zurück und wandte sich zusammenzuckend in die andere Richtung, um Ausschau zu halten.

Der Soldat stürzte von einem Goblin-Speer getroffen vom Pferd.

Es lag noch ein anderer am Boden, dessen Hengst von einem Speer getroffen worden war. Dorthin wandte sich der Hüter jetzt und schlug mit gewaltigen Schwerthieben die Goblins in die Flucht. Mit einem Satz schwang er sein Bein über den Sattel und sprang vom Pferd, während er Symphony über den Türkis in seinem Zaumzeug telepathisch weiterlenkte.

Ein Goblin wollte ihn mit der Keule angreifen, doch Nachtvogel stand schon zu dicht vor ihm und blockierte die Bewegung mit dem Unterarm, bevor der andere richtig ausholen konnte. Dann versetzte er ihm einen Stoß, dass er hintenüber fiel, und stieß einmal kräftig zu.

Nun war er bei dem Soldaten, und Sturmwind wehrte in einem furiosen Schlagabtausch die Angriffe dreier Goblins gleichzeitig ab. Die Klinge wirbelte nach rechts und links, fing hier eine Speerspitze und dort einen Schwerthieb ab. Dann drehte sich der Hüter einmal um sich selbst, um gerade rechtzeitig eine weitere Speerspitze abzuwehren.

Schließlich machte er einen Schritt vorwärts, scheinbar um den unbewaffneten Goblin zu erledigen – doch damit wollte er nur die beiden anderen täuschen.

Denn im nächsten Moment fuhr er herum, sprang zur Seite, packte mit der freien Hand den an ihm vorbeisausenden Speer und schob ihn zur Seite. Dann brachte er Sturmwind zum Einsatz und fing die herabsausende Klinge des Goblin ab, drückte sie hoch über dessen Kopf und dann zur Seite. Mit einer flinken Drehung des Handgelenks brachte er sein Schwert wieder nach unten und nahm Anlauf, dann ein plötzlicher Stoß, und der Goblin fiel kreischend hintenüber und hielt sich seinen aufgerissenen Brustkorb.

Nun zog Nachtvogel an dem Speer, den der Goblin selbst dann noch hartnäckig mit beiden Händen festhielt, als ihn ein Schwerthieb mitten ins Gesicht traf.

Der Hüter drehte sich um und sah erleichtert, dass der Soldat wieder auf den Beinen war und damit beschäftigt, dem Goblin mit dem zerbrochenen Speer den Garaus zu machen.

Doch jetzt kamen immer mehr Ungeheuer angerannt, die begeistert sahen, dass die beiden Menschen zu Fuß waren.

Symphony kam Nachtvogel zu Hilfe, so dass er sich aus der Bewegung heraus am Sattel emporziehen und den Soldaten mit einer Hand ebenfalls heraufholen konnte.

Verblüfft hielten die Goblins in vollem Lauf inne, doch Nachtvogel beachtete sie gar nicht, sondern ritt schnell an ihnen vorbei, und der Soldat sprang mit einem Satz wieder auf sein eigenes Pferd, während der Hüter die Goblins in Schach hielt.

Dann wandte er sich wieder dem allgemeinen Kampfgetümmel zu und sah, dass Shamus' Leute dem Angriff standhielten. Seine Hoffnung stieg und zerplatzte gleich darauf wieder, als er zwei Goblins mit Speeren in der Hand an der Seite stehen sah, eine Menge weiterer Geschosse zu ihren Füßen gestapelt. Einer von ihnen zielte bereits auf den

Rücken eines Soldaten, der wie wild in die andere Richtung kämpfte, und Nachtvogel war klar, dass er diesem nicht rechtzeitig zu Hilfe kommen konnte.

Er stieß einen gellenden Schrei aus, um die Aufmerksamkeit des Speerwerfers auf sich zu lenken.

Da machte der Goblin auf einmal einen wilden Satz, so dass der Hüter verblüfft in die Steigbügel ging, bevor er gleich darauf mit lautem Geschrei den zweiten Goblin ablenkte.

Der Kerl machte kehrt und nahm noch im Werfen die Beine in die Hand, doch sein Speer landete weit neben dem Ziel und konnte Nachtvogel nicht daran hindern, ihn im Vorbeireiten mit einem gewaltigen Hieb zu erledigen.

Erst jetzt bemerkte er den winzigen Pfeil, der im verlängerten Rücken des Goblin steckte. Da schöpfte er wieder Hoffnung. Wenn Lady Dasslerond mit den Elfen gekommen war, hätten sie die Angreifer bald in die Flucht geschlagen.

Noch einmal gruben sich Symphonys Hufe tief ins Erdreich, als er das Pferd erneut wendete und wieder zum Brennpunkt der Gefechte lenkte. Schmunzelnd bemerkte Nachtvogel den riesigen Pfeil, der sich in die Seite des ersten Speerwerfers gebohrt hatte.

Er warf einen kurzen Blick hinüber zu der Baumreihe, konnte jedoch weder Bradwarden noch irgendwelche Elfen erspähen, bevor er Shamus Kilronney ansteuerte, indem er Symphony mitten durchs dickste Gewühl auf seinen Freund zu dirigierte.

Der Hauptmann war über und über mit Blut besudelt, doch Nachtvogel stellte erleichtert fest, dass es sich dabei zum größten Teil um das seiner Gegner handelte.

»Das ist unser Tag!«, rief Shamus und trieb sein Pferd an, um einen Goblin niederzureiten und einen anderen aus dem Gleichgewicht zu bringen.

Sturmwind erwischte das taumelnde Etwas seitlich am Kopf und schickte es kopfüber in den rotgefärbten Schnee.

»Das ist unser Tag!«, rief Shamus diesmal noch lauter und hielt sein Schwert in die Höhe zum Zeichen, dass sich seine Leute um ihn scharen sollten.

Und tatsächlich hatte sich das Glück jetzt gegen die Goblins gewendet, und die besser ausgerüsteten und trainierten Soldaten gewannen mit jeder Minute an Boden.

Jetzt ging ein weiterer Goblin unter Schwerthieben und Hufschlägen zu Boden, und ein anderer gab kreischend Fersengeld, was die Kampfmoral der gesamten Horde nicht gerade förderte. Mit Vergnügen sah der Hüter, wie letzterer erst einmal, dann wieder und schließlich ein drittes Mal unter einem Elfenpfeil zusammenzuckte, bis er schließlich zu Boden ging.

Nachtvogel stürzte sich wieder in die Schlacht, wo er Symphony einen Goblin niedertrampeln ließ und selbst mit dem Schwert einen schwachen Keulenangriff abschmetterte, bevor er dem Angreifer noch einen Hieb ins Gesicht verpasste. Dann stürzte er sich auf einen, der gerade auf einen der Reiter losging. Der Goblin kreischte und duckte sich, so dass ihn die Klinge verfehlte, doch dabei verlor er das Gleichgewicht, was Nachtvogel rasch ausnutzte, um das Ungeheuer mit einem gezielten Stich in die Schulter zu Boden gehen zu lassen, wo es dann für den anderen berittenen Soldaten ein leichtes Opfer war.

Die Schlacht endete ebenso plötzlich, wie sie begonnen hatte. Die restlichen Goblin-Reihen brachen auseinander und verloren sich im Nebel des Waldes. Einige der Soldaten setzten ihnen nach, um sicherzugehen, dass die Ungeheuer nicht zurückkämen, doch die meisten, der Hüter inbegriffen, stiegen jetzt vom Pferd, um nach ihren gefallenen Kameraden zu sehen.

Nachtvogel sagte sich, dass die Goblins ohnehin alle in kürzester Zeit tot wären, denn Bradwarden und ein gutes Dutzend Elfen warteten ja schon nebenan im Wald auf sie.

Shamus Kilronney saß auf seinem Pferd und starrte wie

hypnotisiert auf Jierdan und Tymoth Thayer, zwei Brüder, die schon den ganzen Krieg über in seiner Truppe gedient hatten. Jierdan kniete blutüberströmt neben seinem Bruder am Boden und mühte sich verzweifelt, dessen Wunde zuzuhalten. Doch der klaffende Riss, der sich über den halben Bauch des Mannes hinzog, war zu groß, und Blut und Eingeweide quollen hervor, ohne dass er es verhindern konnte. Er rief immer wieder seines Bruders Namen und kämpfte mit der Wunde; schließlich warf er den Kopf in den Nacken und schrie hilflos. Dann schnappte er nach Luft, beugte sich wieder über Tymoth und hielt dessen Kopf in den Armen. Dabei brachte er sein Gesicht so nah an das seines Bruders heran, als wolle er ihm den Lebensatem wieder einhauchen. »Du darfst nicht sterben«, sagte er ein ums andere Mal und wiegte sich hin und her. »Du darfst nicht sterben!«

Wut stieg in Shamus hoch. Er blickte um sich und suchte nach einem Ventil.

»Reitet in die Stadt und sucht nach einem Mann namens Braumin Herde!«, hörte er Nachtvogel sagen, und erst als der Hüter den Satz wiederholte, merkte Shamus, dass er gemeint war. In diesem Augenblick hatte der Hauptmann entdeckt, was er brauchte, zwei Goblins, die gerade den Hang hinaufkrochen und zwischen den Bäumen verschwinden wollten. Verbissen gab er seinem Pferd die Sporen.

»Shamus!«, rief ihm Nachtvogel nach, doch vergebens, denn der Hauptmann sah sich nicht einmal mehr um. Der Hüter schickte einen anderen Soldaten in die Stadt, dann ritt er seinem Freund hinterher.

Dieser stürmte wie besessen zwischen den Bäumen hindurch, dass die Äste splitterten, ungeachtet der Kratzer, die er dabei abbekam. Zwar konnte er die Goblins jetzt nicht mehr sehen, doch er wusste genau, dass sie immer noch vor ihm herliefen. Nun wurde das Unterholz dichter, und sein Pferd scheute vor einem Gewirr aus Kiefernästen zurück, also stieg er ab und schlug sich mit dem Schwert durch die Büsche, bis er an den Rand einer engen Schlucht gelangte. Sie ging etwa zehn Fuß hinab – wenn der Schnee nicht tiefer war, als es den Anschein hatte – und war vielleicht doppelt so breit, mit Hängen, die so steil waren, dass nicht viel Schnee darauf liegen blieb.

Eine einzelne frische Spur führte durch den Schnee hinab, und so folgte ihr der Hauptmann stolpernd. Er fiel hin, rappelte sich wieder auf und erklomm die andere Seite auf allen vieren. Dicht hinter dem Rand stolperte er über einen Baumstumpf, doch er kroch erst auf Händen und Knien weiter, dann auf Händen und Füßen, bis er schließlich wieder anfing zu laufen, ohne sich um die blutigen Schrammen an den Knöcheln seiner Schwerthand und seine halberfrorenen Finger zu kümmern. Dann sah er dunkel ein weiteres Kiefernwäldchen vor sich liegen und stürmte mit eingezogenem Kopf darauf zu.

Doch als er ein Stöhnen und gleich darauf das deutliche Knacken von Knochen hörte, setzte er behutsam einen Fuß vor den andern und spähte vorsichtig zwischen den Zweigen hindurch in die Dunkelheit.

Da sah er einen Goblin durch die Luft fliegen und krachend in einem Baum landen. Shamus riss vor Schreck die Augen auf, als er in die andere Richtung blickte und die riesige Gestalt eines Zentauren erkannte, der einen Goblin mit einer Hand an der Kehle gepackt hatte, während die hocherhobene andere eine riesige Keule über dem Kopf des Ungeheuers schwang.

Shamus zuckte zusammen, als das Ding jetzt mit einem gewaltigen Hieb dem Goblin den Schädel zerschmetterte. Mit einer scheinbar mühelosen Drehung des Handgelenks ließ der Zentaur auch diesen Goblin durch die Luft fliegen. Dann griff er nach einem gewaltigen Bogen – dem größten, den Shamus je gesehen hatte, und jetzt verstand er auch, woher der riesige Pfeil gekommen war, der den Auftakt zu dem Goblin-Angriff gebildet hatte – und trottete davon, ohne sich noch einmal umzusehen.

Als sich eine Hand auf Shamus' Schulter legte, sprang er vor Schreck fast aus seinen Stiefeln. Er fuhr herum und sah Nachtvogel, den Bogen in der Hand, neben sich stehen.

»Da ist noch ein anderer Feind im Wald«, erklärte Shamus.

»Eine ganze Menge wahrscheinlich«, erwiderte der Hüter. »Die Goblins haben sich zerstreut. Lasst sie laufen, mein Freund. Wenn sie in der Gegend bleiben, finden wir sie noch früh genug, obwohl ich es für wahrscheinlicher halte, dass sich die Überlebenden wieder in ihren finsteren Löchern in den Bergen verkriechen.«

»Noch jemand anders«, meinte der Hauptmann mit Nachdruck und erntete dafür von Elbryan einen neugierigen Blick. »Viel größer und viel gefährlicher.«

»Ein Riese?«

»Ein Zentaur«, sagte Shamus und kniff die Augen zusammen.

Das machte den Hüter hellhörig. Er schaute an dem Hauptmann vorbei und bemerkte den nächstliegenden toten Goblin. Da wusste er, dass Shamus Bradwarden gesehen hatte und sie das Geheimnis nicht einmal bis zum Eintreffen der Soldaten in Dundalis hatten hüten können.

»Kein Feind«, verbesserte Elbryan mit fester Stimme.

»Es war die Rede von einem Geächteten«, sagte Shamus, »der sich in dieser Gegend aufhalten soll. Ich schätze, es gibt heute nur noch wenige Zentauren.«

Elbryan und Shamus sahen sich eine ganze Weile scharf an, und dem Hüter wurde klar, dass er seine Freundschaft mit dem Hauptmann aufs Spiel setzte, ja, dass es womöglich zwischen den beiden zum Gefecht käme und er sich als Geächteter zu erkennen geben würde. Doch er wusste, dass er für Bradwarden, den er zu seinen engsten und vertrautesten Freunden zählte, einstehen musste.

»Nur einen«, sagte er mit zusammengebissenen Zähnen.

»Der Zentaur, den Ihr gesehen habt, ist Bradwarden, den sie zu Unrecht in St. Mere-Abelle gefangengehalten haben. Er war es, der uns mit seinem Pfeil vor den Goblins gewarnt hat und der angeblich ein Feind der Abellikaner sein soll.«

»Die Goblins sind die Gegner aller, das beweist nichts –«, begann Shamus.

»Man muss manchmal verletzen, um zu heilen«, unterbrach ihn Elbryan, dann drehte er sich um und ließ den anderen stehen.

Shamus Kilronney stand noch eine ganze Weile zwischen den Bäumen und dachte über alles nach, was er gesehen hatte. Er war ein Soldat des Königs und des Bischofs und sicher nicht berufen, über Recht oder Unrecht zu urteilen.

Er schloss die Augen und dachte an De'Unneros Warnung. Die Tatsache, dass Bradwarden hier war und dass er offensichtlich ein Freund von Elbryan war, schien die Worte des Bischofs zu bestätigen.

Nachtvogel, der Krieger, den er als Freund und Verbündeten kannte, war also tatsächlich der Verbrecher, der in St. Mere-Abelle eingedrungen war.

Als Elbryan wieder zu den anderen kam, war der Kampf inzwischen beendet, und alle verwundeten Goblins waren dem Schwert zum Opfer gefallen. Nun versorgten die Soldaten ihre Verletzungen, und der Hüter musste kurz innehalten und tief Luft holen, als er drei von Umhängen verdeckte Körper am Boden liegen sah.

Er bemerkte, dass weit mehr tote Goblins über das Schlachtfeld verstreut waren. Und obwohl es nicht das erste Mal war, dass er Männer im Kampf neben sich sterben gesehen hatte, fand er den Preis dieser Schlacht zu hoch, und er wäre noch viel höher gewesen, hätte sie Bradwarden nicht gewarnt.

Aber wo waren die Elfen? fragte sich Elbryan. Als er das Schlachtfeld absuchte, fand er nur zwei Goblins, die von Elfenpfeilen verwundet worden waren. Mehr als zwanzig

Ungeheuer hatten sie angegriffen, aber Lady Dasslerondes Schar, vorausgesetzt, sie war so groß, wie Roger behauptet hatte, hätte die Goblins niedermachen können, noch ehe der erste in die Nähe der Reiter gekommen wäre.

Er konnte sich beim besten Willen nicht erklären, warum die Elfen – die besten Kundschafter der Welt, die den Wald mit all seinen Geräuschen besser kannten als irgendein anderer, den Zentauren und ihn selbst inbegriffen – sie nicht eher gewarnt hatten.

Doch Elbryan machte sich selbst ebenfalls Vorwürfe. Schließlich hatte er von dem Goblin-Lager gewusst, aber er hatte nicht angenommen, dass sie angreifen würden, nicht einmal, nachdem ihm Ni'estiel gesagt hatte, dass sie sich in Marsch gesetzt hatten. Und so hatten sie ihn und die neu angekommenen Soldaten überrumpeln können.

Und dafür hatten sie einen hohen Preis gezahlt.

Bald darauf kamen Roger Flinkfinger und Braumin Herde mit dem Soldaten, den der Hüter in die Stadt geschickt hatte, die Straße entlanggelaufen.

In der Zwischenzeit war noch ein vierter Mann gestorben.

20. Gewissensbisse

»Denk doch mal vernünftig, Mädchen«, sagte Belster etwas lauter als beabsichtigt. Dann legte er erschrocken den Finger an die Lippen und sah sich nervös im Schankraum um. Doch es herrschte in dieser Nacht ein so reges Treiben, dass offensichtlich niemand etwas gehört hatte.

Pony stützte sich schwer auf den Tresen und drehte ungeduldig die Daumen umeinander.

»Was glaubst du wohl, wie viele von denen da sich mit den Schwarzen zusammentun würden?«, fragte Belster unnachgiebig.

»Na klar«, konterte Pony ironisch. »Unsere Lage ist ja so sicher, dass wir auf mögliche Mitstreiter verzichten können. Schließlich steht hier doch alles zum besten!«

»Du weißt genau, was ich meine«, murrte der Wirt. »Die Behreneser waren noch nie sehr beliebt bei der Bevölkerung von Palmaris. Das hat Bischof De'Unnero gut ausgeheckt. Schließlich war es ein Leichtes, sie zum Sündenbock zu machen. Und da kommst du an und sagst, wir sollen mit ihnen zusammen kämpfen. Das wäre ein Fehler, sag ich dir. Wir büßen mehr Verbündete ein, als wir dazugewinnen, wenn du dir von diesem Kapitän Almet einen Floh ins Ohr setzen lässt.«

»Al'u'met«, verbesserte ihn Pony. »Der ehrenwerteste Mann, der mir je begegnet ist.«

»Allein seine Hautfarbe wird viele daran hindern, das zu begreifen.«

»Dann sind sie auf dem Holzweg«, meinte Pony hartnäckig und sah Belster skeptisch an. »Hast du tatsächlich Angst vor den Leuten, oder hast du etwa auch irgendwas gegen die Behrenesser?«

»Na ja –«, murmelte Belster, von ihrer Direktheit überrumpelt. »Also, ich kenne sie ja überhaupt nicht richtig. Hab bloß ein einziges Mal einen gesehen, und auch nur ganz kurz –«

»Verstehe«, sagte Pony trocken.

»Aber du verdrehst mir ja die Worte im Munde«, beklagte sich der Wirt.

»Weil du dummes Zeug redest«, erwidert Pony. »Al'u'met steht hinter uns, wenn es sein muss, und die Behreneser auch. Wir können nicht auf sie verzichten.«

»Und du glaubst diesem Mann wirklich?«, fragte Belster nun schon zum vierten Mal.

»Er hätte mich umbringen können«, erwiderte Pony.

»Er hat gut daran getan, dich gehen zu lassen«, pflichtete ihr Belster bei. »Aber in seinem eigenen Interesse, möcht ich meinen.«

»Er hat mir meine magischen Steine wiedergegeben«, fügte Pony hinzu. »Jeden einzelnen.«

Belster seufzte tief und gab sich geschlagen. Er schüttelte den Kopf und grinste breit, bis er Pony schließlich hilflos ansah.

Da erst bemerkte er ihren nervösen Blick, der an ihm vorbei auf die Tür gerichtet war. Er drehte sich um und sah die beiden Soldaten eintreten – von der Stadtwache und nicht von den Soldaten des Königs, deren Anblick man neuerdings in Palmaris nur allzusehr gewöhnt war. Belster fiel auf, dass Pony den einen von beiden – eine Frau mit feuerrotem Haar – anstarrte.

»Kennst du sie?«

»Wir haben zusammen im Norden gekämpft«, sagte Pony leise. »Colleen Kilronney heißt sie. Wir kennen uns beide.«

»Deine Verkleidung ist perfekt heute abend«, erwiderte Belster in vergeblichem Bemühen, die Panik, die er in ihr aufsteigen sah, aufzufangen. Sie wussten alle beide, dass er flunkerte, denn Pony war erst spät zurückgekommen, und weil Dainsey Aucomb nicht da war, hatte ihr Belster bei ihrer Maskerade helfen müssen.

Im stillen verfluchte sie jetzt ihre Unvernunft. Sie wusste, dass sie selber an dieser misslichen Lage schuld war, denn sie hatte sich in letzter Zeit immer mehr auf die Organisation des Widerstands gegen De'Unnero konzentriert und dabei immer weniger auf ihre eigene Sicherheit geachtet. Nun wurde ihr klar, dass diese Nachlässigkeit alles verderben konnte.

Sie wandte sich wieder zum Tresen und zog den Kopf ein, als Colleen Kilronney mit ihrem Kameraden an ihr vorbeiging und dabei einen kurzen Blick auf sie warf.

»Vielleicht ist es besser, wenn du ein bisschen an die frische Luft gehst«, flüsterte Belster ihr zu.

Pony schaute zweifelnd auf das Gewimmel um sie herum.

»Prim O'Bryen kann mir helfen«, sagte Belster mit Blick auf

einen Stammgast, der als Geldzähler in Chasewind Manor angestellt war. »Er steht schon wieder mit knapp vierzig Goldbären in der Kreide und wird froh sein, wenn er ein bisschen davon abarbeiten kann. Schließlich ist De'Unnero nicht so spendabel wie Baron Bildeborough. Und Mallory muss auch gleich da sein.«

Sein unbekümmerter Tonfall konnte Pony nur geringfügig aufheitern. Sie blickte noch einmal vorsichtig um sich, dann stand sie auf und wandte sich abrupt zur Tür. Nur weg von Colleen, dachte sie und verschwand mit schnellen Schritten.

Doch ihr Aufbruch war nicht unbemerkt geblieben, wie Belster feststellen musste, als die rothaarige Frau ebenfalls aufsprang und sich anschickte, Pony zu folgen. Mit breitem Grinsen trat ihr der Wirt in den Weg. »Wollt Ihr schon gehen, gute Frau?«, fragte er und rief zum Tresen gewandt: »Prim O'Bryen, geh und hol etwas zu trinken für unsere heldenhafte Beschützerin hier!«

Ein paar Gäste hoben ihr Glas und prosteten der Frau zu, aber als Belster den Arm um sie legen wollte, merkte er, dass sein Ablenkungsmanöver nicht funktionierte, denn sie stieß ihn unwirsch zurück und stürmte an ihm vorbei, ohne Pony und die Tür aus den Augen zu lassen.

Belster grinste ihren Kameraden einfältig an und dachte schon daran, hinter der Frau herzugehen, doch dann wurde ihm klar, dass er damit nur unnötig die Aufmerksamkeit auf sich ziehen würde, und ließ es bleiben. Nein, Pony konnte auf sich selbst aufpassen, sagte er sich. »Na mach schon, Prim«, sagte er polternd, »Irgendeiner hier wird schon noch eine trockene Kehle haben.«

»Schon gut«, brummelte Prim O'Bryen und kletterte missmutig über den Tresen. »Ein paar Goldbären weniger können nicht schaden.«

Belster half noch ein bisschen nach und versuchte, so wenig Aufsehen wie möglich zu erregen. Ungewollt musste er dabei aber immer wieder zur Tür schauen.

Colleen Kilronney war an diesem Abend nicht zufällig in das Gasthaus gekommen. Sie war nach allgemeinem Dafürhalten nicht gerade auf den Kopf gefallen und hatte immer zu den aufmerksamsten von Baron Bildeboroughs Hauswächtern gehört. Mit seinem Neffen Connor hatte sie zwar nicht auf vertrautem Fuße gestanden, aber sie hatte ihn viele Male gesehen, auch an seinem Hochzeitstag.

Und seine Braut hatte sie auch gesehen.

Und obwohl Connors Hochzeit schon viele Jahre zurücklag, war ihr irgendetwas bekannt vorgekommen, als sie dieser Frau begegnete, der Freundin des Mannes, den sie Nachtvogel nannten. Zuerst hatte sie gedacht, Pony sähe Connors Braut Jill, der Tochter der früheren Gasthausbesitzer, einfach nur ähnlich.

Doch mit der Zeit waren Colleen noch andere Dinge aufgefallen, insbesondere der Griff von Ponys Schwert. Oben im Norden hatte sie gar nicht so genau darauf geachtet, aber als sie später darüber nachdachte, war ihr dieses Schwert nicht mehr aus dem Kopf gegangen.

Es hatte nämlich verblüffende Ähnlichkeit mit dem Schwert von Connor Bildeborough, einem berühmten Familienerbstück mit Namen Beschützer.

Und jetzt erschien ihr die Ähnlichkeit zwischen Belsters Frau und dieser Pony noch auffälliger. Obwohl Belsters Frau älter aussah, strafte ihr Gang diesen Anschein Lügen. Sie bewegte sich wie eine geübte Kämpferin, wie die Begleiterin des Nachtvogels, die Connor Bildeboroughs Frau so ähnlich gesehen hatte.

Jetzt stand Colleen draußen vor dem Gasthaus und versuchte, alle Teilchen dieses Puzzles zusammenzusetzen. Um sie herum war es still und dunkel, bis auf eine brennende Straßenlaterne und zwei Männer, die an der nächsten Hauswand lehnten.

»Habt ihr eine Frau aus dem Gasthaus kommen sehen?«, fragte Colleen die beiden.

Doch sie zuckten nur die Achseln und unterhielten sich weiter.

Colleen war das Ganze ein Rätsel. Belsters Frau konnte ihr unmöglich schon so weit voraus sein. Sie wandte sich wieder der Wirtshaustür zu, denn sie fragte sich jetzt, ob die Frau überhaupt hinausgegangen war. Nach ein paar Schritten blieb sie jedoch plötzlich stehen, denn ihr war etwas eingefallen, das sie einmal über Connors Braut erlauscht hatte. Connor hatte sich mit einem Wächter unterhalten und ihm von einem lauschigen Plätzchen erzählt, das er mit seiner Jill geteilt hatte, einem ruhigen Plätzchen mitten in der Stadt und doch etwas abseits gelegen …

Pony hockte auf dem Dach an der Rückseite des Gasthauses, schaute verträumt zu den Sternen empor und fragte sich, ob Elbryan wohl in diesem Augenblick denselben Nachthimmel sah. Er fehlte ihr sehr, und sie wartete sehnsüchtig auf das verabredete Wiedersehen im Frühling. Ihr Bauch würde dann viel dicker sein – inzwischen fing man schon an, etwas zu sehen –, und sie würde ihm endlich ihr kleines Geheimnis verraten. Sie freute sich schon so darauf, es mit Elbryan zu teilen. Während sie so dasaß und in den Nachthimmel starrte, strichen ihre Finger sanft über ihren Bauch, und das war ein äußerst beruhigendes Gefühl. Und sie wünschte sich Elbryans Hände, die ihr Kind berührten und vielleicht seine ersten Bewegungen spürten.

Doch tief in ihrem Herzen wusste Pony, dass daraus nichts werden konnte. Die Ereignisse in Palmaris hatten ihre Pläne durchkreuzt, denn in diesen kritischen Zeiten konnte sie nicht daran denken, die Stadt zu verlassen. Sie musste jetzt sämtliche Widerstandskräfte gegen De'Unnero und die Kirche mobilisieren, derer sie habhaft werden konnte, auch die Behreneser. Der bloße Gedanke daran ließ ihre ganze Beschaulichkeit in Wut umschlagen. Sie sah wieder die aufgedunsenen Körper ihrer ermordeten Eltern vor sich, die, von Dämonen noch einmal zum Leben erweckt, zu wilden Bestien wurden, und sie schlug die Hände vors Gesicht. Sie würde es diesen Dämonen heimzahlen, die da als Abellikaner-Oberhäupter herumliefen, jedem einzelnen von ihnen! Sie würde an dem ehrwürdigen Vater höchstselbst Rache nehmen und ihn für seine Verbrechen an Graevis und Pettibwa, an Grady und Connor büßen lassen. Ja, sie würde …

Abgrundtiefe Verzweiflung brach über sie herein, und sie begann hemmungslos zu schluchzen.

Dabei hörte sie nicht, wie jemand hinter ihr die Regenrinne emporkletterte.

Die Traurigkeit ging bald wieder vorüber – Dainsey hatte sie bereits vor solchen unvermittelten Gefühlsschwankungen gewarnt – und wurde abgelöst von neuerlichen Rachegedanken. Sie lehnte sich gegen die warmen Ziegelsteine des Schornsteins und schaute erneut zum Nachthimmel empor in der Hoffnung, einen Blick auf den Halo zu erhaschen, dessen Schönheit allein ihr ihren Seelenfrieden zurückbringen sollte.

»Ein ganz schönes Kunststück für die Frau eines Gastwirts«, hörte sie eine Stimme von hinten, die sie erstarren ließ. Sie kannte diese Stimme nur zu gut – und allmählich war sie es leid, dass ihr Leute heimlich auflauerten.

»Halb so wild«, erwiderte sie in breitem Straßenjargon, den sie von Pettibwa Chilichunk ausgeliehen hatte.

»Ja, für die Freundin vom Nachtvogel«, sagte Colleen. »Die hat allerdings irgendwas aufs Auge gekriegt, seit ich sie zuletzt im Norden gesehen hab.«

Pony rutschte das Herz in die Kniekehlen. Sie steckte die Hand in die Tasche, wo sie etliche Steine verborgen hielt, unter anderem den todbringenden Magnetstein und den Graphit. Sie bezwang ihre Nervosität und drehte sich zu Colleen um, die nur drei Fuß von ihr entfernt stand, die Hand am Schwertgriff. Pony musterte sie eingehend. Sie wollte aufstehen, denn sie war sicher, dass sie die andere überwältigen konnte, obwohl diese bewaffnet war.

Doch als Pony eine Bewegung machte, kam Colleen näher und umklammerte den Schwertgriff noch fester.

Pony ließ sich wieder zurückfallen. »Keine Nachtvögel da, soviel ich sehen kann«, erwiderte sie. »Aber wenn du welche entdeckt hast, hab ich vielleicht ein paar Brotkrumen für die Piepmätze.«

»Keine Nachtvögel«, wiederholte Colleen und betonte jedes einzelne Wort. »Die sind oben im Norden, schätz ich, und fliegen nicht durch die Luft, sondern rennen im Wald herum.«

Es trat eine endlose, unbehagliche Pause ein.

»Aber ich hab meinen Belster da unten ganz alleingelassen«, sagte Pony schließlich. »Der wird ganz aus dem Häuschen sein, wenn ich nicht bald wiederkomme.«

»Belster hat einen, der ihm hilft«, erwiderte Colleen. »So wie ihr es verabredet habt.«

Pony setzte eine verdutzte Miene auf, aber allmählich dämmerte ihr, dass es mit dem Versteckspiel vorbei war. Sie griff nach dem Magnetit, denn sie wusste genau, dass sie mit einem bloßen Gedanken damit den Brustpanzer der Frau zertrümmern konnte, doch dann nahm sie doch lieber den Graphit in die Hand und verlegte sich auf die Vorstellung, die Frau mit einem hoffentlich nicht allzu verheerenden Blitzschlag außer Gefecht zu setzen.

»Schluss mit dem albernen Getue!«, erklärte Colleen. »Ich weiß, wer du bist, Pony, Nachtvogels Freundin, und Jill, Braut von Connor. Ich bin nicht auf den Kopf gefallen; ich hab genug von dir gehört und gesehen.«

Pony wollte protestieren, doch dann zog sie kurzentschlossen die Hand aus der Tasche und streckte sie in Colleens Richtung aus. »So, wirklich?«, fragte sie und ließ den aufgesetzten Akzent fallen. »Dann weißt du bestimmt auch, dass ich dir mit einem bloßen Gedanken das Lebenslicht ausblasen kann.«

Das machte Colleen unsicher, doch nur einen Moment lang. Schließlich war sie eine bekanntermaßen furchtlose

Kämpferin. »Du bist wahrhaftig die Kanaille, als die dich De'Unnero beschrieben hat!«, fauchte sie.

Doch in der Art, wie sie den Namen des Bischofs aussprach, lag etwas wenig Schmeichelhaftes, wie Pony bemerkte.

»Du meinst Bischof De'Unnero«, sagte sie herausfordernd, »den rechtmäßigen Herrscher von Palmaris.«

Colleen antwortete nicht, aber ihre säuerliche Miene sprach Bände.

»Sollen wir nun miteinander kämpfen?«, fragte Pony direkt. »Und soll ich dich mit meiner Magie vernichten, oder findest du es gerechter, wenn ich mein Schwert hole?«

»Connors Schwert, meinst du wohl!«

Ihre Beobachtungsgabe überraschte Pony, aber sie blieb auf der Hut. »Es war seins«, gab sie zu, »bis die Häscher der Kirche gekommen sind und ihn und seinen Onkel umgebracht haben.«

Colleen riss die Augen auf.

»Und den Abt auch.« Pony zischte jedes Wort verächtlich. »Oder glaubst du etwa die Geschichte von dem Pauri? So ein elender kleiner Wicht soll nach Palmaris hineinspaziert sein, und sogar nach St. Precious, und diesen mächtigen Mann getötet haben?«

»Woher weißt du das?«

»Weil Connor es mir erzählt hat, als er in den Norden kam, um mich zu warnen, nachdem er erfahren hatte, dass ich die nächste sein sollte.«

Colleen stand da wie angewurzelt, und es kam Pony so vor, als würde sie nicht einmal mehr atmen.

Sie ließ die Hand sinken und steckte den Stein wieder in die Tasche. »Kein fairer Kampf, wenn ich den Zauber benutze, den mir ein frommer Mann beigebracht hat«, sagte sie. »Lass mich mein Schwert holen, Colleen Kilronney, und ich werde dir eine Lektion erteilen, die du so bald nicht vergisst!«

Allein ihr Stolz zwang Colleen, dieser offenen Herausforderung die Stirn zu bieten. Doch sie hielt die Abwehrhaltung nicht lange durch, zu neugierig war sie und zu überrascht vom Auftreten dieser Frau.

»Ich wünschte allerdings, du würdest darauf verzichten«, gestand Pony jetzt. »Denn ich bin gar nicht so sicher, ob wir beide auf verschiedenen Seiten stehen.«

»Und was machen wir jetzt daraus?«, fragte Colleen.

Pony überlegte eine Weile. Ja, was? Langsam, aber sicher zeichnete sich in ihrem Kopf ein Plan ab. Ein Zusammenschluss von Belsters Untergrundverbindungen mit den unterdrückten Behrenesern und jetzt Colleen und wer von den Soldaten sonst noch nicht gut auf den niederträchtigen Bischof zu sprechen war – und Pony konnte sich vorstellen, dass da etliche zusammenkämen. Vorläufig aber war sie noch nicht bereit, dieser Frau ihren Plan anzuvertrauen und ihr von ihren Kameraden zu erzählen.

»Komm in drei Tagen wieder her«, schlug sie vor. »Dann unterhalten wir uns weiter.«

»Wo ist denn eigentlich dein Nachtvogel?«, fragte Colleen unvermittelt.

Pony sah sie argwöhnisch an.

»Du musst mir's ja nicht sagen«, meinte Colleen. »Wenn er mitgekommen ist nach Palmaris, dann versteck ihn gut, denn De'Unnero ist ordentlich in Fahrt. Und wenn er noch oben im Norden ist, wie wir gehört haben, dann schick ihm einen Boten, denn Shamus ist wieder auf dem Weg dorthin. Und auch wenn er immer behauptet, dass er ihm helfen will, in Wirklichkeit will er deinen Freund aufs Korn nehmen und ihn De' Unnero servieren.«

Diese freimütige Mitteilung brachte Pony ins Schwanken, und sie nickte nur benommen, während sie versuchte, das alles zu verdauen.

»Ich hol nur schnell meinen Kumpel, dann bin ich weg«, sagte Colleen und steuerte wieder auf die Regenrinne zu.

»Also dann: in drei Tagen!«, fügte sie mit einem kurzen Blick auf Pony hinzu, und schon war sie verschwunden.

Pony stand noch einen Augenblick lang unbeweglich da, dann wandte sie sich wieder dem Nachthimmel zu und suchte nach dem verschwommenen Schein von Koronas Himmelsreif.

Doch sie gab es sofort wieder auf, als ihr klar wurde, dass sie in dieser Nacht doch keine Ruhe mehr finden würde.

Das Feuer im Schankraum war längst heruntergebrannt, und nur die rotglühenden Reste hielten noch wie flackernde Augen Wacht, als die Dunkelheit langsam dem Morgengrauen wich. Draußen auf der Straße schliefen drei Betrunkene ihren Rausch aus, unter ihnen ein sehr zufriedener Prim O'Bryen. Ein Dutzend anderer waren über die Gastzimmer der Herberge verteilt, während Dainsey sich schließlich mit einem Freier in den ruhigen Privatflügel zurückgezogen hatte, wo auch Belster friedlich vor sich hin schnarchte. Im dritten Zimmer der ersten Etage saß Pony im Nachthemd auf ihrem Bett und hielt einen Seelenstein in der Hand.

Shamus Kilronney war also auf dem Weg zu Elbryan, und ihr Liebster hatte keine Ahnung, dass der Mann im Auftrag von Bischof De'Unnero unterwegs war.

Sie setzte großes Vertrauen in Elbryan und sagte sich immer wieder, dass er mit Bradwarden und Juraviel in guter Gesellschaft war. Und doch, wenn er nicht darauf gefaßt war …

Pony seufzte tief und betrachtete den grauen Stein, der im Mondlicht wie ein dunkler Fleck in ihrer weißen Hand lag. Sie hatte sich dafür entschieden, nach Palmaris zu gehen, war ihrem Bedürfnis gefolgt, Rache zu nehmen, und nun war sie gar nicht mehr so sicher, ob sie gut daran getan hatte. Sie hatte gewusst, dass sie beide einen gefährlichen Weg gingen, doch plötzlich schien ihr diese Gefahr viel näher und beängstigender als zuvor. Elbryan befand sich in Gefahr, und sie war zu weit weg, um ihm zu helfen.

Oder doch nicht?

Grübelnd starrte sie den Stein an und fragte sich, was er ihr nützen konnte. Sie musste sich nicht erst daran erinnern, wie gefährlich es war, mit den magischen Steinen zu hantieren, während De'Unneros Spürhunde durch die Straßen patrouillierten. Aber konnte sie denn jetzt überhaupt noch untätig dasitzen und hoffen, dass Elbryan es schaffte?

Aber da war noch eine andere Angst ganz tief in ihr. Welche ungeahnten Wunder würde ihr eine Reise in ihr Inneres sonst noch zeigen? Und würde das womöglich ihren Kampfeswillen schwächen? Doch daran durfte sie jetzt nicht denken, wo ihre Freunde im Norden zusehends in Gefahr gerieten.

Bereitwillig ließ sie sich in den Stein fallen, und ihr Geist versank tief in seiner einladenden Schwingung. In diesem Zustand spürte sie noch eine andere Lebenskraft in sich, eigenständig und doch mit der ihren verbunden. Abrupt verdrängte sie dieses Gefühl und wandte sich nach außen. Im Nu hatte sie ihren Körper verlassen, schlüpfte durch die Außenwand des Gasthauses hinaus in die nächtlichen Straßen von Palmaris und durch das nördliche Stadttor, vorbei an den Wachtposten, die über ihrem Würfelspiel nur ein müdes Auge auf die unbelebte Straße nach Norden hatten. Die Bauernhäuser an ihrem Weg lagen im Dunkeln. Mit einem einzigen Gedanken stellte sie den schnellsten Vogel und den stärksten Wind in den Schatten. In atemberaubendem Tempo schoss sie durch Caer Tinella und hielt nur hier und da für einen Augenblick inne, auf der Suche nach irgendwelchen Spuren von Elbryan oder Shamus. Doch sie waren nicht mehr dort, es fehlten zu viele, einschließlich der Wagen, die man für die Reise in die Waldlande besorgt hatte. Sie waren bereits nach Norden aufgebrochen. Und dorthin machte sich Pony jetzt ebenfalls auf. Sie schwebte die Landstraße entlang und beachtete kaum die im Nebel liegende Landschaft, bis sie in vertraute Gefilde gelangte, in die Gegend ihrer Kindheit.

Beim Anblick der heimatlichen Umgebung konnte sie der Versuchung nicht widerstehen, noch einmal ihren Schritt zu verlangsamen, obwohl sie wusste, dass sie Elbryan möglichst schnell aufspüren und dann das gefährliche Spiel mit den Steinen wieder abbrechen musste. Da lag der Nordhang vor ihr, der aus Dundalis hinausführte, mit dem Tal voller Kiefern und Karibu-Moos.

Shamus Kilronney war schon da, das wusste sie sofort, als sie das militärisch angelegte Lager am westlichen Rand des Wäldchens erblickte. Pony sah sich dort um und stellte erleichtert fest, dass Elbryan nicht bei den Soldaten war. Doch ihre Erleichterung schlug schnell in Verzweiflung um, als sie den Rest der Stadt absuchte und keine Spur von ihrem Liebsten fand, bis ihr Geist schließlich ratlos mitten auf dem Dorfplatz stand und über die Ungeheuerlichkeit ihres Vorhabens nachdachte. Er konnte überall und nirgends sein, das wurde ihr jetzt klar. Und wenn sie sich auch so schnell wie das Mondlicht fortbewegen konnte, Elbryan – den Nachtvogel – würde sie im Wald nicht so leicht finden.

Sie zwang sich, ruhig zu bleiben, verscheuchte alles aus ihren Gedanken, was sie ablenken konnte, und konzentrierte sich mit allen Sinnen auf die nächtliche Stille um sie herum.

Da trug der Wind eine wohlbekannte kleine Weise an ihr Ohr – Bradwardens Lied umfing sie tröstend.

Gleich darauf sah sie den Zentauren einsam und allein auf einer Anhöhe stehen und seine wehmütige Melodie vor sich hin blasen. Schon wollte sie hingehen und irgendwie versuchen, sich mit ihm zu verständigen, damit er ihr den Weg zu Elbryan zeigte, da entdeckte sie Symphony am Fuße des Hügels. Das herrliche Pferd stand da wie hypnotisiert und lauschte dem Spiel des Zentauren. Und neben ihm hing über einem niedrigen Ast ein Sattel, der ihr nur zu bekannt vorkam. Der Hengst wieherte leise, als sie an ihm vorüberglitt, doch dann spürte sie etwas, das ihr noch viel vertrauter war, etwas Wunderbares, Warmes.

Sie konnte Elbryan spüren, als wären sie beide direkt miteinander verbunden, und sie wusste so genau, wo er war, als würde er dastehen und sie rufen.

Ganz unbekümmert, in dem Bewusstsein, dass Symphony und Bradwarden bei ihm waren, schlummerte der Hüter friedlich auf einem Lager aus Stroh und Decken, das er über heißen Steinen aufgeschichtet hatte. Seine beiden Waffen, Sturmwind und Falkenschwinge, lagen griffbereit neben ihm.

Obwohl die Zeit knapp war, stand Pony eine Weile völlig in den Anblick versunken da und fragte sich einmal mehr, ob ihre Entscheidung richtig gewesen war. Wie hatte sie ihm nur das Kind verheimlichen können? Wie hatte sie ihn überhaupt allein lassen können?

Sie musste sich eingestehen, dass sie sich von ihrer Wut hatte leiten lassen, und das erschien ihr jetzt wie eine Fehlentscheidung. Am liebsten wäre sie auf der Stelle nach Palmaris zurückgekehrt, um in den Stall zu laufen, Greystone zu holen und so schnell wie möglich nach Norden zu reiten. Der Wunsch ergriff sie mit solcher Macht, dass ihr Geist sich fast auf den Weg gemacht hätte. Doch das konnte sie einfach nicht tun, nicht jetzt. Sie hatte sich entschieden, wenn auch möglicherweise falsch, und diese Entscheidung hatte die Lage verändert und sie in die Pflicht genommen. Sie konnte Palmaris jetzt ebenso wenig im Stich lassen, wie Elbryan jetzt dort sein konnte.

Was aber war mit dem Kind? Ach, wie gern hätte sie es ihm gesagt! Und wie gern hätte sie gespürt, wie seine zärtlichen Hände über ihren sich wölbenden Bauch streichelten!

Sie brauchte eine ganze Weile, bis sie sich wieder in der Gewalt hatte und die Vernunft siegte. Dann sah sie Elbryan scharf an, unsicher, was sie nun tun sollte – oder überhaupt tun konnte. Doch schließlich gewann der Seelenstein an Macht, und kurzentschlossen ließ sie sich zu ihrem Liebsten hinabsinken, sank in ihn hinein und erschien ihm in seinen Träumen.

Elbryan fuhr schweißgebadet in die Höhe und horchte in die Nacht.

Der Mond stand tief im Westen, Bradwarden hatte aufgehört, auf seinem Dudelsack zu pfeifen, aber Symphony rührte sich nicht, und das allein sagte dem Hüter, dass keine Gefahr bestehen konnte.

Aber irgendetwas war dagewesen, das spürte er genau, auch wenn Traum und Wirklichkeit miteinander verschwammen. Er atmete ein paarmal tief durch, dann stützte er den Kopf in die Hände und überlegte angestrengt.

Und dann wurde ihm alles klar. Irgendwie, durch irgendeinen Zauber, war Pony bei ihm gewesen. Pony! Der bloße Gedanke an sie jagte ihm einen Schauer über den Rücken und krampfte ihm das Herz zusammen. Aber es war Pony, dessen war er sich auf einmal ganz sicher. Und es ging ihr gut. Sie war in Palmaris in Sicherheit.

Und da musste sie auch bleiben. Und er konnte nicht zu ihr. Auch das wurde ihm jetzt unmissverständlich klar. Aus ihrem Wiedersehen im Frühling konnte nichts werden, denn Palmaris befand sich in Aufruhr, und Pony konnte die Leute in ihrer Not nicht im Stich lassen. Und er konnte und durfte sich dort nicht sehen lassen, weil …

Aber da war noch etwas anderes. Irgendeine Warnung, die er beherzigen sollte, das spürte er genau. Aber er konnte sich nicht erinnern, der Gedanke an Pony, ihr Bild, sein Trennungsschmerz waren zu übermächtig. Und so saß er in der Stille und Finsternis, während die Zeit verging, und dachte an sie, dachte an ihre Umarmung und ihre Küsse, an ihren weichen Hals und ihre geheimnisvollen blauen Augen.

Und er hoffte inständig, dass sich ihre Wege bald wieder kreuzen mochten und die unliebsame Pflicht sie nicht mehr allzulange trennen würde.

Denselben wehmütigen Empfindungen hing Pony nach, während sie wieder nach Palmaris zurückkehrte und durch die noch immer stillen Straßen in den Gastraum des Wirtshauses huschte. Sie wollte schnurstracks in ihr Zimmer gehen, denn sie fand es allerhöchste Zeit, wieder in ihren Körper zurückzukehren und die magische Energie außer Kraft zu setzen. Doch als sie durch den Korridor glitt, hörte sie hinter einer der anderen Türen tumultartige Geräusche und blieb stehen. Ohne lange zu überlegen, schlüpfte sie durch die Wand in Dainseys Zimmer.

Die Frau wälzte sich stöhnend mit ihrem Bettgespielen in wilder Leidenschaft umher.

Verlegen wich Pony zurück, doch der Anblick der beiden ließ sie nicht los, denn sie dachte wieder an die Nacht, als sie und Elbryan ihren Enthaltsamkeitsschwur vergessen hatten und sich in den Armen lagen, in der Annahme, die Welt wäre wieder in Ordnung.

Und in der sie ein Kind gezeugt hatten.

Es war ein so wunderbares Gefühl gewesen, dieser Augenblick reinster Ekstase, Vollkommenheit und Geborgenheit.

Aber vielleicht war es ja wirklich nicht mehr gewesen als die Erfüllung eines einfachen körperlichen Bedürfnisses. Und was hatte es ihr eingebracht, sich diesem Bedürfnis hinzugeben?

Die Antwort traf sie völlig unerwartet.

Nichts als Schwierigkeiten. Es hatte sie in Lebensgefahr gebracht.

Rasch verschwand Pony in ihrem Zimmer und wollte sich Hals über Kopf wieder in ihren Körper stürzen, fort aus der magischen Welt in die Wirklichkeit.

Doch da spürte sie wieder dieses andere Wesen in sich, und sie konnte nicht umhin, es zu streifen.

Es dauerte kaum eine Sekunde, bis sie wieder völlig bei Sinnen war – genau eine Sekunde zu lang für Pony. Nun hatte sie völlige Gewissheit: In ihr wuchs ein neues Leben heran. Natürlich wusste sie schon eine ganze Weile, dass sie schwanger war, doch dieses Wort hatte für sie bisher wenig

Bedeutung gehabt. Sie hatte es ernst gemeint, als sie zu Juraviel gesagt hatte, sie wäre nicht sicher, ob das Kind überleben würde. Unbewusst hatte sie immer noch mit einer Fehlgeburt gerechnet, denn sie hatte sich einfach nicht vorstellen können, wirklich Mutter zu werden.

Nun aber wusste sie es genau. Es war wirklich so: Ihr Kind – Elbryans Kind – lebte.

Tränen liefen ihr über die Wangen, und sie fühlte sich hilflos und mutterseelenallein. Ihre Hand tastete nach ihrem Bauch, doch sie fand auch dort keinen Trost, fühlte sich nur grenzenlos verletzlich.

»Verdammt noch mal!«, knurrte Pony in die Dunkelheit hinein und begann, auf und ab zu laufen, ohne dass sie es richtig merkte. »Verdammt noch mal!«, fluchte sie erneut und stemmte die Fäuste in die Seiten.

Warum hatte sie nicht warten können? Warum hatte sie Elbryan verführt, obwohl es so gefährlich war?

Zähneknirschend fegte sie einen Teller vom Nachttisch und merkte kaum, wie er in Scherben ging.

»Was war ich bloß für ein Dummkopf!«, schalt sie sich lauthals. Dabei griff sie wieder nach ihrem Bauch, doch diesmal krallte sie wütend die Finger in die Haut. »Die Welt ist in Aufruhr, und in Avelyns Namen muss ich der Gefahr begegnen. Aber wie denn? Was kann ich schon ausrichten mit so einem Bauch?«

Sie wollte schon nach dem Nachttisch greifen und ihn gegen die Wand werfen, doch da wurde ihr bewusst, was sie für einen Lärm machte. Dann hörte sie Schritte den Korridor entlangschlurfen, nach einem kurzen Klopfen ging quietschend die Tür auf, und Dainsey Aucomb starrte sie mit schreckgeweiteten Augen an.

»Seid Ihr krank, Miss Pony?«, fragte sie einfältig.

Pony ließ verlegen den Tisch los und schluckte ihren Zorn mühsam herunter. Dann richtete sie sich kerzengerade auf und sah Dainsey an.

»Soll ich Euch etwas zur Beruhigung bringen?«, fragte Dainsey freundlich.

»Ich bekomme ein Kind«, stellte Pony nüchtern fest.

»Also, das weiß ich schon lange«, erwiderte Dainsey.

Pony schnaubte verächtlich. »Ach ja?«, meinte sie ironisch. »Du weißt vielleicht, dass ich schwanger bin, aber hast du auch nur die geringste Ahnung, was das heißt?«

»Ich schätze, das heißt, dass Ihr in ein paar Monaten etwas Kleines kriegt«, sagte Dainsey und kicherte hoffnungsfroh. »Im sechsten Monat dieses Jahres, würd ich sagen, vielleicht auch am Ende des fünften.«

Mit einer Handbewegung stieß Pony den Tisch um, so dass Dainsey einen Satz zurück machte.

»Es heißt, dass ihr einen wichtigen Mitstreiter weniger habt«, knurrte Pony. »Es heißt, dass Pony sich in den Wehen wälzt, wenn sich ganz Palmaris im Aufstand befindet, falls es soweit kommt.«

Ihr Gesicht wurde weich, während sie die Augen niederschlug und schnell hinzufügte: »Es heißt, ich habe versagt.«

»Aber Miss Pony!«, sagte Dainsey und stampfte mit ihren nackten Füßen auf den hölzernen Fußboden.

»Was war ich doch für ein Dummkopf!«, sagte Pony.

»Was seid Ihr doch für ein Dummkopf, meint Ihr wohl!«, schimpfte Dainsey. »Tut es Euch etwas leid, dass Ihr ein Kind im Bauch habt?«

Pony sagte nichts, aber ihr Gesicht verriet Dainsey alles, was sie wissen wollte.

»Das ist nicht recht«, sagte Dainsey und kam vorsichtig einen Schritt näher. »So dürft Ihr nicht über das Kind denken. Es kann nämlich Eure Gedanken hören, ganz bestimmt, und dann –«

»Halt den Mund!«, fuhr Pony sie an und machte einen Schritt auf sie zu.

Dainsey wollte wieder zurückweichen, doch dann baute sie sich herausfordernd vor ihr auf. »Ich denk gar nicht dran«, erklärte sie bestimmt. »Ihr vermisst bloß Euren Liebsten und habt Angst um ihn und das Kind. Aber Ihr seid dumm, und ich wär eine schlechte Freundin, wenn ich Euch das nicht sagen tät!«

Sie hatte es kaum ausgesprochen, da stürzte sich Pony auf sie und bugsierte sie zur Tür hinaus. Sie wehrte sich und wollte wieder hinein, aber Pony knallte ihr die Tür vor der Nase zu.

Hartnäckig trommelte Dainsey mit den Fäusten gegen die Tür. »Hört mal, Miss Pony!«, rief sie. »Jetzt hört mir mal gut zu! Ihr wisst ganz genau, dass dieses neue Leben in Eurem Bauch viel wichtiger ist als der blöde Kampf. Merkt Euch das!« Und mit einem letzten wütenden Hieb gegen die Tür schlurfte sie davon.

Pony saß wieder auf ihrem Bett und vergrub ihr tränennasses Gesicht in den Händen. Ihr ganzes Leben war aus den Fugen geraten. Sie wünschte sich, Elbryan wäre da und würde sie in die Arme nehmen. Und sie wünschte sich, sie wäre nicht schwanger.

Als ihr bewusst wurde, was sie da eben gedacht hatte, fuhr sie erschrocken in die Höhe und keuchte.

»Mein Gott!«, murmelte sie und strich hingebungsvoll über ihren Bauch, als wolle sie dem Kind sagen, dass sie es nicht so gemeint hatte.

Vorsichtig schob sich die Tür auf, und Dainsey sah sie besorgt an.

»Miss Pony?«, fragte sie sanft.

Pony schwanden die Sinne, doch Dainsey fing sie auf, drückte sie fest an sich und flüsterte ihr ins Ohr, alles würde wieder gut.

Und Pony wünschte nur, sie hätte diesen Worten glauben können.

21. Ruf des Schicksals

»Seid Ihr auch sicher, dass wir allein sind?«, fragte Bruder Braumin. Die Schatten wurden schon tiefer, als er an diesem Nachmittag mit Elbryan zusammen durch den Wald schlenderte, und die letzten Sonnenstrahlen, die sich ihren Weg durch die kahlen Zweige der Bäume suchten, überzogen den Boden mit mannigfaltigen Mustern wie einen kostbaren Teppich. Seit dem Sturm war der Schnee einige Fingerbreit geschmolzen, doch sie mussten immer noch hier und da durch tiefe Verwehungen stapfen.

Der Hüter zuckte die Achseln. »Man kann nie wissen«, räumte er ein. »Bradwarden ist jedenfalls nicht hier, da bin ich ziemlich sicher. Und auch keine anderen Menschen, es sei denn irgendwelche Waldläufer, die sich so lautlos bewegen, dass sie dabei nicht einmal den schreckhaftesten Vogel aufscheuchen. Roger Flinkfinger vielleicht – er ist dafür bekannt, dass er seine Nase immer in Dinge hineinsteckt, die ihn nichts angehen.«

»Und die Elfen natürlich«, fügte Bruder Braumin hinzu. »Die könnten vermutlich drei Schritte entfernt sein, und nicht einmal der Nachtvogel würde es merken, wenn sie es nicht wollten.«

Elbryan nickte bedächtig. Tatsächlich hatte er von Ni'estiel und den anderen seit der Schlacht kein Zipfelchen mehr zu sehen bekommen, hatte lediglich einmal in einer ruhigen Nacht den Singsang von Elfenstimmen vernommen. Sie waren noch da, aber Elbryan war nicht mehr sicher, was das für ihn bedeutete. Warum hatten sie ihn nicht eher gewarnt und sich tatkräftiger an dem Gefecht beteiligt, das vier Menschenleben gefordert hatte? Und was ihn am allermeisten verwunderte: Warum waren sie nicht wenigstens hinterher zu ihm gekommen, um ihm das Ganze zu erklären? Der Hüter wartete ungeduldig auf diese Begegnung, falls sie jemals stattfinden würde, denn er verspürte das dringende Bedürfnis, ihnen laut und deutlich seine Meinung zu sagen, selbst wenn Lady Dasslerond dabei war.

»Aber es sieht immerhin so aus, als wären wir so ungestört, wie man nur hoffen kann«, sagte Bruder Braumin. Er ging langsamer und sah Elbryan forschend an. »Ich möchte Euch etwas fragen«, sagte er feierlich.

Elbryan erwiderte abwartend seinen Blick. Er hegte die Befürchtung, Braumin würde ihn nach den gestohlenen Edelsteinen fragen, Ponys Steinen – und zwar vollkommen zu Recht, wie Elbryan fand –, und dann müsste er ihn freundlich zurückweisen.

»Meine Brüder und ich sind ganz allein hier draußen«, erklärte der Mönch statt dessen. »Durch unsere Flucht haben wir alle Brücken hinter uns abgebrochen.«

»Das ist nicht zu übersehen«, erwiderte Elbryan. »Ich würde allerdings sagen, angesichts der Rachegelüste eures ehrwürdigen Vaters könnt ihr nur hoffen und beten, dass wirklich alle Verbindungen gekappt sind.«

Braumin brachte ein flüchtiges Lächeln zustande. »Zumindest von unserer Seite«, erklärte er. »Und dadurch sind wir heimatlos geworden – und was noch schlimmer ist: Wir haben keine Aufgabe mehr.«

»Ihr habt doch hier in Dundalis Freunde gefunden, und in den riesigen Wäldern seid ihr sicher vor Entdeckung«, erwiderte der Hüter. »Ich glaube nicht, dass Shamus und seine Soldaten euch irgendwie mit der Kirche in Verbindung bringen würden. Ihr habt also hier ein ruhiges Plätzchen gefunden. Es gibt Schlimmeres, möcht ich meinen.«

»Schon, aber Ihr dürft nicht vergessen, dass wir unser ganzes Leben der Suche nach Gott geweiht haben«, erklärte Braumin. »Eine höhere Berufung, wie wir alle felsenfest glauben, denn nur durch so tief verwurzelte Überzeugungen kann man den Grad der Frömmigkeit erreichen, der die Voraussetzung dafür darstellt, überhaupt in St. Mere-Abelle aufgenommen zu werden.«

Der Hüter sah ihn erstaunt an.

»Ich sage das voller Demut«, fügte Braumin schnell hinzu, »denn es ist die Wahrheit. Jedem Ordensanwärter wird vollständige Hingabe abverlangt.«

»Und dennoch habt ihr diesen Orden jetzt verlassen.«

»Weil wir erfahren haben, was der ehrwürdige Vater Dalebert Markwart aus dem Abellikaner-Orden gemacht hat«, sagte Braumin erregt. Dann dämpfte er seine Stimme zu einem Flüstern. »Meister Jojonah hat es uns beigebracht, so wie er es von Eurem Freund Avelyn Desbris gelernt hat.«

Dem konnte der Hüter nicht widersprechen. Er hatte das Gefühl, als habe auch er von Avelyn eine Menge über den wahren Gott erfahren.

»Wir haben dem Orden gar nicht abgeschworen«, sagte Bruder Braumin. »Wir folgen dem ursprünglichen Geist der Abellikaner, und deshalb waren wir gezwungen, St. Mere-Abelle zu verlassen.«

»Und seid bis nach Dundalis marschiert«, überlegte der Hüter. »Und doch habt ihr das Gefühl, dass ihr noch nicht am Ziel eurer Reise seid, weil das einfache Leben hier eure geistigen Bedürfnisse nicht erfüllt.«

Nun war es Braumin, der überrascht stehenblieb, denn der Hüter hatte mit seiner Feststellung ins Schwarze getroffen.

»Wie wäre es denn, wenn ihr hier eine Kirche bautet, um das Hohelied Gottes zu singen?«, fragte Elbryan.

»Wie lange würde so eine Kirche wohl überleben, so nah an der Grenze des Bärenreichs und in Reichweite des Abellikaner-Ordens?«, wandte Braumin ein.

»Dann ist es also nur die Angst, die Euch vorwärts treibt, und nicht Eure Berufung.«

Der Mönch sah ihn verwirrt an. Als ihm klar wurde, dass der Hüter ihn nur auf den Arm nahm, musste er plötzlich lachen. »Die Angst hat uns aus St. Mere-Abelle vertrieben«, gab er schließlich zu. »Aber eigentlich hatten wir alle mehr Angst davor, wegzugehen als dazubleiben.«

Elbryan nickte. »Ihr wolltet mich etwas fragen«, sagte er. »Was habt Ihr denn auf dem Herzen?«

Braumin holte tief Luft, und das zeigte Elbryan, dass es sich in der Tat um etwas Wichtiges handelte.

»Ich wollte Euch bitten, uns zum Barbakan zu begleiten«, sagte der Mönch schnell, und Elbryan fragte sich, was Braumin mehr Überwindung kostete: ihn um Hilfe zu bitten oder seine Absicht laut auszusprechen.

»Zum Barbakan?«, wiederholte er ungläubig.

»Ich habe das Wunder von Avelyns Grab gesehen«, sagte Bruder Braumin inbrünstig. »Und ich weiß, dass ich noch einmal dorthin gehen muss. Bruder Dellman hat denselben Wunsch. Und wir müssen es den anderen zeigen. Diese Pilgerfahrt ist notwendig, wenn wir fünf wahrhaftig ein gemeinsames Ziel verfolgen wollen.«

»Und was ist dieses Ziel?«

»Das wird mir die Pilgerfahrt hoffentlich zeigen«, gestand Braumin.

»Der Barbakan ist noch immer ein unwegsames Land«, gab Elbryan zu bedenken. »Daran hat die Vernichtung des Dämons und die Zerschlagung der feindlichen Truppen wenig geändert. Vielleicht kann ich euch dorthin bringen, aber was dann? Wollt ihr nach ein paar Tagen oder gar Stunden den ganzen Weg nach Dundalis wieder zurückmarschieren?«

»Vielleicht«, meinte Braumin treuherzig. »Vielleicht auch nicht. Ich glaube aus tiefstem Herzen, dass Avelyn uns schon den richtigen Weg zeigen wird. Er hat dieser Welt zuliebe sein Leben hingegeben, und im Tode hat er die Hand nach dem Himmel ausgestreckt. Dieser Ort hat etwas Magisches an sich, etwas Tröstliches und Göttliches. Das konnte ich ganz deutlich spüren, als ich das Grab gesehen habe.«

»Mehr als dreihundert Meilen durch die Wildnis in der Hoffnung auf die göttliche Eingebung«, sagte Elbryan trocken.

»Und doch ist es der einzige Weg für uns«, erwiderte Braumin. »Ich weiß, dass ich euch eine Menge zumute, aber ich tue es im Namen von Avelyn und in der Hoffnung, dass er und Jojonah nicht umsonst gestorben sind.«

Das gab dem Hüter zu denken. Er war nicht sicher, ob bei dieser Reise zum Barbakan mehr herauskäme, als dass sie alle auf der Strecke blieben oder völlig lädiert wieder in Dundalis ankämen. Doch die Entschlossenheit dieses Mannes war überzeugend. Elbryan verstand nicht viel von Glaubensdingen. Konnte man wirklich ausschließen, dass einem Menschen wie Bruder Braumin, der sein Leben bereitwillig der Suche nach dem Guten und Göttlichen geweiht hatte, eine solche Eingebung zuteil werden würde? Im übrigen hatte Elbryan ja Avelyns Grab kurz nach dem Einsturz ebenfalls gesehen. Und wenn er auch wusste, dass dieser seinen Arm in der Hoffnung in die Höhe gestreckt hatte, das Schwert und das Säckchen mit den heiligen Steinen zu retten, so lag doch etwas Geheimnisvolles – oder zumindest außergewöhnlich Verheißungsvolles – in der Tatsache, dass ihm das tatsächlich gelungen war.

»Ist Euch auch klar, wie gefährlich dieses Unternehmen ist?«, fragte der Hüter.

»Mir ist vor allem klar, dass wir gehen müssen«, erwiderte Braumin. »Denn sonst sind wir alle fünf auch tot, und zwar geistig. Und schlimmer als der physische Tod ist das Gefühl geistiger Ohnmacht, wenn wir unsere Stimmen von Vater Markwart ersticken lassen.«

»Und der Barbakan soll das ändern?«

Braumin zuckte die Achseln. »Ich weiß, dass ich noch einmal zu Avelyns Grab muss, ebenso wie meine Brüder. Und wir machen diese Reise auf alle Fälle, mit dem Nachtvogel oder ohne ihn.«

Der Hüter bezweifelte nicht, dass er es ernst meinte. »Der Progos ist fast vorbei«, sagte er. »Der Winter ist da, ihr habt es ja selbst erlebt. Und ich kann euch sagen, dass der Schneesturm in der Nacht, bevor Shamus Kilronney gekommen ist, für diese Breiten nichts Ungewöhnliches war. Ich weiß nicht, wann der Weg nach Norden wieder frei ist. Außerdem solltet ihr wissen, dass in den Bergen um Avelyns Grab ein Wind weht, der euch leicht das Blut in den Adern gefrieren lässt.«

»Wir unterschätzen nicht die Gefahren«, versicherte ihm Braumin. »Aber sie werden uns auch nicht davon abhalten.«

Die Unerschrockenheit des Mannes beeindruckte Elbryan. »Ich rede mit Bradwarden«, sagte er. »Der Zentaur kennt sich im Norden besser aus als ich und hat Freunde unter den Tieren, die uns einen Eindruck von dem geben können, was uns dort erwartet.«

»Uns?«, meinte Braumin hoffnungsvoll.

»Ich kann nichts versprechen, Bruder Braumin«, wehrte der Hüter ab, doch beiden war klar, dass Nachtvogel die Mönche begleiten würde. Dem Hüter war gar nicht wohl bei dieser Vorstellung, denn er hatte keinerlei Bedürfnis, noch einmal in diese gottverlassene Gegend zurückzukehren. Im Gegenteil hatte er noch vor gut einer Woche nach diesem seltsamen Traum gedacht, dass sein Weg in die entgegengesetzte Richtung führen würde. Nein, es war kein Traum gewesen, Pony war zu ihm gekommen, während er schlief – das wusste er genau –, und ihre Wege würden sich vorläufig nicht wieder kreuzen.

Wollte er deshalb jetzt so weit fort in den Norden, aus Trotz, weil er irgendwie auf Pony zornig war? Er wusste es nicht genau, aber ihm war klar, dass er sich hinsetzen und darüber nachdenken musste, bevor er sich endgültig bereit erklärte.

»Du solltest sie begleiten«, sagte Roger, während er mit dem Hüter durch den dunklen Wanld ging. »Sie sind feine Burschen, einer wie der andere.«

Elbryan gab keine Antwort. Er hatte Roger bereits erklärt, welche Schwierigkeiten diese Reise mit sich bringen würde – nicht zuletzt wäre Tomas Gingerwart mindestens einen Monat lang auf sich allein gestellt.

»Ich habe in St. Mere-Abelle gearbeitet«, fuhr Roger fort, »und ich weiß, wie viel Mut Bruder Braumin und seine Freunde aufbringen mussten, um von dort wegzugehen. Was sie mit Jojonah gemacht haben –«

Elbryan hob abwehrend die Hand. Er hatte das alles gerade eben schon einmal gehört. »Wollen mal hören, was Bradwarden von der Sache hält«, sagte er. »Ich zweifle nicht daran, dass Bruder Braumin es ernst meint und weiß, wovon er redet, wenn er sagt, dass sie zum Berg Aida gehen müssen, sonst würde ich gar nicht erst mit Bradwarden darüber reden. Aber es gibt noch wichtigere Dinge, an die wir denken müssen.«

»Pony«, meinte Roger.

»Unter anderem«, gab der Hüter zu und duckte sich unter dem Ast einer Kastanie hinweg. Als sie auf die Lichtung hinaustraten, wartete der Zentaur schon auf sie.

»Ihr seid spät dran«, sagte Bradwarden grimmig.

Gleich darauf wusste der Hüter, warum sein Freund so verärgert war, denn er hörte ein Rascheln in den Zweigen über seinem Kopf. Als er hinaufspähte, sah er ein Elfenpärchen herunterhüpfen, bis es auf dem niedrigsten Ast landete. Er sah sie mit großen Augen an.

»Warum bist du so überrascht, Nachtvogel?«, fragte das Mädchen, ihr Name war Tiel'marawee – oder vielmehr ihr Spitzname, denn ihren wirklichen Namen kannte er nicht. Er war schon lange in Vergessenheit geraten, wie ihm Juraviel einmal erzählt hatte, als er noch in Andur'Blough Inninness lebte. Für die Touel'alfar hieß sie Tiel'marawee, »Singvögelchen«, ein ausgesprochen passender Name für jemanden, dessen melodiöse Stimme selbst unter den Elfen einzigartig war.

»Ich dachte schon, ihr interessiert euch gar nicht mehr für uns«, erwiderte der Hüter finster, »und habt längst andere Wege eingeschlagen. Es ist schon ziemlich lange her.«

»Nur in den Augen eines ungeduldigen Menschen«, sagte

Ni'estiel und reckte sich herausfordernd. Nachdem sich die beiden einen Augenblick lang beklommen angestarrt hatten, stellte sich der Elf auf dem Ast in Positur und vollführte einen Kratzfuß; dabei grinste er von einem Ohr zum andern.

Der Hüter verzog keine Miene. »Wie du meinst«, sagte Elbryan. »Jedenfalls ist es den Kindern von Caer'alfar nicht eingefallen, den Nachtvogel vor dem drohenden Goblin-Angriff zu warnen oder irgendetwas zu tun, um die Ungeheuer in die Flucht zu schlagen. Dabei hätten ihre Bogen uns unschätzbare Dienste leisten können.«

»Vielleicht wussten sie gar nicht, dass der Nachtvogel unter den Soldaten war«, erwiderte Tiel'marawee.

»Entschuldigt das etwa –«, wollte Elbryan fragen, doch dann verstummte er, denn ihm fiel ein, dass die Elfen anders geartet waren als die Menschen, auch wenn er wünschte, es verhielte sich nicht so. Sie sahen die Welt mit anderen Augen, und er konnte bei ihnen nicht seine eigenen Maßstäbe anlegen. Trotzdem konnte er nicht ganz entschuldigen, dass sie ihnen nicht geholfen hatten. »Vier Männer sind tot«, sagte er vorwurfsvoll, »und drei andere sind schwer …« Doch er gab es auf, als er in die ungerührten Gesichter der beiden Elfen sah und begriff, dass sie sich doch nicht ändern würden. Was bedeutete schon ein Menschenleben für ein Geschöpf, das höchstwahrscheinlich zwanzig Generationen von Menschen überleben würde!

Und diese beiden hier, Tiel'marawee und Ni'estiel, waren, soweit sich Elbryan erinnern konnte, besonders leidenschaftslos allem gegenüber, was nicht zum Elfenvolk gehörte. Warum aber hatte man dann gerade sie hergeschickt, um mit ihm zu reden? Wo waren Juraviel und Lady Dasslerond?

Dem Hüter war das alles nicht ganz geheuer.

»Nun, Nachtvogel war jedenfalls bei den Soldaten und hätte durchaus auch umkommen können«, sagte er schließlich, um das Thema zu beenden.

Doch Ni'estiel gab sich nicht so einfach geschlagen. »Wenn

er sich wirklich von ein paar Goblins hätte umbringen lassen, dann hätte er sich des Namens, den ihm die Elfen verliehen haben, unwürdig gezeigt«, meinte der Elf mit ironischem Lachen, und seine Begleiterin lachte mit. Elbryan kam es allerdings so vor, als machten die beiden nicht nur Spass.

»Aber das ist jetzt vorbei, und wir müssen nach vorn schauen«, sagte Tiel'marawee rigoros.

Elbryan sah Bradwarden verblüfft an. »Sie wissen es schon?«

»Elfen haben ihre Ohren eben überall«, erwiderte der Zentaur.

»Ihr wollt zum Barbakan«, stellte Ni'estiel nüchtern fest. »Wo der Geflügelte untergegangen ist.«

»Zum Grab von Bruder Avelyn«, sagte Roger feierlich.

Die Elfen schien das nicht sehr zu beeindrucken.

»Und was halten die Touel'alfar davon?«, fragte Elbryan.

»Was geht das die Touel'alfar an?«, fragte Ni'estiel.

»Du musst selber wissen, was du tust, Nachtvogel«, fügte Tiel'marawee hinzu. »Wir werden helfen, wo wir können.«

»Wenn es euch beliebt«, setzte Bradwarden trocken hinzu.

»So ist es«, gab Ni'estiel zu.

»Hast du herausgefunden, wie es dort oben aussieht?«, fragte der Hüter Bradwarden. Er hatte inzwischen mit dem Zentauren über Bruder Braumins Bitte gesprochen.

»Keine Spur von den Goblins oder irgendwelchen anderen Ungeheuern«, sagte Bradwarden. »Schätze, die paar, die entkommen sind, haben die Beine in die Hand genommen.«

»Es sieht nicht so aus, als würdet ihr irgendwelche Schwierigkeiten bekommen«, fügte Tiel'marawee hinzu.

»Und das sollen wir euch glauben?«, fragte der Zentaur.

Doch Elbryan antwortete bestimmt, er glaube den Elfen. Und auch Bradwarden konnte die Elfen besser verstehen, als es seine augenblickliche Verärgerung vermuten ließ. Auch wenn die Touel'alfar es gelegentlich fertigbrachten, untätig zuzusehen, wie man Menschen umbrachte – bei der

Zerstörung des ursprünglichen Dundalis hatten sie es ja auch getan –, so würden sie sich doch niemals auf die Seite der Goblins oder irgendwelcher anderer Ungeheuer schlagen. Wenn die beiden jetzt behaupteten, sie hätten nirgends eine Spur von ihnen gesehen, dann konnte man ihnen blind vertrauen. Und so schnaubte der Zentaur nur verächtlich und zuckte die Achseln.

»Was soll ich also tun?«, fragte Elbryan. »Ehrlich gesagt, ich habe nicht die mindeste Lust, noch einmal zum Barbakan zu marschieren. Aber diese Männer haben großes Vertrauen in mich gesetzt, als sie hierher gekommen sind, und sie sind mit Leib und Seele Avelyns Jünger, daran habe ich keinerlei Zweifel.«

»Dann bist du deinem toten Freund wenigstens diesen Gefallen schuldig«, meinte Roger hoffnungsfroh.

»Ich finde, so eine Reise in den Norden wär nicht schlecht«, schloss sich Bradwarden an. »Außerdem hab ich dieses Grab, von dem sie alle reden, noch nie gesehen.«

»Ich auch nicht«, sagte Roger.

Elbryan nickte, und allmählich wurde ihm klar, was er tun musste.

Der Zentaur sah zu den Elfen empor. »Und was ist mit euch beiden?«, fragte er.

»Vielleicht kommen wir mit«, sagte Tiel'marawee.

»Vielleicht auch nicht«, fügte Ni'estiel rasch hinzu.

Elbryan wurde klar, dass sie extra von Lady Dasslerond hier abgestellt waren, um bei ihm zu bleiben. Er konnte immer noch nicht verstehen, warum die Herrin über eine so wichtige Angelegenheit nicht selbst mit ihm geredet hatte. Oder Juraviel. Wo steckte sein bester Freund in diesen schwierigen Zeiten? Auf einmal schoss ihm ein beunruhigender Gedanke durch den Kopf: Vielleicht waren Lady Dasslerond, Juraviel und die anderen gar nicht mitgekommen in den Norden – vielleicht waren nur diese beiden hier mit den Mönchen bis in die Waldlande gezogen.

»Jetzt brauchen wir nur noch darauf zu warten, bis das Wetter mitspielt«, meinte Bradwarden. »Und ich glaube, das wird noch ganz schön dauern.«

Da konnte ihm der Hüter nicht widersprechen. Er wusste, was Winter in den Waldlanden bedeuten konnte: endlose Tage und Wochen, in denen sie beim trüben Licht des spärlichen Feuers sitzen würden, weil sie nur gerade so viel Holz verbrauchen durften, um nicht zu erfrieren. Sie würden die kahlen Wände anstarren und sich gegenseitig auf die Nerven gehen.

Nun kehrte der Hüter mit Roger in die Stadt zurück. Sie begaben sich zu dem massiven Zelt, das an der Südwand des geräumigen Versammlungshauses festgemacht war. Braumin und die anderen Mönche warteten schon ungeduldig auf sie.

»Wenn Tomas Gingerwart und die Soldaten bestätigen, dass es dort ruhig ist, bringe ich euch zum Barbakan«, erklärte Elbryan schnell, um die Spannung zu lösen. Leiser Beifall und aufgeregtes Flüstern waren die Antwort.

»Mehr als dreihundert Meilen«, sagte der Hüter düster. »Ein längerer und mühsamerer Marsch als euer Weg von Palmaris hierher.«

»Wird schon nicht so schlimm werden«, meinte der stille Bruder Mullahy kaum hörbar.

»So weit ist es auch wieder nicht«, pflichtete ihm Bruder Viscenti fast euphorisch bei.

»Morgen wissen wir voraussichtlich mehr über die Zustände dort oben«,versicherte Elbryan. »Dann können wir mit unseren Vorbereitungen anfangen.«

»Und wann gehen wir los?«, fragte Bruder Castinagis ungeduldig.

»Wenn der Wind uns nicht mehr umbringt und wir nicht mehr im Schnee versinken«, erklärte der Hüter bestimmt. »Anfang des dritten Monats vielleicht, möglicherweise auch erst gegen Ende.«

Die Mönche sahen ihn enttäuscht an, doch der Hüter blieb

unerbittlich. »Wenn wir zu früh aufbrechen, erleben wir nur ein Desaster«, sagte er. »Ihr habt ja neulich den Schneesturm gesehen. Dabei befinden wir uns hier noch viel südlicher und auf einer wesentlich geringeren Höhe als Avelyns Grab. Dort oben in den Bergen liegt der Schnee viel tiefer, und der scharfe Wind bringt den stärksten Mann um, das könnt ihr mir glauben. Bis jetzt war das Wetter mild für die Jahreszeit, und wenn es so bleibt, können wir uns vielleicht kurz vor Frühlingsanfang auf den Weg machen. Eher auf keinen Fall – selbst dann nicht, wenn morgen auf einmal die Sonne so warm scheinen sollte, dass wir uns die Kleider vom Leib reißen.«

Mit diesen Worten und einer knappen Verbeugung drehte er sich um und verließ das Zelt. Roger wollte noch ein Weilchen am Glücksgefühl seiner neuen Freunde teilhaben, das auch die warnenden Worte des Hüters nicht hatten beeinträchtigen können.

Elbryan indessen machte sich auf den Weg zu Tomas Gingerwarts Zelt, doch dann überlegte er es sich auf einmal anders. Tomas würde nicht schwer zu überreden sein. Viel wichtiger war jetzt der Mann, der wahrscheinlich seine Rolle als Beschützer der neuen Siedler übernehmen würde.

Shamus war noch wach und schlenderte mit auf dem Rücken verschränkten Armen um das Lager der Kingsmen herum, den Blick zu den Sternen gerichtet. Sein Gesicht zeigte tiefe Besorgnis. Als er Elbryan kommen sah, hellte sich seine Miene geringfügig auf.

»Wenn der Winter vorüber ist, muss ich für einige Wochen fort«, sagte der Hüter ohne Umschweife. »Ich begleite ein paar Männer in den Norden.«

»Nach Norden?«, fragte Shamus erstaunt. »Ich denke, wir müssen hier für den Wiederaufbau der Waldlande sorgen.«

»Ich gehe erst, wenn ich weiß, dass alles in Ordnung ist«, erwiderte der Hüter. »Und ich bleibe nicht lange fort – höchstens einen Monat. Außerdem lasse ich Tomas Gingerwart und seine Leute in der Obhut von Hauptmann Kilronney und seinen Kingsmen zurück. Was könnte ich schon noch ausrichten bei solchen tüchtigen Mitstreitern!«

»Du schmeichelst mir, Hüter«, sagte Shamus und grinste entwaffnend. »Aber wenn hier alles in Ordnung ist, wie du meinst, dann kann ich dich ja auch begleiten.«

»Nicht nötig«, wehrte Elbryan ab, und sein Tonfall zeigte, dass es über diese Angelegenheit keine Diskussion gab.

»Was wollen diese Leute denn da oben im Norden?«, fragte Shamus. »Hier gibt es doch bestimmt reichlich Holz und ein paar riesige Bäume, aus denen man Masten für tausend Segelschiffe machen könnte.«

»Sie suchen da oben eine andere Art von Reichtum«, erwiderte Elbryan geheimnisvoll. »Und ich glaube, sie werden ihn auch finden.«

»Nachtvogel will also reich werden?«, fragte Shamus schmunzelnd.

»Vielleicht«, erwiderte der Hüter ganz ernsthaft.

»Ihr müsst ja wissen, was Ihr tut«, sagte der Hauptmann pikiert, und er hörte sich jetzt sehr wie das Elfenmädchen Tiel'marawee an. »Ich kann nur hoffen, dass du bald wiederkommst – und dass du noch mal über mein Angebot nachdenkst.«

»Das werde ich«, versprach Elbryan, bevor er dem Hauptmann eine gute Nacht wünschte und im Wald verschwand.

Shamus blieb noch eine ganze Weile draußen und dachte über Elbryans Worte nach. Der Anblick von Bradwarden hatte ihn schon ziemlich aus der Ruhe gebracht – und nun noch Elbryans Ankündigung, er wolle diese sechs Männer, die sich gerade erst zu den Siedlern gesellt hatten, in den Norden begleiten. Shamus hatte der einen oder anderen Bemerkung entnommen, dass sie, zumindest früher, Abellikaner-Mönche gewesen sein mussten; zum Beispiel hatte er einmal zufällig gehört, wie einer den anderen mit »Bruder« angesprochen, sich aber sofort verbessert hatte.

Ob Nachtvogel dahinter gekommen war, dass Shamus im Auftrag von De'Unnero hier war?

Während er noch darüber nachdachte und den Gedanken schließlich verwarf, hörte er jemanden kommen.

Roger nickte ihm nur kurz im Vorbeigehen zu.

»Nachtvogel hat mir erzählt, dass er mit euch in den Norden ziehen will«, rief ihm Shamus nach. Roger fuhr herum und sah den Hauptmann überrascht, aber arglos an, denn nach seiner Vorstellung waren die Soldaten des Barons und somit die Soldaten des Königs auf seiner Seite und gegen die Kirche.

»Das wird er auch«, erwiderte Roger. »Und wir sind wirklich froh darüber.«

»Ein wertvoller Begleiter auf einer so gefährlichen Reise«, sagte Shamus.

»Der Hinweg wird wahrscheinlich am schlimmsten«, sagte Roger. »Wenn es am Berg Aida wirklich so verheerend aussieht, wie ich gehört habe, werden wohl keine Ungeheuer mehr dort sein.«

Shamus gab sich alle Mühe, seine Überraschung zu verbergen. Sie wollten also zum Barbakan!

»So ganz verstehe ich das immer noch nicht«, sagte er nur. »Was wollt ihr denn an so einem gottverlassenen Ort?«

Jetzt wurde Roger hellhörig. Wenn er dem Hauptmann auch nicht direkt misstraute, so wusste er doch, dass die Mönche sich in Acht nehmen mussten, und fürchtete, er könnte schon zuviel verraten haben. Er hatte angenommen, dass Elbryan Hauptmann Kilronney bereits alles gesagt hatte. »Wer weiß?«, meinte er ausweichend. »Es gibt so viele Orte auf dieser Welt, die ich noch nicht gesehen habe. Letzten Endes ist doch einer wie der andere.« In der Hoffnung, Kilronney damit abgewimmelt zu haben, gähnte Roger nun ausgiebig und erklärte, es sei höchste Zeit für ihn, schlafen zu gehen.

Kurz darauf übergab Shamus Kilronney seinem zuverlässigsten Mann eine Pergamentrolle und erteilte ihm den

Befehl, ungeachtet der verschneiten Straßen nach Palmaris zu Bischof De'Unnero zu reiten. Er sagte sich immer wieder, dass er nur seine Pflicht für König und Vaterland tat; trotzdem fühlte er sich nicht ganz wohl dabei, Nachtvogel zu verraten, auch wenn dieser einen gesuchten Verbrecher bei sich hatte.